蚁民

YI MIN

苏　北◇著

合肥工業大學出版社

目　录

上　篇

洗澡 …………………………………………………… (3)
少年与钓鱼 …………………………………………… (15)
1970 年代:少年魇 …………………………………… (23)
恋爱 …………………………………………………… (30)
专案 …………………………………………………… (40)
服含珠停的女人在秋天的七楼 ……………………… (52)
秋雨一场接一场 ……………………………………… (62)
周吴郑王 ……………………………………………… (89)
九个人 ………………………………………………… (102)
小学同学 ……………………………………………… (116)
秘密花园 ……………………………………………… (136)
豆豆 …………………………………………………… (140)
旅行 …………………………………………………… (147)

下　篇

蚁民 …………………………………………………… (153)
狗报 …………………………………………………… (171)
刀技 …………………………………………………… (178)
1976 年夏天的某个下午 …………………………… (185)
蚂蚁巷轶事 …………………………………………… (198)
故乡人 ………………………………………………… (207)
夏日 …………………………………………………… (213)

证明 …………………………………………………………（217）
四海客栈 ……………………………………………………（220）
姥爷对我说 …………………………………………………（223）
老人与小东西 ………………………………………………（225）
玩笑 …………………………………………………………（229）
蚂蚁湾二题 …………………………………………………（233）
瞬间真实 ……………………………………………………（239）
你不必太在意 ………………………………………………（244）
仲秋·月夜 …………………………………………………（248）
小小说六题 …………………………………………………（252）
“汪迷”外传 …………………………………………………（259）

附：主要作品目录 ……………………………………………（265）

后　记 ………………………………………………………（269）

上 篇

洗　澡

一

一个猛子扎下去，憋着气，我在水中迅速地拱动。我想把头抬出水面换气，完了，头顶在了一个东西上。坏了！我游到木筏下面去了！

整个夏天，我们在白塔河游泳。当地人一律称洗澡。好了，整个夏天我们在白塔河洗澡。白塔河在县城的北门，是一个水面宽阔的大河。白塔河桥就是我见到过的最长的桥。后来我查《县志》，白塔河发源于邻县来安的长山头，流经汉北、和平、古庵、石街、孝庵，经县城，再入子胥、万寿、薛营、张庵，流入高邮湖。全长80多公里，沿途弯多滩大，洪水季节常暴发成灾。

在河里洗澡的是同一个县城的孩子。小八子、冷小七子、小锅子、陈义富、许小二子和周保华是我的小伙伴。我们十一二岁，正读初一或者初二，又住在一个巷子里，堂子巷，因此我们一块洗澡。这年夏天，不知怎么从上游放来许多木筏，停在大桥的东面的南岸靠县城的一边，我们就从木筏上下水，木筏用铁丝铰着，一排一排的，有十几米宽，我们赤脚走过木筏。木筏在水面上摇晃，一半经太阳暴晒发白开裂，一半在水中浸泡潮湿松软。木筏像地板一样洁净。我们喜欢从木筏上下水。水性好的，周保华、陈义富、冷小七子就从木筏上扎猛子，扎下去，游了很远。有时，一口气能游过对岸。之后再游回木筏，再扎下去。累了，就坐在木筏上，晃荡着腿，在水里搅，或者睡在木筏上，举眼眯缝着看赤烈的太阳。我是这一群中的“蚱鸡子”（弱小的意思），像一只没发育完全的小鸭，摇摇摆摆跟在他们后面。我在水中只会一个狗爬式，不像他们踩水、自由式、仰泳，都会。我虽矮小，可我并不示弱，还很勇敢，我扎猛子同他们一样胆大，站在木筏上，一跃，扎入水中，之后在水中一拱一拱。我不知怎么拱的，憋着气感到拱了很远，可是一抬头，坏了！我拱到木筏下面去了。

我虽十一二岁，可是我心里很清楚，完了！我头顶上是木筏，我出不来了。人的耳朵在水里是能听到的。这是我的经验。我听到小锅子和许小二子在水里打闹，骂声笑声夹着水声嗡嗡地传到我耳朵里。我的脸此时应该是憋得青紫，我拼命在水中划拨，这种划拨其实是徒劳的。谁知道是不

是向木筏更深处划去了。可是划拨是我的本能，我似乎很快就要同小锅子、许小二子们告别了。我很怀念他们。可他们此时并不知道我对他们的怀念。他们依然在水中打闹着嬉笑着，那个绰号叫“小老秃”的哥们即将与他们分别，而他们浑然不觉。麻木啊小锅子，麻木啊冷小七子……我走了我走了我走了……“哗啦”一声，我的头冲出水面，我似乎半个身子像鱼一样跃出水面，吓了小锅和冷小七子一跳，他们停止打闹，转过来看着我，我跃出水面，似哽住一般，停顿了好一会，憋出一口浊水，才深深地吸了一口气。啊，啊，啊，我吸着空气了，我吸了一口夏日的，午后的，滚烫的，清新的空、空、空气。我肺子活跃了起来。我青紫的脸变得黑红了起来。我少年的眨动有神的眼睛又流光泛波起来。我活了，我活了。我跑上木筏，在木筏上飞奔，似要飞起来。我一个趔趄，跌翻在木筏上，膝盖立即一片青紫，可我并不害怕。它只使我停顿了下来。

我走回木筏靠水的一边，坐了下来。我出了一会神，小小年纪，我便想到：我可是死过一回的人了！可不一会，我又生龙活虎了起来。

我哪里知道，死人的事还在后面。

二

县城的屋顶多为小瓦。站在大堤上看黑压压的一片，有几个高大的烟囱特别显眼，西面那个最为高大，是县城的重要建筑，火葬场；东面那个两个并排的，是砖瓦厂，县里的工业企业，我妈妈就在那个厂里掼砖坯。县城街巷纵横，小巷多为青石铺就。据史料记载，县城历史悠久，秦为广陵、东阳二县地，南朝宋孝武帝大明五年置县，北周改石梁郡，唐天宝元年玄宗李隆基为纪念自己生日千秋节，特划地设千秋县，天宝七年改称天长，至上世纪70年代，已有一千多年历史，而我才诞生十一二年，却活跃在这个县的历史舞台上，同革命群众一起，他们抓革命促生产，而我差点憋死在那条古老的白塔河的木筏下。

陈义富家是我们的据点。先是小八子从水里爬上来，他边走边说，妈的，憋死。说着便掏出小鸡，对着岸边的青草射出一条细线。冷小七子和小锅子仿佛受了感应，也一个个爬上来，掏出小鸡射线。完了，陈义富说，走，到我家去。

陈义富家住在三圣街的北口，一个院里，七八间房子。三圣街的法国梧桐树已很大，几乎遮住了街心，他家的门就斜对住三圣街县革委会的西门，门口的宣传栏里，一个人正用大排笔刷红字：彻底埋葬帝修反，实现世界一片红。红字还没有完全刷出，陈义富走上去摸了一下红漆，趁小锅子不在意，上去一下，抹在小锅子的嘴唇上，因小锅子一避让，在脸上划了一个“︿”勾，仿佛裂开一个血口。两人迅速追打了起来，陈义富边跑边笑：×嘴搽口红，×嘴搽口红。一溜烟跑回家里，用身子顶住门。

我们一拥而上，一下涌进了陈义富家。进了门的我们一下又都快活起来。陈义富瘦小猴尖，而他的父亲却是个矮胖的样子，操着一口的侉话。他家好像是安徽宿县人。他的妈妈一张苍白的马脸，喜欢吃面，整天嘴里叼着香烟，躺在堂屋的大吊扇下面的躺椅上。她虽然躺着，可并没闲着，一下子生了七八个孩子。陈义富行三，上面两个哥哥，下面清一色四个妹妹。最小的才六七岁，四个小丫头整天在院子跑进跑出，大呼小叫。陈义富的妈妈就睡在躺椅上大喊：小七子小八子别吵了！可小七子小八子不管不顾，停了一会，又大呼小叫起来。陈义富家总是有一股潮湿的味道。也不是霉味，也不是尿味，可能就是这四个小丫头片子的味道。我一进到陈义富家就闻到这股味道，怪怪的，蛮难闻。

我歪着鼻子穿过他家的堂屋，对他的妈妈一乐，嘴里咕噜一句。他的妈妈就很高兴，于是就在堂屋里喊，小三子，拿糖给你同学吃。

不一会，我们嘴里便一人一块大白兔奶糖。

大白兔奶糖是上海知青送的。陈义富爸爸是革委会副主任。知青就送他家奶糖。他爸爸没有作风问题，却有经济问题——收人家知青奶糖。不过这些奶糖都给我们吃了，吃人家的嘴软，我们也就不去理论，只管吃就是了。

冷小七子嘴里边嚼着手就不老实起来，他一下子把小锅子掀翻在床上，使一个眼色，小八子和陈义富就上来了，压住小锅子的两只手，冷小七子便伸手掏小锅子的小鸡鸡。小锅子狼嚎似的乱蹬，可冷小七子的力气，小锅子何以能敌？没几下小锅子白白的鸡鸡便露了出来，陈义富拿出他爸爸的红墨水，用毛笔一下子在小鸡鸡上画了个红胡子。几个孩子大笑着跑开，小锅子嘴里“我操我操”了半天，被陈义富躺在堂屋的大吊扇下面的妈妈尖声喝住了：

“小三子，不死的！炮子——，别吵啦！”

几个孩子一下子噤住，鱼贯溜出。

三

该张宏伟出场了。

张宏伟就是死在水里。当然这是后话。张宏伟长得白白胖胖，胖子一白，就让人感觉虚假，好像是虚胖。张宏伟小小年纪，一颗大头，别人根本不叫他名字，都叫他张大头，至于胖子就忽略不计了。张大头是我的邻居，我家窗子正对他家院子。其实那也不是他的家，是他爷爷奶奶的家，他的家在哪我们倒不知道了，因为张大头仿佛生来就是和爷爷奶奶住在一起的。

张家整日没有声音。为什么没有声音？因为他的爷爷奶奶是地主。1970年代地主家总是安静的。他们不乱说乱动。他的奶奶长得很整齐，六十多岁了，还白白净净的，一看就不是劳动人民。我小时候对地主婆子的直接印象，就来自张大头的奶奶。我见到她，是依然叫她张奶奶的，因为她并不拿针戳打盹的丫环，相反还很慈祥，说话慢言慢语，对我们小孩子也还和善。她家院落里有一棵葡萄树，我对葡萄印象深刻，也来自张家，那棵葡萄树，仿佛伴着我们的童年成长。

院子里是他家三间朝南的屋子，不过阴森得很。地上铺木地板，走上去咚咚的响。中间屋里摆着大桌和躺椅，白天也是光线阴暗。张家爷爷就在这阴暗的躺椅上一躺就是一整天，仿佛在谋划着反攻倒算。我们小时候就怕地板，那种老式的地板，边上裂了一块，里面黑咕隆咚，因为人们总是说狐狸就藏在地板下面，其实事实也是如此，我就亲眼见大白天狐狸从张家长满野草的墙头上大摇大摆地走过。一只火红的狐狸，走得非常从容，长大了人们说好看的女人是狐狸精，我看是有道理的。狐狸艳，狐狸冷，狐狸宠辱不惊，那些高贵的女人，就是让人有这种感觉。我可以发誓，这种感觉是我自己童年体验的，不是从书中抄来的。

你说这只狐狸，不是从张家地板下出来的，还能从哪里出来？

现在是夏天，张家的葡萄架上已爬满了绿叶子。葡萄的叶子罗里吧嗦，真是过分，长得到处都是，只要给它个头，它就撩撩地直窜，一个劲地疯长，因此张家的院子绿色成荫，到葡萄结籽了，长出一嘟噜一嘟噜的硬疙瘩，我们就眼巴巴地望着了。因为从我家窗口，就能弄到，稍远一点，我们用捞金鱼食的纱布兜，杆头用玻璃丝线扣个活结，伸到那一嘟噜青葡萄下，套上一串葡萄，一抽线便勒断那茎，青葡萄便掉到纱布兜里，我们收回竹竿，那硬疙瘩似的青果子便到了我们口中，那个酸啊，真是又快活又痛苦，说句不该说的话，长大了做爱，射精时就是这个感觉。当然有时我们也不是很准，有时一抽线，那葡萄却没掉到兜里，而是掉到地上，这时张奶奶恰好过来了，她就小声说，“现在还没有熟呢，熟了自然每家都有。”张奶奶并不敢大声说话，她知道自己的身份，只是轻描淡写地说一句就离开了。张奶奶说得也是，每年葡萄熟了，隔壁邻居，她都每家送一碗，那乌紫的葡萄，上面结一层白霜，吃得嘴里酸甜酸甜，爽极了。

张大头就出入这样的院子。他的虚胖是和他心虚有关的，他虽是孩子，可也知道自己的身份，是小地主。因此他平时话就少些，人便不太活泼，但毕竟是孩子，自制力还是有限的，他总是离不开我们堂子巷的这一群孩子。

嘿，你说巧不巧？我们一出陈义富家的门，转过三圣街，在碧玉堂浴室正好就见到了张大头，“说到曹操曹操就到”，小锅子上去就叫：

“嘿！大头。”

张大头正在用一个石子在堂子巷的砖头上划，听小锅子一叫，吓了一跳，大头马上面露喜色：

“咦！你们干嘛哪？”他模仿他的奶奶小声说。

陈义富革命家庭，警惕性高，喝了一声：

“你在干什么？写反标?!”

大头被这一声吓缩小了一半，他噤了一下，嘻嘻笑着说：

“嘻，画一个伢子。”

冷小七子走上去一看，是一个伢子，忽然爆发出一阵大笑（他缺了一颗门牙）：

“哈哈哈，你们看，像不像小八子？像不像小八子？”

小八子凑过去，瞅了一下，自己也笑了，那歪西瓜似的脸，一条线的眯眼，正像自己。他上去一脚，踢在张大头的腿上：

“你妈妈的，画我。”

张大头赶紧申辩：“嘻嘻嘻，我瞎画玩的。没画你……”

小八子不依不饶，说：

“斗地主，斗地主。”

陈义富立即幸灾乐祸，把手一举：“打倒小地主张大头……”

小锅子也不示弱：“永远紧跟毛主席，继续革命立新功……”

张大头一下老实，仿佛自己真是写了反标，便又缩了缩，像他的奶奶小声说：

“我们家葡萄马上熟了。我送葡萄你们吃。”

冷小七子义正词严：“不许腐蚀革命群众!”

张大头一下要哭了，四个孩子互相对了一下眼，忽然都笑了，一起走上去，抱住张大头的大头直搓：“嘻嘻，逗你玩的，不哭，明天带你洗澡去。”

张大头脸上挂着泪又笑了，毕竟小孩子。他们哪里能想到，就这颗大头，第二天却卡在石头缝里，拔不出来，活活在水里呛死了。

四

我们去到一个二级站的地方。所谓二级站，就是把北塔河里的水用二级泵翻上去，之后沿着水渠流入该去的地方。

二级站水波浩大，我们躺在水面上，能飘到十多米远的地方。有时泵口水波翻动，人裹进去上下翻滚，十分有趣。每年这个时候，也是陈义富和周保华最快活的时候，他们水性好，胆子大，能爬到大闸的顶上往水里跳，最勇敢的时候，越过闸上的桥和桥与水中间的横梁扎入水中。要知

道，那上下可有十几米高，而且过两个障碍物。我和小锅子是不敢跳的，只能在闸口的边沿五六米高处往水中扎。

张大头胆子更小，他因为胖，又是虚胖，才在水上好浮一点。因此他很快学会了蛙泳，别说，他在水中游得还挺快。我见张大头快心中不服，也在水中学起了蛙泳，可总是下身往下坠，周保华游过来，假惺惺对我说，小老秃，我来教你？我并没说什么，周保华便托住我的下巴边向后踩水边说，两只手往边上划，用力划。我按照他说的做，咦，还真不错，可一会周保华便松了手，我没处着力，头一下呛入水里，呛了一大口，鼻子酸得不行，眼泪都下来了。周保华忍住笑，说，再来再来。又托我下巴，我还没游，他又松掉，使我又呛了，我于是知道他是使坏，有意把苦我吃，便端了一捧水撒在他的脸上，转身游到边上的水泥沿上。

二级站下面是几块秧田，秧已长好高了，碧青碧青的，秧田边是一个小池塘，一塘的荷花。可是有一半荷叶却枯了，分明得很。长大后我看过油画，那种色彩，就像一幅油画一样，天是又高又蓝，那枯荷和青荷对比强烈，颜色非常真实。

我被呛得头闷鼻酸，耳朵嗡嗡响，脑袋感到一跳一跳，大大的。我眼前印着荷塘里的那幅画，心中忽然有了小小的惆怅。陈义富和周保华在水中生龙活虎的样子，我出神望去，感到相当虚假，仿佛是透过镜子在看。这时小八子走了过来，他一把拽起我，说，走，到下面看看能弄到藕不。

下面池塘水并不清，因为是死水，水面上有不少长腿的蚊子，还有水蜘蛛。我在岸边犹豫，小锅子说，没事没事，脱了裤头下去。于是我便把裤头脱在岸上，爬进水中，一人抱住一支荷梗崴了起来，脚趾头崴泥，崴过了淤泥，下面可是硬得不行，我们又憋气下去摸，还是硬得很。水蚊子和水蜘蛛在我们身边爬得到处都是，这会我忽然感到屁股里痒痒的，我伸手去摸，一个软软的东西在往里拱，我使劲拔出一看，妈呀！是一只蚂蟥，已拱进去了一半，吓死我了，再一看，我和小锅子腿上都是蚂蟥，我们拼了命地逃上岸去，那些蚂蟥还在我们腿上趴得好紧，于是噼噼啪啪，我们互相打着，那些该死的东西，蜷着身子落到地上，我们可不敢踩它，我们赤着脚，那个软绵绵的东西，还不腻歪死人。

我们回到上面，见陈义富和周保华都呆立着，他们都爬到岸边的水泥坝上来了。我见陈义富眼若死鱼，还正想笑，周保华说，张……张……张大头下、下去了！半天没上来，我们在等他……陈义富仍呆立着，是的，陈义富完了，是他从大闸的顶上把张大头推下去的。还是小八子有经验些，他的裆下已有些黑，他拎着裤头，一拍屁股，妈呀！还……还不快叫人，我们几个孩子猛醒过来，拎着裤头四散开来，奔下大坝，拼命喊叫，来人啊，救人啊……

可是并没人来，在这炎热的夏天的中午，县城边上人烟稀少，除了几个拾荒的花子，大坝上空无一人。

……水上的人（白塔河边船上的人）来了。他戴着一个像防毒面具似的东西，下水了。他在水中待了很久，有时一口气下去，半天半天没上来。岸上站满了人，这时天都快黑了。

张大头终于被弄了上来，那个人轻轻托着张大头，像托着一个假人。那个人说，头卡到石头缝里去了。人是倒立着插在水里的。

我们几个孩子都呆了。

陈义富眼似死鱼。从此之后，陈义富眼角老有屎，眼似死鱼。

冷小七子一指陈义富："你要枪毙了!"

陈义富死鱼眼转动了一下，半天没有话，忽然憋出一句：

"他是畏罪自杀。"

五

陈义富当然没有被枪毙。他父亲是革委会主任。公安局调查，说是张大头自己滑入水中的。找我们去我们也是这么说的。陈义富自己说，他是在后面做了个推的动作，可手并没有靠到他，张大头自己想跳，他就跳下去了。

张家死了人，可张家还是很低调，他家还是很安静，似乎比原先更是没有了声息。张家爷爷还是整天躺在阴暗的躺椅上一躺就是一整天，在算计着反攻倒算。用陈义富的话说"盼望着哪一天能变天"。

张家是有与人不同的地方。他家多少年都订一种叫《参考消息》的报纸。我是同龄人中知道《参考消息》比较早的人，根源就来自于张家。我们县里，有个姓周的收垃圾的人，也是个坏分子。每天上午十点多准时拖着那臭烘烘的垃圾车来他家看报纸。其实张家门口的垃圾池里垃圾并不多，不需要每天拖的。他清理完那一点垃圾，就坐在张家门口的小板凳上，一看就是老半天。我中学学会了一个成语"物以类聚，人以群分"，就是从老周身上理解的。"臭味相投"，也是从老周身上得到的形象。老周没有眼镜，他把整个脸贴到报纸上，仿佛要把报纸吃掉。靠这么近看报纸的人，我之后几十年的岁月里是再也没有见过。他嘴里蠕动着，一点声音没有，只是嘴蠕动着。老周个高有一米大几，可腰弯得利害，可能是与他的工作有关。他身上整日有一股难闻的气味，不知是什么味，那真是难闻。因此他嘴虽蠕动，可身边并没有人，只是苍蝇围着他，似乎挺喜欢他身上的味道。

张大头死后，我们有好一阵子不敢去洗澡了。这年夏天忽然流行养金鱼。街上忽然有一天出现许多卖金鱼的。我们也不知道这些金鱼是从哪里

来的（我现在到花鸟鱼虫市场，见到那些小金鱼仍然不知道从哪里来的），满县城的人都卖这种鱼，大盆小盆的。金鱼花花绿绿，几十只挤在一个盆里，热热闹闹。我们也是忽然就喜欢上养金鱼，每家都弄了个玻璃缸，花几毛钱，买金鱼养了起来。

不去洗澡，大中午的，我们便没了事，我和陈义富、周保华、冷小七子就在大街上转悠，我们溜到老人委，见那些办公室的窗子开着，就够出里面的曲别针和墨水瓶，塞在口袋里带回家。有一天，周保华说，公安局宿舍有一个人家门口大缸里，养了几条漂亮的金鱼，那金鱼有这么大，周保华比了一下。他比也是白比，我们还是不知道多大。陈义富说，多大，有鲫鱼大？周保华仍用手比，陈义富说，滚你妈的，去看看不就行了！

我们偷偷溜进公安局，来到后面的家属区。1970 年代的家属区简朴单纯，几排瓦房，家家一个纱门，纱门关着，里面门开着，大人们都在午睡。门前高大的梧桐树，门口花池里杂花丛生。在一户人家门口停下，周保华手指指，我们看到花池旁一口大缸，于是轻轻走过去。屋里的鼾声高低有致，平缓安详，我们便很放心。金鱼的主人正沉浸在梦乡呢！于是我们走上去，把手伸到水里，缸沿青苔遍布，几双孩子的手可不管这些，在水里一气乱搅，那几条硕大的金鱼被搅翻了上来。我逮住一个跋腿飞跑，陈义富可能也是逮到了，也跑了起来。周保华还在后面，这时我们听到在沉寂的夏日的中午，有一个声音爆炸开来：都给我站住，不然我开枪打死你们……

我们可管不了了，拼了命跑，那爆炸似的声音一波一波跟在我们后面，仿佛要缠住我们的两条腿。

绕过两条小巷，我们奔回了堂子巷。刚到家门口，见到老周正坐在张奶奶家门口泡桐树下脸贴着报纸，他听到我们声音，之后便明白了意思。他嗫嚅的嘴有了声音，不大，也像张家人说话似的。

老周说，要读书……不能偷窃……

陈义富停了下来，老周便捧着报纸不动了。

陈义富迎上一步，死鱼眼一瞪："呸！"一口痰就到了老周身上。我和冷小七子也呸呸呸呸呸……老周快要被溺死了。

…………

这年秋天，张家的那棵葡萄树死了。葡萄树是慢慢死的。我看见这棵葡萄树从熟了果子就快要死了。这年夏天我们邻居并没能吃到张家的葡萄。那些葡萄都烂在了树上，一个一个往下掉。夜深人静，半天会听到一声，叶——，我知道又掉下一串熟烂了的葡萄。有时白天，我坐在自己家里的窗前，望着张家院子里的这棵我熟悉得同自己一样的树，常常出神，小小年纪，我有了忧伤。

六

仿佛谁人拍了一下手，几个孩子忽然一下都快要长大了。我是从冷小七子的喉结上发现自己长大的；从陈义富公鸭似的嗓音中发现自己的嗓音也变了。我们依然还到北塔河去洗澡，只是去的次数越来越少，我们不再赤裸着下身，而是穿上了洗澡的短裤，我发现小锅子他们到处长毛了。小锅子的八字胡一撇一捺，像个小汉奸。许小二子腿上的毛很重，像一个从山上下来的野猴子。

张奶奶家来了个女孩，刚开始不知道是什么人，她来了就插到我们中学，在我的隔壁一个班上课。后来我似乎知道了一些，她叫季晓琴，仿佛是张奶奶的一个侄孙，家在一个叫南通的地方。我并不知道南通在什么地方，但我想不通，她为什么要转到我们这里来上学。

她一来就融进了张家的生活。首先从走路开始，她无声无息，走路一点声音都没有，像一只胆小的猫。她刚来我非常瞧不起她，一个小丫头！还来到地主家。这个时期我们不知道谁人带的头，忽然喜欢上了练功。我们以许小二子家为据点，每天黄昏练功。我们练的功是举石担子（一种土钢铃）、石锁和哑铃，于是几个孩子挺举、卧举，把自己弄得满身臭汗。

我那时已十五六岁，可个子依然矬得很，然我死要面子，睡在板凳上，卧举可以举一百二十斤，挺举也有八九十斤。其实是把吃奶的劲都使了出来，也落下了一点病根——小肠气。许小二子家四个光头，没有女孩。老大长我们几岁，我们练功，可能就是受老大的影响，夏天的黄昏，老大穿一件汗褡子，胸肌和膀子上的肌肉动动的。那时我们每家都在井里打水吃。一般人家都是用一根扁担挑着，而大许却是用两只膀子提着两只大铁桶，膀子上肌肉滚圆，他提着水，路也不好好走，而是肩膀两边一晃一摇，脚下的腿有点罗圈。他在我们县的堂子巷一带，几乎是个名人了。一般孩子见到他都规规矩矩，有稍不懂事者，大许眼睛一瞪，便也立马老实起来。而我们却仗着大许的势，仿佛大许的功夫也在我们的身上。

有了大许的影响，我们每天下午便集中练功。许家是安徽宿州人，靠在淮河的北面，说话有些侉，不知怎么的，来到我们这个县城定了居。那时我们也不知道宿州在哪里，只觉得是个非常遥远的地方。我们喜欢在他家练，还因为他家的面食非常好吃。他家多吃面食，尤以馍好吃，有时把馍放在煤球炉上烤焦，吃那焦皮，香脆无比。许老二的妈妈长得周正白净，人又很安静慈爱，对我们小孩又多爱意，我们练功，她在一旁洗衣缝补（孩子多，衣服都是老大穿了老二穿），有时就一边为我们烤馍。我们在她家有高大泡桐树的小院子里大喊大叫，弄得一身臭汗，她并不厌我们，而是为我们凉上白开水。

我们练功的时候，有时季晓琴到井边提水或倒垃圾，正好从许家门口过，她就停下来，看看一会。她看的时候，我正好躺在宽板凳上卧举，她虽走路没有声音，可我还是能感觉到她的目光，我一下子就举了起来。一百二十斤，我一下子就举了起来。

一个夏天的黄昏，就这样过去了。

几场秋雨之后，许家院子里的泡桐紫红色的喇叭状的大花落了一地，夏天过去了，秋风带来了寒意。许家的妈妈不断地扫着院子里的泡桐花。

七

转过秋天我们升入了高中。学校似乎开始抓得紧了。我们中学教学楼窗子上的残破的玻璃全都换了，所有的教室都换了日光灯，晚上恢复了自习。

我依然晃荡着膀子，可又似乎多了点忧伤。我们已很久不去洗澡，冷小七子高中没上就进了他爸爸的搬运站拉板车去了，陈义富也响应他爸爸的号召上山下乡去了。剩下小八子、小锅子我们也不太见面。学校大广播经常播一些班级情况，有时也播一些抒情散文。有一天播了一篇《教学楼的灯光》，作者是季晓琴。我家门口的人写的作文在广播里播，我只是感到好玩，可那些优美的字眼还是感染了我。

我对季晓琴忽然有了一种异样的感觉，也不知为什么，原来我也是天天见到她，有时她出门上学，正好我也出门，我走在她后面，那时无所谓得很。记得刚开始，我并不怕她，我还在她身后扔过石子呢！我用脚把石子往前面踢，她知道后面的动静，她仍不紧不慢地走，好像不知道似的。可忽然不知怎么的了，我走在她后面有了些慌张，好像怕被人撞见。我又没怎么？我怕什么！可我无法控制，我就是有了慌张。

刚开始我并没发现，是我几天见不到她心里就空空的，才使我发现了。其实也没有什么，但人就是不高兴。于是我便有意等她出门，之后在她后面走。可真走在后面，我又慌张得很。她在前面安静地走着，两支小辫在肩上摩擦，她身影很单薄，可那张脸却涨红得不行，仿佛喊着叫着，告诉人她身上的青春的信息。她在前面头发上夹着一个发卡，脸上的眼睛迷迷蒙蒙的。我走她后面，一慌张就使劲咬自己的手（以至于我长大之后，一直有后遗症，一见到漂亮女人，便又下意识地把自己的手放在嘴里），把左手的手背咬得惨白。

晚上我做作业，会不期然地有一股忧伤袭来。我有时叹一口气。我就是从那时起得了偏头痛。我想不起来她的样子，我使劲想，后来头就疼了。

有一天我刚出门，老周来收垃圾了。我见老周在垃圾池里捡了个发卡，我一眼便认出是季晓琴的。我虽然想不起来她的样子，可我一见到她的东西，我一眼便认得。我对老周说，这个东西，是我家的。老周说，还不太坏，我女儿可以用。我对老周说，是我家的。老周不信。我说是我妈的。老周说你妈还用这种发卡啊！我讲不过他，我说反正是我家的。我从老周手上一把抢过发卡。老周给我推了一个趔趄，差点跌倒了。我心里还堵呢！我同老周翻脸了，这个老周太不近人情了！

从那之后我就经常到垃圾池里去翻，抢在老周前面，省得同他啰唆。有时翻得次数多了，我就装着倒垃圾，我原来很少去倒垃圾的，可是后来我家的垃圾都是我倒了。我有时一天倒好几次。为了掩饰自己，我有时就装着找自己的东西，嘴里自言自语：掉哪去了呢？掉哪去了呢？其实并没有人来问过我为什么，只是有一次许小二子问我：

“你找什么？丢了东西么？”

我假装说：“我钢笔丢了。”许小二子自作多情，要帮我找，被我拒绝了。我在那个垃圾池里找到过许多纸片，都是季晓琴做作业用过的草稿纸。季晓琴的字我认得。有一次草稿纸上画了个女孩，样子有点像季晓琴自己，边上写了好几个丑字。我不知道她是什么意思？是嫌自己长得丑呢？还是说别人长得丑？我有一次还在垃圾池里找到过大半块橡皮，那是粉红颜色的，大半块，可能是她不小心掉到了地上，被她的奶奶无意中扫掉了。我想我应该还给她，大半块呢！可我一想到我要跟她说话，我就感到慌张，心都要跳到了嗓子眼。

我把那半块橡皮一直藏在身上。而那个发卡和纸片我则藏在书里，晚上我一个人时，我有时就拿出来看看。那个发卡给我磨得很亮了，而那些纸片，却浸上了我的许多口水了。

有一天我出门上学，正好遇到季晓琴也才出门。我于是便在她后面走，我终于忍不住，在后面叫了一声：

“喂！”

季晓琴并没停下，仍不紧不慢地走，我快走了几步，撵上了她，又说：

“喂！”

季晓琴停下了。我说：“这块橡皮是你掉的，还给你。”

季晓琴看了一眼，她转身又走了。她说：

“不是我的。”

而我却愣在了那里。我一时不知怎么说。我心想，我不应该让她知道。我忽然心中有了怨恨。我心里难受，我也不知道我怨恨谁？我只是心里难受。那一天我过得稀里糊涂，好像都不知道自己是谁了。我稀里糊涂过到了晚上。一天真是漫长。晚上我睡在床上，眼睛骨碌骨碌的，睡不

着。我在心里默默地说，一个小丫头片子……有什么了不起的……小狐狸精！有什么了不起的，有什么了不起的……我嘴里嗫嚅着嗫嚅着，我哭了。我的眼泪流了满脸，然我嘴里仍在说，一个小丫头片子……有什么了不起的……小狐狸精……有什么了不起的……

我嗫嚅着嗫嚅着，慢慢睡着了。可眼泪仍挂在脸上。

2006 年 5 月 8 日 ~11 日于乱书屋

少年与钓鱼

一口池塘。紫竹园。初春潇潇的、斜斜的小雨，或盛夏赤烈的毒日头下，秋风净扫落叶的午后，一个少年，手里一杆长长的鱼竿，在那口池塘边静静地站着，专注地，一动不动地站着。这是我童年的一幅画，它深藏在我的心里，它是我日后梦里的背景，是我乡村感情的底色。

一

我究竟缘何热爱上钓鱼，又是何时第一次钓鱼，我现在真的没有准确的记忆。我记忆中的第一回，是和一个叫小锅子的少年在机器沟的那回。我也才小学三年级吧，是夏天。机器沟是县城北郊的一个排洪水渠，几天大雨，形成内涝，就将水翻过北塔河大堤排进北塔河里。平时机器沟的闸门总是关着的。排灌池里一潭死水，沿着排灌池是一条长长的水渠，水渠约两三米宽，沿岸栽的都是垂柳，站在垂柳的树荫下，蝉在头顶上鸣叫，仿佛那棵树在叫。两个少年静静地站在岸边，等待着。水渠里水总是清冽干净的，水也静静的，一波一波，在夏日的小风下，有一丝一丝的水纹，鱼漂也随着那一丝一丝的水纹，一波一波。我们钓鱼总是用的蚯蚓，这种肉红色的蚯蚓，在我们县城的阴沟边和一般的灰堆里，一锹挖下去，就是好几条，我们把蚯蚓在掌心拍晕，小心地穿到鱼钩上，再啐上一口吐沫，轻轻地放入水中打好的“窝子”里，便有鱼们来轻轻地咬钩。鱼咬钩实在是美妙，鲫鱼的优雅，鲶鱼的鲁莽，黑鱼的率真，昂嗤的娇憨，白条的（当地叫白产）直接，青混的干练，螃蟹的从容，老龟的耐心，罗汉狗子的顽皮……当然，这些鱼不都是在一个塘里。水渠里钓的多是鲫鱼，而一潭死水的排灌池，则多是鲶鱼们的天下。

我所以如此深刻地记得这一回，是因为我差一点被淹死。我在水渠边的柳荫下，半天没等到鱼来咬钩，便有些心急，于是来到排灌池这边，想趁小锅子不在，弄它一条鲶鱼上来。可我放下钩子不一会，蚯蚓便给同样心急的鱼儿给叨跑了。我想赶紧回去换蚯蚓，只顾心里着急，也不管脚下，一脚踩到渗水处的青苔，我一个趔趄，失去平衡，便一头栽到排灌池里。排灌池下面就是水泵，你想想，该有多深。我在水里扑腾了一气，喝了许多水，也该我命大，一脚趟到了一块尖石上，勉强仰起脖子能把嘴给

露出水面，我的双手还得一划一划，以保持平衡，以免再滑下去。这样支撑了一会，幸亏小锅子也走过来，见我落入水中，赶紧用三截竿伸入水中，我摽住三截竿，双脚蹬在池边，攀上了岸。

攀上岸后，我并不后怕。我小时候胆量还是蛮大的。也许并非胆大，而是年幼无知。我所怕的是我裤头和汗衫上弄的都是青苔，回去之后必定挨打，于是我便把裤头和汗衫全脱下来，到水渠里漂洗干净，之后人躺在垂柳的树荫下，而把裤头汗衫摊在太阳下面去晒。我吊儿郎当躺在渠岸边的草地上，一边用柳条编织着柳帽，一边等衣裳晒干。

夏日的阳光赤烈而持久，不一会，我薄薄的小裤头便晒干了。我穿上有脆生生的阳光气息的褂裤，心情很好。

二

护城河也是我们常去的所在。

上世纪70年代的县城总是湿漉漉的。进城有一座木桥，桥上走着进城的人们。他们挑着鲜藕，挑着小猪（小猪嗷嗷地叫着），挑着在城里买的锅、芭蕉扇；进城卖竹子的男人，他们打着赤膊，身上的肉都是通红的，竹子的一头拖在地上，把桥面上刷出许多竖道道。城里逼仄的石板路，石板边上的阴沟里长着青草。那些低矮的灰色的房子。屋顶上的炊烟。追赶着、打闹着的孩子。

护城河的木桥下总是有孩子在钓鱼。他们或下到人们洗衣的水跳上，或爬到木桥的桥墩上，伸出鱼竿，在那里钓鲶鱼（俗称鲶滑遢）。古桥下的鲶鱼总是很多，不知何故，它们又大又肥，长着白胡子。它们咬钩非常直接粗鲁，都是上去一口，拖着就跑。拉出水面它们就扭着身子，牙齿非常尖锐，落在地上必须两只手去捉（弄得一手的黏液）才能捉住。

我在护城河桥下钓的鲶鱼多矣。

有一年夏天，我们县里出了一件大事。县糖厂一个叫姚洪志的男人，因强奸厂里的一个女工遭到反抗，竟杀了这个女工。那时杀人的事情少，这个案子在全县四乡八镇引起了轰动。人们口口相传，把这个被杀的叶姓女工传成天仙一般的美女，而那个叫姚洪志的杀人犯，杀人的细节也被人添油加醋加以详尽的描述，一个县的人们亢奋无比。枪毙姚洪志的那天，县公安局在县中操场开万人大会。一时全县的人倾城出动，争相奔告。公判大会之后，立即执行。可枪毙现场一会有人说在东门二横山，一会有人说在西门红草湖，人们满街乱跑。

我和许小二子、小锅子和歪嘴在县中的操场等着。先是宣判一些坏分子和偷盗抢窃之流，最后宣判姚洪志，大喇叭里一声立即执行。之后就见有人开始奔跑。警报声不绝于耳，十几台解放牌大卡车扬起满天的尘土呼啸而去，车上是荷枪实弹的解放军，气氛相当浩大。

我们紧随着车队飞跑，一路上人山人海，我们并没有看到姚洪志的人影，只是远远见车的高处隐约有一根木牌晃来晃去。我们知道，那就是插在死刑犯脖子上的亡人牌，上面是杀人犯某某某，红字大叉叉。

果不其然，车开到了东门的二横山。我们抄小巷先赶到了现场。等车一到，我们又随着车队飞跑。到得刑场，那里也已是人山人海，一切是乱得不能再乱。待我们围过去，姚洪志已被趺趺撞撞地推到一个高坡上。我和小锅子拼命从人棵里往里挤。刚挤到就听呼的一声闷响，姚洪志已一头栽倒在那里，单见他穿着一套蓝褂裤，戴一顶蓝帽子，黑布鞋。帽子已歪到边上，一只鞋也蹬掉了。我好不容易挤到前面，却被后面的人一推，差点趴到犯人的身上。我就势一跳，从犯人身上跨了过去，那脚差一点踩到人身上。我吓得要死，赶紧挤了出去。

我受了如此的惊吓，一天人都晕得不行。下午我到护城河的桥下钓鱼，一个下午竟然一条鲶鱼没能钓到。

到了暮色围拢了小城，河面上起了一层白雾，人们匆匆从桥上走过，我还在昏黄的河边站着。一条鲶鱼没能钓到。

三

影响我钓鱼的第一人，应该是冷家庆。冷家庆在家排行老七，我们都叫他冷小七子。我是小学三年级从乡下转到县城北小学的。刚转去时，便有县里孩子欺负我，冷小七子那时个子算高的，坐在后排，他有一双白长的细手，那双手是可以弹钢琴的，可那时钢琴是资产阶级，他的父亲是个工人，他便用那双手打人。他有相当的正义感，因此谁欺负我，他便出面制止，因此我很快就是他的人了。简单地说，是我跟在了他的屁股后面了。

他那时便开始了钓鱼，我的热爱钓鱼，应完全归功于他。

我是在冷小七子“屁股后面”，跑遍了县郊的四乡八镇的。我小学时期的暑假几乎是在冷小七子家度过的。我们一起挖蚯蚓，之后相约好，第二天早上几点出发。儿时的精力真是无限的旺盛。我们一般都是五点多钟就出发了，最早时，四点多钟便出了门。我至今还记得，我轻手轻脚地起床，之后到厨房的米缸里，多抓几把米（打“窝子”用)，便悄悄地关上门出去了。

出了门之后我立即便鲜活了起来。看看头顶，许多星星还亮着（第一口空气真新鲜啊)，仿佛还对我眨眨眼睛。夜真静啊！鸡圈里的鸡听到声音，唧唧足足互相挤挨着。有人家的狗在叫，我走在漆黑的堂子巷里，高一脚低一脚，听到自己的心跳和自己跫跫的足音。有时自己忽然害怕起

来，心跟着便紧了。脚下不自主地加紧了步伐（有时甚至于小跑起来）。来到冷小七子家的门口，他也已经起来了。他家的厨房的灯亮着，我小声说："来啦！"

两人便赶紧收拾，背起鱼篓、鱼竿一行家伙，轻轻合上门，出发了。

我们走过许多小巷，走过县城的大街（扫马路的真早啊，他们已开始在昏暗的路灯下，一扫帚一扫帚地慢慢扫着），出了北门的护城河桥，便走到通往村镇的大路上了。

我们走着走着，说着话，天便慢慢地白了起来。仿佛谁轻轻拍了一下手，忽然一下，天一下子亮了，什么都看得清清楚楚，远处的村庄，田里的庄稼，水塘，堤坝，扣在公场上的牛……

我们来到某户人家的庄塘边，一般太阳都很高了，约莫是早上九点钟的样子。我们围着庄塘，开始打"窝子"，选在老柳树下面，或者有杂树的杂树棵子边，打上五六个"窝子"，之后便静静地下钩，在耐心地等待了。

钓鱼锻炼了孩子们的耐性。我们在一个"窝子"里，一站能站上许多时间，即使鱼浮一下子不动，我们也能静静地盯着水面。我们的心里总有一个念头，可能马上要动了，可能马上要动了。一旦真有一丝轻微的颤动，我们的心便立即静下来，小心翼翼地牵动着鱼浮，仿佛是在和鱼对话，又似与鱼在对弈一般，处理好每个细节，下出一盘完美的棋。——或者钓了上来，或者"滑"了钩。

钓鱼最讨厌的是"罗汉狗子"，它没有一根指头大，可极其活跃。这家伙天生是"操堂子"的主，听听它的名字，"罗汉狗子"，就知道它的德性。它有时模仿鲫鱼的从容优雅，一下一下，牵浮送浮，仿佛真的似的；有时又忽发神经，把鱼线拖得乱跑。待你一甩杆，却白用了劲，要么空杆，要么指头大的小东西在钩子上活蹦乱跳。还有遇见邪的，如虾，如螃蟹，它给你慢慢叨，把你的蚯蚓慢慢叨个干净。这是最磨人的，也是最烦心的。要是赶上这样的一个庄塘，那一天就算是"白瞎"了。

那个时候的野鱼多啊。我们那个地方盛产鲫鱼，一般的庄塘里，有几年没干过，即会有鲫鱼，都是野生的。因此，我们一般说来，一天下来，多少会有些收获。二三斤鲫鱼或白条，是没问题的。

之所以说了这么多，是因为有那么一次，真是奇了。也是我钓鱼史上唯一的一次。有一年夏天，我们跑了一天，几乎是一条鱼没能钓到，我们从一户人家的后庄园，偷摘了一些蟠桃，便挑着个空鱼篓往回走。进到城里，该是下午两点多钟吧，我们抄近路从老人委的城墙上翻过来。老人委的院子里，有一口塘，多少年了，我们一直在老人委院子里捉迷藏和玩耍，可从来没想过在里面钓鱼，也想不到里面有鱼。那天有我、冷小七子和许小三子，可能是饿极了，我们带的一点大饼早就吃光了。翻过院子，许小三子一屁股就坐在塘边，将还有蚯蚓干子的鱼钩随便丢入水中，没曾想，钩一入水即被拖了下去，许小三子一甩，一条洁白闪亮的大鲫鱼即被甩上岸。

之后冷小七子一放，还没反应过来，就又甩上一条。我也赶紧将鱼钩丢入水中，我刚丢下，许小三子，又是一条。之后简直疯了。我、冷小七子和许小三子，轮流将鲫鱼甩出水面。我们简直不敢相信，稀里哗啦，人的手、脚、眼，根本不够用。边上的孩子看见了，先是一愣，之后赶紧跑，跑回家里，即找出鱼竿，也站到岸边。效果仍是一样。这样传了下去，不一会，这口塘边便站满了人，有的人家来了几个，还有带来水桶和脸盆的。啊呀，那个场面热闹呀！简直不是钓鱼，是“取”鱼，是“甩”鱼，一甩一条，一甩一条……

那个下午，给人家钓走了多少鱼，真是无法计算。

第二天，第三天，仍是热闹……

之后第四天，第五天，慢慢淡了。

鱼慢慢钓“精”了。

过了很久，还有人在老人委那口塘里钓鱼，半天钓不到一条。

那便是正常了。那才是钓鱼。

四

很快我升入初中了。

初中我的生活似乎有了许多变化。我的父亲调到乡下公社工作，我和我母亲留在县城。街上的几个重要十字路口，都设置大批判专栏。县委大门的两边，余庆堂药店的对面，老十字街的茶炉旁……那些大字报一层一层覆盖着，在风中飒飒作响。中学也是一片松散，除学工学农（我们经常到校农场去劳动），上课也不正常，因此我们更有时间去疯跑。我们钓鱼的地方越来越远。除城边和周围的村庄，我们甚至还去过高邮湖、牧马湖和沂湖去钓。

有一年，我们县北门的农场，挖了个大片水塘，里面栽了有十几亩的藕。夏天，大片的荷叶覆盖着水面，气象十分壮观。有时一阵风过来，荷叶挨排地翻过来，发出“窸窸窣窣”的声音。特别是那荷花，未开放时像一支支的火炬，高举在那一片碧绿之上；盛开之时，像一只只大碗，盛着鲜艳的色彩。一阵风过来，真是香飘十里。我和许小三子有时就光顾那片荷塘。有一天我们忽然发现，在绿色的荷叶下面，有时有黑鱼在叶梗之间轻轻地、悄无声息地“滑”过（是“滑”，不是游）。于是我们便回家准备了粗竹竿，在鱼线下拴上大钓，逮了一些小青蛙，用大鱼钩从青蛙屁股

后面穿过去，举着投入水中。青蛙刚上钩多还活着，于是一入水，便自动地游下去。黑鱼看似安静，实则为鱼非常率真，它先静止不动，忽然猛地一下冲上去，一口咬住就往水下拖。这时我们一发力，便牢牢钓住。刚钓上时，我们心里欢喜得怦怦跳，可黑鱼的力量非常大，不一会便把我们的钩线挣断，嘴边挂着鱼钩和长长的一截线游走了！

那个夏天我还记得我们那个县还闹了不短时间的地震。公家要求每家都在门外搭建防震棚，我们县的防震棚绝大部分都是用当地的荭草搭的窝棚，俗称“滚地龙”。我家的“滚地龙”正好搭在县广播站的边上。广播站的院子里用一根极高的柱子竖向天空，四边有四个大喇叭。这是我们县地震警报中心。有时演习，四个喇叭尖声号叫，直毵人的头皮。我的母亲就是那时落下了神经官能症，日夜不能睡觉。于是只好搬家，将防震棚搭到西门的越河边。于是我便告别了堂子巷的伙伴。包括许小二子、许小三子、小锅子和冷小七子。

到了新环境我似乎没有了新的伙伴。钓鱼时他们也不再叫我，于是我便慢慢与钓鱼分了手。仿佛日子也过得很快了，一转眼似乎我已进入初三了。

有一天我忽然在老人委遇见了冷小七子。他一个人在老人委的那口老塘钓鱼，我路过时他已钓了半天，可一条也没能钓到。我和冷小七子也似乎有半年多没见，他一下子似乎长大了许多。喉咙上的喉结已很大了。嘴上也多了许多正发黑的绒毛。他说话瓮声瓮气，一副快要大人的模样。我从他的身上似乎也看到我的变化。我似乎不那么单纯了，有时出点神，有了心思。

冷小七子对我说，他发现了一个好的钓鱼的地方。那地方很好，我们什么时候约好去钓一次。我也正无聊，于是便同意他的建议，相约着就第二天早点出发。

第二天我们依然很早出门，我从“滚地龙”里溜出来，天上的星星还亮着，我“趿趿趿”地赶到冷小七子家，感到夜湿重得很。街上的地都是湿的。路过老市口的茶炉房，那些墙上的纸都湿乎乎的，在小风中一点声音也没有。

冷小七子也准备好，两人黑暗中一笑，我们于是向北门护城河桥走。走过那座木桥，出城沿公路，走了约六七里，来到护桥镇。从镇北桥头向西，走不多远，就是我们的目的地——紫竹塘村。

五

到了天已大亮，可地上的草还是很湿。天上似乎有毛毛的细雨快要落下。那个庄子有一口窄长的池塘，一户人家在塘的东北首。沿着池塘周围，长满紫溜溜的紫竹。紫竹在小雨中，低垂着叶子，叶子翠中发紫，十分漂亮。冷小七子到了之后，并不急于打“窝”下钩，而是不断地张望，果然不一会，一个瘦长的女子从那三间草坯房里走出来，径直走了过来。她先是一笑，刚站下一会头发上便湿湿的潮。鼻尖上还挂着一滴细雨。我见她鼻子十分漂亮，也不言语，便也站在那里，这时冷小七子走来，对我说：“这是我的同学，迟月兰。”

迟月兰这时说：“钓鱼啊。”

我们都“嗯”了一声。可冷小七子似乎从嗓子眼里没“嗯”出来，一副不自然的样子。我也受他感染，不自然起来。迟月兰没有话了，站了一会，说：

“你们钓，回头到我家喝水。”转身走了。

冷小七子没有说话，他依然站在那里望着迟月兰朝回走。我顺着冷小七子的目光，见迟月兰瘦长的样子，后面头发很黑。

那个上午我们忽然嫌时间很慢。冷小七子钓鱼三心二意，有好几次钓鱼竿子头子戳到了水里，是在我的提醒下才抬出水面。我受了冷小七子的影响，钓鱼也不专心。我这人有个毛病，一慌张就做不好事，因此一个上午两小时下来，一条鱼没钓到，连一个罗汉狗子也没钓上，中间倒是有鱼咬了不少次钩，可我不是提杆早了就是提杆迟了。冷小七子倒是钓了几条，但都很小，都是一些小杂鱼。他竟然还钓了一条昂嗤。昂嗤“滋咕滋咕”，嘴很硬，冷小七子下了半天，才将钩子从昂嗤嘴里脱出来。

那个湿湿的天，可一会也停不下来。空气中似乎能拧出水来。你说下雨，它又没下，你说没下，一股细细的雨丝飘在空中。人似乎都湿了。那个草坯的房子，也在雨中湿湿的。

我换了一个“窝子”，下钩半天，竟连一点动静也没有了。到了临了，倒是有了一点动静，可就在下面动来动去，也不咬钩，也不松浮。好像是在水下线上绕来绕去。塘面上有一层白色的雾气，缭绕低回，让人看不真切。终于慢慢有了眉目，那物拖着线慢慢走，可就是不下劲，一点一点移动。我一时冲动，一甩鱼竿，竟有分量。我一使劲，“哗啦”一声，一个白长条的东西划过天空。落地一看，竟是一条白鳝！有一尺多长。我吓了一跳，便使劲甩着鱼竿，将那白糁糁的东西甩入水中。我们那个地方，那时人们都传说白鳝是吃死人的，没有人敢吃这种吓人的东西。

这样一折腾，我也无心再钓。冷小七子看样子也心灰意懒。于是我们便收拾了东西，准备回去。我正要走，冷小七子忽然说，我们去给迟月兰打个招呼，人家还等我们喝水去呢！

我一想也是，于是跟在冷小七子后面，往那房前走。正走着，迟月兰从房里出来。迟月兰回头一笑，于是我们便又跟在迟月兰的后面，到她家屋里去了。

迟月兰家很简单，中间屋里一张大桌，靠在北面墙边放着一张老爷柜，墙上贴着毛主席像。迟月兰进到东头灶屋，给我们端来两大碗白开水。她似乎早就为我们烧好了，水温不凉不热，正好喝。我们一个上午没能喝一口水。于是一口气，将一大碗水给喝个精光。

剩下来的时间，我们便坐在那里。冷小七子问，你爸爸妈妈呢！迟月兰说，下田去了，插秧。我望着屋里，屋子低矮，外面湿湿的天，室内光线还是很暗。可迟月兰站在那里，像一棵健康饱满的麦穗，身影子挺拔得很。我无话可说，就听冷小七子说：

“你没事啊。”

“本来准备插秧的。”迟月兰说。

“今天鱼不好钓。应该好钓的，小小的雨。”

“……”

“你家塘里鱼多不多?”

“有鱼吧。有人来钓过……”

我似乎发现迟月兰并不太愿意同冷小七子说话，相反，似乎对我倒还客气。她有时目光从我脸上一闪，我虽不敢正视，可我还是感觉到目光的友善。

冷小七子无话又找了一会话。枯坐一会，实在没说出一句话，于是我们站起来，说走了。

迟月兰说：

“走啦。”

我们走出屋子，外面明显有了凉意。那细细的小雨终于下下来了。我们走进雨中，不一会，便走开了。回头望一眼，迟月兰倚在小雨中的门框上，我们一回头，她转身扭头进了屋子。

我们一路玩着，回到了家里。可一路上并不开心，冷小七子似乎心事重重，于是我也闷闷的。到家天已黑透，我被我妈妈狠狠骂了一顿：

“遭炮子的，玩不死！天黑透了还不归家，怎么不外死外葬!”

那天晚上，我睡觉老睡不着。眼前老晃着那湿湿的、窄长的池塘和湿湿的迟月兰的影子……那湿湿的天……空气中似乎能拧出水来……人似乎都湿了……迷迷糊糊睡着了，竟做了个梦，梦见白天的那条白鳝钻进了我的被窝。

我被吓出一身冷汗，摸摸身下，竟湿了一片。

1970 年代：少年魇

一

我现在的记忆已十分模糊。真的，我真的只是一个模糊的记忆。

少年的恐惧是持久而强烈的。在一个暴躁而喜怒无常的父亲面前，童年的我极其恐惧。我时常有让自己小下去小下去……直至消失得无影无踪的感觉。比如你现在面对一个暴跳如雷的人，你可能会发出一阵冷笑。可是在记忆中，那个强大的权威，在你面前挥动着拳头，突然那种脸上的愤怒，咬牙切齿地冲过来，对于一个孩子，那种恐惧到极点的感觉，是深深印在孩子的心里。这是极其有害的。孩子不知道自己究竟做错了什么。他的一双眼睛警觉而恐惧。对于年，少年想叫它来而又巴不得它快些过去。因为初一的日子就要好过得多。必须挨过二十九、三十。其实从古历二十的时候，空气就已经紧张了起来。不过是蒸包子、买些年的货。蒸包子少年还是乐意的。蒸包子总是在饭店，有时在工厂的食堂。几十家子在那里蒸。每家的馅子上贴着纸条，多少多少号。蒸包子是要通宵的。排到哪家，哪家必须有人出来。因此我的任务多在那里等着。这样躲避在外面，又体面又心安理得。有时上半夜有时下半夜，这就要看运气了。包子分肉包子和豆沙两种。一家大约要蒸几百个。第一笼出来，拾到一个专用的茳草的席子上，去慢慢冷却，否则便会粘在一起。第一笼是可以尽情去吃的。那种刚出笼的热包子是童年里最好吃的东西。第一个几乎是吞咽下去，第二个才慢慢品出滋味。年里的包子真是暄软无比。那面暄软得仿佛透明的绸缎，那热豆沙的馅，流了一嘴。这样一气吃上它六七个，肚子饱饱圆圆，心下才算安稳。

可是这种快乐是短暂的，紧接着是家里的卫生扫除，擦窗子的玻璃，撒扫庭院，贴春联……母亲忙着厨房里的事情，父亲张罗着厅堂。我这时惊悚而又无处可逃。

比如早晨，我听到外面的响动，便睁开眼，挨在被窝里，可是这样的等待终是短暂的。没有弟兄，只有我一个。两个大人联合起来对付你。母亲总是恐吓。母亲走进来，她说，赶紧起来，你爸爸要发火了。母亲仿佛总是左右为难的样子。可是她并不真正站在我这一边。不知是有什么难言

之隐，还是她也在巨大的权威之下。

我走出屋，见年也在巨大的冬日的阴霾之中。童年中，每到春节那几天，天便开始焐雪。早晨像黄昏，阴沉沉的。天是见不到的。终日就是那种要飘雨又没有雨的德性。空气中是有水分的，湿湿的。在院子里忙上一会，衣服便阴冷的，湿乎乎的。这时实际上是整个的家也湿乎乎的了。父亲已将几间屋子用水泼过，地上到处都是清水。我始终弄不明白，一到过年，他就要将地洗得精湿，把家里弄得像个冰窟。这是一种什么仪式？也是爷爷辈传下来的，爷爷死得早，我实在是没有什么印象，只记得是留着很长的胡子。奶奶也是没有印象的。只记得奶奶的隆重的丧事和她整日穿着的肥厚的黑色的棉袄。莫言说过，你记得你祖父的名字，可是你能说出你曾祖父的名字么？这个孩子，不但说不出名字，连长相也说不出的。这个父亲究竟在他的父亲那继承了什么？把一屋子都泼上清水，难道也是一种祭祀？

父亲见少年出来，便责令他去擦窗子。少年于是像猫一样轻手轻脚爬上凳子，贴着那一年积下来的尘土的玻璃，用抹布和旧报纸去做那功课。冰冷的抹布和冰冷的玻璃，很快便将少年的手弄得通红。最要命的是，在他的背后还有一双时刻注视的眼睛，那双眼睛随时都可能爆发，爆发出雷霆般的吼声。冲突总是要爆发的。只是不知道会在什么样的细节和时刻。也许在什么地方动作慢了，也许是门对子不小心贴歪了。这样的爆发是随时有可能的。爆发不在少年，而在这个父亲本身。他肯定有什么地方不痛快。他肯定内部有什么很大的压力。这个从乡下走到城里，在几十年运动中被拨弄过的男人，在外面他虽是体面上的人，可是他的内心一定有强大的压力。他不怒吼一下不足以发泄。

好，开始吧。少年先听到背后一声巨响。是水桶踢翻的声音。桶里的污水流了一地。之后是狂吼：

“弄得什么东西?!”

究竟是什么东西呢？可是这个父亲已目眦筋裂，他顿着脚，在院子里狂吼：“你妈的!”要么就冲过来，一副要打的样子，少年于是缩成一团，绷起一切神经，等待着。有时不知什么地方会被猛烈地捱一下，之后便是一阵剧烈的疼痛；或者并没有，只是吓得失了禁。那个手那个脚在空中，突然停住了。

母亲并不能帮助什么。她会小声说：“又神经病犯，吵，吵，吵什么东西!”

那个父亲于是就回到房间，跷起腿抽烟，他一声不语，一声不吭，抽烟，抽烟。一地的烟头。他拼命地吸着，仿佛要把什么不幸和苦涩吸进去……

黄昏慢慢降临了。三十的晚上了。年还得要过下去，一切恢复了正常。过了三十，就是初一。日子还得要过。这样一个年也就过去了。

少年长了一岁。

二

少年的恐惧是彻骨而具体的。上文中说过，奶奶的丧事隆重而又体面。奶奶不是一下子就死的，她死了好几天都没死掉。先是上了草铺，以为死了，可几天下来却能喝一点稀粥。我每天眼睁睁地等着她死，我实在是恐惧，奶奶那蜡黄的脸，没有牙的空洞的嘴，都使我感到她是死过了的人。我敢肯定，不是我一个人想她快死，那些大人们，包括她的那七八个女儿，她们家里都还有自己的事，她们想赶紧处理完了好各自回家，自己的儿孙还等着使唤她呢。我也看出父亲也巴不得她早死早好。父亲县里还有好多事情，他那熬得血红的眼睛在阴暗的草屋里发着蓝光，他变得狂躁得像个狮子。我的母亲已吓得几天没有说话了，她一说话我的父亲就狂吼。母亲说：这油灯的灯头要打小一点，这样得烧多少油……

父亲吼道："油……你不去死……"

母亲立马噤住，不再吱声。

母亲说："菜的叶子少掐一点，你看……这都是青的……"母亲将老姑姑掐丢了的黄菜叶又捡回到篮子里。

父亲又吼道："你妈×的，菜……你不去死……"

母亲不说话了。几天不说话了。

奶奶死的日子天上天天在下着小雨。下了好像很久很久了。那雨就这么下着，不急不躁，像面粉一样下下来。我家院子除了屋里到院门之间铺一溜砖头之外，其他都是烂泥。那些烂泥已给人踩得不成样子了。

父亲终于给小雨弄得爆发了。那天晚上，他在一顿狂吼之后，将屋后草堆的稻草拔下来，抱到院子里，在地上撒，之后穿着鞋，将那些稻草踩到烂泥里。他为什么要将稻草踩到烂泥里去呢？父亲的身上给小雨淋湿了，他的脸上都是雨水，可他那愤怒的样子，脸上仿佛着了火，他像一头被困了很久的野牛，在那些烂泥地上转圈，将稻草死死踩进烂泥里。谁也不敢去拦他。还是我的会做阴阳的小姑父，走过去，一把拽了他，既恨又爱地训他：

"舅太爷……你这是干什么！"

父亲无奈地垂下头，跟小姑父走回屋里。

日子漫长而无奈，于是晚上上灯时间便更长，奶奶在油灯下出着气，连续的小雨将空气弄得湿冷，一时有小风吹进堂屋，将那如豆的油灯吹得东摇西晃，奶奶的影子就在堂屋里的墙上巨大地晃动，有时我看起来像个

兔子，有时又像一个风筝，有时像鬼一样摇来摇去的，仿佛要抓住一个替死鬼带走。这时的我裤子就有点湿，可是我不说，我一说，我的父亲会睁着血红的眼瞪我，把我弄得也像一张飘摇的鬼一样，在墙上涂出巨大的可怕影子。这样的恐惧使我变得尿特别多，到我十几岁了，我仍然尿不尽。一紧张，裤子就有些紧，之后就湿湿地很难受了。

我的奶奶终于死了。我是在西厢屋迷迷糊糊快睡着了，听到堂屋里一阵紧促的声音：

“快了……快了……快了……快了……”

那些声音中有我七八个姑姑的，有我母亲的，也有在我家帮忙的村里人的，他们的声音中夹杂着热切，也似乎有那么点兴奋，毕竟等了这么多天了，终于等到了这么一个时刻，这种流露是无奈的，也是可以饶恕的。

“我的妈呀……”我先听到一声像刀在玻璃上划的尖锐的哭声，之后是哭声一片，我那七八个姑姑此起彼伏地吼着丧魂调哭滚到一块，以制造那种悲凉的气氛。

父亲悄悄走出门，在院子里稀烂的泥地上，点着一支烟，他的脚不断地在院子里的稻草上蹭着。他的目光久久地落在堂屋摇晃的油灯上。

丧事就依例农村的一切去办。晚上烧完“库”，跨完稻草就已近尾声了。第二天还会有一帮吹手，一帮壮汉七手八脚把棺材抬出去，依例还是要大哭一场的。我那七八个姑姑，主要任务就是负责去哭，来客了要哭，仪式了要哭。他们拳头大的脸，一起努力去哭，气氛还是相当不错的。那些皱纹显得错落有致，组成的图案抽象而又神秘。那是鬼斧神工的图案，是毕加索和凡·高也无地自容的图案。

埋了，丧事就结束了。姑姑们早就心急如焚。她们小声说着话，互相邀着：

“什么时候到我那去看看？”

“有工夫工夫。”

于是都整理好自己的包袱，有的不吃饭，就匆匆赶路走了。

三

姐姐在印象中始终不够明晰，我好像没怎么同她生活过。姐姐从何处来？又将到哪里去？我都不甚了了。姐姐大嘴，眼睛鼻子和正常人差不多。只是大嘴，下唇肥大多肉。

姐姐凭空而来。少年在10岁前的记忆似乎不能复原。那是乡下的日子，也就是奶奶办丧事的地方。高邮湖畔的一个村庄，常年阴雨中三间湿湿的土房子，一个土院子，屋后是旺盛的竹园，夏天竹园里阴凉极了。竹园有沟，三面围着，沟里红菱满布。可是这个时候的姐姐的印象全无。姐姐是天上下凡的螺蛳姑娘？

少年的梦魇从姐姐的婚事开始。这时他们已从高邮湖畔的那个村庄来到县城。那种物质匮乏年代的县城阳光明媚，四季分明。夏天河水总是充溢着护城河的堤岸，那高大的木桥的墩柱被银白的水花冲着。墩柱下的河中多有鲶鱼和白鳝，少年同一帮孩子一起，于黄昏下的桥墩中垂钓。妇人们在涮衣。桥上车来人往。一切都是市井中的繁闹。孩子们专注着，不一会便会有一条极大的鲶鱼猛拖鱼钓，孩子一甩，一条大大的鲶鱼随着竹竿的弧度甩上岸来。有时一个孩子，竹竿空中一划，一条白亮的东西在竿头晃动。哈，一条白鳝，于是赶紧甩动鱼竿，将白鳝甩入河中。那个年代的县城是不吃白鳝的，人们都说白鳝吃死人的尸体。妇人们并不干扰这些孩子。桥上的行人们也只管自顾自地急走。

黄昏降临。孩子们看不到竿头的鱼漂。炊烟铺满县城的大街小巷，该回家了。于是少年扛着鱼竿和钓上的鲶鱼，回家。

夏天的十字街总是弥漫着一股中药材的气味。十字街的东北角是县药材公司。姐姐已到药材公司上班。她的夏天总是在药材公司的宽大的院子里翻晒药材。院子的水泥地上摆放几十个大大篾匾，里面晒着桂枝、苍耳子、牛蒡子、葛根、黄檗、鸡矢藤和金银花。姐姐总是翻着那些大匾。药味一阵一阵弥漫着空气，飘向十字街的每个角落。

我会在最炎热的中午来到这里，看姐姐翻药。有时抓一把桂皮，放在嘴里嚼，喜欢那甘辛的气味。姐姐性情温存，她大声说话。我每次去，她都会大声说：

“我弟弟来啦！”

姐姐这时已发育成熟。她穿着白色的确良的衬衫，胸口饱满有力。脸上是未婚女人特有的健康和红润。她虽下嘴唇肥厚，可是红润饱满，像一个熟透了的开了口的石榴。与她一同晒药的，有一个小巧的女人，是县城一个杀猪匠的女儿。她成了姐姐的闺中密友。她们总是形影不离。有时姐姐晚上也不回家，就在另一个巷子里的她的家里睡觉。一切危机四伏。一切也可能皆缘于此。冬天的爆发，是夏天埋下的种子。

秋风一场接着一场，秋雨就来了。县城总是湿漉漉的。秋雨打湿了人们的心。肉票布票紧张了起来。县城的轮窑厂几口高大的烟囱冒着浓烟。拖拉机站一派繁忙。少年的妈妈每天赶到东门外轮窑厂上班。她匆匆地赶路，用一个搪瓷缸路上吃饭。

覆盖了一场大雪，县城安静了下来。街巷中没有了声音。1970 年代与政治有关的街景慢慢被大雪掩没。可一切植物照旧，恋爱也照旧。比如青春的少女萌情也是照旧的，具体的可以以我的姐姐为例。

其实在夏天已经有了迹象，只是我顽童一般，并不能理解事物的真

相。那个夏天我从护城河拎着两条鲶鱼回家，嘴里还哼着：

钱广赶大车帮我捎货，
买点辣椒多给两块五，
钱广的老婆把话说，
为啥多给她两块五，
钱广说：
傻老婆，
两块五，算什么？
只要把她拉过来，
再给她两块五，
也不算多，也不算多……

可是我一进门，气氛就不对。我家那时正在越塘边建三间砖房。门口一个巨大的坑，也许过去是一个小小的池塘。坑边红砖遍地。一切是乱得可以。在乱砖堆边，一个我不认识的络腮胡的男人立着，有些老相，看岁数是个大人。我以为是父亲的熟人。可是空气不对，父亲在那里弯腰拾砖，母亲在厨房里，姐姐在里面屋里。那个男人就那么站着。我走进堂屋，见桌上有些年的东西：两瓶古井贡酒、两条飞马香烟；还有一些桂圆和蜜枣。我不知东西从何而来，于是便走上去看看。可父亲眼睛渐渐大了起来，于是我便慢慢小下去。为了知趣，我走了出去，见那个男人在那戳着，男人见我过去，就对我笑笑，一副和善的样子，他并不是一副讨好我的表情。可是我错误地以为他是在讨好我，于是我便走过去同他说话。我说：

"你在干嘛。"

我其实才说了一半，或者一半没有说完，父亲突然冲了过来，他的突如其来是我始料不及的，等我再想反应过来继续小下去，可是已不可能，一个嘴巴，一个大嘴巴打在了我的脸上，我并不知道疼，我只是感到站立不稳。我的头有一个时刻是休克的。之后才有了反应，是耳朵嗡嗡地响。我知道了，我知道了。我挨了父亲一个响亮的耳光。

这个耳光毫无根据。我研究了许多年，我知道，这个耳光毫无根据。

四

姐姐跑了。她同那个络腮胡子男人跑了。这也是父亲始料不及的。这个打击，对父亲是巨大的。

其实这是一个阴谋，一个巨大的阴谋。这个阴谋缘于这个夏天，姐姐在她那个杀猪匠的密友家里。她是在何种场合认识这个络腮胡子的男人的，我们不得而知。但是可以肯定，这个络腮胡子男人比她大很多。姐姐面对这个暴跳如雷的父亲心理肯定也是阴暗的。因为这个不可捉摸的父亲确实让子女整日胆战心惊。其实姐姐和这个男孩一样，也是惶惶不可终。她大了。女人唯一的办法就是跑，就是私奔。姐姐她成功了。她的操作非常成功。之前没有一点蛛丝马迹。这个络腮胡子男人，他虽然矮胖丑陋，可是他的体贴和细致入微肯定是打动了姐姐。姐姐知道这个婚姻不会得到家庭的认可，她一边虚与委蛇，一边打点自己，把家里的衣服一件一件往密友家藏，就像一个成功的老鼠偷偷地搬家一般，将一根一根稻草拖入另一个洞穴。

父亲得到这个信息是在过年前的三天，这个冬日的黄昏，这个家庭又开始买年货和忙着蒸包子。母亲找姐姐和面没有找到，母亲还说，这个死丫头！又死哪里去了！就开始自己和面，这时一个半大的男孩跑来说，你家的女儿跟人跑了。现在看来这个男孩肯定是姐姐雇来报信的，否则家里人会以为她有什么意外，比如死了或者失踪了。可是那时的父亲正在门口填那口巨大的坑。他对这个男孩的报信置若罔闻，继续在门口填坑，晚上九点多钟姐姐还没有回来，于是就派我到另一个巷口她的密友家去寻，可是她的密友说，不在她那里。一天没有见到她。我见她的那个个子小小的漂亮密友脸上红红的，我就估计她心里有鬼。可是我也不说，我不想搬弄是非，或者搬起石头砸自己的脚，于是我回来一五一十如实报告，说：

“没有。她家没看见。”

这时父亲有点慌了，可是他还假作正经，以显示他这个家长的尊严，可是我从他走路迤里斜七的步伐，我知道他慌了。父亲一定想起了在乱砖旁，那个不怀好意的男人。他对给我的那个亮响的嘴巴，也许早已忘到九霄云外，可是我的半边肿胀的脸不断向我提醒，这个嘴巴毫无道理。

消息在第四天终于来了，其实这一天是大年初一。一个白胡子老者走进我家的门。我估计父亲已经得到了消息，否则这两天他们不会这么稳如泰山，另外我从他与我母亲的叽叽咕咕中也看出些眉目。果然老者坐下，将拐棍放于一旁，他目光盯着我家后面越塘里面的枯荷。老者一字一顿地说：孩子旅行结婚去了。这个人家条件不错，也是本城的老门老户。现在嘛，讲究个自由恋爱，作为家长要想得开些……

交谈是艰涩而无趣的。父亲一言不吭，而老者胸有成竹，桌上的一杯茶老者并不去动。老者稍坐了一会，清咳一声，说，我就不好坐了。说完起身取了拐棍而行。

那个年是没法过了。从那个时候起父亲开始咯血，一个冬天他咳嗽声不断。暴躁而倔犟的父亲，这一次给击倒了。可是他并不认输，他以与女儿断绝关系的方式来维持自己的尊严，可是他是个失败者。多少年后，他以一个失败者的身份，接纳了他的外孙和外孙女。这并不完全是时代的悲剧，这个古怪的父亲，也是他人格的悲剧。

恋　爱

一

半塔是个古镇。少说也有千年的历史，据说历史上是有一座古塔，可惜给雷劈了。我来到半塔时正是1982年的夏天，那唯一的一条古街，叫密密的法国梧桐掩蔽，显出苍老来。信用社在古街的北头，是一座二层小楼，坐西朝东。好像也是这一条街唯一的一座楼房。

从此，我便在这个镇的信用社里一待就是几年，并且开始了我的初恋。

信用社的人员很简单。一个主任，姓胡，整天戴着一顶军帽，手背在屁眼后，不吭声。胡主任虽不吭声，可人并没闲着，偷偷地生了四个孩子，三个丫头，小四子是儿子。小四子长得蛮好，也顽皮得很。一个农贷会计，姓沈，瞎了一只眼睛，他虽一只眼睛瞎了，可打起算盘来飞快。也生了三个孩子，长得跟他老婆一样，都是长脸，单眼皮，小眼睛。不好看。沈会计家在信用社门口开了个小店。他那个长脸的老婆，就整日看住那小店，卖些日杂用品。还有一个信贷员，姓牟，黑黑的，满脸胡子。可是老牟整日不见他人影，偶尔来一下，像贼似的，一会便不见了。他家在农村，我们也从来没见过他的老婆来过。这些都算是外勤人员。

内勤有一个老会计，姓潘，家也在农村，长得像地主老财，特点是瘦。还有一个女学徒小玲，是中专学校分配来的。出纳员有一个王遐，二十三四岁。她人长得很清秀，一笑满脸是酒窝。是天生的一张笑脸。另一个就是我了。

我刚来干复核，和王遐面对面，一个出纳一个复核。王遐是老出纳了，干了有两三年了，所谓复核也是出纳，我等于就跟着王遐学徒。于是整日面对着一张满脸是酒窝的笑脸，也不错。

上个世纪80年代这样的乡镇，单位基本上都是“家连店”。我们上班在小楼上，下班就在小楼后面的一个大院子里。我们信用社七八个职工基本上都住在院子的平房里，连带家属有二十几口人。院子里有几棵高大的法国梧桐。夏天都在院子里吃饭，小孩也在院子里洗澡，洗完光着屁股即拎到门口的竹床子上。院子地上泼的都是水。男人在屋里洗完澡穿个大裤衩摇着芭蕉扇出来，上身一身的白肉。女人仔细一点，窗帘拉得极严，外面就听到水的声音，洗的时间还长，老半天湿着头发出来了，头发将前胸后背的小汗衫弄湿，里面的小衣服似见非见。老一点的再不考究的妇女里面干脆就没有小汗衫，都是同事家属，大家也视而不见。之后开始吃晚饭，一院子的喝粥声，每家吃得也差不多，基本上都是绿豆稀饭加馍头或饼子。吃饭时还互相乱窜打招呼开玩笑。瞎子老沈就讲荤话，主任老胡死不吭声，可脸上笑眯眯的。妇女们不予理睬，小孩子则捧着碗乱跑或在竹床子上乱跳。这样的生活，如若不斤斤计较，基本上可以算是一家人了。

我们单身的住在小楼的二楼，我，老潘、老牟和小玲。小楼从后面上，正对着院子，有时我晚饭后无聊，就站在二楼的走廊看着院子里的活动，那种居高临下的感觉，就像上帝在高处俯瞰人间，也像是在一座山头鸟瞰一座氤氲的村庄，有一种温暖的感觉。我有时正出神，王遐洗完澡从屋里出来，王遐家住大院的顶里头，正对着小楼，她是顶替她父亲工作的。她的妈妈已经去世。她父亲个子很矮，也六十多岁了，虽不是主任，可是解放前参加工作，资格还算老的，因此她家屋后还藏着个小院，她父亲就整天种蔬菜和花，把个小院子弄得喷香。王遐也是头发湿湿的，把个前胸后背的小汗衫弄湿，你想想，王遐也才二十三四，前面胸口像堆着一座山，恨不得将小汗衫撑破，她搬小桌、盛饭，忙里忙外，湿头发一会在胸前一会在身后，弯腰时又泼在脸上，我鸟瞰着这人间的一切，心情激荡，也恨不得弄个望远镜才好，以看清那脸上的满脸酒窝。

二

半塔是个逢大集的镇子，每个月逢五逢十。每到逢集，那一条叫密密的法国梧桐掩蔽着的铺着柏油的古街，便被挤得水泄不通。卖什么的都有，大的卖木材卖牛，小的卖鸡蛋卖油。像卖锅卖盆的，卖米卖布的，应有尽有。还有许多货郎担，卖各种小玩意。吆喝声一片，人声嘈杂。卖各种小吃的，麻花大饼油条，我们信用社门口，有一个老太太，也不太老，五十几岁，卖麻团（有的地方也叫麻圆），她家的麻团真好吃，又酥又香，真是酥得不得了，她是逢集才来，因此每次逢集，我首先是要去吃麻团，麻团要趁热吃，一凉了就不酥，于是我就站在油锅边吃，五分钱一个，吃两个。

逢集也是我们最忙的时候，各个单位取钱的存钱的，能有上百笔业务，比平时忙几倍还多。上午能出去几十个（我们把钱叫个，十万为一个），下午更忙。每个单位都来缴款，用大夹子夹着，食品的，粮站的，车站的，供销社的，农机站的。供销社最烦，几十个柜组，每个柜组都自己来缴，四点多钟高峰期缴款的队能排老长，我和王遐这时忙得连厕所都

去不了。

不过这样也好，我们就可以“俏”，认识的可以先点，后面叫得凶了，我们就让他们先放这（都信任银行的人），像车站的小芳，食品站的小瑗，夹子往我们这边一甩，忙别的去了，等高峰期过去了，来取走回单。

小瑗刚开始不肯放，是小芳将她手里的夹子一夺，直接甩到我们柜台上。小芳在车站卖票，那时坐车没有现在方便，买票就更困难。因此我们每次上县，都要走小芳的后门，先留一张票啊，从驾驶室爬上车啊。因此小芳就居功自傲，在我们面前就横些。小芳个子不高，但人很精明干练，讲话戗生生的。小瑗则不同，小瑗长得什么样子我说不好，反正那时她从我眼前一晃，我便一晕。根本看不清什么样子。如果说有个印象，就是脸上干净无比，看了一眼，就像吃了迷魂药，人就不知所措。特别是那个眼睛，后来我去过九寨沟，见到九寨沟的那个水，我就想起小瑗的那个眼睛。那双眼睛，真是个五彩池。我想使我晕的，可能就是这个池子。

我的初恋，就是从小瑗开始。

我起初并没有这样的妄想。起先，我只是有些模模糊糊地暗恋王遐。王遐虽然比我大几岁，可我那次在二楼的鸟瞰，使我对王遐有了一种异样的感觉。因此我每天上班，便特别卖力，那时全国学张海迪，许多报纸登张海迪的事迹，于是我便以张海迪为榜样，一边学习业务，一边自学读文学书籍。业务主要是学习点钞票，你别小看这点钞票，点好了也是劳动模范，我们邻镇有个出纳，因在全国点出名次，奖励了两级工资，还弄了一个三八红旗手。点钞不是你家那一点钱，我们一点就是几千张，点法有单指多指，还有扇面，多指一下能划几张，扇面一次十张。快的一百张拾元的不要十秒钟就点完了。王遐是县里的冠军，要点十几秒，我于是就跟王遐学，有时我笨手笨脚，蠢得很，王遐就过来抓住我的手，这样，那样，王遐一边说，一边示范。王遐的手细润温暖，特别这个温暖，我受不了，我一会就乱了。我有时恨不得一把抓住她的手，可那时我才十八岁，我哪有这个胆啊。但我磨洋工，稍延长一点时间还是敢的，王遐才二十多，多敏感，不一会就抽出自己的手，那张笑脸也马上热起来。两人不自然一会，过一会又自然了。

银行金库的出纳员是要两个人保管钥匙的，叫“双人管库”。金库密封很好，两道沉重的大铁门，分里间外间。每次入库出库，都是我和王遐两人，有时为了核对库存，我和王遐在金库里一待就是好半天。两人搬上搬下，金库又窄狭，转不开身，两人几乎是面对面，我有时看着王遐的脸，她一笑，笑窝在鼻梁两侧，特别滑稽，我有时就说，你笑起来好好玩。王遐更是满脸开花，她正色道，我是你姐，不许和我开玩笑。果然没过多久，有一次出库，取出十万块钱整数，可王遐并不走，过一会，她对我说，她爸给她介绍了一个男朋友，也是半塔人，在部队当兵，已经是排长了。我说你同意了？王遐说我爸说一不二，敢不同意？这样我们愣了一会，都不说话，站一会，也就出去了。

之后不久，就有信来，听说是从石家庄来的，我也不知道石家庄在什么地方。可是王遐变了，她不怎么笑了。人也多了心思。

三

和小瑗开始是这样的。

小瑗她们食品站，经常有些破损的商品卖，比如一只鸭子刚死，还能吃，就一两块钱卖给内部职工或熟人，有些鸡蛋磕了个瘪子，就作为破损的坏蛋，几分钱一斤卖了，有的职工趁领导不在，有意将鸡蛋磕破，卖给熟人。有次王遐对我说，你买个电炉，可从小瑗她们食品站买点破损的坏鸡蛋回来，晚上看书晚了，打两个鸡蛋吃吃。

我那时已开始剪地方日报副刊上的一些散文诗，贴在一个大本子上。它们是我学习的榜样。我们信用社隔壁拖拉机站的王站长，一个月写几篇一百多个字的新闻报道登在地区报上，我见到第一个活生生的一个人将字写出来，寄出去，过一段时间就印在了报纸上。报纸不是王站长给我的，而是邮局送来的，你说能有假吗？从那时开始，我就有点崇拜王站长，并且有了点自负，因为我除了剪地区报上的散文诗，还在镇新华书店买世界名著读。刚开始我并不知道世界名著，我的一个在地区师专读书的同学，将一本《世界文学阅读》的大学课本送给了我，我读了一些片断，很不过瘾，于是我就按照“阅读”的指引，购买了《老古玩店》、《悲惨世界》、《复活》、《猎人笔记》和《父与子》等名著，刚开始我读不下去，那些外国人说话都是一个腔，而且人名字老长，根本记不住，读一会就读乱了。但我迷信，既然是世界名著，肯定是好东西，只是我原来不读书的结果。于是我便将一根练功的功带钉在椅子背上，将带头子往腰上一扎，规定自己读五十页，才能站起来。这样硬着头皮读，几天下来，一本书便读完了。这样读了几本，我好像就有了些变化，最大的变化是感到自己和别人不一样了。具体不一样在哪，我也说不清楚，反正开始有了点自负。最明显的是不把信用社的有些人放在眼里，像瞎子老沈和胡子老牟，甚至胡主任。王遐就欣赏我这一点，她于是建议我买点鸡蛋什么的，加强营养，搞好身体。

就这样和小瑗有了接触。

那天下班，我和王遐约好到街北头的食品站的院子找小瑗。镇上的食品站，那时候都是一个大院子，院子好几排房子，长着许多大法国梧桐树。院子里鸡鸭猪都在笼子里关着，鸡蛋一箱一箱的，垫着稻草。小瑗倚

在大门口，边上一个大磅秤。我见到小瑷，仍是晕，她的眼睛，打死我我也是不敢看的。

小瑷倚在门口，其实是在那等我们。我们一进院子大门，小瑷就看见了。她迎过来，一下搂住王遐，说：

“你们来啦。”就往里走。

进到屋里，屋子很大，但刚从外面进来，眼睛还不适应，觉得里面暗暗的，小瑷就叫：“大虎大虎。”

一个高个子男人就从暗处走了出来，手里还拎个筐子。

小瑷对那男的说：

“大虎，王遐他们来买鸡蛋……”

大虎走过来，看清楚了模样，没有屁股，满脸疙瘩，可样子挺温顺，似乎很服小瑷管。

小瑷见大虎过来，就用手指着大虎，对我们说，其实好像是对我说，因为王遐和大虎都是一个镇上的。

“这是我们组长。”

大虎对王遐呲了一下嘴，算是笑了：

“到后面，走。”

我们随大虎来到后排房子，后面更热闹，鸡鸭鹅叫声一片，大虎来到一处堆着许多筐子处。搬下一筐，撬开盖子，稻草下面都是鲜红的好鸡蛋。大虎拿出一个敲个瘪子，拿出一个敲个瘪子，拿了有四十几个，之后给我拎着，说到前面去称一下。出了门，大虎忽然一下，弯过去顺手捞了一只鸭子，鸭子惊得呱呱乱叫，我们还没定神，大虎又是一下，将鸭子重重掼在地上，鸭子斜着翅膀，在地上转了几圈，不动了。大虎掼时，小瑷一下躲到了我的后面，拽住我的衣服，她这一招我没想到，我下意识地护鸡蛋，正好碰到小瑷的手，一惊，又赶紧躲，又划到了她的身上，这时小瑷脸已红得不行。

大虎见鸭子不动，就拎起来，对王遐说：

“回家炖给叔叔吃。”

回来的路上，王遐对我说：“嘿，小瑷好像喜欢你呀。”

我一推王遐：

“大虎才喜欢你呢！”

王遐脸红了，不再吱声。

四

我和小瑷是在王遐的竭力催促下见的面。

本来我并没有这个意思，信用社虽然不大，但也像个大家庭，我来了一段时间，和大家相处得也还融洽。老沈老婆开店，我就在他家店里买烟，有时老沈就让我在他家吃饭，一来二去，和他家大人小孩都熟悉了。三个小眼睛的儿子也还好玩，叫我“叔叔”。其实我也不比他们大多少，只是因为我和他们的爸爸是同事。老沈喜欢喝酒，有时在他家我也喝两杯。社会上把信用社的人叫“农贷猴子”，他们三教九流，吃酒行令，无所不能，我的喝酒划拳，都是跟老沈学的。老沈教我划过一种螃蟹拳。两个人要唱起来：

螃蟹一呐
巧八个
两头尖呐
这么大个
一上口，一下口
六六大顺该谁喝
…………

老沈赢了我喝，我赢了老沈喝。

他们不仅喝酒行令，而且闲暇时还打牌赌钱，据说老牟就是一个惯赌，他不在信用社赌，都是到村里与大队书记们赌。他有时来一下，上楼正好和我擦肩而过，他不说话，笑一下，满脸的黑胡子，我感觉他的牙齿很白。

夏天的晚饭后天还亮着，吃完洗完了，老沈就在院子里晚饭桌上，铺一个毡子，哗啦一声倒下麻将，老胡老潘就过来了。他们打一将牌（一圈牌）或两将牌，天黑透了，也就结束。一般来说，都是老沈赢得多，老沈不仅算盘打得飞快，而且算账也快。几番牌得给多少钱，他一口就报了出来。他打牌简直是成了“精”，抓了一副牌，看一下，之后就一直砍在桌上，抓一张换一张，之后把牌一翻，和了。老潘虽然像个地主老财，可是他打牌并不精，多数是输，他一心想让儿子顶替，因此平时上班，他眼紧得很，很怕我们“偷”了他的技艺。

他们打牌，我有时就站在后面看一会。他们邀我参加，我则不干，我的内心似乎不属于这里。我也不知道自己向往什么，我有点迷茫，也有点空虚，我觉得外面的世界很远。

就这样王遐让我跟小瑗见面，我同意了。

那天也是逢大集，下午我们特别地忙，小瑗下午来缴款，脸上就怪怪的。夹子也不甩过来了，而是耐心地排队。轮到小瑗，王遐对她一笑，言下之意很明显，小瑗也不说话。缴完款转身走了。

晚上小瑗同王遐一道如约来到我的房间。按说应该在王遐家或别的什么地方，但我们也不懂，王遐的爸也是断不会同意她多事的，因此就说到

我这里来玩玩，其实意思已明了。因为已到夏尾秋初，晚上有了晚凉，院子里人也少了，小瑗她们来时，也没有人注意到。我在街上买了三个苹果，她们一来，我就削苹果。王遐和小瑗就翻我桌上的书，我也不是有意放书装样子，而是我一直就是这样了，她翻翻《复活》，又翻翻《艾青诗选》。

苹果递到王遐和小瑗手里，王遐一会就吃完了，而且声音挺响，而小瑗咬了一小口，就没有吃，之后我再看那苹果，已有点黄了。小瑗就这样拿在手上，也不吃，也不扔。坐一会，王遐说出去一下，马上就来。我知道王遐出去不会马上就来，我既不希望王遐走，也有点想她走。我犹豫着，王遐就走了。

王遐一走，我就呆了。几乎没跟小瑗说一句话。她就这样坐在我的床边。我们多数时间是沉默的，可是我还是感到温暖，毕竟有了一个女孩坐在了我的床边。虽然我不敢多看她，可我还是感觉得到她的存在，我感到她像一块冰，因为她是那样的纯洁和单纯，但我也觉得她是一团火，毕竟是一个充满活力的女孩。具体我也说不清楚，对于一个没有任何经验的男孩，只有一种模糊的美丽的感觉，那种美丽是幸福的。

就这样坐了不长的时间，又好像是很长的时间，小瑗说她要回去了。我同意。我就站起来送她。她便在前面，我在后面，送她回去了。

回来时我见小瑗没吃的苹果放在了桌上，我拿起来看看，几乎没有吃，只是黄得利害，还有点点锈斑。我看也还好，就用水冲冲，把它吃掉了。挺好吃的。

这样我们开始了交往。

五

几场秋雨一下，天就凉了。

我们信用社出了一件事，老牟的腿给枪打断了。那一年，东北出了个“二王”，这个姓王的兄弟俩抢了银行打死了人，跑了。这两个人原来都是当兵的，是兵工厂的，枪法特别准。跑了之后，他们一路抢劫，又打死了人，公安到处狙击，逮了几个月还没有逮到，因此全国通缉，我们镇上也贴了许多“二王”的照片，我在镇派出所看了那复印的，之后又在我们信用社门口墙上看到，两人都人高马大，凶得很。社会上也谣言很多，有说在江西山里的，也有说在我们镇的长山头的，弄得全镇人心惶惶。反正民兵和公安设了路卡，检查过往车辆。老牟这个家伙，平时神出鬼没就算了，非常时期他还是不闲着，那天他在大队打麻将打到半夜，又到他邻村一个“小奶奶”（姘妇）家去睡觉，走在半路上，被民兵截住，他是做贼心虚，民兵让他站住，他非但不站，还拔腿飞跑，民兵鸣枪警告，他跑得更快，民兵上去一枪，正好打在老牟腿上，腿给打折了。逮到一经调查，不是“二王”，是我们信用社的老牟，可是活该他倒霉，谁叫他飞跑，但县里来了人，让老牟停职了，我们信用社就有些乱。

这期间我和小瑗通信了。我给她写信，她也给我写信，其实我们在一个镇上，不用写信也是可以的，可是我们不写信又没有别的方式表达自己感情。而且写信又是个时髦的事情。我们的信有许多是投在了一个邮筒里。因为我们镇也只有两只邮筒，一只在南头邮局门口，一只在北头银行（信用社）门口。就这样我们把信投进去，有时在邮筒跟前，我们还互相遇到。

我和小瑗还偶尔约会见见面。我们约会的地点是烈士陵园。半塔这个地方，是个革命老区，张云逸、罗炳辉曾经在此打过仗，仗打得相当惨烈，史称半塔保卫战，之后就建了一个很大规模的烈士陵园，里面树木很好，松柏都很大了。半山腰上，空气好，风景好，是个约会的好地方，镇上也没有公园，大家也就将这个陵园当公园来看。

我们所谓约会，也只是沿着山中的小路走，说些话。话是不多的，偶尔说一句，可两人有吸引力，就这么耗着时间。有一天晚上，月亮很好。季节已是深秋了，我们穿过陵园的石阶，绕着山腰的小路，白天不知何人挖沟排水，将小路挖断了，说过不去也能过去，说过去也有那么宽，我说往回走，小瑗倔起来，说自己能蹦过去，我于是不说话，就看着她，她几次助跑，想跨过去，可到了跟前她却刹住了。自己就笑，我在月光下，看着她的脸，真是灿烂无比。人一高兴，就比平时好看。那种脸上的线条轮廓，一下触动了我的心。我不知哪来的胆子，一下子抱住她的腰，她一使劲，咦！居然蹦过去了。可我听到卟一声，紧接着她便弯腰摸身子。哈，裤腰带断了。这可笑话了！小瑗脸是红得不能看了。我赶紧过去帮忙，小瑗打我的手，说坏。我又一下抱住她。小瑗这下不动了。我看住她的脸，心都快碎了，我紧张极了。可我又似乎很镇静。我轻轻将唇贴到她的唇上。她的唇在深秋中微凉。她抿着唇，一动不动。我们就这样在深秋的月光下站着。深夜的陵园静极了。我听到了她的心跳。那是一种钟表的铮铮的声音。我感到她的呼吸，那是女人的气息。我可以肯定，就是有女人的气息。因为我从来没有感受到过这种气息。这种气息，让我心慌晕眩。

我感到她温软得似要融化。月光真好啊。

六

老牟的事刚要平息，我们信用社又出了岔子。这个岔子出在我和王遐身上。

那天是个月底，正好又赶上逢集，白天我们忙坏了。晚上扎账，可怎

么核对，总是少一百块钱。现金的余额比账面少了一百块钱。银行的账，是分分秒秒的，一分也不能少，连多一分也是不行的，更何况是少，而且是一百块！我们找遍抽屉，地上也扫了无数遍，可反复查，还是现金少了一百。当然我和王遐都不可能迷了这一百块钱，这一点，我们互相是信任的，可是错到哪去了呢？是扎把时多扎了一张，白天多付出去了？还是收款进来时，我们点错了，少收了？这个事很麻烦，不但我和王遐要赔这个钱，而且要上报上去，是出了差错，要通报批评的。

我们找到很晚，可终于是没有找到。最终我们赔了款，还受到了批评。可这些还不是关键，关键的是我和王遐的关系出现了变化。王遐虽没说什么，可我感到，王遐似乎是怪我，怪我工作分心了，但也不完全是，这一百块钱究竟哪去了呢？我也感到纳闷。我和王遐之间，就有了些陌生，没有从前的那种默契，有时两人进到库房，感到有些别扭，也说不出，因此话也便少多了。

但更重要的是，我在小瑷面前，也终于还是失败了。

忽然有一天，小瑷和我出来，她先问我错款的事。这事是瞒不住的，我如实去说。之后她一路不说话，似不太愿意理我。憋了半天，她终于说了，她吞吞吐吐。可她的意思我还是明白了。她说她人还小，她家里人不同意。我似乎感到是托辞。可我始终没弄明白，究竟是何原因，使她改变了主意。

多少年过去了。现在我知道，爱与不爱，是不需要理由的。女孩子的心，在那个年龄，就像夏天的云，高远，飘忽，是逮不住的。她怎么想的，我哪里能知道，可是女孩子决绝起来，你就没有办法了，更何况我也正值少年，受了文学的蛊惑，也不知道自己是个什么东西，于是也倔头倔脑，对女人还不知道呵护和怜爱。我没听她说完，就突然冲动起来，扭头便走。

可是那一夜，我失眠了。

这是我来到这个世界上第一次失眠。人失眠的时候，脑子是多么清楚啊。我的耳朵从未有过如此的敏锐。夜的一切轻微的声音我都能听到……跑过一只老鼠……昆虫在墙根底下的鸣唱……刮风了……远处有闷响的雷声……外面树叶哗哗地响……听到有没关上的窗户被风刮动……玻璃碎了……窗口大如黄豆的雨点在空中乱射……噼里啪啦，东一个，西一个……打在树叶上稀稀拉拉……一个大闪……半天，远处一个闷雷远远地滚来……雨哗哗地下了……稀稀拉拉的声音连成一片。全世界仿佛都在雨中了。

这雨大概持续了有半个小时，便慢慢停了。我就那么瞪着眼睛听着外面的一切。天应该是晴了，外面这秋天的夜空也许能看到星星，空气中应该还有疏疏的毛雨。树叶子应该是碧绿的，一切仿佛都是崭新的。可街上的积水，以及积水中的树叶、废纸，下水道的流水声，都在告诉人们刚才下了一场暴雨。

此时一切都安静下来。外面的风小了。偶尔从门缝里刮进来，门边的电灯开关线的坠儿被风碰在墙上，一下，一下，一声一声脆响。我竭力回想小瑗的样子，可我什么也记不起来，我想想又好笑，一个人，认识，可叫你说出她的样子，眼睛怎么样，嘴唇怎么样，鼻子怎么样，却一点也记不起来。我只记得她那小巧的样子，那脸上洁净明亮，眼睛，眼睛，波光一闪，仿佛一道光划过……

我就这么想着，想着，等待天亮的到来。

2006 年 1 月 26 日晚，春节前两日。

专　案

一

我曾和旧同事一起搞过三个月的专案。三个月里，我们同吃同住。专案的地方是一个叫雷官的镇子。镇子很小，很破烂，唯一的一条街道泥泞不堪。我们专的案子是查一个叫陈有余的人挪用贷款的事。陈有余是雷官信用社的外勤人员，他也是当地人，春天耕牛种子贷款时，一些熟悉的农民，为了图省事，就把私章交给他，让他代办贷款，都是乡里乡亲的，大家信任他。没想到陈有余在私章上做手脚，立了别人的据，盖了别人私章，却把贷款自己用了。这样的事，不到还款期也发现不了，他用这些钱赌博，还养了一个“小奶奶”（情妇）。

查清这样的事情工作量很大，他办了几百张据，除案子暴发发现的那几张外，其余他经手办的据，也不知有多少是冒名的。那时条件差，又没有多少电话机。为弄清他究竟办了多少假借据，我们只得带上借据，一户一户农民家去核实。

专案的时候正是七八月的大夏天，白天我们顶着烈日一户一户人家核实。晚上回来一身臭汗。我那时也才二十出头，小青年一个，精力是出奇地好。白天办完案，晚上我就躲在帐子里背诵郭沫若的诗，把《女神》抄在一个笔记本上，一心做着文学梦。

我们专案组一行四人，除我，还有老王老冯小毛，老王岁数较大，是组长，老冯是瘦高个弯腰的近五十的人，小毛比我大几年，家里孩子还小，他腰板很直。我们一日三餐都是在公社食堂搭的伙。也住在公社招待所里，四个人住一间房子。食堂的伙食千篇一律，有时我们四个人出份子，买一副鹅杂，两瓶啤酒，将屋里的四只小方凳搬到院子里拼在一起，再借两条长条凳，四个人便有滋有味喝上一回。酒喝完了，天也黑了。院子里漆黑漆黑的，蚊子在耳边嗡嗡地飞着。抬头看天，有时一天好星星，密密麻麻，银河汉界看得一清二楚。大家坐在院子里，一边用扇子赶着蚊子，一边聊天。慢慢夜深了，有人打了个哈气。困劲上来了，于是回到床上，一会便睡着了。

有两件事不得不说。这个信用社的主任姓潘，是位老同志。说是老同志，是因为他是国民党部队的一个连长，是傅作义部队投诚过来的。他转业后，就回到家乡的这个信用社当主任。老潘没文化，为人相当糟糕，生了七八个孩子，都是丫头片子，小七小八子也还小，家里整天叽叽哇哇的。他的老婆皮肤非常白，长了一副刀把子脸，活像个地主婆。整个一个夏天，她就躺自家堂屋的大吊扇下的躺椅上，跷着二郎腿，叼着香烟，嘴里喊着小七子小八子别吵了！可小七子小八子并不停下，依然在床上跳着闹着。

老潘孩子多，小七子小八子虽拖着鼻涕，可大丫头二丫头都十七八了，亭亭玉立，皮肤继承了她们的妈，而脸型继承了她们的爸，瘦长脸，大眼睛，活像现在的张柏芝或章子怡，整日唱着歌在家里进进出出，家里人不把她们当一回事，可是很吸引外面的人的眼球，比如就吸引我这个二十出头的小伙子的眼球。可我当年书呆子气十足，对潘家丫头的爱慕，也仅限于多看几眼，引而不发，可是最后还是弄出了故事来。

老潘家养了一头大黑猪，有二百多斤了。猪经常偷偷地自己跑出去玩。老潘满街找，找到了就用绳子套住往回拖。猪也是叫着闹着不肯回去，老潘就在小街上泥泞中趔趄着，与猪较劲。

信用社是一座老房子，是过去镇上大户人家的老宅。房子里黑咕隆咚，铺着旧式木地板，走在上面咚咚咚响。据讲地板下面有两只狐狸，我们只是听人说。信用社里可是有人见过。夏天的黄昏，信用社的会计小居就见到过两只红火的狐狸出来大摇大摆地从墙头上走过，狐狸见到小居并不害怕，非常从容。小居是个中专生，家是外县的，分配在这里，取了个镇上的姑娘，可多年没有孩子，夫妻经常打架。据说是小居不好，也不知是身体不好还是脑子不好。反正我们入住后小居就有了病，动不动就要把信用社的账本拿出来烧掉。每次都是老潘吼了几嗓子，小居才安静下来。有一次老潘把守金库的枪掏了出来，吼道："你小子要再胡闹老子我毙了你！"老潘当国民党兵时的那个蛮劲又上来了。也有人说，原来小居是不烧账的，人长得清秀，一手好字，账也记得漂亮。就自打见着狐狸之后落下了这病。真如土话说的，真是撞见鬼了！

二

我们查账进行得非常艰难，两个月才核对出四五户人家，有的还互相抵赖，互不认账。他说是他用的，他说不知道，根本没借信用社的钱。我们核对到一户姓马的人家，借了四十元耕牛贷款。老马说根本没有这回事，说老陈同他讲借个私章用一下，就借了，哪知道他干了这种缺德的事情！我们找老陈核对，老陈一口咬定，贷款就是这个姓马的狗日的用的，我亲手交给他。如今墙倒众人推，他也想浑水摸鱼赖账。

我们看老陈情绪激动，估计这笔贷款是真实的，因此我们问老陈敢不敢当面对证，以弄个水落石出。老陈信誓旦旦：敢！于是我们一行人便赶往老马家的那个生产队。从镇上到老马家的那个队有十几里。我们下队都是两条腿走，来到队里已近晌午，找人打听，老马正在水田里侍弄着呢。我们喊老马上来一下，老马便从水田里赤脚拖着铁锹上来，还没有说几句。老马又激动了，拿着铁锹就来铲老陈，老陈扭头就跑。

这是一个物质匮乏年代的夏天。这天天气特别地好。天非常高。白云静静地停在天穹。天气炎热，一丝风也没有。大片大片的水田，远处的村庄被绿树包围着。一点声音都没有，忽然这两个人跑动起来，越跑越远，老陈虽然瘦瘦小小，可跑起来飞快，老马赶不上，就在后面骂：

“你这个王八羔子……绝八代子孙的……你平白无故地诬陷我……”

声音非常清晰，一波一波扩散到远处的村庄上去。

我们站在田埂上望着老陈笑，这个老陈，还骂人家老马狗日的赖账，分明是他讹了人家老马的账。否则狗日的跑什么！是事实，他老马还真敢铲你？

回到镇上我们问老马，究竟那四十块钱耕牛贷款是谁用了？老马软了。老马说：

“是我用的。”

老马软了，可老潘不是同他家的猪较劲就是要枪毙小居，他的长脸老婆跷着二郎腿在电风扇下嚷着小七子小八子别吵了，而我却同她家的二丫头对上了青眼。

这也是我的阴谋，不下去查账时，我有时就夹着一本书，并不真看，从老潘家门前走来走去。二丫头在门口洗衣裳。二丫头虽不读书，可对喜欢读书的人还挺好奇。中国人啊，就是有这点好，不管怎么说，都有点敬仰读书。其实读书人有时候也坏得很。比如我。我这个时候夹着书走来走去，明摆着是阴谋嘛！可二丫头没看出来，见到我，眼睛里头水汪汪的，我就知道，二丫头有点喜欢上我了！

那一天是个礼拜天。小毛说，想孩子了，要回家看看。我知道他是鬼扯，还不是想老婆了。小毛一走，老王老冯也要走，说也要回家办点事。我知道他们也是鬼扯，还不是都想老婆了。他们三个人一走，我心里一下子空空落落的。我一个人在招待所坐了一会，就夹着一本书到了信用社的院子里。潘家的二丫头正在门口一只大脚盆里洗着。我给她一个眼色，她就站起来，甩甩手上的肥皂沫，就跟我走了出来。我无事人一样走在前面，她甩着手不远不近地跟在后面。我们像两个对上暗号接头的特务，挺刺激的。

我又走了一会，都快出镇子了。她不走了。我回过头来，她问我：

"你找我干什么?"

我说:"我……"

她说:"没事我走了。我马上要上班了。水吼坪石油队。"说完她转头走了。

我一着急,说:"潘丽英……"我说出她的名字,可她还是不回头。她甩着手上的肥皂沫,走了。

我自己愣在了那里。

三

一条潜河从劈开的大山倒下来,那水撞击着巨大的山石,发出轰隆隆的吼声。之后猛拐了一下,甩过一处平滩,便安安静静地流过一个镇子。这个镇子,便叫了水吼坪。

这个坪我来过一次。那次来是核对陈有余的冒名贷款的几户山里农户。这个地方很美。主要是山水美,人家的生活还是很困难。我们去到一户姓焦的人家,三间破屋,东头拴着一头牛,西头关着一头猪,中间是老焦一家的一张大床,上面一堆破棉絮,就这些,完了。老焦从陈有余手里借了二十块钱,我们核对了,是事实。老陈没坑老焦,否则太不近人情了。我们那天还在坪里小学施永鹏那里吃了中饭。施永鹏是老潘主任的外侄,老潘那次破天荒地同我们一道下了一次乡。老潘说,到我侄儿那吃饭吧。老潘说这话时,一脸的自豪。意思是我这侄儿还是有出息的,老师。于是那回我们就去了施永鹏那吃饭,原来施永鹏是个结巴。

果然潘丽英走了,去了石油队。我已有好多天不见到她了。其实才两三天,可我觉得好多天。那天老王老冯他们又回去。我一人在招待所,将书一扔,就撒脚往水吼坪去。反正最近一段日子我已跑惯了。我跑起来很快。

夏天正是水最旺的时候。那泱泱的大河狂吼着砸下来之后,正汪汪地流淌,岸边的水草在水流下一派欢腾,仿佛听到她们咯咯的笑声。她们那肥美葱绿的样子,使人想起正往外涨着青春气息的少女。只是那些树,那些草,也太旺盛了。那些绿太铺张了,有些浪费得过头。

我来到坪上,先到坪上的小学,找施永鹏。

学校其实是藏在大山的皱褶里的,一个空坪,几排房屋。空场有几棵大树,四人合抱不过。有人说,是银杏和香樟。我仰头望望,四围山色空蒙,空坪上孩子们的跑动和嘴里的琅琅声,在这大山中,显得很静。

我来的时候施永鹏正在上课,我在他门口坐了一会。施永鹏下课了,他见到我就嘻嘻笑,我估计他知道我喜欢他表妹了。果然施永鹏出去了,出门时他回头说,茶……茶……茶壶里有水,自……自己喝。我打……打

个电话。学校里有手摇的电话，石油队条件好，肯定有电话了。我跟施永鹏只见过一次面，不知道他为什么对我这么好。

我坐了一会施永鹏又回来了。回来施永鹏就叫我帮他一起给他挂蚊帐。他表妹进到屋子，我们的蚊帐正挂到一半，屋里很黑，光线不好。我见潘丽英进来，屋子就跟着一亮。那是潘丽英的眼睛。潘丽英的眼睛是那种让人惊心动魄的眼睛，她才二十出头，一切都是正好，像一只刚刚剥开的热鸡蛋，肤色像，线条像。她进门时走路，柔软得像一只虫子，没有一丝动静，而目光所到，却让人一亮。我就是从潘丽英的眼睛中，看到她来了。

潘丽英的笑和动作，这时也像是一只虫子，柔软而安静。她笑着走进来，说："你打电话找我来干么?"说着她看到了我，之后就不吱声了。她拿开施永鹏的手，给他挂帐子，动作慢且无声。

中午我们在施永鹏学校食堂，打了饭和菜，拼了两张凳子，潘丽英和我一起在这里吃饭。食堂的伙食实在太差，青菜里只有两滴油。

四

施永鹏在这个小学教书，纯粹是误人子弟。他才高考落榜，闲着无事可做，他的父亲说，就到我那坪上代课去吧。他父亲的"我那坪上"，是因为他是坪里的副支书。他到这个坪上，就相当于纨绔子弟，说来教书，还不如说来鬼混好听。

没过几天，我又去了一次水吼坪。我给他带了一条军裤，那个时候，穿一条肥肥大大的军裤，是很时髦的。我给他带军裤，情绪很复杂，主要还是感谢他对我的无端的热情。当然我也有点拉拢他的意思，相当于现在的一次小小的行贿。施永鹏见到军裤很激动。他说话语速很快，又有点结巴，他对我说，我，我，我早就想有一条军裤了！你，你太好了……我也很，很欣赏你……你在银行（信用社在一般人眼里就是银行）工作，很，很不错，很不错……他的过度的热情，总是给人以好感。后来我赢得他表妹的好感，并且最终征服了他表妹，我想都得归功于他的热情。

那天快到中午时，潘丽英来了。我一见到潘丽英，就是一副失魂落魄的样子。施永鹏对他表妹说，他，他来了……潘丽英笑了一下，算是回答。潘丽英一笑，我更紧张，我说，我，我，我是来查账的，陈有余还有一户贷款要核、核实的……我一紧张，也像施永鹏一样结巴了起来。妈的，我真无用！潘丽英一听我这样说话，就笑了，并且笑出了声。施永鹏听到他表妹笑，以为我是在学他讲话，一着急，说，你、你、你他妈的……我这一下更紧张，人一紧张手就紧，便打了一只碗。施永鹏一共才两三个碗，还被我打了一个。于是我说，碗，碗，碗……我去买呢！回头我去买、买一捆，一捆来……说完我扭头就走，跑得不知有多快。

果然不一会，我在坪里的小卖部抱回了一摞碗，而且还在小街上要了一副鹅杂和一个小炒。之后我热情大涨，又跟着施永鹏跑到他们食堂打饭菜，回来我搬开施永鹏唯一的一张桌子，擦拭干净，倒出鹅杂、小炒，和食堂的炒土豆、烧豇豆。施永鹏竟然不知从哪里还弄了一瓶啤酒，用碗倒了出来，他坐回床沿，让我同他表妹坐在他对面仅有的两张凳子上。这时施永鹏说话了：开，开，开饭了。

那顿饭吃得浪漫而温馨。那是20世纪80年代一个叫水吼坪的小镇上的一次浪漫午餐。潘丽英软软地坐着，她像一只虫子，安静而无声。一个美人，又安安静静，女人的味道全出来了。潘丽英就像一道光，一束花，一首曲子，她不声不响，可这些都有了。那个午餐我涨红着脸慌慌张张将那一瓶啤酒几乎一个人喝光了。

施永鹏完成了我和他表妹第一次正式见面，剩下来就是我们自己的事了。果然没过多久，我赢得了潘丽英的好感。有一次我到水吼坪来，施永鹏竟然打了一条狗。也不知道他从哪里弄来的。反正那顿狗肉真是美妙极了。吃得我和他表妹鼻涕直流，过瘾啊。潘丽英虽然安静，可还是鼻涕直流，把施永鹏笑的，说，这只虫、虫、虫子是、是、是只馋虫。

那天晚上，我送潘丽英到石油队。我走出施永鹏的宿舍，夜黑得很沉，虽然月光高高地在天上映下来，可是大山里的夜晚，总是显得沉静些，我们轻轻走到香樟树下，两个人的影子，影约投到地上，我定下神来。见那娇美的白影子，定然是潘丽英的，而那个野兽般的高大影子，正是我，我正轻轻搂着潘丽英……

之后的日子轻松而缓慢。我到水吼坪来的次数越来越多，而有几次我随施永鹏潘丽英到坪里学校边的小溪里去嬉水，那青青的水草，欢快的溪水，美的潘丽英，就似那山的神。那样的画面，深深地印在了我的心里。有那么一回，我竟当着施永鹏的面在水中牵住潘丽英的手，潘丽英竟然不反抗，一下子没反。我知道了，潘丽英喜欢我了。

五

两个多月了，我们的专案还没有大的眉目。我们跑了大半个雷官镇的村寨。先是南片的白泽湖、江家老屋、花山、林山头、金塘咀；之后北片的落儿岭、大化坪、漫水河、上土市、水吼坪、鱼凉亭、花凉亭和鹞歇坪。这中间当然也有我们自身的原因。老王年纪大，一身病，白胖白胖，基本上是虚胖，因为他一走路就出汗，有时没走路也出汗，一身的肉拖拖拉拉，因此效率差。老冯胆小，齉鼻子，讲话不清楚，基本上是个明哲保身的人。我和小毛弄材料，比如查到一户，要这一户出证明，盖章、手印

一样不能少，有的农户还不肯出证明，怕以后老陈报复。一村一户又很分散，全靠两条腿，快又能快到哪里去？

那天我们到桥板村聂富贵家核查，桥板村较远，在雷官镇边上，快靠近大英镇了。正好那天桥板村队长胡冯的手扶拖拉机在镇上，于是约好坐他的车走，可胡冯上午要在镇上开会，下午才能往回走，于是我们等下午。

下午近晚才走，拖拉机载着我们十几个人，走在乡村道路上比牛还慢。胡冯的司机是个新手，开得歪歪扭扭，正好到桥板的路又不好，拖拉机颠上颠下，老王在车上一跳一跳的，马上不行了，脸上开始出汗。于是大家紧张，叫司机慢一点慢一点。我们披着星星，乡村的路黑透了，只有拖拉机的两个灯柱照着，各种昆虫在灯柱里飞舞，感到那灯特别亮。村道两边的树黑咕隆咚，有一个妇女抱着一个七八岁的孩子到镇上来玩，孩子先是猛哭，特别刺人的耳，妇女边摇边骂，下次不带你上街了！孩子哭了半天哭累了，慢慢睡着了。拖拉机静静地开着（其实声音很大，但人累了，人很安静），磨蹭到晚上十点左右才进了村。

我们来到聂富贵家聂富贵正在杀猪。他家正忙娶媳妇。一只大猪嗷嗷惨叫着被几个汉子拖着，门口的院子里上着汽灯，亮堂堂的。猪虽叫着，可不一会便躺到了杀猪盆里，烫好薅毛，再过一会就是白白胖胖的样子了，像我们的老王。我见一个人用吹火筒在猪脚皮下猛吹一气，一个人拍拍打打，猪便迅速膨胀了起来，眨眼的工夫就被割成各种需要的形状，那就不是猪，而是肉了。聂富贵家人窜窜的，蒸气在院子上空弥漫，一副温暖的气氛。队长胡冯拽出老聂说明情况，老聂顿时火了。说我们办喜事，你来说这丧气的话，队长你什么意思？老胡将脸一沉：这是县里的干部，是你家事重要，还是公家事重要？老聂不吱声了。我们匆忙核对好，临走老王掏出5块钱说，请客不如撞客，今天巧了，我们也凑个份子，不要嫌少啊。说着就把5块钱往老聂怀里塞。这下老聂不好意思了。无论如何要留我们吃饭，说，县里的局长（队长老胡说老王是局长，其实他是股长）能在寒舍吃个便饭，对我们家是福星高照。于是我们便留下吃饭，十几桌人一起吃暖房酒，吃得热气腾腾，人声，酒声，筷子声，狗和小孩子在腿裆直窜。人们脸上冒着油汗，气氛十分的好。

这是我们这几个月下队最热闹的一次，我们的组长老王吃得也满脸流油。老王还真有办法，别看他虚胖，经验还是有的。

六

山那边的石油终于没有钻到，可有一次机器竟然压坏了潘丽英的一只手指。这事还是施永鹏赶到雷官来告诉我的。我和老王扯谎请了半天假，说家里有点事，便跑到水吼坪看潘丽英。其实老王他们早看出我在谈恋爱，可他们谁也不说破，我倒天真，以为自己装得挺像。现在我懂了，那些老家伙，一个个的色得很，都是过来人，能不懂？潘丽英的手问题不大，本来可在雷官的医院治疗，可潘丽英执意要转到山那边一个镇上的医院，说那边条件好。我想，无非是为了掩耳盗铃。医院是爱情的温床。潘丽英的左手的一个指头虽然并没能完全治好，可她终于在病床上被爱情击倒。

人的命运真是不可捉摸，我来到雷官，本来是来搞什么破专案，却不想在这里收获了爱情，可是世事哪里遂人的心意呢？到后来我和潘丽英还是掰了，当然那是出事以后的事了。

这期间还发生过一件小事。那天老潘（他知不知道我同他家二丫头的事呢？）来通知我，说县上信用联社汪鸣九主任让我到县上去一趟。县上的主任，才是真正的科局长级，我们的老王不是，是假牙。我不怕老王，还是怕县上的汪主任的。我又不认识他，他找我干什么呢？于是我坐汽车匆匆赶到县里，快到汪主任那，我心都到了嗓子眼，不知会是什么事。他不会知道我正谈恋爱吧？进到汪主任办公室，他还挺客气，泡茶，问问工作，专案怎么样了？我如实回答。之后他问我愿不愿意回自己家乡的县里工作。我那时真是少有的菜鸟，而自己还以为是心高气傲。我竟说不愿意。我说，我要在外县基层扎根下去，干出一番事业。汪主任说，好好好，有志气，好好干。就叫我走了。我后来才知道，是本县的一个人在我家乡县工作，想调回来，那时调一个人很不容易。那人找到汪主任，说可以对调。即一人换一人，我哪里知道，他是为他的那个熟人帮忙，把我当人家调动的对象换回去的呢？

我刚回到雷官镇上，流言也与我同时到了，说县上的人说我脑子不好。我隐隐听到还有些气。我咋的脑子不好了？我扎根错了？可我发现事态严重了，因为老王见到我脸沉了下来。他不说话，白胖脸上只是汗，虽也笑着，可笑得很虚假。我管它呢，虚假也好，虚胖也好。

七

终于出事了。

那天我们下队回来早，我见天上半边是太阳，半边是月亮。天不冷不热，好像快秋天了。树叶子也哗哗地落，有点小风，我便跑到信用社。我见潘丽英在门口洗床单。她石油队没事了，又回来了。我给她使了一个眼色，扭头就走了，潘丽英甩甩手上的水，也跟了出来。我无事人一样走在前面，她甩着手不远不近地跟在后面。我们依然像两个接头的特务，挺刺激的。

我又走了一会，都快出镇子了。她不走了。我回过头来，她问我：

“干什么?”

我说：“跟我走，跟你说事。”

这一次她不回头走了。她早就不回头走了。

我们走出镇子。走到一个落了许多树叶的沟畈子里。坐了下来。

她说：“什么事?”

我支吾着，说“我脑子不好。”

她笑了。说：“我也脑子不好。”

我也笑了。

之后我们就坐在那看落叶，她数落叶，我数落叶。数不过来了。

她说，我那一年开过刀。说着她就要翻开肚皮给我看。我想看，可是我假清高，打岔说，你说，你说，为什么开过刀?

她说，十三岁那年，一日突然肚痛。她的长脸妈妈把她送到镇上医院，检查为急性阑尾，于是住院开刀。对于一个少女，从未与医院打过交道。医院里的一切，对她都极为新奇。那个医生，是一个学校刚刚毕业来的外科医生，瘦长白净，他同所有的医生一样，戴一副眼镜，一个大口罩，他给人唯一的印象，就是白净斯文。人生病时是最柔弱和敏感的，那个医生只是对她多了些嘘寒问暖，却使她的心偷偷生出了翅膀，绘出了梦幻的王子。她其实并没看清这个医生长得什么样子，但凭借自己足够的想象，竟偷偷地爱上了那个医生。

潘丽英对我说，她躺到洁白的手术台上时，麻药后的她迷迷糊糊听到医生说：

“维纳斯大概就是这个样子吧!”

她不知道维纳斯是谁?可凭她的直感，维纳斯肯定是个好人，也肯定是个美人。

潘丽英对我说，就凭这句话，就足以让她爱上他。

手术后的日子，医生经常来给她查看一下伤口，给她打针，小声问她可否还疼。她都一副幸福的样子。她觉得医生的一切，都是特为她而准备。小小的手术，几天就要出院的，可她竟赖着不走，一会说这儿疼，一会又说那儿疼。医生来检查，又说不出什么！还是她那长脸妈妈心细，发现了女儿的秘密。

她妈妈说，不死的丫头!

可这样赖着终无道理，这疼那疼也总是小孩子的把戏，还是无奈地出院了。

潘丽英说，我出院后终是不能控制自己。我自己知道，我真的是竟然偷偷爱上了他!

因此她便每天在医院门口守着，等待他的身影出现。一天，两天，三天……终是不见医生的踪影。又一次她竟然溜进了病房！终于有一天，她见到了医生，可医生见到她似不认识！他正和一个年青的护士走出来，有说有笑的，一副亲昵的样子。她终是受不了，泪水夺眶而出……

那是初恋的委屈，是十三岁少女单相思的代价。她转身夺路而逃，之后再也不去那医院。从那经过，也绕着走。

…………

潘丽英说这番话时，正是黄昏来临。金色的阳光斜斜地照进沟畈里，打在她的脸上，将她印出一个金色的美丽影子。

我一时愣了。这个单纯又稚拙的乡镇女孩，她的心是简单而又明白的。那一刻，潘丽英像一个金色透明的天使，为我带来这个凄美的童话。

过一会，潘丽英说：

“我都给你招出来了。我就爱过这么一个人。”

潘丽英说完，她望着我，眼睛像棋子一样定定的。这个山里的少女，一年四季，入眼皆青山翠竹。她在青山绿水中长大，一切皆从于自然，真的是毫无心机。

我一时不知哪来的冲动。我完了，我完了。我的一切根本不听我脑子指挥。我心里说，不，不，不，不可以这样。可我的手张狂极了。我一把摁倒她，嘴里说：

“我看看维纳斯样子……”

说着就动手。潘丽英先是反抗，反得还挺决绝。可反了一气又不反了。我是多么希望她继续反下去啊，哪怕和我翻脸！可是她不反了，之后只是有些拉拉扯扯，再后来，她索性不管不问，任我摆布了。就这样，她脸上是笑是泪，我慌慌张张，把她给……潘丽英的身上落满了各种金黄色的落叶。

这样的事本来也平常，在一个年轻人的身上，总是会有这样的试验。如果不是出了后面的事，这个事情在这个世界上，也就永远不会有人知道了。

八

可不是活该我倒霉，这可出了大纰漏。可这一切都与我有关。

我和潘丽英在沟畈里的落叶里坐了一会。我感到从未有的疲劳，潘丽英说，我有点晕。于是我们就站起来走了。潘丽英一站起来，差点倒了，正好倒在我身上。

走到镇里后，我们忽然有点心虚。为了掩耳盗铃，潘丽英说，我不能和你一起走。于是我们分手，我磨蹭着不走，潘丽英摇摇晃晃，她本来就

是软软的，像一只虫子，因此我也没有在意。可是走到半路上，潘丽英不能走了，她的裤管上到处都是血。她本来就昏血，身体再一虚弱，就倒在了路上，被人送到了镇医院。医生一检查：大出血，并且出血严重，弄不好以后不能生育。这一下是瞒也瞒不住了，弄成这样，潘丽英就说出了实情。

一说出实情，事态就严重了。先是潘丽英那长脸的妈妈，哭滚在地上，非要打死这个不要脸的死丫头！老潘平时动不动就要拿枪毙人，这一回却蔫了。可不是，他老潘好歹也是这镇子上的有头有脸的人物，这一来，在这个镇子上，还如何做人？

老潘先是还假装正经，仿佛无事人一般，动不动还在街上的泥泞中与他家的那头大肥猪较劲，可没过两天他不声不响到县里汇报，说我品行不端思想品德恶劣。他的话里面的话，县里的汪鸣九主任全听出来了。于是县里通知我停止专案，就地反省，还说县里还将给我派一个专案。我一时懵了，我一个外地青年，在这么一个生地方，口音都和他们不一样，一下子弄出这么一个纰漏，叫我如何得了？我简直是又惊又怕，我们专案的老王这一下见到我不是阴沉着脸，而是笑嘻嘻的，他边笑边流汗，那笑比死人还难看。我知道他也是害怕的原因，他是组长，他不管好组员，还不同样要受处分？老陶蔫叽叽的，还齉着鼻子，嘟嘟囔囔，假惺惺地同情我，他不同情我又如何呢？他胆子那么小，他能出来为我扛着？小毛依然腰板挺直，他假装没有发生这样的事情，后来我知道，别人问过他：你们那事是怎么样的？小毛假装糊涂，什么事？没有的事！我真是很感激他的态度！

我有什么事呢？给我专什么案！真是滑稽！可我出了这么丑的事，不专我的案，我也成了人物了啊！我心里难受。县里当然没给我专案，但说要处分我。说我不适合专案工作，让我到一个叫大英的镇上信用社，干出纳员。

我走时是晚上。我偷偷地到信用社，找了潘丽英的妈妈，我说，我都不是三四岁的孩子了，我做事我担当，我想见潘丽英，我想看她什么意见。她妈沉着脸，不理我，说，你等着吧！会找你的。小英不想见你。她妈这个话，话里有话，意思不是说还要整我？她妈那个长脸，沉着死难看，也像死人的脸。我心想，我也像倒霉的老陈，墙倒众人推，你们都不管我了。

走时这个叫雷官的小镇落了雨。是嘛！下午就刮风了，黄昏时就有了雨意，有几点还掉在了我的脸上。雨绵绵地下着，没有声音。小镇的街上、屋顶，街上的猪、狗和鸡们，都湿漉漉的。老潘家的灯亮着，镇上医院的昏黄的灯亮着。小毛用自行车送我。送我到二十里外的那个叫大英的小镇。我才工作两年不到，却换了几个地方，我有点想哭的样子。小毛说，男子汉，以后的日子还长，要自己扛。小毛这一讲，我又不哭了。我坐在小毛的自行车后面，抱着自己一点简单的行李，雨淋在我的头上。我的心里空空的。我不知道心里少了什么，心里空得厉害。

2006年11月10日记之，明天去扬州出差。

服含珠停的女人在秋天的七楼

人生非病即愁，念头纷飞

——韩东

一

鱼睁着眼睛，正在看住小文。

小文那白白长长的果子脸上的细眼睛也盯住那鱼。鱼是刚死三分钟，刽子手是谁是不言自明了。那瘦长白皙的手上还沾着一丝鱼的鲜血。鱼不会说话，也敌不过小文。于是只有睁着那圆凸的豆眼瞪住小文。可话说回来，鱼瞪眼又能怎么样呢？小文还是小文，鱼是鱼。不过，这也可能只是小文感觉中的鱼罢了。鱼是低等动物，它会瞪人么？会仇恨么？

小文这会真是仇恨死了那个“死东西”大魁了。

“死东西”大魁是小文的“那一个”，用小文的话说“大魁是只馋猫”，三天不吃腥心里像猫抓的。小文已是甩三奔四的人了，可大魁还是像小青年似的嘴馋，真应上俗话说的“三十如狼四十如虎”，小文又没采取什么措施，因此，每一次弄小文都担惊受怕，而“死东西”则直图自己快活，看，这次又不小心，又有了。

小文已连吃了三天药了，今天最后一天，医生嘱咐要到医院去吃，因此，今天小文给单位请了假，早晨一早就起了床，上菜市场买了一条活鱼，先把它做成汤，待会从医院回来，手就不能下冷水了。小文关起厨房的门，以免油烟飘到客厅里来。不一会，大魁就听到厨房里传来滋滋拉拉的声音。

大魁近来霉事连连，半年前，老父亲在老家的县里好好的得了脑溢血，那天大魁正在歌厅陪一帮外面的客户唱歌，那些客户如狼似虎，不把大魁折腾得半死，是不会在合同上盖章的。客户正搂着一个小姐起劲地唱着《心雨》，“我的思念是不可触摸的网，我的思念不再是决堤的海……”侄儿从老家打来电话，说大伯得了脑溢血，已抢救过来了，但是不认人了，连老姑都不认识了。一家人都认不识了。大魁听到这些，一下子把客户的“深深地把你想起……”噎了回去，赶紧丢下客户，赶回老家。还好，老爸除不认人，小命是救下了，而且恢复得还好。医生说，是轻度脑溢血，以后生活一切都能自理，大便小便啊，都能自己解决，没问题的。能这样，也是不幸中的万幸了。可不幸的事还在后面，几天前大魁单位例行的身体检查，竟查出大魁是乙肝携带者，转氨酶还高10个点。这是出大魁想象之外的事，当时他腿就软了。回来赶紧带小文和孩子去查，还好，小文和孩子是好的。如果小文和孩子也传染上，一家三口得了病，这样一个人单力薄的小家庭，还不把人给折腾死？正发愁呢，小文不小心又怀上了。

小文做好鱼汤将鱼汤盛在一只大碗里凉着，便出来换衣服，之后到卫生间梳妆。大魁叫女儿豆子一人在家。女儿10岁了，可不听话，吵着"给我梳辫子，我也要去！"

大魁说："你妈肚子疼，带你妈去看病。"

豆子说："你骗人，你就不想带我去！"

大魁哄她："爸爸回来给你带好吃的。"

豆子不依不饶："就不待在家里！你们逛家具城去！"

大魁说："回来把病历给你看！"

豆子没有办法，只得一人待在家里，可还是不服气，嘴里嘀咕：

"肚子疼还化妆呢！骗人！"

小文在卫生间，扑哧一声笑了起来。

二

这是一个秋天，天高得是不能再高了。云停在高处，一动不动。大魁和小文收拾好，便早早地打的往医院去。

做妇科引流的在这家省立医院门诊部的七楼。大魁和小文坐电梯上到七楼，见已有一群女人，她们都在等着，在这个悠长、明亮的秋天的早晨，她们也和小文一样，都是刚刚服下最后的一颗含珠停，怀着一颗心情，就是肚子里的小血团赶紧掉下来，在那里等着，焦急地等着。

医院里充斥着一股怪怪的味道。这种气味是大魁最怕闻的，一闻到就恶心。大魁让小文在走廊上的一排椅子上坐好，自己便找护士拿号。这个小护士明显昨晚没睡好，眼睛肿肿的。也许是昨晚谈恋爱谈晚了。大魁想：这些小小的生命，被爱冲动着，到头来受罪的还是你自己的身体。可这个小护士并不感激大魁的怜悯，耷拉着眼皮，沉着满是雀斑的脸，发给了大魁一个12号的号头。大魁刚才从医生门口过，看排队的那些病历，最后一位的号头是10号，大魁捏着这个12号纳闷地往回走。果然没走出几步，又来了一位，是一个尖嘴黄脸的男人，一看就是性欲过度的样子。他牵着一个胖胖的女人，那尖嘴男人仿佛认识那个小护士，径直奔过去，同

那小护士叽叽咕咕说了几句，便拿着号头回来了，也径直放在医生门口的小桌子上，可他却拿开大魁的号头，放在了前面。大魁过去一看，那号竟是11号，大魁不干了，走上去责问那个小护士：

“他后来的，怎么在了我的前头?”

小护士说：“他来之前，在你前面已经电话来了。”

大魁说：“明明是你的熟人，哪来的电话?”

没想那小护士却把脸阴了下来：“告我去呀，举报我呀。我这有手机，你现在就打。”

这小丫头，看起来文文静静的，可张开嘴竟这般的恶毒。这几句话，把大魁给气的。他指着那小护士：“你，你，你少给我装油！我马上就给报社打电话!”

那小护士并不示弱：“你去找记者去吧，曝光呀，记者算个屁!”

大魁给气得牙痒，真想上去对着那肿眼泡上的雀斑抽一耳光。这时那个尖嘴的男人听了半天走过来了，他冷冷地、用眼睛盯着大魁，言下之意是“你这小子活腻味了，欠揍是不是?”大魁一看，这主不是个省油的灯，不是个痞子，也是个社会混子。这时小文赶紧过来，一把拽走大魁，大魁正好乘机下台阶，可嘴里还叽咕着。那个尖嘴的男人见大魁叽咕，并不罢休，冲了过来，指着大魁的鼻子：“你他骂的你再给我叽咕，我把你×牙给抽光了!”小文赶紧说：“对不起对不起。”拽着大魁离开了。

大魁回到自己的座椅上，心口气得堵。他阴着脸看着这些慵慵懒懒的女人，气慢慢也就消了。

三

医院其实是不能来的。一般人也根本看不起病。这家医院大魁其实也是熟悉的。前年小文查出畸胎瘤就是在这家医院做的手术。那回也是，先是小文身上来了，可六七天过去了，也不干净。小文就对大魁说：“大魁，我这次身上来得奇怪，都六七天了，还没走干净。”大魁虽是“馋猫”，可对妇科却是一窍不通，于是大魁说：“明天请假陪你到医院查查看。”不查不要紧，一查事情来了。说是小文卵巢上长了个肿瘤。肿瘤这个词，对于大魁一家，是没有经验过的。大魁非常紧张。那天大魁带小文去做B超。先做黑白超，后来医生出来，又叫做彩超。医生反复对小文说：“把小便解干净。”大魁知道光靠侥幸是医生误诊是不可能的了。小文在里面做，大魁在外面等。那几十分钟不是人过的。大魁真知道了度日如年这个词的来历了。

终于小文出来了，大魁赶紧接过B超报告单。一看结论：左侧卵巢肿瘤。大魁的脑子先大了起来。

那天检查是礼拜五。礼拜六礼拜天大魁过得稀里糊涂。而小文倒是沉着得很，笑模笑样的，一个劲地说："没事的。不看也不要紧，我不会得什么坏病的。"大魁是知道的，在重大灾难面前，男人是软弱的，而女人往往要表现得勇敢和沉着得多。于是礼拜一大早，大魁就带小文来到这家医院，找到一个姓王的妇科的主任，再次复查。确认是长了一个瘤子。大魁问是好的坏的？王主任说："这个不好说，要开刀。开出来切片化验，才能确定是良性恶性。"就这样小文住进了这幢大楼的二楼。

住院之后，先要对身体进行例行检查，确认各项指标正常才能进行手术。小文住在一个四人间的病房。除两个子宫切除手术的中年妇女之外，还有一个十八九的小姑娘。小姑娘进来已有两天，正在等待手术。小姑娘看起来根本没有病，脸上红扑扑的，人也精神，又说又笑，嘴里不停地吃零食，快乐得很。可是第二天，小姑娘手术了。进去之前，小姑娘还快快活活，待几个小时从手术室出来，老实了。她睡在那里，脸色苍白。听说开出之后，她的阴道和子宫都有炎症，拿掉了一个卵巢。有人问拿掉卵巢对生育有什么影响？有内行的人说，没有影响，正常生育，只是少了些许雌性激素，人会老得快些。究竟快多少？那个内行的人就外行了："这个不好说，因人而异。保养得好，也许没有影响。"大魁见那个快乐的小姑娘恹恹的样子，心里酸酸的。心想：小文进去后不知是什么样子呢！小文的身体单薄，大魁对小文的自信，也只是大魁的感觉罢了。

于是第二天，大魁买了两袋奶粉和两盒巧克力，又放上1000块钱，找到了主刀医生的家里。这是大魁第一次给人送钱，可像大魁这样的家庭，在这座城市既无亲戚又无后台，不靠这个又能靠什么呢？

果然第三天，这个主刀医生就热情些。主动过来过问一下小文的情况。并让小文多喝水，解完大便，再给做一次B超。做完之后决定：明早手术。于是下午开始给小文灌肠，并拿来一份单子让大魁签字。大魁第一次在这样的文本上签字。大魁自己又不懂，只有全听医生的安排，于是大魁签下"同意手术"四个字。

手术早上8点钟进行。早上6点多钟大魁就赶到了医院。刚推开小文病房的门，就见护士正在给小文打针。打完之后又跟了医生到妇检科检查。大魁几乎同小文没说上话。本想等小文从妇检科出来说话。可小文还没出来，就听妇科走廊大门"轰"地一下被撞开，紧接着"哐啷哐啷"的一个小车（后来大魁知道那小车学名叫担架车）就推过来了。刚一进门，那个推车的穿蓝大褂的中年妇女就大叫："19床！19床！19床！"仿佛大限已到，立即带走去杀。大魁知道19床就是小文，于是心提了起来。同病室的病友也紧张了起来。大家都有同一个心思：这个现在看起来好好的人，手术后不知是凶是吉。

蓝大褂的妇女推开19-21病室的大门，大叫：“19号人呢?”大魁小声应着：“做妇检呢!”仿佛这是一块挡箭牌，可那妇人根本无动于衷：“快点！快点!”之后大魁就听小文说：“给我衣服拿来。”她是要换病号服。那妇人又叫：“衣服到现在还没换!”大魁和同室病友越发紧张，因为对于从未与医院打过交道的人来说，这些景象都是未曾体验过的。

小文这时候看上去已没有了力气，身上只穿一件薄薄的白底蓝条服，于是径直向那担架床上爬去。她已给蓝大褂的妇女弄得无暇顾及大魁，可是她不能爬上担架床。边上的一个人想托一把，小文似有一股激愤，一推那人，说：“让大魁来抱!”此时大魁才懵懂着过去，当着一走廊人的面把小文抱上担架床，之后那两个妇人便把小文“哐啷哐啷”迅速推走了。

大魁跟在后面，来到二楼的手术室。可是见大门上写着：

手术室　麻醉科　闲人免进

大魁被挡在了外面。外面同样有许多像大魁一样等待的家属。

此时大魁已紧张得不知如何是好，他的脑子里都是一些不连贯的意识的流动：如果手术失败……人没了怎么办呢？没了……豆子怎么办呢？这个家庭少了一个人就不成其为家庭了。家庭必须要有女人……如果是恶性，范围拿大了，小肚子基本空了……整日化疗……一家整日笼罩在一种阴影之中……挥也挥不去……笑是苦的……

大魁等在外面，站不是站，坐不是坐，五脏六腑烦躁不安，终于，终于，熬到了，熬到了，快近中午的时候，出来一个助手大叫：“19床!”大魁立即奔了过去：“良性!”大魁炸裂的脑袋此时才放松下来。他立即掏出手机，给县里的岳父岳母打电话。大魁在电话中大声说：“没事的，没事的，你家姑娘身体好着呢！能活九十九!”周围其他守候的家属都有忍不住笑了起来。那个医生说：“两个输卵管都很好，以后要注意避孕。”那个王主任也走了出来，她拍了一下大魁，说：“你太紧张了!”大魁咧着嘴，上去抱了一下那个胖胖的太太。

四

大魁从座椅上站起来。他走到窗口，眺望这座城市。这座长江北岸不大不小的城市毫无特色，远处东一座西一座零乱的高楼，近处的街市跑着千篇一律的红色出租车。这一切都了然无趣。可这是一个很好的秋天。秋阳。秋风微熙。忽然一个小孩从大魁身后大哭了起来。这个孩子肯定生病了。他的哭声粘滋、尖锐，仿佛他的声音同这个秋日的上午是融成一体的。

时间过去一个多小时了。可从医生那里才刚刚出来两个女人。那两个出来的女人被自己人从胳肢窝托着，歪着头，抽着嘴，一副残风败柳的样子。而那些坐在外面的女人，有的药性开始发作，小肚子一抽一抽地疼，于是眉头也是一皱一皱的。大魁一路望过去，这些各怀一颗心情的女人，她们的面孔都是那样的年青。只有那个凶巴巴尖嘴的男人的女人最胖，可大魁仔细看去，那也是一张年青的脸，最多也才二十五六岁的样子。那个凶巴巴的男人一会便站起来走到窗口吸烟，显得心神不宁。小文小声对大魁说："我三十多岁了，同她们二十多岁的待在一起流产。很不好意思。"大魁偷偷捏了一下小文的腿，对着小文耳朵说："谁叫你馋猫？"小文没有吱声，白了大魁一眼，意思是在外面不要乱讲。其实小文边上的一个女人，比小文并不小多少。她正在那里同自己的男人叽叽咕咕，那男人样子显得很老实。他们说话声音很小，大魁根本听不清楚他们说什么，但似乎有一句："怪你。不用套。"被大魁听到了。大魁能听懂他们话里的含义。这让大魁想起多少个浪漫的夜晚。这浪漫的夜晚又带来这些年轻女人的多少痛苦。小文小声同那个女人聊了起来。知道了那是一对在郊区开一爿小饭店的夫妇，他们已有了两个孩子，都是小丫头。可这一个是无论如何不能要了。大魁想象那是怎样的一个小馆子。那里应该有一片大湖，就算是巢湖边上吧。每天有鱼贩子送来许多新鲜的活鱼。湖水煮活鱼，那是怎样的鲜美。湖边的风还是很硬的，不时会有一股腐烂的植物和水草的气味飘过来。那气味很好。无所事事的大魁听小文同那个女孩小声聊着，自己也不耽误，一边想象着那爿湖边的小饭店，一边用眼睛观察在这一堆女人窝里最出众的那个女孩。

那个女孩大魁其实早就注意到了。她不断地吃着零食，和一个年纪稍大一点陪着她的女孩说话。虾条，开心果，话梅，薯条，猫儿眼（一种膨化小食品）。她显得一切无所谓的样子。大魁之所以注意了她，是因为其间她从坤包里掏出一支烟到窗口去抽。从抽烟的姿态、脸上的浓妆，大魁觉得她从事的工作绝非一般。可她一脸稚气清纯，面容秀丽，看上去最多也只十七八岁。特别是笑起来，真是可爱之极。她的笑太美了。口形、牙齿都无懈可击。似乎她知道自己笑起来动人美丽，于是特别喜欢笑。笑声银铃一般。有时还跺着小脚，天真烂漫。

只可惜从言谈举止中，大魁看出她没有受很好的教育。从事的职业又似乎较低下暧昧。可她心若清水，少女的天真在她身上丝毫不减。她仿佛是永远惊奇地在那里交谈着，一切女孩子的兴趣皆没有失去。她的吃零食的右手食指上套一枚银饰戒指，而左手的中指则戴着一枚细细的钻戒，手机的链子倒是有趣，坠着一只小鞋子似的饰品。她一边把弄着链子上的小鞋，一边不时朗声笑起来，嘴角微微上翘，牙齿刀切一般洁白整齐。

这两个女孩，她们仿佛是这里的老顾客，轻车熟路，没有一丝的紧张和不安的表情。那个陪着她的年纪稍大的，一会儿便掏出坤包中的小镜子

补妆。而这个小的，也随即从自己随身带的碎花粉红色小坤包里拿出化妆盒。取出唇膏，翘起小口，涂抹起来，每涂一下，便抿一下唇，之后用手轻轻抹匀。衬着那唇的脸庞，线条清晰，干干净净。而削得薄薄的头发，没有任何修饰，黑黑的，自然垂肩，发质黑亮。

那个生病的孩子忽然一下又大哭了起来。大魁的心绪于是又给搅得焦躁起来。这个生病的孩子，他肯定是难受极了。他的哭声抽噎干涩，显得同样焦躁不安。

五

在这个城市，大魁犹如在秋风中的一片枯黄的树叶，漫天飞舞。他工作的那家集体小企业效益并不好，因此他的日子并不一定比这一对开饭店的小夫妇好过。大魁所幸运的是他有小文这样的一个姣美的妻子。他无端地把那一对小夫妇的小饭店设在巢湖的边上，也不是没有根据的。因为他的老家就在巢湖边上的那个小县城里。小时候大魁就经常下那个大湖摸鱼逮虾。他对那个大湖的熟悉即如自己的身体的一部分。大魁有时候梦里都梦见那个大湖。可近年来大魁真是霉事连连。几个月前他的母亲突然死了，也就是在他父亲得病后的3个月，那天大魁突然接到他大哥电话，大哥在电话里带着哭腔说：妈妈死了。大魁一惊，愣了一会，心里空了一下。其实也就是一瞬。大魁的第一感觉是：我没有妈妈了。

大魁以前从来没有考虑过这个问题。因为母亲一直并未有过什么器质性的疾病，也没有因为这个那个开过刀。好好的怎么就死了。大魁在电话中问哥哥：妈妈多大了？哥哥电话中说，七十一，大魁想想，母亲已经是七十一岁的老人了。这样东想想西想想，也没想出什么。

大魁赶紧跟车回去。大魁记得看过一篇小说叫《奔丧》，可自己并未体验过。但大魁很镇静，他并没哭，也哭不出来。大魁只是感到心里有点堵得慌。回到家已是第二天晚上九点，进了门，大魁就听到翻天覆地的哭声。大魁并不哭，只是眼里有些泪花。他走上去，和哥哥妹妹们碰一下手，点点头，就走到灵堂。有人说，先磕头，大魁就乖乖趴下磕了三个头。之后又有人领着从草铺底下钻过去。大魁按章办了就是。之后大魁就站在母亲面前，大魁并不害怕，他知道这是自己生身母亲，生母只会护自己的孩子，死了也会护犊的。生母跟睡着了一样。大魁看着看着眼里有了泪花。他用手把母亲嘴下面的被子掖了掖，有人过来不让摸。大魁知道母亲脸上的妆是假的，不能碰的，便又站了一会，便到侧屋去了。

妹妹拽着大魁的手，说，妈妈没了。大魁心里怪怪的，便点点头，表示要妹妹坚强些；父亲坐在侧屋床边，有几个男人在陪着他。父亲见到大魁，便拽住他的手，哭叽叽的说，我老奶奶没有了。大魁搂搂他，说，怎么办呢，人总是要死的。我老奶奶没有了，找不到了，再也找不到了。轻度脑溢血的父亲就反复这几句。旁边的妹妹说，妈妈好哪！样样跟爸爸弄得好好的。爸爸吃药到时候水就倒好，吃几颗，都拿得好好的。爸爸从来不用烦神。之后父亲又模仿妈妈死的时候情形，说早上起来不好好的，还喂了院子里的两只鸡，之后坐在堂屋喝水，好好的，父亲用两只手叉着胸口说，你妈妈就说，“我心口疼，我心口疼……”又模仿身子歪下去的样子，又指指心口，父亲说，这个地方就不跳了。“死得了。”妹妹说，听得懂啊，他在模仿妈妈死的时候的样子，大魁说“懂的。”妹妹说，我也在跟前，就一会，妈妈还说了一句：“还要了我的老命呢！”就一句话，人就不行了。说着吹鼓手又大声吹起来，响器大作。之后有人说，人要拉走了，送到县里火葬场，明天火化。一听说要拉人，父亲又控制不住，又是跺脚，又是要冲出去，说，我要看看，我要看看我老奶奶……别人帮忙拽住。可父亲有点不耐烦地说，我要看看。旁边的人说：赶快拉走，找几个人陪着他，不能让他去看。父亲于是又安静下来，说，我不闹，我保证不闹。我就看一眼，我再送送我老奶奶。别人又拽住，父亲说，不行嘛，她这一走，再也不回来了，我不能不送送我老奶奶。又是跺脚，像牛一样。几个人硬拽住。可是父亲办不到，母亲还是被人很快地拉走了。大魁能说什么呢？大魁死死抓住父亲的手，父亲也死死攥着大魁的手。大魁感到手指生疼。

母亲死了父亲仿佛一下老了许多。脑子也没有母亲在时灵光了。自从母亲死后，大魁回去得明显多了些。每次回去，大魁都要给父亲丢50块钱。大魁虽也不富裕，可总比乡下的父亲好一些。父亲也非常高兴。今年春节妹妹来电话，问大魁今年回去不回去？大魁说，母亲刚死，今年肯定回去。于是妹妹说那今年就为你准备了。农历三十那天，大魁带着老婆孩子早早赶了回去。一家人都很高兴。

父亲知道大魁要回去，早上早早地就起来了。每次大魁回去，父亲都重复说几句话，不得屌用了，活一天了一日。你看，字不会写了，他找一支圆珠笔，写自己的名字，可是写不出来。便自己笑笑，你看，你看。不会写了。就笑起来，说，其他不得毛病，行行都晓得，又能吃。就是字不会写了。又从口袋里摸出母亲的身份证，说：这个人在这块呢！不得嘞！找不到，满世界找也找不到。死得嘞。人死得嘞到哪块去找啊！钱有什么屌用啊！人不得嘞！过去我吃药，到时候就喊我了，药拿得好好的。大哥说，整天把妈妈的身份证放身上，不晓得他要干什么。父亲又把大魁的手抓住放在他头上，去摸砸开头骨的那块。让大魁按。大魁摸那软软的，不敢按，只轻轻的一摸，就想缩回去，父亲不放，用力抓紧大魁手去按，边按边说，按，按，不得事的，不得事的。

父亲看着照片，又指指大魁的母亲，说："这个人不得了。"他又说了一遍，这个人不得了。就眼看着窗外，眼睛里含着泪花。窗外是冬日的枯黄的法国梧桐树，树枝光光秃秃。

大魁始终不吭声。能说什么呢？

六

太阳似乎已从医院大楼的另一侧照过来，时间已接近中午了。那个尖嘴男人已彻底烦躁了起来。他一会就出去抽烟，大魁有了上回的经验，已不敢和这个烦躁的男人有所接触，连目光都不碰一下。那个不断地吃着零食、叽叽呱呱的女孩子已做过，她再不吱声，咧着嘴由那个大一点的女孩扶着走了。大魁无端地觉得，那个漂亮的小丫头一定是个乡下孩子，在这座城市的某个歌舞厅做三陪小姐。前面似乎还有五六个人的样子，小文的肚子开始隐隐地作痛，小文趴在那里，双手抱着肚子。大魁也无可奈何，他望着那个哭累了的男孩。那男孩也就七八岁，身上的点滴已打了起来，他的妈妈坐在走廊上，似乎也累了。一个哈欠连着一个哈欠，可人还是硬撑着。大魁无所事事，这时他的手机响了。大魁掏出一看，是一个短信。短信是一个业务客户发来的："小两口正在家里亲嘴，他爹突然闯了进来，儿子很尴尬地说，'爹，你也来一口？'他爹边慌慌张张地往外走边说'不用了不用了，家里有家里有'"。

大魁看完一笑，现在的人也真是无聊，竟能编出这么蹊跷的笑话。可生活中的笑话远远比这高明得多。大魁有时想，他其实就生活在这样一个荒诞的故事里。大魁住在单位的一座旧办公楼改建的宿舍楼里。那幢办公楼改造的宿舍楼是用一种新型的建筑材料建成的，说穿了其实是一幢简易楼。那种材料跟蜂窝煤似的，上面全是窟窿眼，拿在手里轻飘飘的，跟一张纸一样，因此墙壁之间根本不隔音。整幢楼上只要有一家有一点响动，满楼都听得到。楼上一家做爱，整幢楼的人家都能分享到快乐。因此，这幢住有200多户人家的宿舍楼，每天都充斥着各种奇怪的声音：倒水的声音，咳嗽的声音，起床的声音，放屁的声音，磨牙的声音，嘬牙花的声音，拌嘴的声音，打情骂俏的声音，呵斥小孩的声音，音响里的各种歌声，电视里的各种混杂的声音；特别是深夜，更是充满夜深人静后夜帘下的各种诡秘的声音：女人的尖叫声，男人粗重的喘气声以及夹杂着含混的词汇，起夜的撒尿声……大魁家隔壁新搬来一户人家，还是新婚的小夫妻。大魁几乎和这个女人睡到了一起，因为他们两家的床都是横着贴着墙放。大魁的头和这个女人的头之间其实只隔着一块蜂窝煤的距离。如果这块蜂窝煤可以忽略不计的话，大魁几乎可以说和这个年轻女人睡到了一起。因此每到夜深人静，大魁就听到这个女人的各种声音。第二天出门，有时在楼层上，大魁刚好碰到这个女人，两人见面一笑，有些心照不宣的感觉。大魁有时想，在这幢楼上住久了，不得神经病也得变态。可是大魁摊得这么个快倒闭的集体企业，工资都拿不全，哪里又买得起房子？

那个安静下来生病的小男孩又哭了起来，哭声尖锐干涩。这个睡足了的男孩哭声中明显有了力量。他的哭声连着这近午的秋日，在这座医院的妇科的七楼上更显出这秋天的真实。大魁耸起耳朵听，仿佛这哭声中还有某种金属的成分。坐在小文前面开饭店的那个女人已经快要进去，她的肚子已经彻底疼了起来，她一边龇牙咧嘴地忍着，一边还在说“都怪你，都怪你。不用套，不用套。”大魁能听懂她话里的含义。这又让大魁想起多少个浪漫的夜晚。这些浪漫的夜晚，又带给这些年轻女人的多少痛苦。小文已没了精神，卷着身体在那里耐心地等待着。大魁无所事事，又来到医院七楼的窗口。那个尖嘴男人像笼中的困兽，不安地在那里东张西望，嘴里一刻不停地叼着香烟。

这时忽然七楼的电梯门打开了。这层楼已半天没有人上下。电梯的门一开，即从里面走出二男二女，他们显得急切的样子。其中一个高个的男人，一步跨到尖嘴男人的面前，只听他轻轻地说了一声：“警察。”说完四个人就一拥而上，将那尖嘴男人按倒在地。那个尖嘴男人还是很狡猾的，他见电梯上一下子上来四个身份不明的人，便起身想从楼梯溜走，可是来不及了，他一下子给四个警察摁倒了。在扑倒的一瞬，他似乎还想挣脱和抵抗，可也似乎力不从心，于是没挣两下子，也就束手就擒了。

七楼的女人们一时不知发生了什么，都惊得站起来躲闪到一边去了。有几个女人把头插到男人的怀里。这时一个警察说：“对不起，打搅大家了。我们执行任务，在抓一个逃犯。”说过就将那个男人铐上押走，那个胖墩墩的女人也一并给带走了。

一切又恢复了平静。七楼的女人们受了一番惊吓之后，脸上都泛着一种奇怪的颜色，黄黄的倦容，而面颊上又浮上一层暗红。

大魁站起来。他再次走到窗口，眺望这座城市。他眼前的景色明亮、悠长。这是一个很好的秋天。城市的街道、商店和树木都显得十分的平静和安详。可在这座城市这个医院的七楼的女人们，她们都在等待着、等待着，等待那一刻的到来。

那个生病的男孩忽然又哭了起来。哭声穿透这幢大楼的七层，从窗口一波一波漾出去，消失在这座城市秋日的天空下。

注：含珠停，英文名：mifepristone，一种口服新型紧急避孕药，用于抗早孕、催经止孕、胎死宫内引产等。

秋雨一场接一场

一

城市的夜空是相当虚假的。这种虚假基本上有灯光构成。那些马路上的灯，基本上由路灯、车灯和广告牌组成。如果一个摄影师用慢门去拍，你看，流光溢彩，相当艺术。所有的“城市流韵”的照片都是这样拍出来的。可是你白天再一看，嘁，就这么一个东西！所以这个城市街道的夜空是相当虚假的。这话并不是我说的，是余灿说的。

这不，余灿现在就在这流光溢彩的街道上逛着。他像一个观光客，又像一个黄碟贩卖者，更像一个东张西望的盗贼。其实他没有这么坏，他有点坏，只坏那么一点点，他去偷情。哈，我把它说出来了。

他是有点慌张的。这是一个城市，可是城市不大，这就讨厌，平时他在街上就经常遇见熟人。在这种时候，人怕撞鬼，而世上的事，往往就是我们常说的，真是见鬼了。所以余灿的谨慎是相当有道理的。小地方有的时候就是这么尴尬，只有姘妇，没有情人。不像大城市，比如北京，比如上海，找个情人，十几年夫妻还是那么恩爱。余灿在北京工作过，可是那时余灿是个穷光蛋，北京的女孩，可实惠呢！余灿有贼心，可是没贼胆。因此在北京好几年，妈的，一点鱼腥没沾到。

城市落了点小雨，余灿从单位出来的时候，就给老婆打了电话，说单位里来人，要陪客，而且还显出无可奈何，一副不得已的样子。老婆还同情，说，整天在外面喝，你还要不要家。这话你能听出来吧！老婆是同意了，而且还嗔一下。余灿说，好吔，我早点回家。老婆又说，让别人去喝，你少喝点！余灿说，好的好的，晓得。这样余灿就解放了，他心里就一点不慌张了。晚上回家，假装喝多了一点，往床上一躺，也就过去了。弄不好，老婆还倒来一杯热水，这样还是一副恩爱的样子。

下午的时候，姜冰打来电话，问他有没有时间，说有点事找他。姜冰性格安静，讲话从来不是呛呛的，都是一副商量的口气。这就叫余灿受不了，他最怕女人通情达理了，何况他与姜冰也有几天没见了。姜冰这个要求，是合理的。于是余灿说，有时间，下班见吧。他们说见，不要说地点的。因为余灿总是在那个邮局门口等她。放下电话，余灿看了一下电脑上的时间，才四点多钟。余灿近来单位老来人，已在外面吃了好几天饭了，于是忙得已几天没过夫妻那个生活。他的一个高明的朋友，前天给他发了个短信，说以前都是等着硬，现在是硬着等。这是中国话，余灿不知怎么想到了，他自己笑了起来，同时身上就有些热。他才三十多岁，大家都是这么过来的，不必笑话。有一个作家说过，永远不要嘲笑。这不是一句普通的话，想必你能理解吧。

于是余灿就在捱时间，单位里的事，说忙非常忙，说不忙就是那么一回事。余灿最烦人矫情，前天他和朋友聚会，一个刚提了城建委办公室副主任的人，平时写一点杂文，一坐下来就说，他马上要先走，到机场去，厅长出差到外地，要去送一下。这个人已不止一次说到机场了。于是余灿就有些恼火，装他妈什么孙子！于是这人一走，余灿就说，老周每次都说忙，我们也在厅局办公室工作，我还不知道？城建委就高贵些？一得志就装孙子，好像比人重要，乡下孩子进城工作，就这样。余灿这样说，是因为这个周副主任是农村考进中专学校，那个时候，就分到了厅局。大家说，也不见得，可能真是忙。余灿说，就是忙，也应该说，最近有点忙，瞎忙！瞎忙！人家又不知道你单位的事，不就完了？值得那么郑重其事么？大家笑。余灿说，做人要低调。

余灿现在不忙，他于是在电脑上搞搞，又看了几份简报，接了几个广告公司的电话。余灿哼哼哈哈，把人家给打发了。余灿每天都接到十几个这样的电话，他在单位负责宣传工作，那些拉广告的，无头苍蝇一样乱打电话。你以为这样乱打电话就行了？广告这东西，都是有几个固定公司，平时感情都是联络好了的。一起吃吃喝喝，歌厅泡泡，有什么业务，打个电话，就搞定了。

这样挨了一会，一看五点三刻，余灿拿起了伞，余灿平时是不打伞的。他拿伞，是为了姜冰。于是余灿头探到高楼外看看，小雨还在蒙蒙下。他提着伞出门了。

二

余灿和姜冰认识非常偶然。这说起来有点碜牙，就像《天仙配》里的董郎和七仙女，一见钟情，一次搞定。余灿原来不知道一见钟情，这一次，算是领教了。这且不提。

余灿拿着伞，出了大楼，直奔那个邮局门口。外面的小雨不紧不慢地下着，脾气说不上的好，就像他的妻子。他妻子一副好脾气。女人的忍耐，他是通过妻子才理解的。这个秋天的小雨已下了三五天了，可是不愠不火，就这样下着，引得人发脾气，可是这小雨很安静。它就是有这样的定力。女人与自然，都是这么有无穷的圆融和守静的。

邮局在城市的四孝口附近，这个城市，四孝口是闹市区。余灿来到邮局，见雨中城市一派慌张的样子。因为下雨，车灯都早早地打开。车，人，灯，湿湿的地，车轧在地上一片叽叽呱呱的腻歪声。这个地方余灿每天上班都从这过，平时也不觉得，书报亭、看车的、擦鞋的，余灿看他们都还很正常。原来什么样子就是什么样子。那个擦鞋的，余灿有时偶尔还去擦一下。他见擦鞋的也还正常。可是他一旦偷偷约会，他站在这邮局门口，就有点不对头，余灿就觉得这些人都不对头，好像心里都有点事瞒着他，不断地张望他一眼。其实人家的眼睛是随便走的，是余灿自己的眼睛不对头。可是他不从自身上找原因，总是觉得别人在盯着他。余灿想，妈的，盯着我又怎样，你也不认识我的单位我的家。

余灿这样想着，眼睛就到处睃。他的眼睛像高倍的望远镜一样，这时特别敏锐。那些雨中打伞过来的女孩。余灿一个也不放过。姜冰的样子，余灿一分手就忘，一见到就又想起来了。你别骂余灿无情无义，不信你试试？人就是这个样子，那些非常亲近的人，你反想不起她的真实模样。姜冰的小样子还是挺可人的。脸上的皮肤像猪油一样洁净光滑，你别说我粗，面如凝脂嘛！脂不就是猪油？为人也安静软塌，一副没有主见的样子。余灿最反对咋咋呼呼的女人。女人就是要安安静静。姜冰就很安静，而且眼睛还清，那双眼睛，像孩童的眼睛。姜冰人都快三十岁了，可眼睛还那么纯，说明心中无渣滓，最起码不是欲望女人。女人一有贪欲，就变质了。那个眼睛，就不可能清纯，不是血红的，也是含糊不清的。这道理说不大出来，可是余灿一看就知道的。不会错的。姜冰的眼睛的确非常深非常美。余灿有时一切忙乱都过去了，就静静地坐在姜冰对面，看她的眼睛。看着看着，余灿就把持不住了。比如这个时候，余灿就想起姜冰的眼睛。他站在雨中伞下，就有点把持不住了。这个时候，姜冰打着一把小花伞，远远地过来了。

姜冰远远地就看见了余灿，于是脸上就有了笑。笑模笑样的。这种笑，也是一副安贫乐道的样子。余灿有时就想，感到莫明其妙的是，姜冰这个小样子，还有欲望，女人真是看不出来。余灿这里说的欲望，不是物欲，人家姜冰可没有跟余灿要过一分钱，余灿说的，是人自身的欲望。所以女人是一本书，你永远看不明白。余灿见姜冰笑，自己也笑了，笑着笑着就迎过去，一把拥了姜冰，姜冰也把身子往余灿身上靠。他们一把伞下，去叫出租车。

上了出租车两个人就挤在一个位置上，互相望着笑，也不说话。现在不便说话，一说话出租车司机就看出来了。其实人家出租车司机多有经验，什么没见过，一看就知道这两个是去偷情。可是他们不说话，这样身份就暴露不出来，你知道我是哪个单位的？余灿说，到美仑大酒店。司机就去美仑了。

余灿每次和姜冰偷情都是尽量换一个酒店。余灿是很讲卫生的，都是很好的酒店，不是四星就是三星。这一点姜冰很满意。其实姜冰家条件并不好，所在单位也不好，可是姜冰并不抱怨。有个大概齐，能过得去，姜冰感到也还满足。余灿并不给姜冰零花钱，也不给姜冰买衣服，虽然一次开房并吃饭也要三四百块钱，虽手头就有些紧，可余灿还能受得住。也不是天天见面的。这么说着就到了西城的美仑。下了车，余灿直奔大厅，显得很忙的样子，姜冰就在外面晃荡，他们已形成惯例，公开场合疏远着。余灿订了房就给姜冰一个眼色，于是两人就上了电梯。在电梯里也不说话。下了电梯，余灿前面走，姜冰后面走，有点像特务接头，挺刺激的。进了房间，余灿把门虚掩着，站在门口，不一会，姜冰进来了，余灿一把抱住姜冰，姜冰也橡皮泥一样粘在余灿身上。不一会，两个人就不是人了。一切都是那么的流畅，根本不需要过门和前奏。他们像一朵花，像一个池子里的两条鱼，像一对鸳鸯，像风中的两棵柳，像星星，像月亮，像草原上奔腾的野马，像水中蛟龙，像大海上暴风骤雨，我们是那雄健的海鸥，让暴风雨来得更猛烈些吧！

一切都归于平息。余灿又恢复了人形，而姜冰不想成人形，还在那叽叽歪歪，贴着余灿。余灿于是就忙着烧水，沏茶，他渴了，他太渴。他需要补充水分。他太渴了。这么过了一会，姜冰也恢复了人形。于是他们就坐着喝水。余灿一杯一杯地喝，姜冰不怎么喝，就望着他笑，一会他喝完了，就给他倒水，一副小鸟依人的样子。他们不怎么说话。余灿就望着姜冰的眼睛，姜冰的眼睛就笑。他们不怎么说话，可是心里都熨帖极了。

三

那个瘸子突然给余灿打电话，他不知从哪弄来的余灿的手机号。瘸子在电话里说，我是徐雨啊！不记得我啦？余灿说，记得记得，怎么能不记得？你什么时候跑到这里来啦？徐雨说，下午刚到，晚上请你吃饭，能不能给个时间啊？余灿心想，多年不见了，人家第一次跑到我这里来，还能不见一下。于是说，可以可以，我请你吃饭。

这个事情说起来有两三个月了，还是夏天的时候。

余灿和徐雨认识还是在北京的时候，不知是在哪一次的饭局上，那时余灿借调在北京的一个小报社里，虽是小报，可是跑金融口，金融单位都有钱，于是余灿他们还是很滋润的。报社里鱼龙混杂、泥沙俱下，有正式的，有借调的，有招聘的。余灿他们在报社也分过，第一层次是正式的，他们吃官饭，老子似的，讲话呛呛的，福利也好；第二层次是借调的，不管怎么样是一个系统的；招聘的是第三层次，来来去去，报社炒记者，记

者炒报社，人跟走马灯似的，成分也比较复杂。于是大家心理都不平衡，有恶搞的，那些招聘的，下去采访，狐假虎威，有时就搞一笔钱，去它妈的，不干了，脚底擦油，开溜，也没犯大罪，你也找不到他了。而借调的，就要安稳得多，因为是下面单位来的，又是垂直系统，你跑不掉，于是只有老老实实干活。即使搞一点小手段，还是比较谨慎。

徐雨就是这个时候找到报社去的。他是宁夏人，余灿并没有去过宁夏，也不知宁夏什么样子。徐雨就说邀大家到宁夏去玩，又是枸杞，又是无核脆枣的。徐雨来是推销一种清洁点钞剂的。说钞票上脏，细菌多。这种点钞剂，可以去大肠杆菌、罗球菌。总之很好。希望大家给介绍客户，你们跑银行，关系多，反正回扣都是死的。大家多跑多得。都是弟兄们，挣钱大家花。于是大家坐了一回，东说西说，有说能卖掉的，有说价格太高，推销困难的。反正就这么着认识了。之后徐雨就常到报社来，认识的人也越来越多。余灿并没有为他推销过，余灿这个书呆子，搞搞新闻可以，做生意，不灵。报社里其他人为徐雨推销过没有，余灿就不知道了。反正徐雨也来得多，人也认识得多了。有时来不一定找余灿，这么着过了几年，余灿借调结束，回到老家城市的原单位，就和徐雨失去了联系。

没想这么着，徐雨却跑到他的城市来了。

那天也是个小雨，余灿下班跑到徐雨住的宾馆，两人见面一番拥抱。之后徐雨就阔了起来，说公司搬到北京去了，买了写字楼，有几百个平方。余灿说，发了？徐雨说，小生意，还过得去吧。现在生意不好做。余灿想，好了，不用我请了，这个小子，瘸成这样。还挣了大钱，由他请客吧。说着徐雨说还等一个人，过了一会，抽了有两支烟工夫，姜冰来了。姜冰提着雨伞，直往下滴水。余灿一见，眼睛就一亮，紧接着身子就麻了一半。余灿呆了一回，徐雨说，这是姜冰，我同她哥哥熟。于是认识了，余灿还掏了一张名片，递给了姜冰。他们的手接触一下，姜冰手温暖而凉。

坐了会就出去请吃，吃得很简单，好像就是个低档的火锅。真是俗话，越有钱越小气。吃饭的时候余灿很潇洒，说了许多笑话。余灿喝了点酒，也大话了，说是可以为徐雨介绍自己区域内的业务，回来工作几年了，关系都建立了起来。余灿大话着，反正徐雨是个瘸子，余灿虽说不上好看，但面对一个瘸子，余灿这点自信心还是有的。何况姜冰长得那样，余灿读了点书，滔滔不绝，简直就是一个才子了。说得姜冰眼睛里灿烂无比。

这么着吃了喝了，不知谁提议说去唱歌。估计是徐雨提议的。这么一个瘸子，你去唱的什么歌啊！徐雨说，余灿你熟，你带个地方，好一点的。余灿想，吃得一般，唱歌找个好的地方。于是就打的直奔西怡大酒店。西怡大酒店是个四星级酒店，在这个城市，装修风格和格调算是好的。一进大堂果然是金碧辉煌，歌厅在二楼，他们一下电梯，就是十几个穿着白色假裘皮大衣的小姐迎上来。口中齐唱："欢迎光临!"他们找了包厢，进去有沙发有隔断，音响也好，装修不错。于是瘸子一屁股坐下来就唱歌，怪道他要唱歌，瘸子嗓子还好。这个人啊，你还别说，上帝总体来说还是公平的，你让他瘸了，就给他一个好嗓子，让他发点小财。余灿不瘸，就吃官饭，发不了财也饿不死，还让你有点小才，写个通讯报道什么的。

于是徐雨唱歌，姜冰也唱歌，余灿也唱歌。大家很开心。余灿说，徐雨你跳舞啊，徐雨站起来，瘸着跟姜冰跳了一曲。估计姜冰很难受，你说一个瘸子你跳的什么舞吵！估计徐雨自己也很难受。徐雨于是说，余灿你跳舞，我来唱歌。于是余灿就和姜冰跳。余灿也不太会跳舞，可余灿还自信，跳得也还好。姜冰看来也不太会，可是人很灵，很软，知道顺势而走，不绊脚。大家很愉快。这样人慢慢玩熟了，余灿带姜冰到小隔断里去跳。在外面跳，余灿很严谨，拉得很大，像国标似的。慢慢地到里面，就不正规了，余灿试着把姜冰往怀里带，姜冰也还顺势，两人走得很近。于是姜冰头发上的气味，余灿也闻到了，她从领口散发出来的气味，余灿也闻到了。你想想看，这是夏天，衣服穿得又那么少；如果丝质衣服可以忽略不计的话，可以说两个人基本上等于没穿，这样身体七碰八碰的，几乎什么都碰到了。你说余灿能吃得消？于是余灿就有点绵了，又往怀里搂了搂。姜冰像散的一样，随余灿去组合，余灿胆子越来越大。一两个小时下来，基本上一切都有了。余灿这时整个人和眼都已饧了，姜冰像喝了迷魂汤。人都有点坚持不住。这样跳到上半夜，结了账散去，余灿说，徐雨住得近，先送徐雨，之后再送姜冰。夜里城市没有人和车了，因此出租车开得很快。小雨将城市弄得真假难辨。就是在这个时候，余灿想起了这句话，城市的夜空是相当虚假的。

徐雨一下车，握了手。余灿上车就一屁股坐到了后排，身子紧贴住姜冰。姜冰也不让。就这么坐着。不一会就到东门姜冰的家了。姜冰下车，余灿不知怎么想的，也下了车。余灿忽然说，再到茶楼坐坐。他们抬头见一茶楼，上去，脏得不行，也说要关门打烊了。于是退下，余灿又忽然说，跟我走，于是姜冰又跟着余灿。打的又回了西怡大酒店。余灿去订房，姜冰站在那里。余灿几乎是梦游般地开了房间。一进房间，姜冰还清醒，对余灿说：干什么呀！这时余灿安静极了，他轻轻走上去，坐在姜冰身边，用手摸姜冰的脸。嘴里说，我真喜欢你。这是一句俗极了的话。可感情到了，这句话很管用，姜冰就不动了。余灿轻轻地说，你去洗个澡。姜冰笑模笑样，舌头一伸，就悄悄进去洗澡去了。一会，就是水声。余灿

悄悄地推门。姜冰回头一看，又伸了一下舌头。这时余灿就顾不得，嘁哩喀喳，把衣服脱了，走过去。抱住了姜冰。几乎没怎么样，余灿就过去了。姜冰笑笑，又伸了一下舌头。这时余灿醒了。他一惊：我是不是遇见鬼了？她是不是风尘女子？

四

余灿单位搞会展，他负责宣传，需要去布置，工作量很大。其实这种展览基本是形式主义，但市里要求每个单位都必须参加，而每个单位还可着劲比试，看谁的展位弄得漂亮，想来主要还是为领导看的。余灿于是第二天一早就赶到国际会展中心，联系了固定的广告公司，看如何去布。会展中心在市里的南郊，离市内约有20公里。这个地方在开发区。这个开发区，是国家级的，区内有不少知名企业，国际跨国公司就有十几家。因此开发区很大，建了许多路和高楼，一派欣欣向荣的样子。开发区的地名很怪，叫伯簋。这个字许多人不认识，和“鬼”同音，当地许多人念白了，就念叫白鬼。挺吓人的。这个“簋”其实是个古器具。是不是这个地方曾出土过一个古墓？出了个“簋”？不得而知。反正现在已是一派繁荣，车水马龙，好不热闹。

余灿晕晕乎乎地来到这里，他还沉浸在昨晚的梦中。他实在是说不出的惊奇。他有点高兴，也有点后悔。他后悔拿了一张名片给姜冰。那时他又不知道有后来的一出戏！要是不给名片，后来散了，也就散了。就算是做了一场梦。可这个名片就是个祸根，谁知道姜冰还会不会找来。昨晚他们分手时，都不说话，可眼睛里都有话，都是一副互相爱怜的样子。余灿把姜冰送到她家的小区大门，就打车回家了。

余灿正想着，手机响了。余灿一看，是个陌生的座机电话。余灿接过，对方是个女声：

“是你吧！”

余灿一听，心里咯噔一下。他听出是姜冰的声音。

余灿说：

“是啊！”

对面顿了一会：

“昨晚我不会是做梦吧？”

余灿故作轻松：

“不是梦。是个真正的王子。”

余灿听对面“嘁”了声，又说：

“你现在忙吧？”

余灿说：“在南郊，正开会呢！”

那边说："那你忙吧！我打电话，是看看有没有这个人。"

余灿在电话里说："好，等我忙过，再约你。"

对面说："再说吧！"

电话挂了。挂了电话，余灿愣了好半天。他一时想不起来刚才干什么了。那个广告公司小欧阳经理说："余灿，你发什么呆呀！是相好的吧？"

余灿愤愤地说："瞎扯！是同事。"

这样忙着余灿也还充实。设计，制作，喷绘，上展，布花，迎宾台。一件件，少不了要余灿自己去跑。其间小欧阳经理还带余灿下了两次馆子洗了一回桑拿。小欧阳经理是温州人，长得矮矮小小，小平头，在他们这里开了一间小广告公司，做事还可以，人也不错。已与余灿合作好几年了。下馆子的时候，余灿把他的事情改头换面给说了，他说他的一个朋友给他说的，说，朋友说，是真事。小欧阳经理说，这倒奇了。不可能，不可能。除非是遇到了仙女，要么是遇到了妖精。这不是他妈的《聊斋志异》了吗？

展览顺利进行，他们单位还被评了个组织奖。领导表扬了余灿。这样七弄八弄，其实也过去了十来天。

五

现在得说说杨丽钧了。杨丽钧是余灿的妻子，她在一家小装饰公司上班，是个会计。杨丽钧为人性格安静。余灿他们夫妻关系很好。应该说，余灿有杨丽钧这样的妻子，是幸运的。他的老婆长得小模小样，虽工作不是很好，拿的钱也不多，可不抱怨生活。他们家喜欢泡脚，他的老婆就会为一盆水泡脚而满足。冬天养了水仙，杨丽钧也会为一朵水仙开花而高兴。她有的时候早晨起来，拉开窗帘，见到外面一堆阳光，她会为阳光而惊呼。她莳弄花盆里的花，发现一个小虫，便喊他们的女儿来看。她也不要昂贵的化妆品，只是一些简单的女人护肤品。她到公司上班，也有七八站的路程，她不坐公交车，就每天走过去。她说，汽车不环保。人要多走路，走路舒服。

按说像这样，余灿不会出轨的。可这样的出轨能赖余灿吗？余灿是想也没想到。余灿心里给自己打气。哪个猫儿不占腥？哪个男人不好色？我不是有意的，我是偶然的，我现在刹车。可是刹不住，余灿忙完会展的第二天，电话来了，是姜冰的电话。姜冰说：

"你没有声音了吗？"

余灿说："哪呢，刚忙完，正想着给你打电话呢！你今天有空吗？"

姜冰说：

"今天不行，单位加班呢。明天吧。"

余灿无奈地："好吧。明天。"

放下电话余灿魂又不在身了。他想不起来姜冰的样子，但那肯定是一个美丽的影子，而且那样的时刻，这种的等待。从某种意义上说，是一种煎熬，也是一种幸福。他一想到那样的场面，他感到兴奋。是不是有点刺激，余灿想不清楚。他感到自己很矛盾。

这样余灿就要开始编明晚的谎话。他中午回家，杨丽钧正在烩鱼羹。他走进厨房，从后面过去一把抱住老婆就亲了一口，之后无赖地说：

"给老婆请安！"

杨丽钧说：去去去，忙着呢！

杨丽钧跟余灿结婚前不会烧饭。她自己慢慢学，居然做得不错了。杨丽钧有个好处，她从来不嫌烦。她现在做的干烧鱼头、干煸肉和烩鱼羹，都很好吃。余灿和他的女儿都说好，杨丽钧就这样，要人说好就行了，这样她忙起来更起劲。杨丽钧对许多小事都很感兴趣。她整天对她女儿说，什么东西都要去学。只要去学，肯定能做得最好。

那一回她想去考会计师，对余灿说，我想考注册会计师，兴许以后能跳槽呢！考着玩，也许哪一天有用呢！即使下岗了，也能出去招聘呀！余灿说，那你就考吧，我们支持你。可杨丽钧每天上班做账，下班烧饭，根本没有时间看书，她都是每晚在床上看一点。那天考完，回来直跺脚，考砸了考砸了。明年重考。分数出来那天，余灿让她打热线查询。她不肯，说肯定不行。结果试着去打，居然通过了，有一门只多1分。杨丽钧兴奋得脸涨红，说，我真行耶！她平时很少打的，第二天上班，出门就拦了一辆的士，打到单位8块，她甩手给了10块，对司机说，不用找了。她中午回来说给余灿听，说，司机还说谢谢我，还是一脸的兴奋。

余灿把杨丽钧弄了一脸的口水，他正要往回走，杨丽钧说，你来尝尝，看看咸淡。老婆用锅铲挑了一块茨菰，让余灿尝。余灿还没入嘴，门响了。响动处一声脆叫：

"我回来啦！"余灿的女儿回来。她放下书包又是一句：

"我累死了！"

余灿的女儿十六岁了，仿佛突然亮了一下，一下子懂事了。这个夏天热得不行，杨丽钧还是每天走着去上班。她早晨出门上学，总是交代："不要走路，要坐车，外面热死人！要中暑的！"她的妈妈没有吱声，她便又说："叫你坐车，听到没有呀！"俨然一个负责任的家长。她有时中午回来，余灿正在书房，她进门在屋里转了一圈，即去厨房问她的妈妈："爸爸回来了没有？"她妈妈说："在书房呢！"她便"噢"的一声。余灿听到一脸兴奋，旋即出来，说，"谁关心我了？"她女儿头都不回："没人呀！"便进了房间自忙自的去了。可有时又极不懂事。高中生了，整天喜欢童话，宫琦俊的电影，SHE，韩国明星，哈利波特，让她学习抓紧，她一口答应，可讲过就忘。新学期开学前，余灿给她买了个笔记本，对她说，你坚持每天写些日记，一行字，几句话也行，关键是要坚持下来。你今天的努力是为明天的储备，定会有收获的。可是过了十多天，余灿过去看那笔记本，动也没动，仍放在那里。真是气不打一处出。

今天不错，回来还挺高兴。余灿说："叫什么叫？谁不累？"

"谁？你！整天甩手掌柜！都是我妈忙。"女儿根本不买他的账。

余灿瞪了一眼，说："吃饭！端菜！"

女儿噘着嘴去端了。

吃饭的时候，余灿自言自语地说，唉，上面又来人。整天来人，不叫我活了？

杨丽钧说："你又要出差了？"

余灿说："差倒不用出，只来两天，可是要陪吃饭，喝酒不累死人？"这样无话，余灿为明天不回来吃饭埋下了伏笔。

六

余灿昨晚早早睡下，一夜下来精神足足的，早晨起来神清气爽，眼睛里外面的天格外地蓝。今天是个好日子。余灿心想。于是就想吹口哨，他吹了两下，不太响，也就不吹了。

他上班走过四孝口，从那天桥下过，见到一个小女孩站在那里，头紧紧低着，看不到脸，地上有一张纸写着："我饿极了，找不到工作，可怜可怜我吧。"余灿一下子被"我饿极了"这句简单的话语所感动，随手掏出十块钱给了她，并对她说：

"你这是怎么啦！赶紧去买吃的去！"

这十块钱，这个小丫头还得感谢姜冰。余灿平时可不是这么大方的。可是她不认识姜冰，她也不知道余灿的秘密呀！

余灿稀里糊涂地上了一天班，下午三四点钟的时候，姜冰来电话了。余灿先是小声说，之后跑到厕所。他对电话那头的姜冰说：

"下班在对面巷口邮局等。"

秋风说来就来了。那树上的叶子，仿佛有谁人吹了一下口哨，说："落！"于是一起哗哗啦啦地落起来，飘得到处都是。这样一来人的内心就有些荒凉。触景生情嘛，古人早就为我们说过。那些落叶也不好好落，东一头西一头的，有的颜色鲜红，有的颜色正黄，你说这个大自然，也真是怪，把人间弄成这样的五颜六色。可是余灿现在内心并不荒凉，古人也说过，景随情移嘛！他趴在办公楼七楼的窗口，望着外面的一切，他的内心柔软而略有些焦急。

他急匆匆来到邮局，他手里卷着一张报纸。他已经想不起来姜冰的模样。可是他见到会一眼认出来。城市道路的法国梧桐差不多有余灿的这个年纪，它们忙乱地将叶子纷纷落下，就像此刻余灿的心情。有个别竟落到了余灿的头上，余灿不去理会，他专注而有些盲目地望着来去的方向。

余灿的张望显然是徒劳。因为正在他向西张望的时候，他的身后有了声音：

“喂。”

余灿一回头，姜冰。

他说不上是激动还是紧张。他不说一句话，一把拽住姜冰，掉头就去打车。上车之后，他对司机说，华侨假日。华侨假日是个四星级酒店，只是地点偏一点，离市中心有20公里。余灿有意订远一点，他要的也是这个离间效果。车子开起来，余灿才闲下来。他扭过头，对姜冰笑。笑过之后，余灿说：“近来还好吗？”姜冰也笑着，她有点小狡黠：“托您的福，还好的。”余灿又笑了，他觉得姜冰不仅好看，还好玩。这样静下来，余灿身子就往姜冰身上挤，姜冰也不动，一任余灿去乱挤。余灿挤急了，姜冰伸出手，上去一下，拧在余灿的大腿上。司机在反光镜里望一下，余灿不动了。

到了酒店，余灿下车就直奔总台。他已经预订过，于是办起来就方便。拿得钥匙，余灿看了一眼姜冰，就往电梯处去，下电梯、进房间。一扣上门，余灿就疯了，姜冰也疯了。他们内心都压着一股火，一下子爆燃了起来。难免又是一场生死搏斗，平息之后，余灿喘息着，姜冰沏上茶来。余灿就望住姜冰笑。望急了，姜冰说，有什么好看的，这样死看。余灿说，你在哪里上班啊！

姜冰不是风尘女子。不仅不是，还是良家妇女。姜冰在市直企业洗衣机厂上班，具体做文员，她的丈夫也在这个厂里，主要是外派经营中心。一会儿在昆明，一会儿在长春，两三个月才回来一次。这些经销猴子，人在外面，谁说得清，又是商业上人士。可是工厂里的事，不都是这样，现在在一个好一点的企业，也不容易。姜冰孩子还小，才五六岁，在上幼儿园。说到儿子，姜冰说：“淘气死了！我有时给他惹急了。我就对他说：‘他再这样我就不活了！’儿子仰头望着我，认真地说：‘你死了，我不是没有妈妈了吗？’你说气人不气人？”

余灿说：“那天我送你回家，下车后，我对你说‘跟我走’，你为什么跟我走？”

姜冰笑了。她真是很美，牙齿整齐极了：“我不知道。我自己也不知道。我稀里糊涂的。我都不记得了。”

余灿说：“你觉得我这个人好吗？”

姜冰说："我觉得你这个人好好玩，好得味。"

余灿不吱声。过一会，姜冰说：

"你不害怕我是坏人？"

余灿摇摇头。

七

秋雨是一场接一场下，天就凉了。树上的叶子已全落光。城市显得删繁就简。余灿在两个女人之间跳来跳去。一会儿姜冰，一会儿家里的。他有些陶醉，也有些疲劳。可是他乐意，他感到身体疲劳，而精神却是出奇的好。

那天下班，他走过四孝口，见一只京巴狗。走上去，摸摸它的头。狗的女主人还对他笑，说："才懂事呢！"余灿说："叫什么名字？"那人说，并并。余灿心想：并并，好奇怪的名字。他想起了姜冰，不会是叫冰冰吧。

他决定今天走回家去。反正从单位到家里，也才七八站路，只要心中安静，不起毛，走起来也是快的。他走过一幢刚刚开始建设的高楼，工人们正在工地门口画施工概况图，他凑过去看看，看是多少层。余灿喜欢管闲事，比如他总是对自己居住的这个城市不满，认为太土，他毕竟在北京生活过一段时间。可是这样的中小城市怎么可以跟北京比呢！因此城市中的每一点变化都令余灿高兴。他抱怨城市的水泥路。他没认识姜冰前，周日没事，只要报上登城市的哪条路开始改造了，他都要跑过去看看。看几车道，树木是否保留。他喜欢沥青的路面，喜欢雪白的斑马线。有时他还会同工人们聊聊，问问工程进度。神经起来，还同工人握手，说，同志辛苦了。工人则说，首长辛苦了。他说同志们晒黑了。工人们则以为他真是首长，于是说："首长更黑了！"

到家天都快黑透了。余灿一进门，就听见里面吵，余灿轻轻地开开门。女儿在那嚷嚷，说，小股（刘海）剪短了，把门摔得山响，一副七毛八戗的样子。原来下班时杨丽钧带她去剪头。大概叫理发的给她剪了。余灿进门，杨丽钧说："不要理她。"余灿还是忍不住，走过去看了一下，说："还好，不是很短。很快长起来的。"她女儿一脸的不悦，回说："什么时候才能长起来啊！就是我妈，让剪短的，叫我如何去见人啊！"余灿讨好似的说："吃苹果呀！"

"不吃。"她女儿头也不回。

余灿讨了没趣，只有退出，他脚走得稀酸。最近可能透支是大了一点。于是他回到卫生间用水泡脚，拿了一本张爱玲书乱翻，恰翻到《造人》一篇。张爱玲说："小孩不像我们大人想象的那么糊涂。父母大都不

懂得子女，而子女往往看穿了父母的为人。”

余灿脚在盆里，呆望着张爱玲的这段话，一时无话可说。

余灿泡了一会，从卫生间出来，开始吃晚饭。杨丽钧拿起筷子，说：“爸爸打电话，要来。肺又不行了。要来住院。”

杨丽钧和余灿老家都在下面的一个县里，余灿家在县城，杨丽钧家在一个小镇上。杨丽钧说的爸爸，其实是说余灿的老岳父。岳父多年肺气肿，快入冬，就开始犯。犯起来不得了，气喘不过来。有时就能憋过去。去年冬天来住过10天，这家省立医院，条件不错，医生比县里强多了。县里弄十天半月还是老样子，花了冤枉钱。这里就不一个，十天半月就好多了。于是岳父宁愿远一点，多花点钱，到省城里来，也图个效果。

余灿说：“来就来吧。这里条件好一点，也快一点。医生都是熟的了。”

于是无话。今天周日，晚上照例余灿应该是同杨丽钧温存一番的。可余灿近来有点累，于是就睡着不动。杨丽钧在那边也不动，可是余灿知道，杨丽钧并没睡着，于是余灿假意激动，爬过去，勉强弄了一会。可是假的终归是假的，这个东西来不得半点虚假。于是杨丽钧问：

“今天怎么啦?”

余灿说：“没事。可能近来累了。”

杨丽钧还挺懂事，摸摸余灿的头，“酱”过去，伏着余灿睡了。

第二天下午，岳父来了。岳母陪着一起来的。岳父脸上红红的，嘴里喘着，嗓子里发出一种怪怪的声音。他不能上楼，连七八级台阶也爬不上。于是余灿背着，岳父趴在肩膀上像一张纸，轻飘飘的。余灿想，人真没有意思，老了，就不中用了。想想十多年前的岳父，跑外勤，一天一夜500公里一个来回给人家送货。可是十来年一过，却成了这个样子。上了楼，杨丽钧早已把自己睡的大床铺好了，给她父母睡，而他们夫妇却睡到客厅地板上。这也是余灿的主意，家里小，老人要安静。余灿他们夫妇睡得迟，一会厕所，一会厨房。老人也没法睡。于是这样调一下，双方都方便。余灿还落了个大人情。岳母说，儿子又怎么样？儿子也没有女婿好呀！

其实这些年，余灿同岳父母关系还是不错的，十多年没有红过脸。可以说岳父母对他们也多有关心，时时事事都想着他们，虽然余灿并不在他们身边。岳父一生要强，因家庭出身不好，一辈子吃了许多辛苦。虽写得一手好字，也有文化，可大半辈子没有个固定的职业，漂泊于社会。二十多岁倒是参加了工作，在当时的县公安局当个户籍员。可与余灿岳母谈恋爱，因岳母家也是个破落了的工商业者，因此在一次早间会上，公安局长口头宣布开除出公安局。那时余灿的岳父年轻气盛，甩袖而去。之后漂泊到江苏涟水、灌云，在镇上的一个供销社当会计。1950年代国家号召有志青年到边疆去大有作为，余灿岳父便带着他的岳母从苏北来到寒冷的北大荒，投入到开荒的火热生活中。在那里生了两个孩子，包括杨丽钧。后来余灿的岳母实在受不了那里的气候，才又从东北回到家乡的小镇上来。

回到老家也并不能逃脱命运的捉弄。一家六口下放到农村，四个孩子都正在长身体的时候，每天张着嘴等待食物充饥。于是余灿的岳父卖过自己写的门对，扎过花圈，做过跑外勤。一辈子就这样艰难地过来了。

医院是早已联系好了，于是住了一宿，第二天余灿背着岳父入院去了。

八

医院里是乱得不能再乱。到处都是人。一人看病，一家要有两三个去跑。楼上楼下，一会B超，一会CT，一会又叫吹测量肺活量的那个什么东西。余灿就背着岳父到处乱跑。那个医生太不像话，余灿的岳父已根本吹不上去，而那个医生狠狠拍着余灿岳父的肩，嘴里一个劲地嚷着：吹吹吹吹吹，吹了半天还是没动，可见岳父的肺漏气漏成什么样子。经这一折腾，岳父的体力已消耗大半，出来他坐在门口的台阶上，脸上红得怪怪的，手里抱着一根棍子，直喘气。

在做B超的时候，因为人多，要排队等。于是余灿和岳父闲话。余灿因背了岳父几回，于是就居功自傲，批评他岳父，说，你过去走路太快，七十大几的人了，走路要特别小心。他岳父也不争辩，只说过去养成的习惯，弄惯了。他说，过去就同你岳母搞不来，我老熊她，性格太慢，能把人急死。余灿接过话头，又开始说自己老婆的坏话。说杨丽钧也是，磨蹭得要死，性格慢得像蜗牛。他岳父见自己的女儿已经是人家的老婆。人家说自己老婆的坏话，也未尝不可。于是他不但不为女儿辩护，反而帮调：就是，一个脾气！两个男人认真讨论着。

岳父进去B超，余灿在外面等着。忽然手机响了，余灿一看是老婆打来的。于是喂喂了半天。今天是月底，杨丽钧的公司要扎账，早晨就由余灿背来。杨丽钧打电话问情况怎么样？住下了没有？余灿说，还好还好。正在检查呢！杨丽钧说，我们公司最近也要检查身体，就订在这个医院，到时也方便些。余灿“噢”了一声。挂了电话的余灿去买了一份当天的晨报，没事就瞎翻。现在的报纸太多，没事就登一些鸡毛蒜皮的事情。余灿见有一版大标题：“由于近来天气闷躁，本市精神病院一群疯子集体裸奔”，觉得真是滑稽。最近也是的，连连下雨，气压又低，人是容易烦躁。于是余灿便发短信逗姜冰，说精神病院一群疯子集体裸奔，之后说：

“今天你裸奔了没有？”

过一会，姜冰回：“看到你裸奔了。”

余灿实在无聊，于是又发：

“我们一起裸奔吧！”

姜冰回：

“你奔我看，给你吹口哨！”

“奔吧！很容易出名的。”余灿继续逗着。

姜冰急了，回道：

“罚回精神病院！头点地！”俏皮机灵，自负顽皮。

余灿看过笑了，“头点地”是个什么姿势，倒立？耍猴？不懂。正准备继续玩下去，岳父出来了。余灿赶紧揣起手机，迎上岳父。又轻轻背上，送去病房。

这样坚持几天治疗，病情渐渐平稳。肺病就这样，一不喘了，人就好多了。形势一趋于平稳，余灿心思又少了，他想给自己好好放松一下。于是他上班的时候，偷偷地联系了姜冰，约好晚上见面。这边余灿就给老婆请假，说单位来人，晚上要应酬。余灿最近表现不错，于是杨丽钧就显得通情达理，说，少喝点。

一放出来，余灿就活了，像鱼扔到了水里。他在老地方约上姜冰，打上车就直奔了一乡村土菜馆，那里还有钟点包房。其实这些城乡结合部的农民，也忒狡猾，他们知道城里人这些苟且的事多，明为钟点房，实为这些偷情的人提供便利，牟取利润。

余灿点了一条活鱼，半斤虾。吃饭的时候，两人眼睛打来打去，虽都是河鲜，可无心去吃，口中无味，于是胡乱吃了一通，进了包房。一进包房，余灿便不是东西，胡乱地支使姜冰，一会这个花样，一会那个花样，两人又是一番疯狂作乐，弄得死去活来。

之后两人就躺在床上闲话。一会说东，一会说西。其间余灿睡着了。余灿是累了。姜冰心疼他，也不叫他。等余灿一觉醒来，已是下半夜两点。余灿一骨碌起来，不知身在何处，见旁边躺着姜冰，边说坏了，边胡乱穿衣，说，我要赶紧回去。姜冰还想腻歪，余灿说，不行，我岳父在这住院呢！非同儿戏。姜冰也通情达理。于是两人打车回去。余灿送完姜冰，回到家里，已近深夜三点。于是余灿蹑手蹑脚，也不去洗，往杨丽钧边上一躺，假睡了一番。杨丽钧一个翻身，说几点啦？到现在才回来！余灿小声说，陪客人唱歌。客人不走，没办法。

九

也活该快要出事了。一般出事前，都是风平浪静，像大海，海啸前，都是一番风平浪静，日和天晴。余灿岳父的病渐渐好了，日子又趋于平稳正常。岳父是很自觉的，只要好一些，就打算要走，不愿多打搅女儿女婿的生活，睡在女儿女婿的大床上，心中多有不安，抱怨自己老了无趣。

这日余灿送岳父母走。岳父母没什么值钱的东西，都是一些小包纸袋，有五六个，医院拍的片子，拿的药，痰盂茶杯，毛衣棉裤，七七八八。杨丽钧也早早起来，收拾家里，将她父母睡的被褥掀了，放洗衣机中去洗，又忙着清洁房间。余灿叫来一辆的士，说，一个人送够了，我去送吧。于是余灿将岳父母送到长途车站，买了票，安顿好行李，又嘱咐几句。下车打的回单位上班去了。

余灿下班回来，见家里静悄悄的。他轻步走到房间，见老婆一个人拥着被坐在床上，再一细看，杨丽钧眼圈红红的。余灿做贼心虚，心里一惊，赶紧问：

“怎么啦?”

杨丽钧不吱声，还在愣着，余灿心里着急，又追问：

“你怎么啦?”

杨丽钧转哭为笑，说：

“呆呀！看电视剧看的。”

余灿妈呀一声，脱口说：“你吓死我了！可不要这么矫情好不好?”说完转身出来，走进厨房，准备弄晚饭。他见地上有一截藕，已有些生锈，他便拿起，用刀去削，炒点藕下粥。这时杨丽钧喊他过来一下，余灿放下那藕，走进房间，见杨丽钧正在套过冬的大被被套。杨丽钧叫余灿把四个被角给拽住，好把被套匀。余灿拽住被角，杨丽钧在那仔仔细细将被胆整理熨帖，边整理边说，“这个被多少年了。可能还是结婚的时候买的。”

杨丽钧的一句无意的话，却触动了余灿的心思，余灿看着杨丽钧有些白中泛黄的脸，忽然眼中冒出泪来，杨丽钧说，“你怎么啦?”

余灿说：“没事，眼睛里弄了个东西。”

余灿回到厨房炒藕，他把藕仔仔细细切细，他边切边想，我在两个女人之间跳来跳去，终不是个事，纸是包不住火的，总有一天要暴露出来的。他也有些累了。姜冰虽然也是个好女人，可是余灿不可能去折腾这个事。余灿虽念着姜冰，可杨丽钧没有任何错处，况且工程量太大，也折腾不起。

这样想着想着，余灿就有些后悔，也有点后怕。

吃过晚饭，杨丽钧挺快活，又陪着女儿跳绳，踢毽子，玩呼啦圈，一会双人跳，一会单人跳，跳着笑着。余灿望在眼里，心中五味俱全。

第二天是个双休日，晚上早早睡下。杨丽钧双休日就喜欢睡懒睡，有时能睡到中午。余灿早上自己起来，弄了点吃的，之后就出去闲逛，逛了一圈，又去了菜市场，买了些鱼虾菜回来。他见杨丽钧还在睡着，于是走过去，见杨丽钧脸睡得红红的。可是睡足了。杨丽钧见有动静，便醒了过

来，一看不早了，跳将起来，拉开窗帘，家里立即拥进一堆的阳光。

于是杨丽钧开始烧饭。她唱着歌，一会，厨房里飘出香味。

十

季节进入了冬季。风像小哨子一样吹进窗户。外面的天开始焐雪，不阴不阳，人很是不爽。杨丽钧单位开始忙了起来，快进入年底，单位忙着扎账。杨丽钧每天上班下班，就是喊账太多。她说，单位里做不完的账，她一边抱怨，一边无奈地去做，之后就发挥想象，说，干几年不干了，到海边去住，出国旅行。

这天余灿下班，突然姜冰打来电话，问晚上可有事。余灿支吾几句，还是说没事的。于是相约见面。

这个天捂着捂着开始飘雪花了。余灿走出大楼，见城市的街道在雪花中开始有点发白。他仿佛走在童话中，一点都不真实。但是有一点却是真实的，那就是姜冰的出现。余灿见街上人乱走，人们行色匆匆。各色车辆杂乱无章，并不各行其道。他走过马路，见邮局边那个常年在此行乞的老头仍在雪花中坐着。这个老头也忒有趣。他在地上摆个帖子，是什么申冤的文讣，可是多年也不见换。边上还有一个搪瓷缸，里面有些毛票钢镚。老者留着一丛白胡，边申冤边行乞，一杆烟袋，一脸安详。他走过老者身边，从身上摸出一个钢镚，“当啷”丢进搪瓷缸，老者并不为所动，仍在嘬着那长长的烟袋。老者的边上，一个卖麻辣串的妇女，在雪花中不断地叫卖。余灿只在那冒着热气的锅边站了一下，她即热情地说，吃哇，来一串吧。

这时余灿手机响了。余灿一看，是个陌生电话，街上是吵得不能再吵，电话根本听不清。于是余灿就背风大声喂，对方说：

“余灿，还不错吧?”

余灿听不清，他把手机紧贴着耳朵：

“我是徐雨，有了新朋友，老朋友不认识啦?”

余灿说：“我操，瘸子!”

瘸子在电话那头说：“怎么样？不错吧?”

余灿一惊，可仍糊涂：“什么不错？不还老样子。”

瘸子继续点拨：

“得了便宜还卖乖。如何感谢我啊?”

余灿越听越不对味，他怎么会知道的？余灿镇静地说：

“你老兄好吧?”

瘸子并不依饶：“别打岔哇。问你怎么样呢!”

余灿正色道：

“什么怎么样？你说清楚。”

那边也正色：

“跟你开个玩笑，你急什么急？做贼心虚啊？”

余灿真的警惕起来：“你什么意思？”

瘸子哈哈一乐：“不会举报你的啦！成人之美，何乐不为？这样的事我见多了。”

余灿说：“你怎么讲？”余灿心想：妈的，坏了！这个家伙给我设了陷阱。是不是原来就是一个阴谋？

瘸子在那头说：“不怎么讲，开个玩笑开个玩笑。”

余灿想挂了电话：“还有什么事？”

瘸子在那头说：“能不能给我推销一点点钞液啊！返点还是老规矩。”

余灿正要去骂：你他妈给老子我敲竹杠啊？这时姜冰从身后来了，一捣余灿后腰。余灿转身一看，忙说：“再说再说。”合上了电话。合上了电话的余灿脸上还残存着愠怒，余灿心想，你他妈小子，你给老子我来美人计？

姜冰看余灿脸上的余怒，问：“谁呀？”

余灿说：“单位的。”可脸色还是不好看。

余灿上了出租车，就要去酒店。姜冰说：“我们先吃饭吧！我饿了。”

余灿说好吧。余灿对司机说，到大华美食城。

大华美食城是市公安局长小舅头开的，规模很大，是一个仿粤式的快餐店。以煲类为主。余灿走进大厅，里面乱哄哄的声音，有几百人用餐。余灿寻一卡座坐下，点了几个菜。余灿还特地为姜冰要了一个龙虾煲粥。

坐下之后，余灿就看着姜冰吃。他自己则要了个啤酒，慢慢一口一口喝。姜冰真是饿了，她吃得很猛。过一会还不忘抬头望余灿笑笑。一脸的思无邪的样子。余灿望着姜冰一张健康的脸，心想：这个小狐狸不会是特务吧？

这个小狐狸吃得健康而快乐，不时还抽出嘴来说两句话。余灿不说话，他就望着姜冰，心里滚过一阵一阵的纳闷和狐疑。

姜冰见余灿不说话，又不吃，忽然问道，你有什么心思？

余灿并不理会，他抬头望着大厅里的这几百张嘴，大大小小，都在动着，一屋子的人声和嘴声。人不能静下心来看人的嘴，那是很恐怖的一件事情。来吃饭的大多都是两个或三个男女，都面对面坐着，或者挤在一张凳子上。余灿心想：这些人都不知是些什么人？恋人？情人？一家人？人真是很难讲的，人家看过来，觉得余灿和姜冰像一对和美的夫妻。哪里知道是假鸳鸯？同样余灿看过去，也是没有什么破绽，谁知哪对是真的哪对是假的呢？

姜冰见余灿发愣，停了嘴，仰脸问："你怎么啦?"

余灿想都没想，胡诌说，身体好像不太对劲。身上没劲。

姜冰放下筷子，就要来摸余灿的头。余灿一把推开了她的手。

余灿催姜冰，快吃，吃了走。余灿说吃了走，是说去酒店开房。姜冰是听得懂的。姜冰于是一伸舌头，说，今天不行，"大姨妈"来了。

余灿是过来人，对女人的这些"黑话"，还是能听得懂的。一时就泄了气。于是就这样坐着说话。其实也没说什么。余灿问：你同徐雨有联系吗？姜冰说，没，那回走了之后就没打过电话。怎么，他找你了？

余灿说，打过一个电话来。也没什么事，叫我给他推销那个破玩意。

姜冰动气地说，别给他推销，那个人恶得很！

于是又坐了一会，余灿不说话。姜冰说，你放心，我这人从来不会缠着别人。你我好一回，是缘分。我相信缘分。

余灿说，哪里的话。喜欢还喜欢不过来你呢！

姜冰说，你也有难处。我知道你言不由衷，你有压力。

余灿还犟嘴，真的。不骗你。他继续扯谎，今天只是身上没劲。不舒服。

于是又坐了一会，便起身要走。姜冰说，把龙虾打包，也没怎么吃，浪费了。余灿心想，龙虾忒贵。可惜了，打就打吧。于是龙虾打包。

出得门来，雪已覆盖了整个城市。一片雪白。路上的车叽叽呱呱，开出一片泥泞之声。余灿将姜冰送了回去，待自己回到家里，已快10点。进屋见杨丽钧已睡下，女儿还没睡，于是也洗洗上床。余灿今天一厢情愿去约姜冰，却没能弄上，于是转回家就要弄杨丽钧。堤外损失堤内补。因杨丽钧没有调整好情绪，女儿又在外面没睡。杨丽钧死活不肯，这样绞来缠去。余灿是得逞了，可杨丽钧不配合，余灿味同嚼蜡。

十一

徐雨的电话充满了暗示，不是什么好兆头。余灿也开始了自己的计划。第二天早晨起来，拉开窗帘，呀！外面一片雪白。那屋顶上的雪刺得余灿眼睛都睁不开。他捣捣杨丽钧，说，快起来，下大雪了。杨丽钧不吱声。余灿便到厨房，热昨晚的龙虾煲粥去了。

煲粥热好了，杨丽钧和女儿也都起来了，两人抢着去上卫生间。杨丽钧上完出来，提着裤子，对余灿说，我最近身上老走不干净，不知为什么？余灿说，去看看医生？杨丽钧说，没事，可能忙错乱了。于是坐下吃饭。早饭有馍头还有饺子，之后就是这个煲粥。杨丽钧一吃到这个粥就说好吃。余灿说，晚上聚会，他们酒喝得多，煲粥上来已没人吃，我就带回来了。女儿也吃上了，嘴还鼓着，嘟哝说，吃人家剩的。余灿说，人家根本没吃，什么剩的。杨丽钧说，啊哟，不要说了，以后我们自己家去吃。女儿上去一嘴：你吃得起么？这是龙虾煲粥，几百块钱一斤！杨丽钧说，噢。女儿说，你个死脑子！

余灿在那不插言，心里却有话：这不是公款，是自家钱买的。忽然女儿这么一说，余灿心一酸，眼睛里差点又要冒泪。

日子就这么过着。余灿算计着自己的事情。他也不是想摆脱，他只是担心，他隐隐地有点担心。那天下班，他也不回家，晃到城市的环城公园。公园是开放的，路上车来车往，而一进入树丛，又非常地安静。余灿走进公园，见那些树的叶子全都落光，秃头秃脑。槐树、榆树、楝树，还有乌桕、老柳等，都是过冬的样子。他走过树丛，坐在环城湖边，看着湖水。湖里也没闲着，那些冬泳的人，在水里一纵一纵的。远远的地方，有好几个人光着身子在那里擦。也有老人带着狗的，都是一副无所事事的悠闲样子。余灿这么坐着，心里盘算着，慢慢地心情就好了起来。他一直坐到天黑，走出公园，路上又是车来车往，路灯、车灯和广告牌交织成城市的夜景。余灿说，虚假，虚假。城市的夜晚就是虚假的。他一不小心说出了声，把走在他边上的一个人吓了一跳。

余灿进家门天已全黑了。他见屋里不开灯，又有人的动静，便走进房间，一开灯，见杨丽钧坐在床上垂泪。杨丽钧见余灿回来，赶紧去抹泪。余灿心里一惊：是不是自己的什么疑点给杨丽钧发现了？余灿赶紧走上去：

"怎么啦？"

杨丽钧抹了泪，转笑说：

"没事。"说着转身要去做饭。

余灿一把按住杨丽钧说："究竟怎么啦？你说。"

杨丽钧说，单位检查身体，说我子宫里长了个东西。我不信，医生又反复检查，说肯定有，有鸡蛋大。

余灿说，你单位检查身体，我怎么不知道？

杨丽钧说，我跟你讲过，你哪里关心我们这些小事？

余灿也不管讲没讲过，继续说："有也正常。妇女十有八九都有的。"

杨丽钧说：

"我也是这样说，可医生神秘兮兮的，弄得我心里毛咕，怕不是好东西。"

余灿说："不可能，畸胎瘤，肌瘤，都是有的。不会是坏东西。"

杨丽钧说："我也这么想，我这样的人，不会长那些东西的。"

余灿拽起杨丽钧，强笑着说：

"不会的，明天再去查查。"

杨丽钧坐了起来，也笑着道：

“我不去查。也不疼，没事的。”

余灿说：“我也知道不会是什么坏东西。查查不是放心嘛！”余灿嘴上虽这么说，可心里还是有一种不祥的感觉。

十二

年底了，单位里的破事就多。领导要余灿印一点贺年片，和各业务单位联络用。余灿找来小欧阳，让他们广告公司给做几千份贺卡。小欧阳一听生意来了，很高兴，就说，中午我们干脆到天都酒店楼顶旋转餐厅吃自助吧。余灿一想，中午也没事，就说，可以。打个车就去了。

天都酒店楼顶旋转餐厅是这个城市唯一的一个旋转餐厅，因在楼顶上，视线好，可以鸟瞰，因此生意不错。自助餐其实是没有什么吃的，无非吃个自由。天都的鸭脚包不错，余灿喜欢吃。鸭脚包就是咸鸭爪外包一圈咸鸡肠子，晒得特别干，包得也紧，嚼起来有味。有时余灿一个鸭脚包能喝一瓶啤酒，主要味好。

刚坐下脱了衣服，余灿手机响了。只响两下，又停了。余灿一看，是姜冰的。余灿不动声色，继续去弄菜；刚坐下来，手机又一动，余灿一看，是一短信，姜冰的：“回话，死人。”女人就喜欢这样，打个电话都要占个先。她先拨一下，就挂了，之后让对方回拨，以显示自己的自尊。这有什么意思呢？余灿就不回电话，也发一短信：“死了。”一会余灿手机又一震：“送你一朵小白花。”余灿一看乐了，脑子就往歪的地方想：“我要你的那朵花。”发完嘴抿着笑。小欧阳说，你笑什么？余灿说，短信。小欧阳说，我给说个人家刚发给我的短信。余灿嗯了一声，小欧阳就讲。余灿继续在那捣手机，一看，又是一条：“什么花？”余灿想，你还装，于是手下就动，屏幕上于是就有：“你胸前的那朵花。”手机不动了，余灿等了一会，手机又动了：“去死！”余灿笑了，心里想：骂得好！男人就是贱，没有女人骂，心里就痒。

小欧阳在那讲了一半，余灿根本没去听。这时余灿问：什么王八？小欧阳说，你没听啊！我还自顾自讲呢！于是又讲一遍。这回余灿听清楚了。是说一个领导到基层检查工作。下面顿顿安排甲鱼，领导很高兴。几天后，领导说，不错，你们公司王八挺多。下面的人听了，也同领导客气。那里，王八都是外面来的。检查结束，加餐聚会。领导要厨师出来，给敬杯酒。领导对厨师说，不错，王八烧得不错。厨师也很谦虚，说，谢谢，王八都喜欢。

他们边吃边说，中国话就是高级，一样一样的意思不同，可你都能听出来。这就高级。正说着，余灿手机响了，是姜冰：

“死人，怎么不回电话?”

余灿说：“死了。”

姜冰换了一个口气：“我对你讲噢，我有一个女友，是开广告公司的。她让我问问你们单位年底可要搞联欢，她给你们策划，包括布置，主持人啊！还可以找几个演员。她让我问问。”

余灿说：“往年都搞，今年领导没布置呢！等布置再说吧！”

姜冰说：“你别忘了，要搞，给她搞噢。她特地让我问问的。”

余灿说：“好呀好呀！咦，你晚上有什么事?”

对方愣了一会，过会说：“倒是有一个女朋友说一起吃饭。不过没关系，我把她回了就是了。”

余灿说：“那晚上见。”

电话那头“嗯”了一声，电话挂了。

余灿下午上班基本上是有胜于无，他在那电脑搞搞，翻翻简报，又接了几个电话，还有两个是广告公司的。到四点多钟，余灿坐不住了，他就给姜冰发短信：“现在出来?”过一会，姜冰回：“可以。”于是余灿假意小解，走出了门，一下溜之大吉了。出了大门的余灿就活了起来，他恨不得唱一首歌，可他唱歌水平不行，于是他就哼哼了两句，叫上出租车去接姜冰去了。

姜冰在厂门口等，余灿车一到，一招手，姜冰就跑了过来。上了车，余灿说，我带你到郊区去玩。姜冰说，我饿了，我要吃烧鹅。余灿说，这好办，正好路过王氏烧鹅，买一点带着吃不就得了。

余灿说的郊区，就是西郊科学岛，岛上树多鸟多，还有一个大湖。虽是冬天，可今天暖和，像个小阳春。现在的冬天，就冷那么几天。天一晴，又暖洋洋的，气候是搞乱了。市内到科学岛也才20块钱，于是他们顺路买了老鹅，便一路直奔岛上树林而去。

科学岛还真是个好地方。余灿喜欢。岛上白鹭成群，在高高的树头嘎嘎叫着，翻腾，雀跃，把个树枝弄得花枝乱颤。

余灿他们站在高大的树下，边走边说话。姜冰就边唔唔的，她嘴里啃着老鹅，女人就是这样，嘴不能闲着。一个鹅翅膀，姜冰在嘴里来来去去，余灿看到难受，就说，你这基本上可以算是手淫。姜冰一嗔，去死吧，你！一阵风来，余灿耳里是一阵一阵的涛声，看白鹭翻飞。有一棵松树高高的枝头，巢里栖了四五只大大小小的白鹭。呱呱啦啦在说话。余灿说，他们之间讲话不知可否听懂。姜冰肯定地说，听得懂，他们是一家人。之后姜冰指着余灿，说，禽比兽重感情，禽多一夫一妻，白头到老。而兽则不然。一个狮子王，占有许多母狮子，而且感情很乱。

她继续发挥道，像你，就是兽这一路的。姜冰这一说，余灿倒笑了。

他上去抱住姜冰就亲，嘴里还讷讷着“我是兽我是兽”，两人便打成一团。

闹够了，余灿说，我带你到一个好地方。说着他们出来，走不远，是一个乡村土菜店，有土菜也有钟点房。他们胡乱吃过，要了房间进去。进了房间，余灿一下就抱住姜冰，余灿说，我受不了了。姜冰也说，我想你。两个人于是死去活来，也就自己知道是什么滋味。

余灿很高兴。余灿高兴，一方面是真高兴，这种分外之色确实让人忘情；另一方面，他有自己的算盘，他暗暗地算计着。这个时候，他更不能有三心二意，要像有全身心投入的样子，显出很爱她。要妥当，要沉着，不能有一丝的痕迹留下来。即使离开了，也是没有办法，也是无奈。

余灿自己收拾完。就要到卫生间处理用过了的避孕套。可这样乡间旅馆，抽水马桶不灵，水冲不下去。余灿想，这种东西，冲不下去，浮在上面，多难看。于是他揣进口袋，准备路上的时候，丢在公共卫生间里。

余灿坐在沙发上喝茶，姜冰蹭在他身上，腻腻歪歪，余灿坐着，不说话。姜冰望着他的脸，余灿仍然不说话。过一会，余灿说：

“看什么？我脸上也没有痣。”

姜冰仍仔细望着，余灿估计差不多了，于是说：

“我气色不大好吧？”

姜冰于是也仔细端详了一番，说：

“哎，是的。你脸色差。”

余灿憋着，过了半天，说：“我不想说。”

姜冰说，你说什么？不想说？

余灿愣了一会，说，还是不说了吧？

姜冰说，你这个人，半截子，一句话，说一半，吊着人！

余灿忸怩一下，吞吞吐吐：

“我最近身上老没劲。不知什么鬼的。”

姜冰认真了：

“为什么？查查去？”

余灿说，不用查，可能老毛病犯了。

姜冰睁大眼：“什么老毛病？”

余灿说：“肝炎。”说完愣了一会。姜冰也不吱声。余灿又说：“原来得过，可后来治好了。估计又犯了。”

姜冰不吱声。过了一会，姜冰蹭过去，嘴一下贴着余灿的嘴，就把舌头伸到余灿的嘴里。余灿接住，含在嘴里。余灿眼泪就下来了。余灿知道姜冰的意思。余灿想，女人还是更接近自然。她要是爱上一个男人，是不管不顾的。

姜冰哪知道余灿的心思，见余灿泪下来了，说，不要急，有病可以慢慢看。

余灿揩了泪，点点头。

他们出门的时候，余灿把口袋里的避孕套拿出来看看，姜冰吓一跳，说，这种东西，还不赶紧扔了？余灿说，抽水马桶冲不下去，丢在外面去吧。

十三

小事很重要，问题往往出在小事上。确实还真是细节决定一切。余灿把避孕套放在兜里，出了门，晕晕乎乎，根本忘了。

他送回姜冰往回走的路上，姜冰发来短信，说，忘了告诉你了，徐雨偷税漏税被公安逮起来了。余灿还不信，又发短信问："谁讲的？"姜冰回："我哥哥讲的。"余灿高兴了，顺嘴骂了一句，妈的个瘸子！还暗算我。该！你这样的，枪毙都不冤。

杨丽钧发现了避孕套。第二天杨丽钧没去上班，她跟单位说，到医院再复查一下，于是就没去。可早上七弄八弄的，有点迟了，她也不想去了。女人就是这样，变得快。她也不想再赶到公司去上班，于是便把几天来的一堆衣服拿出来洗。她掏余灿的滑雪衫时，先掏出一堆名片，再是打的票，一团卫生纸，之后发现了避孕套。避孕套口是扎起来的，里面一坨活动的秽物。杨丽钧看到这很镇静，她的第一念头：不会的，不会有那样的事的。她不是不敢面对现实，而是她有信心相信余灿不会的。他们夫妇自己也用，但余灿也没必要把它揣到兜里去啊！更何况他们这两天也没有过夫妻那个生活。杨丽钧把避孕套还用卫生纸包了起来，塞在枕头下面。她继续洗衣服。

余灿今天本来挺高兴。一天在单位无所事事，发了一个简报，领导交办的几个文件一一去办，之后就是接了几个破电话。下班时候余灿走出大楼，还到一个馄饨摊子上吃了一碗馄饨。这个小区里的馄饨摊子余灿老来吃的，可以说余灿是老主顾。这一对卖馄饨的小夫妇，真是一对妙人，男的年青英俊，像是一个西安的兵马俑；女的小巧玲珑，一嘴整齐的牙齿，笑模笑样的，健康干净。余灿想，人啊，只要相爱，他忙得就有乐趣。你看这一对，他们每天在黄昏中摆下摊位，一个晚上忙碌着，要到夜里两三点才能收。可他们总是快乐地忙着。余灿每次去买馄饨，女主人总是笑着说，多给你两个，老主顾了。又说要不要香菜呀！边动作着边一句一句给余灿说话，让余灿感觉到特别亲切。

余灿吃完馄饨往回走，一个出租车开得太猛，差一点撞了余灿。余灿噌一下就火了，你他妈的慢一点，差点撞死我！那个出租车司机也是混蛋，他不但不给余灿赔礼道歉，还骂余灿怎么走路的。两人差一点动

手，余灿戴个眼镜，心里想，还是歇吧。妈的这个主一拳打到我的眼镜上不是白吃一个亏，于是嘴里硬着，便转身走了，虽转身了可心里气得堵。

余灿回到家里，家里一切正常，余灿没看出有什么异常。这也是男人的马虎，你说那个东西，能随便放吗？换了衣服也不掏一下口袋？上了一天班，还不想起来？于是他跟无事人似的。晚上上床，杨丽钧脸上淡淡的，也不说话，也不热情。余灿只感到有些怪怪的，但他无论如何想不到这上面去。看了一会电视，杨丽钧在枕头下掏，掏了半天，举到余灿眼前：这是什么东西？

余灿一看，脑袋就大了，脑子里立即就反映了出来。余灿一个激灵，有点懵，他反问杨丽钧，从哪来的？

杨丽钧说，问你呢？从哪来的？

余灿假装真诚，我真不知道。

杨丽钧，从你口袋里掏出来的！

余灿一拍被子，噢，啊哟！是我们那一天的忘了。

杨丽钧说，怎么灌在口袋里了？

余灿说，上厕所，先到厨房喝茶，没地方放，顺手塞在了口袋，你忘啦？倒水给你喝的。

杨丽钧想起来了。那天余灿是倒水给她喝了。于是杨丽钧说，我还以为……还不知道哪个野女人的……

余灿一口长气，哪能呢？爱你还爱不过来呢！

杨丽钧转笑说，少耍贫嘴，以后注意点。

之后便无话。余灿睡在被窝里，心一撞一撞的像个兔子。他身上有些汗。他也不动，在那假睡。过一会，杨丽钧先用一只脚伸过来，余灿感觉到了，可还是假装睡着，一动不动。杨丽钧悄悄爬过来，“扑哧”一笑，用手点着余灿的鼻子，说：

“装得倒像。”

余灿闻到妻子身上的味道，只好不假睡了。于是便想跟杨丽钧谈谈，于是就开门见山：

“哎，想跟你谈谈。”

杨丽钧说，有什么好谈的？

余灿说，真的，你觉得我这个人怎么样？

杨丽钧，哎，你今天怎么啦？有点不正常呀！

余灿说，真的，我这人还行吗？

杨丽钧贴过去，行，行，我的老公怎么不行呢？

余灿听着，心里一阵酸麻，眼泪又要出来了。于是他赶紧往被子里拱，他在被子里说，我要学好！说完他就要往杨丽钧身上爬。这时杨丽钧不干了，说，今天不行，今天不行！余灿不管不顾，涎着脸求，直到把杨丽钧哄高兴了，杨丽钧让上去，才算得逞。这样的时候，终是好像比平时快活些。

十四

第二天上班，余灿是有所考虑了。这种考虑，不能说是阴谋。人世间的事，也不是一句两句能说得清的，你们要理解余灿。哈，我操的什么心！还是让余灿自己去做吧。因此上班没多久，余灿便蹲到厕所里，他边方便边给姜冰发短信。

余灿说，我还是不舒服，没劲。我可能要住院……

他打了几个省略号，表示下文还有许多。

过一会，姜冰的短信来了：

“看就要抓紧，不要耽误了。要不要我做什么？”

余灿回：“暂时还不需要，需要我告诉你。”

过一会余灿手机又动了。姜冰又发来一信：

“保重！”之后还有一个笑脸样的图案。

余灿出了厕所，身上轻松多了，于是他洗洗手，去办公。这样一办办了一天，他很愉快。

晚上回来，余灿进门就说，我回来啦！之后开始吃饭，余灿说，今天我要喝一点酒。

杨丽钧说，神经呀！喝什么酒。

“喝一点。我高兴。”余灿说。

于是杨丽钧拿出酒来，每人倒了一杯。杨丽钧举起杯子，说：

“为谁干杯？”

“为都柏林。”余灿忽然冒出这句莫明其妙的话。其实这是电影《我的左脚》里的一句台词。余灿很喜欢这部电影。

晚上看一会儿电视，便都睡下。余灿喝了点酒，兴奋得睡不着。他好半天睡不着，他也不敢动。杨丽钧在那边慢慢睡着了，发出轻微的鼾声。余灿睁着眼睛，他望着屋顶，那个圆圆的吸顶灯在黑夜里怪怪的。余灿的眼里空寂寂的。他胡乱想着：我必须有计划地安排……慢慢把关系疏远了……一切要慢慢来……不能太急……我已经走了第一步……急了她也会受不了……余灿想，这样做也许是个阴谋……可这样的阴谋是有益的……这也是一个秘密……这样的秘密也是有益的。是啊，人世间的秘密有多少呢？那些坟墓里，你想想看……每一个坟墓就是一个秘密。余灿想，这也是我的秘密呢。你要守住，不能对人讲，即使酒喝多了，

也要守住……否则给那些无聊的作家收集去，写成了小说，可不就笑话了……

余灿这样想着，他的心里就很踏实。他想着想着，慢慢睡着了。他的睡相很安详，像个婴儿。

（刊发在《上海文学》2007 年第 9 期，《小说月报》2007 年第 4 期中篇专号转载）

周吴郑王

你跩什么跩，周吴郑王似的。

——苏北土语

一、周子扃

周子扃在我家干过两个月的木工。我不能忘他。一是他名字奇怪，二是他为人“得味”。

“扃”字我原来并不认识，我是通过周子扃才认识这个字的。“扃”念“jiong”，就是关门的门闩。白居易有诗云：“门户无扃关”。他一个工匠，怎么会有这么一个“雅”的名字？而且“扃”字居然同他的职业有关，你说岂不怪哉？二是周子扃家在长丰，一口合肥土话，会说笑话，为人“得味”得很。

周子扃到我家干活的第一天，下午即要请假回去，他对我：“我已经一个星期没回去了。”我不高兴：你在人家活干完了，本应该回去了之后再到我家来，你刚来半天即要回去。把我家搞得这么乱，你不是成心？于是我没好气地说：“为什么？”

他一本正经地说：“我老婆规定，五天回家一次。”

他的回答让我忍不住的笑，这个周子扃，人还挺诚实。于是我故意追问：

“回家干啥？”

“我不知道。”他说。他挺逗。

我于是接着跟他逗：“你回家可以，明天回来干活没劲怎么办？”

“你讲话我听不懂。”他说。

“你知道的。”我说。

“经常回家也不好，一个礼拜回去一次，亲亲热热。”

我和周子扃就是以这种方式见面，挺好。

我们家的这个工程其实很简单，也就是打两个吊橱，小工程，十天半月也就可以完活。可这样七耽误八耽误还不整个一个月？第三天小周来了，于是我便故意把脸吊着，我老婆还同我一起唱双簧，说耽误工期要扣

工钱，可周子扁毫不在意，可能是刚回了家心情好。进门的时候他还吹着口哨。我见他样子既滑稽又可笑。穿着一套皱皱巴巴的旧西服，不知从哪折了两枝桂花枝，插在西服上衣口袋里。一进门，即一股幽香浮动。我没好气地说：“回过家了，安心了吧。”

他唱着说：“安心了。看看伢们抱抱大人。”

说着他即找了一只小酒瓶，将桂花枝插上，脱了西服，干活。

你还别说，小周虽说有些“调皮”，可干活还是认真的，而且随着工程的进展，看得出小周的活干得还挺细。每一个环节，从不马虎，到边到沿，不“糊弄”，让我们放心。为了赶进度，小周中午不回住地，在我们家吃一顿，这样使我对小周有了更多的了解。小周少孤，几岁就没了父亲，随母亲改嫁到人家，“拖油瓶”。童年很不幸。十几岁便辍了学，跟别人学了木匠手艺。小周人挺聪明，穷人的孩子，又动心思，人勤快，很得师傅喜爱。两年不到即满师单干了。

小周满师之后，即跟一个包工头到东北图们，在一个建筑工地干木工。小周说，我最远就到过东北。在图们干了半年活。东北太远了。小周说，火车坐了三天三夜。5 月份去的，冬天太冷了，就回来了。

小周对我说：“火车到图们就调头了。”

我问小周可去过北京。他说，没有。小周说，想去去不起的。现在又结了婚，家里负担更重了。以后有钱的话，还是想到北京看看，不然不知道北京什么样子。出去玩没有钱是不行的。小周问我，夫妇两人到北京去一趟大约要多少钱。

我说，3000 块钱吧。

小周说，乖乖，3000 多块，不能去。3000 多块，半年工资。

我说，一年还不挣一万多块。

他说，你以为我能挣多少钱。一年最多六七千块钱。我有 3000 多块钱，买个大彩电看看多快活。

我对小周说，要想挣钱快，以后还是开公司。

小周说，开公司，还开“母司”呢。没有文化，到哪去开公司。

我说，那不能干一辈子的木匠吧。

小周说：“我要是长得漂亮，我就开发廊。”

我说，男的开发廊也不要长得漂亮。只要把头梳得亮亮的就行了。

小周说，也要漂亮，有的女的，没结婚，有钱得很。到发廊找男的按摩，一次就给一百块。

我说，像你这样的人，也不能长得漂亮。开发廊就想到给女大款按摩。以后你赚了钱，还不养“小蜜”？

小周说，我这样丑，哪个干啊。

小周对我说："不是吹的，我家老婆长的比你家老婆漂亮。"他要跟我比老婆，我无话可说。小周 23 岁结婚。她的老婆原来在县里的棉纺厂做工。结了婚后又回到农村。城里待了几天，回到农村不爱干活了，人懒了。小周不高兴，为这事，老吵嘴。

没几天，小周就把他里乱七八糟的事会都"抖擞"出来。小周玩是很"好玩"，但就是话太多，耽误工夫。我为了鼓励他多干活，干好活，其间还给他洗过衬衫。他干活的时候，还不断给他发烟。有一回我从饭店吃饭回来，弄了半包"中华"，给小周抽了两枝，把小周快活的屁颠屁颠的，说"好香"。

转眼一个礼拜，小周又要回去。那一天恰巧我们单位发了卫生用品。小周见我中午抱回一大包，说，这么多何时能用完？我懂了他的意思，说，用不完的，给你一点吧。小周马上就露出了有点米老鼠般的牙来，说，我要。便从我家要了一包餐巾纸和一袋卫生纸。他说，餐巾纸回家给老婆，卫生纸儿子擦屁股。

小周从家里过了一天回来，竟然把他儿子和老婆给带来了。但我并没见到他们，只是事后小周告诉我的。"我带老婆孩子到合肥玩过了。"难怪那天中午小周不肯在我家吃饭，说下午要迟一点来。他同我说，给儿子照了两次相。还带儿子到了逍遥津玩。小周说，我儿子回家跟奶奶说个不停：大白鸥的小船，大飞机，高楼。见到同自己一般大的孩子就吹："我爸爸带我到合肥去了。"

在城隍庙，小周的老婆用我们家预付的工钱，给小周买了一双皮鞋和一套西服。

小周说，我的皮鞋七十六块钱买的，是老人头的。小周穿了老婆给买的西服。深蓝色的，里面白衬衫。我说，北京人也不过如此。

小周说："你拿我开涮呢。"

小周可闹了笑话了。

完活的那天中午，我加了两个菜，买了啤酒，和小周尽情地喝了两杯，也算是吃了"结工"酒。饭后算了工钱，小周说，他要上街去一趟，也没说去干什么。过了小半天，我们下班的时候，小周抱着一大堆东西回来了。我问他这是干什么，他说，给老婆孩子买点东西。说完就开始清点：这是给我老婆买的袜子和鞋，这是给我妈买的头巾，这是给我儿子买的吃的。我看那些吃的，不过是南方合资厂生产的饼干、果冻什么的，还有一个大的像是装的膨化食品的大包，小周特地举给我看，说，这是阿罗哈。电视上经常播，我儿子爱。早就想要我给他买了。

我看包装上是一只大花猫，都是一些外文字母，不是国产的东西，我便接过一看。不看不要紧，越看越糟糕，不对呀。我越看越觉得这不是人

吃的东西。包装下有个小格子，格子里标明多大的东西吃多少克，从大到小排下来。我于是对小周说，小周，这不大像是人吃的东西。你要小心。不是人吃的，不能给你儿子吃。吃出毛病可不是小事。小周直摆手，不可能不可能。我在超市买的，超市的货架上难道不都是人吃的东西？凭我的经验，我还是有点疑惑，我自言自语说，不会是猫吃的东西吧。小周说，怎么可能呢？这是商标，猫牌，猫牌。说着，我老婆下班回来了，我老婆英语不错。我赶紧叫她过来。老婆一看，不禁哑然失笑，说，这是猫食，下面不是写得清清楚楚，多大猫吃多少。小周脸腾地红了，嘴里还讷讷地说，不可能不可能。我老婆噌的一声就撕开了，麻将似的一小块一小块丢了一地，一股腥味扑了过来，捡起一看，全都是一些乱七八糟的鱼骨压缩而成！小周是农村人，这样一眼看去，马上就晓得了，可他还是有点不相信。

小周说，这，这，这……

二、吴四兵

吴四兵并不是我的朋友。算认识吧。七八年前在庐山的一次会议上，我们同住一室。

几天的会，对一个人能有多少了解呢？不过从一些生活的小节上，还是能看出一些不同人处的。吴四兵有些特点，使人惊奇。

人是分层次的。我和吴四兵是普通会议代表，属同一“层”，因此吃饭编在一桌。刚开始的两顿并没发现他有甚异人之处。会议中间的一顿晚餐，因来了地方的要员，加酒添菜。算是会餐。这一下“激活”了小吴的“怪行状”。

庐山是名胜之地，山珍甚多。石鸡、石耳便是肴馔之上品。石鸡名曰“鸡”，实乃“蛙”类。即为山中石缝之中的青蛙。据说这东西常年和蛇共处。有说它吃蛇的，有说蛇吃它的。总之此物生长于险处，得来不易。石耳即如木耳，乃长山石之上，故名。内中便有一道：石鸡炖石耳。其汤甚美。吴四兵听完介绍，便将此菜转到自己面前尝了一口，之后再没放下，如是多次，且边吃边自说自话：“这个好吃。我爱吃。”弄得一桌人莫明其妙。而同桌之人又都来自各地，互不相识，也不好多说什么。便都用异样的眼神瞅着他，而他却浑然不觉，仍然“这个好吃。我爱吃。”

事后大家并没说什么，可能是一时新鲜，也可能是其味实在太美，一时失控，也说不得。可后来的几顿，也仍然如此。“这个好吃。我爱吃。”上鳜鱼“我爱吃”，上毛蟹也“我爱吃”。这时大家才真正发现他真的“有病”。可又说不得，弄得一桌人面面相觑，无话可说。使桌上气氛无形之中陡然紧张。特别是内中有一山东徐老，痛心疾首，感叹不止。可吴四兵仍然我行我素，一副浑然不觉之状。同桌有一东北老李，几次差点爆发出来，都给同伴摁住，说："萍水相逢。几天会就散了，各奔东西。犯不着的。"

我虽同吴四兵同住一室，也是初次相识，也不好说透。只是知道他是北京某校研究生毕业，刚刚分配到北京一家单位工作不久。我也曾试图给予"点拨"，他却说，唉！我考上研究生太不易了，便告给我他曾在浙江的一个小县城里，工作之后考的研，其余他也不愿多说了。

怕出纰漏怕出纰漏最后还是出了纰漏。大家不愿看到的事还是发生了。临散会的那天晚上，地方要员再次莅临。晚宴除山珍之外，又增加了老鳖。吴四兵这次是太过分。徐老是我们这桌最年长的处长。处长且不说，就年龄也是吴四兵的长辈。东北老李已有些经验，担心小吴不知深浅，再弄出事来。便想抢先取了鳖盖，敬给上手的徐老。没想正准备下手，吴四兵已抢先了一步。一把将鳖盖用筷子抢到了自己的碗里。这小吴也太不像话了。鳖盖这东西，在中国已不单纯是一只老鳖的盖子，它已承载了太多的内涵。别的乱动就不说了，这也是可以乱动的？一般场合下，这东西是要反复推让才能决定的。被众人所拥者最后被逼无奈只好勉强食之，还感惭愧不已。绝大多数场合这东西是推让无果，弃之盘中。如此皆大欢喜。你说这小吴懂不懂事？东北老李积压许久的怨气这一下终于爆发出来。他一把将手中的筷子砸向小吴。筷子"嗖嗖"两下分别飞到吴四兵的鼻尖和脑门。小吴正聚精会神咬那裙边，遭这突如其来的一击。鳖盖跌落桌中，滚动了几下，又欢快地趴到了地下。吴四兵愕然抬头，见老李一脸的愤怒。心中颇为委屈，略争辩了几句，才弄清了自己为啥遭此不幸。众人赶紧圆场，可一桌的酒菜落得无趣，大家默然呆坐，再无心思吃喝，只得散去。

回到房间，吴四兵情绪低落，眼圈红红的。为吃一只鳖盖，想自己堂堂研究生，遭众人这般奚落，真是无地自容。我边开导边批评他，"这不是在你家里，你想怎样就怎样的，这是社会，这个'我爱吃'，那个'我爱吃'的；也不是同你的父母在一起，这个'好吃'那个'好吃'的，这是社会！要讲究礼让，要讲究规矩。挺大的人，还是研究生。你这样不注意，以后还是要吃亏的。"吴四兵一边吸溜鼻子边对我说，我不是有意的。你不知道我，为考上这研究生，我原来县里的人都说我是"神经病"！

吴四兵倒豆子一般说出了满腹委屈。

吴四兵80年代初高考落榜，招到县里的一家银行工作。他的父母全都是医院的医生。恰那时恢复高考后的第一批大学毕业生，分配了几个到县医院工作。因都是年轻人，吴四兵便很快同他们混熟了。从他们嘴里小吴第一次知道"研究生"三个字，因这些年轻人都在复习考研。吴四兵而且

知道“相当于大学学历”的也可以考研。小吴刚开始觉得研究生是很神秘的。可那些大学生却竭力鼓励小吴，只要发愤，高中生照样一步考上研究生。这些大学生也许是在同小吴开开玩笑。可小吴却当真了。恰好这一年，小吴在一家金融专刊见到招考研究生的简章，他于是偷偷报了名，并到杭州参加了考试，成绩发榜下来是可想而知。但这激发了小吴的决心，他偷偷地从年初就开始准备，并且直接从《资本论》入手，第二年他熟门熟路了。待成绩发下来，他居然比第一次好多了。这更激发了小吴的斗志。第三年的时候，单位不干了，你一个工作的人，天天忙着考研，而且你只是高中毕业，你不是“神经病”是什么？可这时的小吴已经入了迷，单位报名不给盖章，他就从别的单位开证明；考试复习不给请假，他就从医院弄来“肝炎病证明”，说自己犯了“肝炎病”，单位没有办法，扣工资也没有用，只得随他去。如是者五年，第六年终于让他给蒙上了。可这时他已彻底同单位闹僵了。“神经病”是单位上下全知道了，“肝炎病”也是每年要“闹”一回的。待到转工资等关系时，单位卡着不放，又折腾了近半年之久，直到在他考上的学校干涉下，才终于逃离，用小吴的话说“那个再也不愿意回去的鬼地方”。

吴四兵同我聊了有半夜，他对我说，你说我苦不苦？现如今我好不容易熬出头，分配留到了北京，为吃一点东西，补一补，遭人如此羞辱，你说我心里能不难受？

我一时无语，我不知道该对小吴说些什么。小吴在餐桌多吃多占些并不为过。只是“吃相”不能容忍。我最后诚恳地对小吴说：我知道你不是有意的，你也并没有伤害谁。可是你这个习惯是不能容忍的。你一定得改。小吴又反复对我说“我不是故意的。我不是故意的。”

我还能再说什么呢？人，总是有一些与生俱来的东西，生活也会在人的身上悄悄地烙下一些印记。我之所以发如此感叹，是因为就这么一个奢求在生活中多一些补偿的人，几年前在一次车祸中却丧生了。

吴四兵并不讨厌。我不能忘记他。特记之。

三、郑予劢

郑予劢是个小县城的人。他的父亲给他起这么个“劢”字，意为要他努力，做一个立大志干大事的人。可郑予劢辜负了父母的期望，不但不努力，还成了一个好吃懒做的混子。

郑予劢的父亲从部队转到地方，在一个县的工商部门当局长。郑予劢弟兄多，他行三。可他父亲因从部队上下来，工资便被地方上的干部高许多。虽弟兄多，可家里生活并不差，相反比一般人家还要好许多。即使在上个世纪六七十年代，他家里吃鱼吃肉是不用发愁的。因此，小小年纪，郑予劢便比别的孩子多了一些优越感。

我家和郑予劢是邻居，我爸爸也是局长，因此我家和郑予劢家关系便很好。我和郑予劢关系也很好。我们从小一起玩。可我从小是个瘪蛋，说是一起玩，不如说是郑予劢带着我玩。我基本是唯郑予劢马首是瞻。

郑予劢小时候挺可爱的，喜好演戏玩，于是我和郑予劢便经常在他妈妈的大床上跳舞演戏。我们演《沙家浜》、演《智取威虎山》。郑予劢从小喜欢演好人，他于是便演郭建光、杨子荣；我则在床上瞎蹦，反正小人坏人都是我的。有时我们则买一点素鸡（钱都是郑予劢出，郑予劢从小就非常大器），便边学喝酒，边吃素鸡玩。他喜欢给我讲故事，也就是那些《艳阳天》里的故事。像《艳阳天》之类的书郑予劢看过不少。后来郑予劢不知怎么又喜欢上党史，可能是他家里有什么一本有关这方面的书，郑予劢看了，便喜欢上，小孩子的精力和记忆力是无限的。于是郑予劢便喜欢与人谈论和探讨这方面的问题，什么几方面军几方面军，几纵几纵，哪个是军长，哪个是师长，郑予劢说得头头是道。也说得许多大人一愣一愣的。郑予劢于是很满足。郑予劢的父亲对他是放纵的，见到儿子挺有学问，总是咧着嘴笑。

可郑予劢骨子里又是很野蛮的。在学校一般同学是不敢同他打架的。他打架是相当凶的，我亲眼看到他与人家打架，一个用大板凳，一个用铁锹。郑予劢有的时候眼睛一瞪，嘴里就脱口而出："他妈的×……"别人立马不再吱声。不过这样时候是不多的，郑予劢你只要不惹他，有时只要能顺着他一些（土话叫"顺毛抹"），他是一个很好说话的人。

上高中时，郑予劢忽然一下子长大了。郑予劢小时候经常甩鼻涕，可不知不觉的，一下子长大了，个头有一米七五的样子，非常英俊。其实英俊这个词是不能瞎用的，一般人也不敢枉称英俊。可对待郑予劢这样的青年，只有用英俊，他确实英俊无比。——这样对你说吧，他绝对不比上个世纪80年代的演员郭凯敏长得差，这下你懂了吧。郑予劢开始喜欢女孩子了，但是他还很害羞。他喜欢打扮自己了，也就是白衬衫铩在裤子里，穿皮鞋。头弄得很整齐。那个时候许多电影刚解禁，他妈妈在电影院卖电影票。这是个非常吃香的工作，他家里每天围满了人，都是想弄几张好电影票的。有的是弄了送人办事的。有许多女孩子也围在他家。他家那时候，其实就是当时的一个小小的沙龙。

那些女孩子有的是冲郑予劢去的，见到郑予劢都羞羞的，我敢说有许多女孩子是恨不得立即就嫁给郑予劢的（见到我则不屑的样子），可郑予劢那时心性多高，根本瞧不上她们一眼。有些女孩子也很自卑，知道自己根本配不上郑予劢，可心里总是喜欢郑予劢。这是一件没办法的事。

转眼到了高中毕业，我和郑予劢都没能考上大学。我眼睛不好，家里

又没有亲戚在部队上；郑予劢眼睛好，又有个姨父在部队当不小的官，郑予劢于是顺理成章去验兵去了（那时去当兵可是一个好差事）。我现在还清楚地记得，郑予劢从人武部回新军装，穿在身上，腰上铩着皮带，真是英俊（请原谅我，没有别的词。）我记得他家里围满了人，男男女女，他妹妹的许多女同学都过来看。之后郑予劢打上背包，先坐汽车到地区，之后换上火车，一声汽笛，把郑予劢拉到了浙江的舟山。

一个新兵诞生了。我也与郑予劢从此分离了。

之后只能得到他的一些音讯。他回来探过几次亲，我们是见了面的，人显得成熟了许多。脸上胡子多了。铁青的胡子。

郑予劢这时候好像交了个女朋友。那女孩子是南京的，长得漂漂亮亮。在郑予劢家住过一个夏天。也可能是郑予劢的父母一厢情愿。期望郑予劢和小妹（那女孩子小名叫小妹）成为一对。可那时郑予劢心在外面，年轻气盛，以为外面的世界大呢，因此三心二意。小妹也是少女的心，忽忽悠悠的。这大概可算是郑予劢的初恋。也就是这个没结果的初恋，使郑予劢开始了漫长的恋爱生涯。

两年部队生涯一晃过去了。郑予劢在部队并没有提干上学。他退伍了。回到县里，很快便分配到他父亲所在的工商局，做了一名收工商税费的干部。

工商部门一直是个不错的单位。郑予劢被分配在县城关工商所当一名收管理费的干部，管一片。他管的那条街叫三圣街。可能历史上是出过三个圣人的。可现在不是了，是一条小商品街。一街都是那些卖温州服装的市民。男男女女，以女人居多。郑予劢每天就跟这些婆婆妈妈的女人们打交道，收她们的费收她们的税。

郑予劢这时正式开始恋爱了。他先后谈了几个，谈到什么程度，我们不得而知。不过好像都有是失败了。郑予劢的英俊既是好事，因为他长得英俊已经是县里的名人了，当然不乏小姑娘喜欢上他；可又是坏事，郑予劢因长得好，自己也不知道自己是个什么东西了。眼光高，有点华而不实。

不巧得很。郑予劢可出了大事。这是一件很不光彩的事。弄得郑予劢几乎没法在县里混了。

三圣街的南头有一个卖服装的女孩水鱼。家是郊区龙岗的。这个女孩虽生在农村，可人长得小巧俊秀。举手投足娇憨伶俐。笑起来嘴角微微上翘，牙齿刀切一般洁白整齐。真是难得得很。

郑予劢不知怎么认识了水鱼。三天两头往水鱼这个摊位跑。和水鱼说一点笑话。水鱼也觉得郑予劢挺好玩。女孩子嘛，心跟鱼一样，总是活的。

时间长了，郑予劢收费时就手下留点情，少收水鱼的一点摊点费。有时高兴起来，郑予劢还主动为水鱼掮重活。

郑予劢也曾叫我悄悄去看过水鱼。确实生得小巧俊秀，只是脸上有少许的雀斑，但是水鱼的牙齿确乎是太美了。从此我便知道，对于一个少女牙齿有时比眼睛更加迷人。那脸上的眼睛并不是很大，但清澄干净，眉目有情，生在这张脸上，倒是恰到好处。

不管美和丑，每个少女都是非常在意自己的一张脸的。水鱼有时从随身带的碎花粉红色小坤包里取出化妆盒。取出唇膏，翘起小口，涂抹唇膏，之后抿一下唇，用手轻轻抹匀。

郑予劢这时看着水鱼做的一切。眼睛直直的。别人有时喊他，他半天没有回过神来。水鱼有时就笑郑予劢："呆呀。——有什么好看的。呆呀!"郑予劢看着水鱼的那张脸，脸庞线条清晰，干干净净。头发没有任何修饰，削得薄薄的，黑黑的，自然垂肩，发质黑亮。

郑予劢的心里划过一丝说不出的滋味。

郑予劢昏了头了。不知怎么哄的，郑予劢把水鱼哄到了自己的家中。在一片玩乐之后，郑予劢不知怎么弄的，反正郑予劢把水鱼占有了。

其实男女孩子之间，发生这样的事也是平常，如果不是出了后面的事，这个事情也就不会有人知道了。

水鱼离开郑予劢家之后，就往三圣街自己的摊子上去。可是走到半路上，水鱼不能走了，她的裤子管上到处都是血。她本来就昏血，身体再一虚弱，就倒在了路上，被人送到了医院。医生一检查：大出血。这下是瞒也瞒不住了，弄成这样，水鱼就说出了实情。

一倒出实情，水鱼家的人不干了。非要跟郑予劢家算账不可。农村人又多，几十个人拥到郑予劢家又砸又骂，那阵势，没有个说法肯定是不行了。

郑予劢的父亲是县的有头有脸的人物。这一闹也是全县人民都知道了。没有办法，郑予劢的爸爸强逼了郑予劢跟水鱼结婚。勉强做了这门婚事。

县里人也知道，这是一桩门不当户不对的婚姻。水鱼人虽漂亮，但毕竟是农村孩子，又没有多少文化。日久天长，好看是不能当得饭吃的，大家也知道，郑予劢的兴头，也不会太久，果然不错，结婚一年里，打了无数次架。

打架归打架，可很快就有了孩子。按说有了孩子，郑予劢该好好过过日子算了。可孩子并不能拴住郑予劢的心。夏天的黄昏，夕阳将小城弄得流金溢彩，小县城沉浸在一派温暖之中。鸡冠花、晚饭花、凤仙花在小城的路边、墙旮旯、人家的院子里正开得旺，郑予劢有时带着儿子，在西门

大街转悠。郑予劢打着领带，人虽明显有了些许沧桑，可依然讲究精神，头发、皮鞋还是依然锃亮。郑予劢有时不免感叹："儿子不得话说，可是这个娘。唉，一个乡下人！"感情相当复杂。

时间真如"过隙这驹"，80年代到90年代，90年代到21世纪。先是小城有了舞厅，之后是卡拉OK，再是KTV包厢，之后是网吧、洗浴中心，一茬一茬的。郑予劢先是喜欢上跳舞，经常到公共舞池去跳舞。这样难免不引起老婆的不满，可水鱼怎么可能拴住郑予劢的心？久了便又吵又打。水鱼可怎么能是郑予劢的对手，总是被郑予劢打得鼻青脸肿。在舞厅里郑予劢难免不认识一些更年轻的女孩。郑予劢的三寸不烂之舌，是很能得女孩子的欢心的。因此郑予劢在外面就有些不清不楚的地方，刚开始还遮遮掩掩的，时间长了，打骂也多了。郑予劢索性也不躲不藏了。水鱼也看透了郑予劢，心也凉了。也就随他去。郑予劢的母亲倒是站在水鱼这边。可毕竟是自己的儿子，又没什么好办法。好了，时代越来越精彩。从公共舞厅到卡拉OK，KTV包厢，洗浴中心，郑予劢便慢慢全都会了。郑予劢身边总是不缺女人。换来换去，先是县里的，之后县里人都晓得他的为人。一个县城都认识郑予劢这个大名人了，他又找了许多四乡八镇的姑娘，之后又是娘们了。反正郑予劢是越来越糟糕。

可他依然衣着讲究，头是头脚是脚的。人也明显有了些老相了。

一晃过去二十年了。

近朋友从县里到我处来，闲聊中说到郑予劢。朋友说郑予劢近来又挂到一个县城南乡龙集的姑娘，那姑娘在县里做生意，认识了郑予劢，之后就和郑予劢好上了。说近来有一次郑予劢正好到南乡龙集办事，那姑娘也回家，于是郑予劢便同那姑娘一道。

到得镇上，郑予劢办完事，那姑娘便约郑予劢到她家里看看。那姑娘的父母还好。还特地弄了几个菜招待郑予劢，席间有个同郑予劢一起来的朋友一同参加吃饭。也许是那姑娘父亲有意，也许是老人家无意。反正是郑予劢的准老岳父一个劲地跟郑予劢同来的朋友喝酒。郑予劢刚开始还忍着，可喝着喝着，郑予劢有点高了。郑予劢气不打一处出，心里很是着窝着一团火，一蹿一蹿的往上冒，在"老泰山"和郑予劢同去的那人喝第八杯时，郑予劢终于忍无可忍，上去一个嘴巴：

"你他妈的，你跩什么跩！你跟老子我摆谱！"

"老泰山"给一巴掌打得眼冒金星，也委屈得莫名其妙。可郑予劢一时气还消不下去。郑予劢的言下之意，你家姑娘跟我"好"，是你前世修来的福气，你非但不感激我，还跟我面前要老泰山的派头。妈的。

郑予劢还挺委屈。

四、王大泥

听说王大泥现在养野鸭子，很是发了点小财。他的野鸭子不是圈养，是放养。野鸭子飞在天上，王大泥一叫唤，野鸭子便乖乖地回来了。王大泥真是奇人。

我和王大泥认识是在20年前，那时我们同在一所乡村中学代课。我代语文，他代体育。我因有了一间土房的单间，大王一个乡下来的代课的，无处可住，我便邀他同住，于是我们成了朋友。

王大泥那时喜欢打猎。他搬来之后，就把那枝猎枪挂在对门的墙上，过一段时间取下擦拭擦拭。那时生活差，锅里没油水，于是我们就靠王大泥这杆枪解决口福问题。有时打只兔子，有时打只野鸡，不行打两只麻雀也可下酒。王大泥枪法之准，堪称奇迹。中国民间的许海峰真的很多的。我就亲眼见过王大泥用一个小石子砸死一只小麻雀。没亲眼见到的人一定以为我在说梦话。我曾和另一位数学老师同王大泥一道去打过野兔和野鸡。我们那个地方是丘陵，又靠近高邮湖，野货特别多。那是一个深秋的早晨，棉花已经成熟，山芋还没有起田。我们按照王大泥的要求，从棉花棵子的两头往中间走，他叫“赶”。因为那时候的野鸡都躲在棉花棵子里找食。棉花枝枝攀攀，我们小心翼翼地往棉花田的中间趟，刚接近中间，便有大约五六只野鸡“扑扑扑”地飞了起来。我第一次见到这么多的大鸟，激动坏了，赶紧催王大泥“快打快打”，王大泥举着猎枪，一副沉静的样子，说，不急。捡一只公的！操！这个时候还不赶紧打，还捡公捡母！真的说时迟那时快，王大泥从容举枪。单听“砰”的一声，果然一只大鸟斜刺着从空中“叭”地坠落。我赶紧沿着降落的方向追过去，一只鲜艳的大鸟，便落在我的怀里。大鸟腹下有些血。它还活着。

从此，我知道了王大泥的神奇。

王大泥左太阳穴有一红记，人有异相。古书上说人有异相必有异秉。朱元璋五岳朝天，汉高祖刘邦股有七十二黑痣，樊哙能生吃一只整猪腿，燕人张翼德能睁着眼睛睡觉。王大泥枪法之准可谓方圆百里无第二人耳！然高人也有失手之时，有一次同王大泥去打野兔。在一个机埂的坝头，一只灰兔子被王大泥发现，兔子也同时发现了王大泥。仿佛兔子领教过王大泥的厉害，拼了命的狂跑，王大泥举枪紧随，那架势比活耙练习难得多。单见王大泥精力高度集中，枪头紧紧随着灰兔的奔腾起落。果然到一平坦处，王大泥“砰”地一枪，但兔子并未摔倒，扔在奔跑，王大泥便紧随着边说，“打到了，打到了！”让我去撵。真如常语所说，别人指个兔子让你去撵。我便不顾一切，拼命撵上去，跑过大坝，跑过豆棵子，跑过山芋田

上篇

……在我二十岁的记忆中，似乎要将我跑死。最后跑到高邮湖边，那受伤的野兔再也不跑了，蹲在一墒山芋根下，喘得惊心动魄，身体不停地上下起伏着，还夹杂着瑟瑟发抖，灰色的眼睛充满怜悯。我一伸手时，一丝绝望滑过那灰色的眼睛。

我参加银行的工作之后，离开了乡村中学，与王大泥的联系也逐渐地中断。前几年我回乡办事，有一次特地抽空到乡镇去看他。近十年过去了，小镇依旧，那所乡村中学也依旧，只是多了一个围墙，院子里多了一排平房。我在别人指点下，找到王大泥的家。三间土房子，门口有许多鸡在觅食。有两个孩子在门口玩耍。王大泥见到我，先是一愣，紧接着便认出我来。搓着两手吊着裤子在那傻乐。他依然很瘦，那耳前的红记似乎更红，瘦削的脸皮紧紧包裹着略高的颧骨，我掏出烟，递过去。他赶紧回屋，找了半天，并无香烟，回来还是接了我的烟，依然在嘿嘿地笑。我忍不住了，说："你使劲笑的啥"。隔了十多年，他显然已不适应我们同住一室的关系，仿佛我是何方人物："你来了，我高兴呢！"

之后闲聊，我问他这多年是否民办转正式了，他苦笑着说，上面没人，又考不上，到哪里去转？我问他一个月拿多少钱。他说：六百多。我问，你两个孩子，老婆又没事可做，你怎么养活他们。他说，幸亏有个手艺。哦，打猎。我问，现在还有东西可打？他笑笑说，现在砸鳖。我一时不明白，我只听说过钓鳖，没听说过砸鳖。他显然明白我的心思。说到他的特长，也触到了他的兴奋处。他索性回屋找出鳖枪来给我示范。他在十米外的地方放一物，人站得远远的，手拿着一个拴着长线的有四五只钩子的铁砣，站稳，屏气凝神，目视远方，手中铁砣轻轻一晃，一发力，嗖——铁砣直奔出去——又一提劲，便钓牢那物。示范完他说，秋天塘里的老鳖喜欢浮上水面晒阳。哪个塘有鳖哪个塘无鳖，他看看水色，观观动静，便能知晓个七八分。他说好的时候一个月砸鳖五六只，但自己家里是无论如何舍不得吃的，便统统拿上县集市里去卖。一只鳖好几十，靠这也能补贴不少家用的。

那回之后又多年不见王大泥，不久前一位老乡来，说到王大泥现在富了，成为当地有名的养野鸭专业户。老乡说，王大泥奇了，他养的野鸭子不仅会飞，还能听懂他的说话，飞得好好的叫它下来它就下来。老乡还说，县报还登载了王大泥养野鸭的事迹呢。其中说，有一回刮大风，大王的野鸭子少了几只。家里人很着急。王大泥说，可能是风大野鸭顶着风回不来，我去找。王大泥便划一只小船往高邮湖的荡子找，边找边迎着风叫唤："哟哦哟哦哟……"不一会，就听荡子里有老鸭的叫声："呱呱呱……"他便将小船迎着声音轻轻划过去，乖乖，就见在一丛芦苇根下面，老鸭护住小鸭就跟大人护住小孩一样。

王大泥又小声叫唤：哟哟哟……

老鸭点着头，轻声叫着：呱呱呱，呱呱呱……

“亲热得不得了。”王大泥在报上说，“它们也晓得，得救了。老板来了。”

注：“你踘什么踘，周吴郑王似的。”系苏北乡下土语。比喻摆不正位置，不能正确认识自己的人；也有指人不切实际，有意显摆的意思。

九个人

顾宇龙

近一朋友从滁州到合肥来，说起朋友顾宇龙，现在下岗在家，自己开了一家照相馆。使我想起他许多往事来。

我同顾宇龙认识是在80年代初，那时他同我都还是小青年。我在滁州读书，顾宇龙在肉联厂工作，搞宣传。我们因共同的爱好（文学）而走到一起，成为朋友，整日厮混在一起。顾宇龙有个毛病，好喝个酒，而且一喝就醉，是个喝烂酒的人。我一个穷学生，顾宇龙也刚刚工作，各人经济上都比较窘迫，生活都还很清苦，因此喝酒的小菜便成了问题。于是就由顾宇龙从厂里不断弄些吃的，有时一块猪肉，有时几个鸭蛋，有一次竟拿了四只猪蹄子，可把我们给乐坏了。由此顾宇龙的胆子也越来越大了，有一次竟然私自拿了十几个鸡蛋揣在里面衣服里。可刚出厂门，遇到一个很久没见的朋友，这朋友不管青红皂白，上来一拳打在小顾肚子上，打得顾宇龙周身稀烂。这倒也罢了，有一次他竟然将一副大肠缠在腰上，想带出厂。真是古书说的，无巧不成书。这时正好上面有一个检查团来厂里参观。一干人马指指点点走了过来，顾宇龙一吓，想从边上绕过去。恰巧厂长撞见，便锐声喊他过去照相，顾宇龙一激灵，倒抽一口凉气，那肠竟“嘟噜”一下全掉了下来。这一下，使顾宇龙自己吓着不说，可把人家检查团的人吓坏了。内中一人惊呼：“不好，不好，这个人走得好好的，怎么肠子掉下来了！”

为这事，顾宇龙写了八百多回检查。

就这么一个腌臜的朋友，却让人感到非常可爱。他像一个时时刻刻都充满气的皮球，精力饱满，充满激情。他为人豪爽，有才气，有锐气。他写了多年的散文诗，在全国不少报刊上发表。“环滁皆山也……望之蔚然深秀者，琅琊也。”这是欧阳修《醉翁亭记》中的名句。就这么一个山清水秀、地灵人杰之地，可前几年电视台每逢春节、元旦联欢晚会，所有的串词都由他去完成。这么个大活，交给谁去办，没有“两把刷子”是不敢出手的。而交给小顾，大家放心。为此，电视台还借用了他一年，本来再熬熬也许就能调去。可有一次，他去参加一个朋友婚礼。

酒喝到一半，有人激他：你还在电视台工作，朋友结婚你也不借个摄像机来耍耍。他开始还谦虚，可没几句，他便开始说大话了：行，我马上就去台里给你们拿来。说完转脸就走。果然没一会，他把摄像机给拎了来。

第二天他单位人上班，发现三道门大敞，又发现摄像机不见了。问谁谁都没拿。正要去报警，有人说还有顾宇龙没问。于是找到他家。他正在呼呼大睡，昨晚的酒还没醒呢！摄像机就放在床头，搞得电视台的同志哭笑不得。他自己也说，多年前广播电台曾想调我，后来电视台也是，一切都是酒给闹掉了。

荡　子

朋友给我发来一则短信："男人外遇症状：单位天天加班，家务基本不沾，手机回家就关，短信看完就删，上床呼噜震天，内裤经常穿反。符合三条属于疑似，四条即可确诊！你确诊了吗?"看完一笑，我随手发给了荡子。荡子很快给我发了回信："基本准确，但内裤我不会穿反。因为我根本不穿内裤。麻烦!"真有你的，荡子!

荡子是我在县里时的朋友，我们认识的时候才都20出头，小青年一个，大家都喜欢写写画画，臭味相投，整日厮守一块，形影不离。荡子长得瘦瘦小小，人很精神。戴眼镜。特别喜欢放声大笑，牙齿整齐，但小小年纪牙已被香烟熏得焦黄。他一天下来，抽烟无数，但仍精力饱满，随时会发出嘎嘎的快乐笑声。荡子上学时极其顽皮，他的爸爸是公安局长，因此他在中学时就很放肆，经常和社会上不三不四的人来往，并且谈恋爱。据分析可能有小女孩吃过他的亏。不过，荡子和社会上的混混并不可同日而语。荡子还是颇有才华的。荡子少聪善言，背了不少诗词，杜少陵、李青莲；陆游、李清照；特别是对辛稼轩的诗，荡子尤其喜爱，《稼轩全集》他读过不少遍。

兴许是荡子的才华，也兴许是荡子的善言，他凭着三寸不烂之舌，颇吸引女孩。他的身边总是围聚着几个女孩。他从20岁开始，给我们的印象总是在谈恋爱。那时我们都青春躁动，也怀着一肚子的远大抱负，可就是没有女人缘，不会谈恋爱。因此我们羡慕荡子羡慕得眼睛滴血。记得有一回，荡子竟然"泡"到一个叫文婷的大学中文系毕业的女孩。那时大学生是多么骄傲和高贵啊！我们因没考上大学，见到倾慕的女大学生都哆嗦得说不出话来。而荡子竟然谈成了。更何况那是一个清纯美丽的女孩。热恋中，荡子以二斤苹果和三寸不烂之舌，哄住了我的母亲，两人假装是新婚的夫妇，生生在我家住了三天！我不但把自己的房间让给他们"夫妇"住，而且还每天为他们送开水洗漱，伺候他们吃喝拉撒，就这样我也乐得

屁颠屁颠，毕竟文婷是个可人的女孩。

之后我们逐渐长大成人，各自结婚成家，有了孩子，我因心中一直向往远方，先到湖北江边小城黄冈，之后又到北京工作数年，与荡子的联系渐趋中断，但消息还是有的，知道荡子和文婷结婚了，又知道荡子和文婷离婚了，又听说荡子和一个有夫之妇好上了，结果被人家男的堵在家里，荡子提着裤子从二楼厕所惊险一跳才得以逃脱。但这些都是间接消息，不可靠。几年前，我从北京回到省里工作，荡子和我又联系上了，但仍就是电话中的互致问候，之后是短信交往。去年夏天突然接到荡子电话，说在省城，我便约他在三孝口邮局门口见面，请他吃饭。果然不一会，荡子领着一女孩远远过来了。见面先是寒暄，荡子介绍女孩是他表妹。荡子还是先前的模样，没大变化，单是老了些，但烟瘾还是极大，我们说说笑笑，和我一帮朋友喝酒聊天。荡子的酒量明显不如从前，可人还是热闹。那表妹也挺老实，很少说话，样子很文静。我私下偷偷问荡子，“表妹”不错吧。言语中不无坏意，荡子严肃地说，是我表妹。我便认真了，再不敢胡说。饭后出门，大家互相握手告别，我邀荡子再找地方坐坐，荡子婉拒，说，还有事。之后他们便走了，没走一会，我见那“表妹”一把搂住荡子的脖子。操！这个荡子，跟我还客气！

去年，我写了几篇关于汪曾祺的文章，他在刊物上看到了，多次发短信给我，让我转给他“焚香拜读”。荡子当然也是喜欢汪曾祺的，他认为汪先生的文章俊逸潇洒、萧疏淡雅，多读可以使人变得谦冲和易。荡子并且告诉我，高邮县刚建了一个汪曾祺纪念馆，说有空我们一同过去看看。前不久，有朋友到合肥来，说到不久前他已同荡子去看过。朋友说，在纪念馆里有一首汪先生1988年回家乡作的诗：我的家乡在高邮/风吹湖水浪悠悠/岸边栽着水杨柳/树下卧着黑水牛。荡子边吟着汪先生的回乡诗边进行高速的联想，立马和了一首：昨晚嫖了娼/今晨崇拜老汪/天地真有趣/雅俗要共赏。

妈的！这个荡子！

老 东

老东是荡子的朋友，也是我多年的朋友。我和老东认识起码有十几年，可多年才叫出他的名字。即使叫出名字，也不是很熟悉。其实每次聚会都少不了老东，可整个一个晚上，老东不说一句话，微咪咪的笑。人是坐在那里，吃东西，喝酒，可一句话没有，真是一句话没有。别人说呀笑呀！也根本感觉不到老东的存在。老东就那么默默地存在着。

老东写了不少年的诗。从韩东、北岛时代即开始写诗。他写的有一首诗曾在朋友中广泛流传。我至今还记得几句：

我在城市的郊区，
认识一个陌生的女人，
我带她穿过整个城市，
来到城市的另一头，
她为我生了一个孩子，
是个哑巴。

这首诗是个大白话，可是里面似乎总是有些东西。它让我想起一部意大利电影《海上钢琴师》里1980最后的道白：城市有无数的楼房/数千条街道/你拥有你自己的一块土地/一个女人/一扇窗户及窗外的风景/一种死的方式。这样的道白同样是震撼人心的。

老东在水电部门工作，好像还是个会计。他的家庭情况我们是一概不知，因为他从来不说，也不带我们见他的老婆。但是有人见过的，都说他老婆长得很好看。可老东早年的恋爱真是费劲。因为他不说话，多年没有女朋友。原来他似乎爱上过一个女孩。那女孩据说在省城工作。究竟在省城哪里工作，我们都不得而知。但是那时候他每个星期都从我们生活的小县城到省城来一趟，说是会女朋友。老东背着个黑色书包，往车站去，别人见了，说："老东，到省里见女朋友去?"老东微眯眯笑，表示"是的。"后来时间长了总不见他带回女朋友，于是有消息人士说，老东在省城根本没有女朋友，他只是认识老家县里的一个女孩，可那个女孩根本看不上他，老东到省城来，也并不去见那女孩，只是在城里转一转，就回去了。老东所谓的见朋友，仅仅如此。老东是要面子的。

后来我离开了县里，与县里的朋友渐渐疏远，自然与老东慢慢也失去了联系。我们在生活中打拼，每个人都不容易。为养家糊口，我四处飘荡多年，终于又回到了省里。不久前我回县里出差，约出荡子和老东吃了一次饭。老东依然那样，根本没怎么老。一桌的人说呀笑呀，老东却默默地坐着，吃东西，喝酒。老东的酒并不少喝，也不要人催他，所以别人也省了为喝酒与老东费那些口舌。别人说了许多黄段子，一桌人笑成一团。老东也只是咧咧嘴角，算是笑了。只是荡子说："葛优吃饭期间上厕所，回来裤子湿了。朋友问葛优。葛优说'经常'，朋友不解。葛优说：'经常旁边有人撒尿，突然转身大叫，哎！我操！这不是葛优吗?'"老东大咧了一下嘴，算是整个晚上笑了一回。

饭后去唱歌，十几个人，男男女女，一群人乱吼一气，一会"二路车站"，一会"两只蝴蝶"，一会"老鼠爱大米"，大家借着酒劲，也有借酒盖脸胡作非为的。可老东一个人稳稳地坐着，不唱歌，也不跳舞，依然笑嘻嘻的，显得很高兴的样子。其间荡子对我说，他找了一女朋友，老东见荡子找了，他也找了个女朋友。可老东一次不用。荡子对我说："老东纯

粹是要面子。”这让我想起明朝的一个诗评家，当时有纳妾的时尚。他见自己的许多朋友纳妾，使也花钱买了四个小妾。可这位老兄也是一次不用，来了朋友，让这四位小妾出来展示一下，就算完事。这也是一位要面子的人。老东算是这位老兄的翻版。

荡子说完，我忍不住回头望望老东。老东依然稳稳地坐着，像一截树桩，或者一座雕塑，默默地坐在那里，一动不动。我忽然想到：老东其实是一只千年老龟：耐烦，守静；别看他稳稳地坐着不动，他却是最有灵性的。

王翊

王翊既是个诗人，也是个酒徒。

王翊是个三流诗人，他写过几百首诗，也有一些好句子，他曾说过：“地上有多少双眼睛，天上就有多少个月亮。”他也曾激愤地说：“杨贵妃只是一堆昂贵的肥料去营养一枝玫瑰。”但他最有名的、流传最远的是一首爱情诗：

姑娘们紧握着贞操不放/抛弃了对身心也毫无损伤/姑娘们啊/快快敞开你们的胸膛/让骑士们跨上骏马/驰骋疆场/能换来人生乐趣儿孙满堂。

这是一首行吟诗，吟诵时须一手握着酒瓶，一手搂着娇人。但王翊似乎有娇人的时候并不多。

王翊严格地讲，更是一个酒徒。说王翊喝酒故事的段子很多。那时我和王翊同时借调在北京一家报社里。我从南方去，他从东北来。南来北往，我们有过几次喝酒。一次去一位朋友那玩，正遇上人家一帮朋友在喝酒，大家一介绍，王翊来了劲，说都是朋友，于是划拳行令，也没有菜，只是五香花生米：“哥俩好啊，巧八个，两个尖呐，这么大个，一上口，一下口，六六大顺该谁喝……”该谁喝呐，王翊喝！没一会儿两瓶酒喝了个底朝天，其中一半给王翊一个人给喝了。当时也没甚事，只是舌头大了起来。“没，没事，我还、还早呢……”别人要送一下，王翊坚持不用，没成想，一出门，那时也没个的打，几次车一倒，王翊不行了。在前门大街，他硬撑着下了车，跑到一片高大的松柏林里去吐。他本想靠在树干上休息一会，可是人靠不住，慢慢便“哧溜”下来，刚一睡下天便旋转起来，王翊支撑不住，吐得昏天黑地，吐完王翊人便如死猪一般，昏睡过去，没想一觉睡到晚上，王翊勉强睁开眼，其时华灯齐放，车流声声声入耳。

那时单身，生活条件差，王翊有时就经常到同事家蹭饭吃。蹭就蹭吧，王翊还死要面子，有一次他又到一同事家去蹭。北京大葱多，又很大很甜，有的就可以当菜就饭吃。每年冬天北京的人家都会有很多葱储备着，有的人家就堆在门口。王翊临进门时，顺手揪了人家一把葱，进门说：“我给你们家带棵葱。”同事一见好笑，但都知道王翊的德性，也就“带棵葱吧。”吃完了这小子并不言谢，嘴一抹，说：“我只在你家点饭，菜我自己带的”，走了。

王翊的德性是差点。他喜欢聚会狂饮，可自己并不掏银子。有一回他的领导到北京办事，他对一个哥们说，这是我的顶头上司，你得为我撑面子。哥们开始并不太了解王翊为人，狠是摆了一场。吃完哥们结了账，而服务员发票送来时却给王翊拿走了。他拿回去报销去了。就这孙子还喜欢到处吹牛，每每去到外地，喝到高处，王翊便摆起了谱：“这，不行，下次你到哥那去，看哥咋给你整。那家伙，没两下子，敢说这话……”可一般外地来了朋友，王翊不是躲了，就是有事。实在躲不过去，摆了一场，他便呼朋引友，几杯下肚，他便又大话连天，“那家伙，没两下子，敢说这话……”可喝着喝着，眼看要有人埋单，王翊便说，大家别动，我来了一个朋友，我去一下，马上就来。可他一走了之，再也不见他踪影。他呼引来的朋友只得捏着鼻子，替他埋单。

王翊可做了一件极为“潇洒”的壮举。那天王翊的许多文友诗友聚会。因桌上有几个稍有姿色的女人。王翊的荷尔蒙急剧高涨。一气猛喝，诗兴大发，吟道：“把酒非谋醉，看书不厌忘。”最后人越聚越多，又挪到露天阳台来喝，王翊对着月亮嗫嘘道：“月亮掉进酒杯里，我一口把月亮喝到肚子里。”那几个女人边喝彩边起哄，把王翊彻底哄晕了头。

闹完了已深夜两点，王翊彻底喝大了。出门打的，因那几个女人也喝大了，非让王翊打桑塔纳。王翊借着酒劲，来了个夏利，他伸头睁着醉眼一瞅，就从人家出租车窗里扔进去一百块钱，嘴里还不停地说：“给！一百，滚——”人家出租车司机多有经验，知道遇见了一个大傻×，不要白不要，于是一给油，飞快地滚了。王翊在那：“给！一百，滚——”“给！一百，滚——”……别人是拽也拽不住，眼睁睁地看着王翊发了几百块钱。

第二早上，王翊酒醒了，发现自己的钱少了几百块。王翊幽幽地说：“我的钱哪去了呢？我的钱哪去了呢？”

昝教授

昝教授腰板太直了，他走路给人的感觉不是在走，而是“推”。远远望去，别人就见一个梳着背头的中年男子快速地“推”过来，那人必定是老昝。

昝教授在这所名牌大学执教已快二十年了，至今还是个副教授，按说昝教授学术水平还可以，但老昝有些“格”，处事为人奇怪得很，有些

“行状”甚是独特，于是有争议，便至今还是个副教授。

比如上他的课，他对课堂的秩序要求甚严。也难怪，昝教授是教社会学的嘛！有一回上课，他讲到性在社会上的作用，他说，现代社会，特别是都市生活，人的朋友越来越少，知己朋友更少，因此人有时变得很孤独，便出现了许多心理问题。性，可以解除人的孤独性，给人以安全。说着他便在黑板上写下了性的三点作用：“给人以安全感；解除孤独性；成功、失败的分享感。”不知怎的，教室里忽然有了响动，下面乱哄哄的。昝教授不满了，他忽然看到教室北面的窗子上叮了一只苍蝇，于是借题发挥，指着那只苍蝇说，你们这一群，就像这玻璃上的苍蝇。同学们还正在发愣呢，昝教授忽然声音一扬说：“前途是光明的，而出路是没有的！”同学们听后不敢大声，都窃窃的笑，而昝教授直挺挺地站在讲台上，一本正经：“笑什么笑？”

昝教授对学生错别字特别认真，每每发现，总是牵出来，写一个正楷，之后在边上批注：此字抄10遍。因为他如此严格，所以他便喜欢在课堂上批改作业。有时下午上完课，他不许学生离开，而是当堂批改作业。发现错误，就把这个学生叫上去，同学稍作解释，他就说：“我知道你，我知道你。你就马虎王朝（马虎的意思）。”如若同学再解释，他就将作业本向门口一扔，随口一句：“去你妈的。”再不说话。做他的学生，一个学期要备许多作业本。

昝教授可闹了笑话。一回老昝在学校食堂吃饭。他要了一个加州牛肉面，一份海带丝。在他不远处，有一个女同学也在吃面。老昝觉得那个同学长得很是漂亮，两只眼睛顾盼有神，有灵动之光。老昝吃面时佯装看报，可还是时不时扫那同学一眼。老昝仿佛感到，那女同学发现他在注意她，眼神也有些不安的样子。老昝于是产生许多联想：男人女人之间，有时眼神也是很有意味的。其实世界上有些事情，是通过眼神联系的。老昝归纳：“眼神是世界的一部分。”老昝不愧是社会学教授。正得意间，他忽然冒出一个念头，于是他快速掏出笔，撕了一块报纸的空白写道：“同学，你给我留下了极美好的印象，能否冒昧地请教一下你的芳名。一位冒昧的教授。”写完老昝起身，趁出门时，丢于那女同学桌上。之后将自己“推”出门，在门外静观。

这女同学其实认得昝教授的，她同老昝的一个学生住在一个寝室。经常听同学说起老昝的一些“怪行状”。所以她收到老昝的条子，虽感到难堪，然并不奇怪。这同学吃完面拿着条子快步走了。老昝望着该同学背影，心中微微漾起一丝惆怅。

同学回到寝室，就将这个条子交给了他的学生。

卞一鱼

卞一鱼和石燕谈恋爱的时候还是挺潇洒的。卞一鱼经常买上一副鹅杂，骑上自行车带着石燕钻到城外杂树棵子里，边亲嘴边吃鹅杂。他们的恋爱真是谈出来的。谈了好些年，人都熟透了，才结的婚。

卞一鱼家原来在船上，上岸时间不长，家里兄弟又多，与石燕家相比，还比较困难。但卞一鱼长得一表人才。真是一表人才，脸型、身材不说，单是那条悬胆一般鼻子就迷死人的。我也是从卞一鱼鼻子上理解"鼻若悬胆"这个成语的。卞一鱼侧身站在那里，远远看去，轮廓真是非常挺拔美丽。

卞一鱼学历不高，初中毕业即顶替父亲进了县公路站。不知受了谁人的影响，卞一鱼开始边修公路，边爱好上写作，可是20年前的写作是多么的困难。写作是终于没写成的，卞一鱼又开始了书法的练习，咦，你别说，还真写成了。卞一鱼的字在他那个县很快便有了些名气。有一回卞一鱼的字还登在了北京的《中国青年报》上，那个时候一个县里的人字登在北京的报上，还得了。于是引起了轰动。一个县的人都传卞一鱼的字登在了《中国青年报》上。于是卞一鱼的名气更大了。

但卞一鱼天性木讷。也不是木讷，卞一鱼心里还是很清楚的。对，是语言系统木讷，表达不够敏捷流畅。其实卞一鱼是天性忠厚，心中没有花花肠子。因此，卞一鱼虽写得一手好字，可并不能给他带来半点经济效益，他既不会营销他的作品，又不会改行去搞工艺。于是他自始至终只是个写字的，不但挣不到钱，而且还要贴笔墨的费用。

卞一鱼有个很特别的地方，特别喜欢聊天。他虽语言不流畅，可是他喜欢讲。几天没有人聊天，心里便如有百只蚂蚁抓挠般的难受。他与人聊，也是没有效益的。完全是散聊。有关于卞一鱼聊天的一个段子。说卞一鱼有一回实在没人聊天。憋急了，他见到一只老母猪，生生的跟猪聊了半天。这虽有点夸张，但很像卞一鱼的为人。由卞一鱼跟猪的说话，我理解了西藏人跟大山说话、跟牛羊说话的道理。

好在公路系统一直是个不错的单位。卞一鱼因字写得好，便很早调到机关去当了文书。这样一干就是十几年。十几年来别人都或多或少有了个小官，但卞一鱼没有。卞一鱼工作既不突出，也不会搞关系。但卞一鱼并不捣蛋，为人又低调，对别人根本不构成威胁。卞一鱼经常自己讲："我是个没用的人。"因此即使有下岗的话，卞一鱼也不会下岗。

现在卞一鱼已经是单位的"老同志"了。他的工作不算忙。他的老婆经常在外做生意，孩子又寄宿在外读书。卞一鱼没事就经常到处跑。他的跑，也是没有效益的，闲跑。到南京看看博物馆，到扬州看看古园林。到

合肥看看字画展。即使在县里，他也是到处看，看人下象棋，看人钓鱼。看街上人来人往。看蚂蚁搬家，看天上的云彩。要么就在家睡觉，租上《大宅门》这样的几十集的电视剧连日带夜地看；看闲书。

卞一鱼在现在这样一个社会，心能很静，非常了不起。他的所作所为与金钱毫无关系。但是几十年下来，卞一鱼有了很丰富的阅历和各种杂知识。他对民间的工艺，对古代的字画（比如谈起徐渭、石涛、黄公望来，头头是道），明清人物都有比较多的了解，虽然不成系统，但他都能说出一二，与他谈话，其实也是一种享受。

卞一鱼的书房里挂着一副小条幅，乃高邮县的一位闲适人士的娟秀小楷。所书内容：“无事此静坐，一日当两日”。此为宋人苏东坡之名句。“无事此静坐”，这是卞一鱼的一点小小的生活理想。

卞一鱼不像是一个现代人。他只是穷，他要是祖上有福荫，他应该是张伯驹式的人物。

王文鱼

王文鱼是个有意思的人。

王文鱼戴着一副眼镜，他的个子有点高，腰有点弯，走路步子跨得大。他瘦瘦的脸上仿佛载不动眼镜，眼镜时刻要掉的样子，最好能有一个人在他前面时刻为他接着才叫人放心。

王文鱼原先在市里的一家纺织厂工会搞宣传，是个什么干事。其主要任务是为厂里编编简报，为墙报栏画画插图。近年来厂里效益不好，因此王文鱼也就没有多少事可做，班也不必每天去上，他便在家写点文艺稿，投给当地小报，挣点稿费养家糊口。

说王文鱼有意思，主要是他和别人不大一样，他关心的事与他的生活多数是无关的，有的相去甚远。他的老婆孩子都以为怪，说他“神经病”。

他是有点神经病。比如过马路，城市的车子在斑马线上根本不让行人，王文鱼为此非常生气。有一次下雨，在三孝口，明明王文鱼已经走过一半，有一辆出租车远远冲过来，王文鱼一时性起，一下把伞扔了出去，把那出租车吓了一跳，一个紧急刹车。王文鱼用手指着驾驶员说，这是斑马线，你抢什么抢？驾驶员火了，下车就冲向王文鱼。王文鱼打架是不行的，好汉不吃眼前亏。王文鱼边跑边说，你想干什么你想干什么。一溜烟没了。可是王文鱼很气愤，于是他有时过马路，就假装瘸子走路，幅度还挺大，一拐一拐过去了。你还别说，这一招还挺灵，车子远远见到，就放慢了速度。王文鱼从容摆过，嘁！

王文鱼对自己生活的城市非常不满意，认为不像一个省会城市，顶多是一个地级市水平。他感到自己生活在这样的城市很没有面子，外地有朋友到他生活的城市来，说他的城市不好，王文鱼觉得比骂自己还要难受，脸上一点光也没有。因此，他希望自己的城市能快快地发展起来，因此他对城市的每一点小小的变化都感到由衷地高兴。他经常星期天骑上自行车在城市的东南西北游走。哪个地方准备建一幢高楼，哪个地方正在拓宽马路，哪个地方要建一个广场或会议中心，在这个城市，估计除建设单位，没有哪一个比王文鱼知道的更早了。

前两年城市改造黄山路，那么热的夏天，王文鱼每天都到工地去“考察”。别人问他：“溜达哪！”他说：“不，考察。”他关心每天的工程进度，欣喜于每一点变化。他还经常询问工人们的一些工程情况，和工人们聊聊天，有时“神经”起来，他还逐个同工人们握握手，说：“同志们，辛苦了！”工人们感到他比较“神经”，挺有意思，便说：“首长辛苦了！”王文鱼本来还想讲：“工人们晒黑了！”那工人们一定会回答：“首长更黑。”可惜王文鱼并没有讲。

王文鱼可干了一件大事。今年春天，他发动全家在星期天到街头、公园、广场去捡垃圾，一人一顶小黄帽，一人一件小马夹。小马夹上还写了“你不要的，请给我。”有不存好心的人讥笑王文鱼，拿他寻开心，说：“把你的口袋撑开，我要吐痰！”王文鱼不理不睬，自管干自己的，到第三回，当地的一家晚报报道了王文鱼一家的事迹，电视台也用镜头记录了他们一家捡垃圾的场面，引起了轰动。电视上王文鱼咧着大嘴说，我们这样做无非两条，一是培养孩子热爱劳动，二是培养孩子热爱集体。具体到捡垃圾这事，一是增强孩子的环保意识，二是培养孩子的社会公益心。说话的时候，王文鱼手里还提着一个装垃圾的袋子，那孩子脸上笑得像天空一样灿烂，手里还抓着一只夹垃圾的夹子。孩子的母亲手搭在孩子肩上，样子很可爱。

王文鱼其实并没有病。他是一个关心公益的人。

王文鱼很有意思，有味道。

金市国

金市国，四川人，微胖，个矮，眼睛圆圆的，是笑眼；脸型也圆圆的，憨憨的，真像个大熊猫。

金市国10多年前大学毕业，从四川那么一个远地方分配到这个中部省份。这里地处江淮，不东不西，是一个保守之地。金市国一个外乡人，来到这么个陌生的地方，饮食和语言均不能相通。他的四川万县方言很重，多年也没能改正过来，因此，他的讲话，当地人也是百分之八十不能听懂。语言相隔，交流沟通不能畅达，因此，虽说来了多年，可并不能融入当地人的生活，同事聚会吃饭，也从不叫他。在单位，也没有多少人愿意

与他来往。他工作的单位，虽不是财政和银行，但也是不错的，工资福利也还说得过去。因此人便都有点自以为是。也是金市国本人的不堪，心拙口笨，许多年便一直游离于这个小团体之外。单位里的人根本瞧他不起。见到他不是用轻薄的口气说话，就是视而不见。时间一长，金市国便有点自闭，人也有点怪怪的，仿佛总是与常人不同。

由于不与外人交往，金市国每天下班无事可做，在大学时他曾有过一段时间热爱文学，于是他便重新拾起旧日爱好，晚上读些文学。时日一长，手也痒痒，便试着写些文章，投到外面杂志去。说来也巧，竟让他一试成功，也是上帝怜悯有心之人。日久天长，金市国写了不少的小说散文，发表在全国的一些报纸杂志。刚开始金市国也还有些得意，有一次在办公室，曾将一篇发表在当地晚报上的千字散文，拿给他自认为处得还不错一个同事去看，那同事当面说“恭喜恭喜”，可第二天，金市国却在单位走廊的垃圾桶里，见到昨天他送给同事的那张报纸。报纸已给揉得不成样子，上面还有些黑色的东西。金市国一眼看出，那黑色的东西，是皮鞋的油。这件事给金市国打击不小，此后金市国再也不在同事面前提起自己写作之事。便是这样，还是有些人通过外面的稿费单，知道金市国在写作，于是便有人放出话来，说他“不务正业”，更有那些无聊之人，当他的面说他“吃家饭拉野屎”。也有所谓文雅，则拍着金市国的肩膀，揶揄说“骚客，骚客，文人骚客。”语言中不无轻薄。

从此，金市国知道了险恶，心想：这里的价值系统，并不以此为荣。弄得不好，工作中哪件事情没有做好，便授人以把柄：“他心思根本不在工作上。”得到这个教训，金市国再也不敢有半点说起自己写作之事，别人有意提起，金市国也是用别的话题岔开，而且金市国再不用本名发表文章，他总是变换着笔名，因此单位的人便不再议论。

虽是如此，可金市国心中已非常倔犟。他将此信念藏在心中，暗暗发狠，做出成绩。然当今目下的社会，是怎样的一个肤浅和浮躁，想做出一点成绩来，又是何等的困难。而他所做的事情，又仿佛是“特务”一般，见不得天日。日子长了，金市国越来越不愿与人交往。这种游离于体制之外的没有归宿感的日子，使金市国敏感而孤僻，有时甚至患了妄想症一般的自闭。

去年秋天，诺贝尔文学揭晓，授予给奥地利的小说家埃尔夫丽德·耶利内克，一时成为新闻。人家瑞典公布的时候，金市国的这个城市正是晚上。他正好在网上查到了。为了第一时间记住耶利内克这个外国人的名字。金市国颇费了一番脑子，他先是在一张纸上，反复写下这个名字，为怕第二天忘记，他又用圆珠笔在自己的手面上刻下这几个字。这样一来，名字倒是记住了，可金市国夜里却做了一个怪梦，梦见自己获了诺贝尔文学奖。这其实是并不打紧的，打紧的是金市国第二天梦并没醒。人看起来跟正常人没两样，吃了早餐，还跟家里人打了招呼。可是后来的事证明他确实是不正常了。他的人跟梦游一样，他来到单位，第一件就是来到局长的办公室。局长的办公室金市国几年已没来过，因此他还差一点敲错了门。进门时，局长先是一愣，因为金市国实在是稀客，局长请他坐下，问金市国有什么事情。金市国一阵为难，之后跟犯了错误似的对局长说："局长，有一件事情我必须给你汇报，瞒是瞒不住了。"局长一惊，以为出了什么大事。金市国不紧不慢地说："局长，我热爱写作，写了许多年，从来没跟领导汇报过。现在不汇报不行了。今天一公布出来，全世界都知道了，还如何瞒?"局长急了："什么事?"金市国仍不紧不慢："昨晚我上网，看到今年的诺贝尔文学奖授予我了。我获了诺贝尔文学奖。获得 130 万美金的奖金。"

金市国以为局长会一下子惊得从椅子上的跌下来。可局长如此麻木，却是让金市国差点从椅子上跌下来。局长反问："诺贝尔是谁?"

金市国呆了。

当天上午，在金市国上班的这幢有 400 人的楼上，人们都在传着一个消息：金市国疯了。

金市国是疯了。第二天就没见他来上班。家里人到单位找。单位人到家里找。金市国不见了。

第三天，在这个城市的环城公园的雨花塘，有钓鱼的人，钓到一个很沉的东西。结果有人发现是一具男性的尸体。

打捞上来的男人跟睡觉似的，胖胖圆圆的脸上，表情很安详。穿着西服，衣服也很整齐。西服口袋插着一支笔。有人认出来，那枝派克圆珠笔，就是金市国经常用的。

老杜

窗外的蝉撕裂般地鸣叫，法国梧桐的树叶密不透风，有小风过来，整个的树叶均匀地摆动着。这是 1980 年夏天的任何一天的情景。办公室里的电风扇吱吱地叫着，夏天其实还是蛮安静的。这时候程纪检的办公室的门被轻轻地推开了，一个瘦高的男人轻轻地进来。这个人就是老杜。

老杜有五十多岁吧。其实我并不知道他的岁数，只是根据他的面相猜测而已。他剃了一个几近光头的头，脸颊深深的陷下去，手和腿都极细极长，这样就显得个头很高。其实他并不矮的。只是他身上几乎是没有肉的，一副骨架被一张黄色的皮肤包着，夏日的短装是遮挡不住他的过度的清瘦的。他进了办公室就坐在靠门的一张旧人造革的沙发上，之后他开始掏烟。烟是那种没有过滤嘴的红色包装的"老团结"。他抽出一支，放在

程纪检的桌子边，之后又将烟盒开口的锡纸封好，放入上衣兜内。我坐在程纪检的对面，我也是抽烟的，可他见我似视而不见。他坐回到沙发上，等程纪检同他说话。

程纪检并不拿他的烟，只是哼了一下，之后程纪检便站起来，手背到屁股后面，低声说：

“老杜啊，你坐一会，我有点事，马上来。”

程纪检便背着手晃到门外，转一圈，不见了。

老杜于是便抱着头坐在人造革沙发上，他并不说话，只是有时动一动，屁股在沙发上扭一扭。他就这样一直坐着，能坐几个小时，眼看快中午了，他才慢慢起身（他人已深陷在人造革的沙发里），将放在桌边的程纪检没有抽的那支“老团结”拿起，又轻轻放回到烟盒里，孤独地、没有一丝声息地走了。

他走了之后，程纪检有时回来，有时就不回来了。程纪检若回来，有时会对我说：

“他的问题怎么弄得清，几任领导都为他查过了。没法解决，他还整天找……”

我并不能弄懂他们的问题，我仅仅知道，从“四清”“反右”到“文革”，他们都是在同一个单位，就是我谋生的这个金融单位工作，历次的运动，斗来斗去，人的心态都斗坏了。老杜的问题，似乎是经济问题。他现已退职。他现在找的，一个是要平反，当年搞错了；一个要恢复干部身份，可以多拿一些钱。可他已上访多年了，老问题了。没有人再关心他的问题。

他一来，程纪检就找个借口出去了。

老杜依然隔个几天就来一次，来了就放一支烟在程纪检的桌边，之后就在靠门的人造革沙发上坐下。一坐几个小时。近中午了，老杜看程纪检不再回来，慢慢起身（他的身体陷在沙发里），拿上那支烟，孤独地，没有一丝声息地走了。

这个夏天我的记忆中，就是蝉在窗外拼命地嘶叫，浓密的法梧树叶，沙沙的风，和这位“瘦得只剩下一把骨头的”、“没有一丝声息”的老杜。

到了秋天，老杜不来了。我记得老杜最后一次来的时候已穿上了一件洗得发白的中山装，他的上衣口袋里插了一支钢笔。他似乎又瘦了一些，仿佛吸了一阵大烟似的。那天他没有坐到中午，他好像咳嗽得厉害，一直有痰在嗓子咳不出来。他蜷着腰，使劲地咳，脸似乎都有些红润了。我看他咳得太狠，就给他倒了一杯白开水。他抬起头，给我笑了笑，表示感谢，我却看到他眼里有湿湿的泪花。

程纪检后来对我讲，老杜不来，是他的儿子不让他来了。儿子还开了个小卖店，让老杜帮看着。小卖店缠人，老杜走不开了。

有一个礼拜天，我从西门小街过（老杜家住在这），正好看到老杜家的小店。小店生意还挺好，靠在一个小学校。学生放学，顺路从小卖店门口过，买点饮料喝和零食吃。老杜在店里忙着，背影依然像一把刀，瘦得太狠了。

又过了些时，我到西门办事，见老杜家小店乱得不行，我从旁边一问，原来这一片要拆迁，老杜家的小店要拆掉。我见老杜家小店门口贴个告示，说拆迁甩卖，所有的东西都堆到了门口，老杜蜷在门口，坐在一张小凳子上。他的儿子好像心情很糟糕，在那对老杜吼：

“有病不去看！烧成这样，还挨着……”

老杜叽咕着，我并没听清他说什么。看他那样子，是想等学生散完学之后再去医院。因为正是学生放学时间，他是想帮儿子看一看店。放学时人多手杂，怕丢了东西。

拆迁了之后，老杜的儿子无店可开了。老杜又没有了事。我几次下班，见老杜在县城闹市区的唯一的一座天桥上站着。正是下班，他趴在天桥的铁栏杆上，呆呆地望着桥下不断的人流。近黄昏了，人们脚步匆匆，老杜趴在那，背影像刀剪的一般。

又过了几年，我调离了县城。一次回去，我听旧同事说，老杜死了。他死时躺在家里西屋的一张老床上。床上只垫了一床破凉席。西屋窗子很小，屋里光线极暗，白天不开灯几乎看不见。可老杜却从来不开灯的。人们移动他入殓时，掀开他垫的凉席，忽然发现凉席下面垫的全是钱，有十块的，有五块的，密密麻麻，花花绿绿垫满整整一床。

人们奇怪：他这是干什么？他要这些钱干嘛？没人能弄懂。

小学同学

范玉桃

范玉桃一家子穿墨绿色的衣服，骑绿色自行车。他的父亲在邮局上班，他们家就住在邮局门口的两间房子里。家里吃饭外面人都看得见。他家老大已在邮局上班了，戴很深的眼镜，那个时候我们也不知道度数，就知道他戴很深的眼睛，看报纸，看《南斯拉夫画报》。他们家可看的书报很多，因为他和他的父亲都是邮递员，近水楼台，想看什么看什么。因此他家老大很爱学习，在我们的印象中是整天捧一本书的。——眼镜很厚，不怎么说话。他的妈妈是个瘪嘴子。四个孩子也是瘪嘴子，因此他妈妈好像对不起人似的，整天洗衣服，——梳着个巴巴头，在门口一堆一堆地洗着。

他的父亲个子矮，四个孩子个子也矮。他父亲穿着绿色的邮递服，不说话，不抽烟，不做事。整天脸沉着，好像身上的担子很重。

范玉桃个子矮，那个时候我们大家个子都矮，不觉得，——后来我们都长上去了。那个时候我们反觉得他个子很高。他坐在班上的后排，当班长。多少年后我终于研究出来：只要脸像大人，个子就不显得矮，这是我的发现。

范玉桃当班长并不是因为他学习好，——那个时候也不兴学习，而是因为他岁数大，比我们大一两岁（可我们那个时候就觉得很大了），劲大。小孩子就是劲大为王，能服住人。范玉桃穿着翻毛皮鞋（也是邮局发的，邮局是从什么年代兴起发翻毛皮鞋的呢?），他也像他的父亲，不怎么说话，别人惹他的，他急了，他就会说：他妈的巴子（为何我们小时候骂人都带个“巴子”呢?）！我踢死你！

范玉桃还保护小同学，劲大的同学欺负小同学，只要劲小同学报告给他，他都会站出来说话的：“他妈的巴子，我踢死你！”

我是受过范玉桃保护的。我那个时候个子很矮，坐在第一排。我个子虽矮，但也淘气，免不了要吃亏的。因此劲大的同学打我，打急了，我就嗷嗷叫。范玉桃听到了，就过来，踢打我的人一脚，那人就不打我了。因此我每天喊范玉桃上学，还给他做一点小事（别的同学说我是他的二狗卵子）。比如他喊我去拿个东西，或者送个东西，我就飞跑着去了。

班上有个女同学叫杨翠英，是个黑皮大嘴的丫头，我们都叫她“杨大丫头”，杨大丫头学习也不怎么好，只是发育的快。脸上黑红黑红的，身上饱饱满满的，走起路来屁股已两边甩了，于是范玉桃就有点喜欢她。范玉桃对我说过：杨翠英长得不错。杨翠英也有点喜欢范玉桃。她喜欢他劲大。这也是范玉桃对我说的。又过了一些时候，班上也有一个坐在后排的同学，对杨翠英眉来眼去。范玉桃对他说，杨翠英你不要碰。——范玉桃说这话时我在跟前，范玉桃翻毛皮鞋在地上蹭蹭的。那个同学眼睛翻翻的，并不理会范玉桃。范玉桃也不理他。

有一回在放学路上，那个同学拦住杨翠英，不让她走，说要与她交朋友。杨翠英不理他，就继续走，那个同学死皮赖脸，拉住不让走，还动手动脚。杨翠英不干了，就大叫了起来，——你要干什么！脸上因为愤怒，气得黑红黑红的。正好我和范玉桃也从那路上过，遇见了。范玉桃上去，厉声喝他“滚”，他不但不“滚”，还在那嬉皮笑脸。范玉桃说，你再不滚我一脚踢死你！范玉桃说着，用翻毛皮鞋，上去一脚。他只一脚那个人就连哼都没哼一下，就倒下了。范玉桃真一脚把人给踢死了。——不知道踢到什么要害的部位了。

范玉桃被带走了。他还是未成年人，被判了少年劳教多年。劳教在新疆，多少年不见范玉桃了。他刑满释放回来，安排在邮局，送信。——他每天很早就骑着一辆绿色自行车（后面两个绿色邮包塞得满满的）。

他一直没结婚。我已经又有多年不见他了，不知他结婚了没有。

冷家庆

冷家庆，我们都叫他冷小七子。他在家行七，是叔伯弟兄排行；他家里只兄妹两个，他还有一个妹妹。冷小七子爸爸在搬运站，——搬运站那个时候还是县里的主要企业。搬运站人很多，都是工人，劳动者，他们有热情，有正义感，但也容易冲动，粗鲁，不好管理。他父亲好像还是搬运站的一个什么头头，反正不拉板车，——是管那些拉板车的。因此他爸爸在我们眼里就很威严。我们觉得他爸爸了不起。他家住在我们堂子巷的北头，——南头有个洗澡堂子。一个院子，迎面三间房子，碎砖（有的地方糊的泥驳落了，看到里面的碎砖），又矮又小，——之后他家在北首又横着砌了三间红砖大屋（搬运站那个时候主要是拖砖，县砖瓦厂的红砖，在板车上码得严严实实的，板车前面一条小驴，往四乡八镇拖。我母亲在砖瓦厂上班，我很熟悉他们的工作。）——那三间低矮的屋子就改成厨房和他奶奶住房了。

我和冷小七子玩主要是钓鱼。冷小七子喜欢钓鱼，我们小的时候，他在县城周边沟塘里钓，稍大一些就到四乡八镇钓，我们跑起来，能跑十几公里。我是跟住他钓鱼的（有时我并不钓，只是跟住他拿鱼竿）。因为我小，主要跟在他后面。我们跟他一起挖蚯蚓（我们土话叫“曲蟮”），从家里偷米（灌在口袋里，有时忘了，上学时不小心从口袋里抓出一把米）给他钓鱼时打窝子，为他扛杆子。他很会团结我们，公正，——别人告状，他听着，觉着谁不对打谁，被打的还比较服气。我后来也跟他一起钓鱼了（年龄长了一点，又有小一点的扛鱼竿了），可是我总钓不过他。他钓鱼真是有一手，这里面或轻或重，手下是有点功夫的，——钓鱼这玩意来不得半点虚假，真是差之毫厘谬之千里。这里面有技术，我想还主要靠天赋。冷小七子动手能力是强的。他不但钓鱼在行，滚钱板也是一把好手，我很少见他输，都是我们输，——冷家庆赢我们小伙伴的钱多矣！我们滚钱板，是把一块砖斜戗着，前面五米处画一条线，铜板滚到线外算“瘪实”，线内以越接近线越好，压线最好。之后离线近的吃第二家，再吃第三家，有的时候能通吃。他眼线特别好。好远把铜板砸过来，能正好砸上。即使砸不上，还可以用手去“拃”，他手又长又细，比我们长一个手指关节，——也给他“拃”上了。因此我们总是输。

对了，我还得说说他的手。他的手是我见到过的手中最秀美的手。对于手的词，用什么赞美都不为过。他的手很长，不是一般的长，是很长，纤细，修长，白，好看，像女人的手。那就是一个手的样品。你看着他的手，看不够。

就是这样的手，钓鱼、滚钱板，他都很“兴”，不知是否与手有关。

他的家是我少年时除自己的家待过的最多的“家”，——我也在他家吃过不少饭。夏天的黄昏，在他家院子里吃绿豆稀饭（凉得正好吃），一家子团着，只我一个外人，可他们家并不欺负我，连他的妹妹也不欺负我。——他的妹妹长得很好看。我没注意过他妹妹的手，但他妹妹长得真好看。一笑，更好看。我好像对女孩子有印象就是从他妹妹开始的。他家院子里长着一串红和晚饭花，还有些其他的花。一串红和晚饭花最好开，开得满院子都是。很好看。一桌子人围着吃晚饭时，那花就在墙角，还有活动着的他的妹妹。——这可以说是我的一幅画。

冬天的时候我也在他家呆得多。他的奶奶在那间很暗的房子里，可人并不“暗”，精神还挺好，她的儿子还算孝顺，一家三代住在一起，有孙子有孙女的，老太太很自足，嘴瘪着，仿佛总是在笑。

冬天他家那个厨房很温和，烤个煤炉。有时还炒点花生，一屋子人剥花生吃。一屋子的脆声和说笑声。有时大人打个牌，我们就在边上玩。大家围着炉，有时为一张牌争执起来，声音很大，仿佛要飞出屋外。

我在他家呆那么久了，该回家睡觉了。一开门，一股寒风就袭进来，人就打个冷战；低头一看，呀！下雪了！雪把门槛都给盖住，我一脚高一脚低的踩住那干净的雪，回家，脚下咯吱咯吱的响，很好玩。我有点冷，有时也有点怕（因为我家也是巷子）。只我一个人。那个小巷子静极了。每家门槛都被雪白的雪覆盖了，有的门搭扣、把手上都是雪。整个小巷子都是雪白雪白的雪，和我来时不一样了。我回过身看看，后面只有一条我走过的雪痕子。

冷家庆后来到哪里工作我就不知道了（高中我们不在一起玩了，我家搬走了）。但是我很怀念他。怀念我的童年。

赵玉刚

赵玉刚妈妈是唱戏的，因此赵玉刚就爱打扮。他小时候不爱打扮，稍大一点才爱打扮。他的所谓打扮，是弄油梳头，穿一条白裤子。那个时候，这样的打扮就很惹眼了。

赵玉刚家原来住大会堂，县里的大会堂和剧场是一样的，有会开会，没会就放电影或演戏。上个世纪六七十年代戏还就多，只是品种少，但对于我们小孩子，也无所谓。我们要的只是热闹，翻跟斗，劈叉，反正打打杀杀的，我们都喜欢。赵玉刚住在大会堂，看戏看电影都不要钱，有的还可以看好多遍。我们那个时候想看戏，都要早早躲到赵玉刚家，开场了，再出来。只是每次到他家都担惊受怕的，他总紧张地说，你们不要动，我爸爸马上回来了。我们也不知道为何那么怕他爸爸。于是躲在他家，动都不敢动。赵玉刚小小年纪，就接触到许多演戏的，有些女戏子还逗赵玉刚："给你介绍个媳妇要不要啊！"赵玉刚马上就跟人家急了。骂人。把人家大人弄个大红脸。

他家那个小院子，太小了。在我们孩子眼里都很小，可见太小了。就这个院子，还种一棵丝瓜子，夏天开黄色喇叭花，秋天丝瓜结得好大；秋后了，他家还留两个做种子；丝瓜老了，枯透了。外面的皮发黑发脆，里面的瓤子都看到了。秋风起来了，丝瓜藤在风中瑟瑟作响。冬天就快要来临了。

赵玉刚油梳头，穿白裤子，是后来的事。小时候他跟我们穿得差不多，都是蓝裤子，白球鞋的。他初中不跟我在一个班，我有时还是会见到他的。他像小树苗一样蹿起了个子，嘴上有两撇嫩嫩的小胡子了。

赵玉刚可干了一件惊天动地的事。一下子成了我们县的名人。我们县有个荭草湖，这种草，秋天就通红的，像火一样；后来我去过一些地方，并没见过这种草。大约为我县独有。荭草湖在县城西郊，再往西就是火葬场了。真是一个湖，非常大。一个小孩子，要是在里面迷路了，是走不出

来的。我一个同学住在荭草湖中间的香花墩，这个同学同我很好，我到他家去过，我走到荭草湖的中间，有时心里能发毛，怕走不出去，赶紧提起脚来快走；心里还七上八下，咚咚乱跳，草擦在身上沙沙响，心里毛毛咕咕，心都含在嘴里了。

小孩子一般不到荭草湖里玩，家里大人也不许去。赵玉刚不知怎么弄的，他和一个女同学，两人偷偷约到荭草湖，跳舞，——跳裸体舞。这个事情在1980年代，跳裸体舞简直是犯罪。家里大人都无脸见人。这个事情不知怎么传出来了。传得满城风雨，全县的人都在议论这个事情，连我们的父辈都在悄悄地议论：某某人家的小孩……几乎快上了县志。

那个女孩子很不错的，是县人武部一个政委家的。长得也很好看。不知怎么被赵玉刚的小树苗的身材，和白裤子给吸引住了。当然出了这个事，两个人很快便孬了。女孩子我们不清楚，但赵玉刚真是很爱她。这应该是他的初恋，他很痛苦。

但是毕竟年纪小，他很快从痛苦中走了出来。他总结了失败的原因，是自己不学无术，肚里空空，他就像马三立相声里说的，从明天起我开始发奋学习，可我学什么呢？赵玉刚也遇到这个问题。正好我们共同的一个朋友在练习书法，字已经写得很不错了。字是人的衣裳，肚里有没有东西在其次。写得一手好字，还是让人羡慕的。于是赵玉刚便决定练习书法。他跟住这位朋友后面，买了毛笔、墨，找了一卷报纸回来，开始练习。这世上的事都是有定数的，你是不是这块料？赵玉刚不是这块料。他没耐心，坐不住。于是没写几天就耐不住了。

刚写几天正楷字，就想写草书，开始在纸上乱画了。于是他很快就甩掉了笔。甩掉了笔之后，他说我学裱画吧。裱画是个手艺，不是艺术。你还别说，很快他入门了。并且挣了一笔小钱，为县银行会议室布置了一些县里名流的书画作品。说裱，也就是在托好的字画边上加个边框。——这个“作品”在县银行墙上多少年没人管它！

裱字画还可以挣钱。这是小小年纪的赵玉刚没有想到的。他挖到“第一桶金”之后，便沿着这条路走下去，裱字画，到装潢店，到广告公司。他竟开上了宝马！他在我们县穿白色裤子，经常出入于歌舞厅，再也没有人议论他了。——他的那位启蒙“老师”，我们共同的朋友，字倒是写得颇有出息，可是生活潦倒贫困。县里面的出息，能出息到那去呢！

胡保舟

胡保舟简直是调皮透了，他很小就是县里名人，著名的“调皮猴子”。他胆子太大，爬墙上树，打架斗殴，无所不能。他的水性真好，他脸和身子都是漆黑。——可他五官端正，细看还是很帅。他乌黑的身子都是在水里泡出来的，一个夏天，他都在我们县北塔河游泳，——我们叫洗澡。他水性真好，潜水，扎猛子，都很厉害。他能爬到大坝闸顶上去跳，——中间还隔两个跳板，要砸到跳板上脑浆子还给砸出来呢！他从空中越过两个跳板，“吱溜”一声扎入水中，半天不见人影子；过会儿，他从很远的地方冒出来，——你一抬头，咦！他已在那边了！他整天逃学，一二年级就去偷梨偷桃，——人家农民卖梨卖桃，他在那看着，一会就偷来两个；他也喜欢赌钱，——滚铜板，他赢得多输得少（他输不起，输了就闹事）；他跟小他的人玩，还要赖，输了不给，赢了你不能不给他；你还不能不带他玩，你不带他就捣蛋，把大家局给搅了。他就是这样的人（他怕冷小七子），没办法。

他学习成绩差得一塌糊涂，（反正那时也不抓学习），老师都烦他，上课捣乱，他还振振有词，老师是臭老九！他的父亲极其严厉，逮到打起来往死里打，有的时候能把他打到屋顶上去。他在屋顶上，说，你再打我，我不回来了！果然几天见不到他。后来回来，好不了几天，又如常了。

他大一点，开始偷铜偷铁，那时都是国营工厂，就偷厂里的烂铜烂铁，——有时就揣在怀里，到废品收购站去卖，有时能卖一块两块，便高兴坏了！买五香蛋吃！买素鸡吃！——为什么卖五香蛋和素鸡的都在浴室门口？他打架很厉害，凶得很，打起来不要命，砖头乱飞，他砸坏过不少同学的头。他自己的身上手上也都是疤。

我也不隐瞒了。我和他一起也做过不少坏事，我们偷过邮局电缆（我们家住在邮局边上），邮局的院子里的旧电缆扔在墙边，我们就偷偷用老虎钳铰一截回来，趁父母上班，在炉子上架锅煮，卖铝锭！有一回胡保舟发现漆包线厂的一个窗子可以上去，那里可以偷到粗铜丝。我和胡保舟晚上很晚去偷，窗子很高，他就打我高肩，我半截身子从窗子伸下去，居然够到了！我们绞了一大团铜丝，不敢整的到收购站去卖，只得一点一点去卖。

胡保舟不喜欢女同学，——他见到女同学就吐吐沫！他不是贾宝玉，他觉得女孩子脏得很！

胡保舟家是个大院子，有四五间房子，院子里有棵小枣树。我们有时就在他家玩。他有个奶奶，八十多岁了，我们叫“胡奶奶”，胡奶奶对我们才好呢！总是拿金果给我们吃。他的奶奶特别疼他，他爸爸刚打过，他奶奶马上就过来了。一边揉一边骂他爸爸。他爸爸不敢回嘴。这就像我后来看的《红楼梦》，他奶奶是贾母，他老子真是“假正”（贾政）了！

有一回他爸爸把他可给打狠了。他跑掉了，多少天不见他。有一天派出所门口围了不少人（派出所就在十字街，离我们家很近），我过去一看，是胡保舟，他被手铐子铐在派出所院子里一棵槐树上。他的眼睛骨溜骨

溜，找人！他见我过来，就对我努嘴，说手铐子太紧了（那个时候我们听人说，手铐子越动越紧，能把人手给勒断了），让我给他理一下。那一回我是第一次这么近看手铐子，而且是铐在我的一个同学手上。我记忆深极了！我很矛盾，不弄，我们平时关系不错，这样不够哥们，又怕他以后报复我；我若弄，又怕派出所的人抓我。我正磨蹭，派出所的人来了，赶围观的人走：走走走，有什么好看的！派出所的人边说边用一个锃亮的手铐子甩着，一个孩子绕过那个人，又来了。派出所的人一把抓住他：你是不是想铐一下尝尝滋味？我被轰走了。

后来我们进了高中，我们不在一个班了，我成了“好孩子”（学习好）；而他似乎不可能成就了。

我们不见面多少年了？听说他后来跟一个镇上的女孩结婚，做生意；会开卡车，有一年开车，卡车后车斗里顺路带一个人，他不知怎么搞的，一下子撞到路边水泥杆子上，把水泥杆子撞断了。杆子正好砸到后车斗里的那个人。把人给砸死了。

他有了一条人命。

这话说过又多少年过去了。一转眼，我们都快五十了！

李明鸣

李明鸣行二，我们叫他李小二子。我们当地都喜欢叫老二“二呆子”，不知何故？李小二子并不呆，但是他也不聪明，智商不算高，要说起来属于中等偏下。他和我家是紧邻，只隔一户人家，一个小四合院，院内两棵巨大的梧桐树，梧桐是上个世纪六七十年代的特色，县里种的很多。梧桐又叫“悬铃木”，秋天它挂着许多铃铛一样的果子，真是“悬铃”。他家的法国梧桐真是很大，夏天一院子的树荫，我们在他家玩得很凉快。

他弟兄四个，都是男孩。他家老大比我们大几岁，络腮胡子。他练功。于是他家老二也练功，于是我们就跟住老二练。我们搞石锁，搞哑铃，搞石担子（一种土杠铃）。老二话不多，他不幽默（幽默是智慧的象征），但他认真，喜欢担一点责任。所以他基本上是牵头人，相当于一个小头目。他的功夫也好一点，小小年纪，膀子上的肌肉已可以了，比我们几个发育还不健全的“鸡子”强多了。这样他更应该是头目，于是领着我们练石锁、哑铃、石担子。夏天的黄昏知了长鸣，他家梧桐树上一片声音。我们满头是汗，打个赤膊，在那“用功”，他的妈妈，周周正正的，长得很好，可并不讨厌我们。她在树下缝衣，或者扫树叶，或者在煤球炉上烤馍。他妈妈好像是北方人，喜欢吃面。蒸了的馍，第二天就在炉子上烤了吃，特别香。我们练着，香味过来了，他的妈妈就笑着说，小二子，过来吃馍吧。她这“小二子”里也包括我们。于是我们吃馍，还喝他妈妈的凉白开。——我们吃着烤馍，黄昏慢慢下来了。一个夏天就这么过去了。

李明鸣学习并不好。他也不是不懂事，不刻苦；他再努力，也是一般。他喜欢害手，冬天手能肿得像馍，并且烂，之后结痂。他戴个半截手套，总是抠那快要成熟的痂，痂脱了，露出一块白肉，有血丝渗出，像刚刚剥开来的鲜蚕蛹。我们反对他剥，可他总是剥，有时就趁他不注意，上去一下，生掀开那痂。他疼得“滋”一下，就来打我们，我们当然就要吃些亏，可我们还很高兴，并不改正，还是去剥。

我们学校来了个女同学，叫张秋芸，是北京来的。这可是天大的新闻。在我们那个年龄，这是我们见到的第一个北京人。不知为什么，她到她姑姑这里来上学，就插在了我们的班上。——现在我知道了，她怕下放到边远的地方。她脸上干干净净，那种白净，和我们县里人不一样，她说话也和我们不一样，慢悠悠的，像唱歌。她举止不小气，反大方得很，和男同学说话，正常人一样。她就是一阵旋风，旋在了我们的学校。

她刚来像小树苗一样纤瘦，上了两年，她长起来了。走路风中摆，自有一番风味。反正变了，变成女人了。那个时候已开始抓学习了。我们的教室，晚上开始自习，一幢大楼，一楼的灯光。下晚自习，大家叽叽喳喳，拥出学校。张秋芸在前面走，后面有不少男生，李明鸣也混迹其中。他跟着张秋芸走，一直走到南门老街张秋芸姑姑家，他再折回来，回家。

李明鸣不仅仅害手，他又害上了单相思。少年的单相思，也不是很严重的，他有点苦恼，但也不够确切。他有一回对我说，我喜欢张秋芸。这样的夏天，有一个少年，单相思一个少女。这个少年每天中午，大人们都睡了午觉。他一个人，踽踽地来到南门小街，看能不能有什么奇迹。他有的时候，看到张秋芸在院子里晒被。张秋芸踮着脚，把被子甩到院子里拉的铁丝子上，之后拽平。李明鸣真恨不得过去帮忙，可是他还没有这个胆子。他只有在门口张望。

李明鸣长高了，他的脸上也是络腮胡子了。他忧郁着脸，想自己的心思。他哪里知道，张秋芸怎么会爱上他。他爱张秋芸，自己也是一点把握也没有。他知道自己不够份，可是他不能控制自己。

终于没过多久，张秋芸走了。她回北京去，去参加北京的高考。一个像梦一样的女孩消失了。

多少年过去了。现在想来，李明鸣真是癞蛤蟆想吃天鹅肉。但我们从另一个情形看来，对于爱情，人，基本上是没有自知之明的。

宗兴忠

宗兴忠实在是不堪，长得小气得很，是人中次品。小脸，小鼻子，小眼睛，小个子，嘴上还有个小豁子。他家在船上，原来在我县白塔河上，

一家几口，以一只小船为生。后来上岸，在北门搞个小吃摊子，他的父母做些小买卖。我们在他家的摊子上买过甘蔗，买过狗矢糖，买过凉粉吃。

他虽是上帝的次品，可并不腌臜，相反还精明得很。他小学三年级从水上的复式班小学，转到我们县城的城北小学。刚来时戴一个西瓜皮帽子，一件破棉衫，他一进教室，班上就是一阵哄堂大笑。可他眼睛一转，骨碌一下溜到了座位上。他不吱声，可他眼睛骨碌着。很快他的本性暴露了出来，他打架极凶，主要是抓人，能把人手上抓好多血口子，他上树极快，一棵歪柳树，他七八下，噌噌噌，就上去了。我们那个时候滚铜板，他一个舅舅在县里的废品收购站，不知怎么他从他舅舅那弄了许多铜板来，我们同他要，他说，要换我们的糖吃。那时我们县里的，家里大人有当公社书记的，有当区委书记的，上海女知青从上海回来，都会带一些大白兔奶糖。他就要吃这种奶糖。这样的奶糖当然是稀奇的，可我们实在想要铜板，于是同他换，三粒奶糖换个铜板。他吃了我们许多奶糖。有一回，冷小七子要同他换（冷小七子是两粒奶糖换一个铜板），他因为怕冷小七子，他不肯换，说没有了。冷小七子就强行搜身，身上真没有。过一会，他竟用一个铜板换了赵玉刚的三粒奶糖，冷小七子不干了，又来搜，几乎脱光了他的衣裳，没有！一个同学见他上身裸着，就来咯吱他，他边笑边跑，一下子球鞋跑掉了，从里面滚出三枚铜板。这小子！竟将铜板藏在鞋子里！

有一回他同胡保舟打架，为抢一个“斗鸡”（小孩的种玩具），他一下子撞到女同学吴月兰的身上，把吴月兰撞到了桌拐子。吴月兰在女同学中个子算大的。吴月兰可能给他撞疼了，上去一下，打了他一个耳刮子。宗兴忠不干了，丢下胡保舟，就来揪吴月兰的长辫子。吴月兰的长辫子，到屁股沟。宗兴忠揪着不放，还想往身上缠。吴月兰脸都给他弄红了，头低着，还犟着，就来反折宗兴忠的手。宗兴忠一下丢了吴月兰就跑，吴月兰哪会饶他，飞起两条长腿就撵。宗兴忠边跑边回头看，吴月兰飞红着愤怒的脸，眼看就要撵上。后面一个同学喊：

“宗兴忠，脱下裤子！”

宗兴忠拨过头来，一下子将短裤（那时夏天我们都穿短裤上学）褪至脚踝，扎叉着个手，襻着两腿就迎过来，嘴里嬉笑着。吴月兰一抬头，差点与宗兴忠撞个满怀，脸蓦地红得像五月的飞花，扭头捂着眼睛跑走了。宗兴忠高兴的，那个快乐！

夏天过了。我们小学毕业了。

小学毕业宗兴忠就不再读了。他在县城西门摆了个摊子，卖锁、卖门搭扣，也卖锅、勺子、刀什么的。

之后我们多年不见了，听说他结婚了。又听说他离婚了。忽然有一天，他拎了二斤苹果，找上我的家门，说自己现在开汽车，给别人拉货，最近困难，看能不能借两千块钱，用几天就还。我哼哼哈哈，说，看看吧。打发他走了。

本来我是应付他，可下乡一天，回来我老婆说，你的同学宗兴忠来了。那天说借钱，我借给他了。我说，老婆，你也真是！老婆说，你的同学，又不是我的同学！

一晃过了半年。有一天老婆说，你去问问宗兴忠还钱。我于是骑上自行车，到西门五车队，问人，找到他家。我一进门，宗兴忠就慌张地客气，请坐请坐！可是他的家里根本没地方坐。两间小房子，迎门一张床，床上一床破棉絮卷着。对着床一台 9 寸黑白电视机。他的新老婆，抱着一个刚过周不久的孩子。孩子哇哇大哭。

我张了张嘴，终于没有说出来。宗兴忠忙着倒水，可是一拎水瓶，水瓶是空的。他又对他新老婆说，烧水烧水。我站了一会儿，宗兴忠说，我最近就筹了还你，我现在到镇江开车，一个月三千多。我根本听不清他的话，那孩子死命地哭。

那尖锐的哭声，仿佛要撕碎外面的阳光。

欧阳琳娜

欧阳琳娜原来叫欧阳红，后来叫了欧阳琳娜。

她是中途转到我们这个县的，以前不知在哪里，估计是一个比我县大的城市，她叫欧阳红的时候是个黄毛丫头，才八九岁。她住在县医院里，她的父亲是个医生，她家于是住在医院的东首第二排的平房里，那时的阴沟都是门口的明沟，她早晨在门口的阴沟里撒尿，——有雾的早晨，你会见到一个头发乱乱的黄毛丫头，穿着红棉袄，蹲在那阴沟下；她在那阴沟边刷牙。就这么一个黄毛丫头。

她坐在我的后排，冬天一只小棉袄，人甜蜜蜜的，安安静静，她学习中等偏上，数学好，老师便让她当数学课代表，收本子，到老师办公室送本子取本子。我数学差，上课我就老回头，望望她，又问问她，她不说，并且不理我，很不够意思。

我们那时要打扫卫生，都是以组为单位，我跟她一排，放学了，扫地都要一起扫。说句实在话，那时我也看不上女生，因此扫地并不怜香惜玉。她扫她的，我扫我的。我扫地是个浪漫主义者，“行到水穷处，坐看云起时”。我有时高兴起来，故意将灰扬起，有弄得她身上的，有弄到她眼里的。那回她急了，眼睛里亮亮的，拿起笤帚就撵来打我，我跑，她撵；我个子小，打不过她，就抱着头，她的笤帚雨点一样打在我身上。她是气急了。我也被打急了，就互相对打，打得一塌糊涂，之后就不讲话

了。很久不讲话了。

她像灯泡一样忽然亮了一下，之后就长大了。忽然一下长大了，又像雨后的天空。不知什么时候长成的。她身量是少女的了。她原来的头，都是乱蓬蓬的，忽然一下，头发水光溜滑，每天都是清清爽爽的。我这时还没有长起来，可是我已不敢多看她了。我觉得我和她不是一个“阶层”的，她是大女生，而我还发育不全；她当然也不会看上我，她看上的是后排的大男生，是有喉结的，有些稀胡子的，有些调皮捣蛋的大男生。我和她几乎是不说一句话了。——连作业我也不问她了。

欧阳红闹了新闻。她和一个叫田军的男同学谈恋爱了。她的头发卷卷的，她真是个美人，昂起头，下巴翘翘的，一副若无所动的模样。我就搞不清，女人怎么变这么快。她身上的劲，有一种冰雪的美。有一种倔的美。她瘦长脸，林黛玉的样子，可她并不病态，她很健康。她走路很有劲。她有时迟到，从前面进教室，她穿着皮鞋，皮鞋走得响响的。她不怕响。她就是要响！她要向同学们示威：我长大了！你们不可改变我！她谈恋爱了，这个时候，她名字叫了欧阳琳娜。

可是她的医生的父亲，是不允许她谈恋爱的，要给她转学，她属于要冲破家庭的那种，对抗着。她的父亲不许她晚上出门，她偷偷出门。初恋时不懂爱情。这样的恋爱注定要失败。她失恋了。之后就说生了病，她休学了。说是得了轻度的神经病。

她的父亲调走了！原来她的父亲是名医！知识一旦重视起来，他们就属于了大城市，她的一家调回了上海，——原来她家是上海的！欧阳琳娜走了，我的一个曾经的女同学，就这样消失了。多少年之后，有与她联系的女同学，说她工作了，说她结婚了，说她有孩子了。前两年同学聚会，说她死了！是血液病！血癌！看了许多地方，她的医生父亲，动用了很多资源。可并不能挽救她的生命。

——可我记得的，还是她小时候的模样：扎小辫子的，以及头发卷卷的，她昂起头，下巴翘翘的，一副若无所动的小美人的模样。

美人的命运，有时候就是悲剧的。

苏谨慎

怎么说呢，苏谨慎小学没毕业就工作了，他家里穷，政府照顾，就安排在街道上。街道上的人，三教九流，婆婆妈妈，相当于一个小政府，热闹还是蛮热闹。这不，街道这回评选今年的“五好”家庭。癞头老裴好开玩笑，又好顶真，他于是第一个提议给苏谨慎。大家听了哄堂大笑，有人就说，这不合标准，他一个人，叫什么家庭？癞头老裴顶真了：谁说不合标准？哪一条法律哪一款规定一个人就不是家庭？有人说，他一个人，怎么和谐？癞头老裴说，就是嘛！一个人最和谐的啦！所以才是“五好”家庭。广告词就叫：一人好，全家好！大家说不过他，就胡搅，说，反正他不行！

苏谨慎45岁了，至今还是单身。也不是没谈过，谈过不知道有几十个了！连苏谨慎自己也记不清了。他从20多岁开始交第一个女朋友，已经谈了20多年，可“临门一脚”，总是不行，才至今没有婚姻。有人说，老苏，你谈恋爱，盘带过多，中场也不错，可就是临门一脚欠缺，你是不是有啥毛病？苏谨慎不高兴了，说，我有毛病？你给我找个女人来试试？苏谨慎本来想说，我有毛病？不信让你老婆来试试？可话到嘴边，他一转弯，便“找个女人来试试”？说这话正是世界杯的时候，那时流行一个段子，说，小夫妻看球，球进了。妻兴奋不已，搂住夫就撒娇，老公，今晚你也要射门噢，丈夫正在兴头上，就一把推开妻，说，你不懂了吧，射自家门输，射别人家门才算赢。于是就有人接上说，人家老苏不用射自家门，都是射别人家门。说完就用眼睛逼着老苏表态。苏谨慎笑笑，点点头。苏谨慎要面子，点完头就走了。

年青的苏谨慎是“花嘴”，所谓“花嘴”，是我们小学时同学乱叫的，其实就是癣，是一种皮肤病。可是苏谨慎这“癣”，长得不是位置，无巧不巧，长在嘴上。于是嘴蜃就白一块紫一块红一块，红白紫相间，还挺有规律，像一种蛇的皮。女孩子一见，身上就一哆嗦，就不想亲他那个嘴了。因此，责任真的不能在苏谨慎个人身上，要说这嘴，也是有责任的。

这个嘴真的害人不浅，误了苏谨慎不少事，包括终身大事。苏谨慎为这个“×嘴”（他自己这样说的），不知操了不少心？花了多少工夫？西药，中药，中西药结合，不知跑了多少医院。瞧了多少医生。花了多少冤枉钱。苏谨慎有时自嘲说，就我这个×嘴，少说也值上万元。于是他就整天用手去搓（在小学他就搓，搓习惯了），嘴上有了死皮，他就搓，把嘴搓得白一块紫一块红一块。

时间长了，街道上的同事都习惯了他，随他去搓。苏谨慎嘴不行，他还好个抽烟，烟不离嘴。有时几个女人叽叽喳喳，他凑过去，叼着烟。妇女就说，你看你这嘴，还抽烟？苏谨慎就说，你们又没家庭的人，在一起家长里短说什么？——中间有两个女人刚离婚不久。于是女人就回击他：你呢？别在大人跟前瞎掺和。大人说话，小孩子家不要插嘴，小儿不宜的！（当地人称没成家的就是小孩子）。说这话的这个妇女叫王芳，她是有资本说的。王芳曾给苏谨慎介绍过对象。那还是一个教师家的姑娘（苏谨慎常说，二婚的不要，找这么多年了，一定要找个姑娘！）谈了几次，那个教师也谨慎了，就找王芳说，你介绍的这个人，都快四十了，你打听打听，他是不是有小孩？王芳拍着胸脯说，大姐我可以保证，他不但没有小

孩，还保证是童男子。处男，绝对处男！王芳转回来又把这话告诉了苏谨慎，苏谨慎不高兴了：你这是什么话！我都这么大人了，也谈过不少！还说是处男？你这不是羞辱我么？苏谨慎真生气了：你这话比骂我亲娘还毒！

苏谨慎实在是要面子的人。

苏谨慎提了街道的副主任，街道上大大小小的事，卫生，计划生育，哪家养狗了？哪家离婚了？“五一”单位要挂灯笼，“十一”各家要挂国旗，他都要管。可这也得忙里偷闲，自己的终身大事，总是挠心的烦恼。他现在手里有权了，巴结的人也多了，那些老婆子和妇女们，眼睛跟盗贼似的，盯着各家的姑娘。这里有个叫吴妈的老婆子，看上了一个姑娘挺合适。姑娘二十八了，只因为太胖，至今没能婚嫁。于是就张罗给苏谨慎牵线。苏谨慎按约见面，按吴妈说的意见，在杏花公园草地上接头。苏谨慎带了两张报纸，晃晃悠悠就去了。——他约过的会太多，他自己都麻木了，一点不紧张。吴妈之前跟他说了，姑娘就是有点胖，也不太胖，你见到就知道了。苏谨慎先到了，等了一会，见一个胖极了的女孩推摆过来，他一猜肯定就是！苏谨慎满脑子不高兴：你说有点胖，怎么这么胖？你话里水分也太多了吧！于是见到，苏谨慎就没好脸，姑娘还忸怩了一下，苏谨慎倒大方，他把一张报纸一丢，说，“你屁股大，给你一张大的吧！”说完就示意姑娘坐下。自己则抱着那张小点的报纸一屁股往草地上一坐。姑娘不好发作，勉强坐下，苏谨慎又说：“你怎么长得这么胖的呢？”姑娘顿时脸色通红，面有怒色，气呼呼地站起来，拍拍屁股就走了。临走丢下一句：“这个神经病！”苏谨慎也不恼，他把报纸揪巴揪巴，投进垃圾筒，拍拍屁股，吹着口哨也走了。

别说人家苏谨慎是神经病，他一点不呆，还精明得很呢！曾有一个女的跟苏谨慎没谈两天，就跟苏谨慎亲了嘴，之后就跟苏谨慎要钱买衣服。苏谨慎一看这个女人，就不是什么好鸟，就假装没听见。女人又上来，摇苏谨慎的膀子：“给我买一件衣服嘛！”苏谨慎装疯卖傻，什么衣服啊！你身上不是穿着衣服嘛！那女的又来亲他嘴，说，要买一件新的嘛！苏谨慎说，别亲我嘴，我有传染病！那女的脸一沉，扭屁股走了。苏谨慎望着那个风骚的背影，自言自语说：小样！还来圈我的钱！你刚跟我谈，就要买衣服；要是谈崩了，我找谁要钱去？

这半辈子苏谨慎也不是没动过情。他后悔曾对一个叫小芹的姑娘缺乏真诚。那个小芹姑娘，家庭困难，可长得真是不错，大眼睛，细皮嫩肉，个头也好，脾气也耐烦得很。可唯一的缺陷，就是有两颗门牙长期在嘴外面。按说，这不是什么大毛病，现在科技发达了。有千把块钱，到医院一拔，换成烤瓷牙，一切 OK！要是这样，人家姑娘早就不知嫁给哪个大款去了！可姑娘家没钱，换不了烤瓷牙，于是多少年，这两颗门牙就在嘴外面，才给苏谨慎遇到。苏谨慎和小芹谈了可不短时间，大约有半年多了！全街坊邻居都以为这一次肯定谈成了，有苏谨慎的喜酒喝了！苏谨慎原来也是蛮有把握。估计也得到了什么。所以王芳说苏谨慎是处男，是童男子，苏谨慎才跟王芳当众翻脸，说出“你这话比骂我亲娘还毒！”有人估计，苏谨慎的学习，十有八九是在小芹姑娘身上得到了实践。后来不知什么原因，两人散伙了，谈崩了！记得那个时候，苏谨慎整日低头不语，相当痛苦的样子，估计是真上心了，也有人说他后悔了。

说他后悔的人，跟苏谨慎有些不和，估计也是说苏谨慎的小话。那人说，差不多的时候，小芹姑娘跟苏谨慎提出换牙。苏谨慎说，换可以，结过婚换。小芹说，先换吧！换了结婚，这样好看。苏谨慎说，现在换？谁出钱？小芹姑娘当时就脸红了，不说话。苏谨慎又说，不是我怕花钱，我心的已受了伤。提起有些往事，我的心是拔凉拔凉的。小芹说，你信不过我？苏谨慎说，不是信不过你。这样僵持了几回，两人就慢慢淡了，不知怎么就散伙了。

有人也曾问过苏谨慎。苏谨慎不说。有一回给人追急了，苏谨慎就用人们传言的话说，我给她换了，她又看不上我了，岂不是鸡飞蛋打，赔了夫人又折兵？这样的傻事，我才不干！

估计也就是这么一个说法。真正的原因，在苏谨慎肚子里，他不说，估计这个世界上谁也不会知道的了。

苏谨慎的婚终于是没有结成。有多事的想找个算命的给他看看，测测他的姻缘究竟在哪里。也有人自作聪明，比如癞头老裴就说，我会拆字，坏就坏在你这个名字上！苏谨慎，你太“谨慎”了，才临门一脚射不进去。得！你得改名，干脆改成苏稀松，一“稀松”了，全有了。不信，你试试？

苏谨慎听了，愣了一会，他想：也是！干脆到派出所，把名字改了得了！

卫大头

卫大头姓章，不姓卫。何以不叫章大头，反叫了卫大头？不得而知。孩子的事，怎么能说得清楚？

卫大头的头确实是大，并不冤屈。那头有一个中等的西瓜大。有人打比方，说他头像笆斗，那胡扯，没有那么大。我们小时候喜欢说，大头，大头，下雨不愁；别人有伞，你有大头。这话也不确切。有一回下雨，我见卫大头在雨中跑，身上也淋得跟落汤鸡。靠头还是不行，还是要靠伞。汪曾祺先生曾写过一个人物：皮凤三。是个大头。汪先生说，“像个倒扣

的鸭梨”。卫大头的头，不像。他的头，像一个大大的东南西北的“西”。是个西字形的大头。他的头，是“坐”在肩膀上的。

卫大头家在我家的左首，紧挨着我家的山墙。一个四合院，黑色的地砖，边上没人走，长着厚厚的青苔。他家院子里种着一颗葡萄树，盖了半个院子。院子里更暗了。夏天的时候，葡萄叶子长疯了。一个头，袅袅地窜，缠在架子上，爬得到处都是，绿生生的，非常旺，之后就结了籽。一嘟噜一嘟噜，硬疙瘩。再过阵儿，就变紫了，透明了。卫大头的奶奶就剪下来。一串一串的，用碗送到我们邻居各家，每家一碗。卫奶奶送的时候，都是晚饭的时候，我们每家在院子里喝绿豆稀粥。卫奶奶来了。她小脚，走得翘翘的。我见一个翘翘的老太太，知道卫奶奶来了。卫奶奶每年来一次，送葡萄。

章家是地主。在那个年月，地主是没有发言权的。卫奶奶就是地主婆子。我们看电影，地主婆子都很可恶，拿针戳丫环。可卫奶奶并不可恶，相反，还挺善。长得白白净净，人说话慢声细语。卫爹爹常年不声不响。有时街道上叫去，斗争一会，道具一样，用一下，便又回来了。

因此章家周年没有声音。卫大头受家庭影响，也没有声音。他也许知道一点自己的身份，并不乱说乱动。可是小孩子，还是需要伙伴，我们玩，他就跟住我们玩。我们夏天游泳，在北塔河，在二级站。他也去。我们在水里跳，笑。他也在水里跳，笑。有的时候，有同学见他也笑，就走过去。拍拍他的大头，说，不许笑。卫大头立马不吱声，不笑了。有时收得急，笑硬在脸上，肌肉抖抖的，挺可笑。有一回，我们游过泳，没事，在二级站的大堤上“斗斗鸡”玩。玩了会，不知谁说，不好玩，我们玩“斗地主”吧！斗地主得有人装地主。大家说，卫大头，你装地主。卫大头刚才始还不肯。一个劲大的同学说，就你！一副不容分说的样子。卫大头看不行了，只有装地主。他站在中间，把头低着。劲大的同学第一个挥拳：“打倒小地主卫大头！”我们跟在后面，也高呼：“打倒小地主卫大头！”斗了一会，那个劲大的同学说，卫大头，你要自己喊。于是卫大头小声喊：“打倒小地主卫大头！”劲大同学说，不行，要大声！卫大头又稍大声喊：“打倒小地主卫大头！”喊完大家都不吱声。卫大头听见自己的声音在大堤上回荡。声音一波一波的，有点变形。他忍不住“扑哧”一下笑了。这时有个同学说，不许笑！你个小地主！还笑！说着上去一拳，打在卫大头身上。其余的人趁机，也上去一顿乱拳。打得卫大头抱住头。不知谁下手狠，一拳打在了卫大头的眼角上，把眼角打出血了。卫大头哭了。他哭得很伤心。他是真疼了，否则他不会这么哭。

这样一来，有一段时间，卫大头不跟我们玩了。有一天中午，我和胡保舟在堂子巷闲逛，见卫大头一个人用一个瓷片在墙上画。胡保舟眼尖，他走上去，大喝一声：卫大头，你写反标！卫大头猛一吓。人一惊，似缩小了一半，他抬起头，犟嘴说，没！我没！胡保舟说，那你干什么？卫大头说，我画一个伢子！我画伢子！胡保舟走去细瞅，是一个伢子。挺丑的一个伢子。胡保舟说，是谁？你说，你画的是谁？卫大头说，没！没画谁！瞎画的……胡保舟一看没辙了，就乱扯，说，你画我？你敢画我？上来就给卫大头一个大冲头（头上一巴掌），卫大头一躲，正好打在脸上，脸上被划了一个血口子。

挨了一下，卫大头不再吱声。我走过去，凑在墙上看看，息事宁人说，不像！胡保舟也明知不像，于是自己下台。有一点点像。敢画我？找死了，你？

卫大头贴在墙边，脸上有泪，可是他并不哭。

我说，走，不哭了。我们游泳去吧？

卫大头并不动，撇着嘴。嘴一瘪一瘪的。

胡保舟说，走走走。一起去？好不好？

卫大头还是不动。

胡保舟说，不去拉倒，革命不是请客吃饭。

说着，拽住我走了。

我们来到二级站，那里正在机器翻水，水波哗哗的，许多孩子在水波里翻着，笑声，叫声，快乐极了。那胆大的，爬到机埂上往水里跳，机埂有七八米高，一头栽下去，水“逼”的一声，人就不见了，之后半天，才在很远的地方冒出来。游到岸边，爬上来，又去栽。

胡保舟脱了汗衫，飞跑过去，挤开一人，就往水里栽。他水性好，栽下去好长时间不见，之后冒上来，已在很远的地方。我脱了汗衫，跳到翻水的地方，借着水波，在水里玩，一会下去，一会上来，快乐极了。

我玩了一会，抬头坐上岸边，远处一看，卫大头踽踽地走过来了。我见他一个人，炎热地夏天，太阳暴晒着，一个少年，大大的头，他的脸上，有点忧郁。这样看过去，是够让人伤心的。于是我说，卫大头，过来，我们一起玩。卫大头笑了一下，就脱了汗衫到水波了。不一会儿，卫大头笑了。他笑得很开心，嘎嘎的，他用水花打我，我也用水花打他，水中笑着，叫着。又有别的孩子来打，一片乱，水花乱溅，一片灿烂的脸。

打了一会儿，不知谁起的头，说，跳水去！说着跑走了几个，我也想去，可是我胆小，跟了几步，又回来了。卫大头也转身上岸，他也去跳水去了。

几个孩子乱推着，跑去机埂上，我听到“嘭”的一声，跳下去一个，之后“嘭”“嘭”“嘭”，下去几个。卫大头不知怎么下去的，他下去之后，再也没有上来。刚开始并没有人知道。过了好长时间，一个孩子说，

卫大头下去了，到现在没上来。于是大家紧张了起来，有人就喊：不得了啦！有人淹死啦！有人淹死啦！

可是在这样的夏天，在这样的机埂上，除了这些孩子，还会有什么人呢？于是孩子们慌张了起来，他们四散跑开，拼命喊：不得了啦！有人淹死啦！

终于将人喊了来。有孩子指着，那个大人脱了衣服，一个猛子下去，在水里，半天，忽然一头上来，什么也没有摸到。他又下去，半天，又上来，手还是空的。那人上来，问：是真的么？有人说，是真的，卫大头，卫大头，我亲眼看到他栽下去的。

机埂上人越围越多，人们七嘴八舌，有人说，找水上的。他们会潜水。有人飞跑走了。那个男人又下水，一个猛子接一个猛子；不一会，水上的人来了，他穿着紧身的衣服，他在有孩子指的地方，模仿着样子，一跳，一头栽了下去。半天，不见人影，好一会，他"呼啦"一下上来了，他的手里牵着一个人，大家一看，是卫大头。岸上发出一片惊叫声。那个水手将卫大头扛在背上，扛上了机埂上。那人趴下按胸，又是一番人工呼吸，可是不行了，不行了，时间太长了。卫大头睡在那里，一点不怕人。我凑过去，细细地看了一眼。他像是睡着了，大大的脑袋垂着。他不吱声，他再也不吱声了。

那个水手说，他头太大了，正好一下子卡在了石头缝里。他动不了了，还不憋死。我费了半天劲才拔出了他的头。

我们都呆了。

之后许多时候，我们不敢到二级站去游泳，甚至我们的家人不让我们去游泳了。可是父母根本管不住我们。我们不去二级站，可是我们去白塔河。孩子们依然在水中打、闹，嬉笑着，水声，叫声嚷……一个夏天。这些孩子的夏天。

可是我们再也见不到卫大头了。

卫大头死了。章家草草地处理。听不到章家的哭声。

章家死了孙子，可章家并不悲切，还是静悄悄的。章家人不声不响。周年不声不响。

夏天，卫奶奶依然给每家送葡萄。每家一碗，可那天黄昏晚饭时，卫奶奶来送葡萄。我见到卫奶奶，她不白白净净的了。她的脸上很黄。她老多了。

贺大丫头

贺大丫头，他不是丫头，是个小子。当然姓贺，样儿还挺俊。瘦高个儿，瘦削的脸，一笑两个酒窝。何以叫了"丫头"？是他讲话奶声奶气？

还是他举止做派有娘们味？不得而知。我认识他时，他已是贺大丫头了。

贺大丫头是中学才和我同学，我家住北门，上的是城北小学；而他家住南门，上的是城南。进了中学，我们会合到了县一中，这才成了同学。

他进中学时，个子还没有长起来，小树苗一样，头发有点卷，鼻子下面一团鼻涕。他时不时地用袖子去抹，因此他的袖口总是亮晶晶的。那时我们坐在前后排，他学习不是很好，有时考试，他就用脚踢我的屁股，让我把卷子举高一点。他眼睛好，溜一眼，就能看到了。为了感激我，他有时会买一块糖，咬一半，偷偷给我吃。这样我们很快就成了好朋友了。

贺大丫头少年丧父，只有一个母亲。他家住在老市口的堂子巷。堂子巷口有一个老浴池，他的妈妈就在浴池的门口摆一个“素鸡”摊子。卖“素鸡”，还卖五香鸡蛋。那时我们都在浴池洗澡，有时洗完澡，饿了，就在他妈妈的摆子上吃一碗“素鸡”。他妈妈知道我们是同学，有时会多给我们两块，汤也给的多一些，——小时候我们就喜欢喝“素鸡”的汤，其实就是酱油汤。

贺大丫头表面上看起来老实，私底下还蛮促狭，他会说一些乡言俚语，什么“大人动动嘴，小人跑断腿”，“吃的多拉的多，屁眼找啰唆”，有些话也上不了“台面”，比如：“小小板凳吱吱嘎，我放屁，打你爹爹的牙”。还有一回，他竟说出“南风没有北风凉，家花没有野花香，野花虽然香十里，没有家花情意长。”我们问他从那里学来的，他说老县委厕所墙上写的，——“不信，你们自己去看！”他还振振有词。

日头像风一样吹的快。转眼我们已初三了。人家说女大十八变，没想男大也是十八变。贺大丫头初二时，个子已蹿了起来，长到有一米八零，腰板挺直，面庞瘦削而健康；等到初中毕业，这小子俨然一个帅哥了！人长大了，也学坏了！有一回，跟一个低年级的同学打篮球时不小心撞了一下，眼角被撞破了。他要那个同学“跌软”。那个同学虽才初一，却个子奇大，根本不买他的账。他火了，第二天他找到这个同学的班上，丢了个纸条，上写“晚上到操场‘练练’。——不去不客气！”结果那个同学去了，被他打得头破血流。这还没完，隔了几天放学，在街上他碰到那个同学，他上去对那个同学说：“给五毛钱买烟！”那个同学说：“没得钱。”“没得钱，——给菜票！”烟买来了，他对那个同学说：“请把烟给我点一下。”说着他把火柴扔给了那个同学。

贺大丫头变了。他有一回做了一件“出格”的事。一个女生趴在窗口睡觉，他偷偷溜过去，摸这个女生的头，还把这个女生的手拿到窗外去玩。这个女同学哭了，告给老师，为此，他写了八回的检查。

看来高考是没戏了。——那时也才刚刚恢复高考。那就去当兵，他反正身体好，一验就验上了，他去了部队。他学习不怎么样，部队训练倒是

能吃得苦，新兵连下来，表现很好，深得班长喜爱，因此就去了驾驶班，学开车去了。学开车他也精明，在他一班的学员中，他出师最早，技术也最好，理所当然给首长当了司机。首长的司机，也是首长家的一员，既是勤务兵，也是半个儿子，几年下来，也混得人模狗样了。我们知道这些信息，都是在春节回乡，听接触过他的同学说的。有时我也见到他，穿着军装，人高马大，显得很神气。再过几年，各人参加了工作，娶妻生子，各忙各的，许多同学便失去了联系，当然也包括贺大丫头。

我和贺大丫头未联系久矣！算起来大约十多年了吧。

当然他的讯息偶尔也是会听到一些。知道他从部队转业了，留在了省城，在一家企业开班车，后来又给领导开小车。他偶尔也会把小车开回到县里，接了他的母亲到省城住一些时候。后来听说他结婚了，老婆在百货大楼工作。女的倒是老城里的人，单位也还是错，只是个子太矮，据说只有一米五几。贺家省城没有一个亲戚，这样的婚姻，他几乎成了倒插门的女婿。

这些说起来也是十多年前的事了。人的快乐多是在青少年时期，能记得的、好玩的，也多是那个时候的事。成人之后，一切的生活，都归于平淡了。

再后来听说他的工厂改制了，又倒闭了。他跳来跳去，换了不少单位，没有一个稳定的工作，夫妻关系又不好，他还老打老婆。老贺也不小了，也快奔五十的人了！

最近一次饭局，——饭局是个同学的信息中心。大家喝到高兴处，说起知道的同学，某某怎么了！某某某又怎么了！忽然一个同学说到贺大丫头，说老贺“发达”了！

这个同学说，你们知道吗，老贺“发达”了！——他现在给一个私企老板开车，这个老板是个女的，据说这个女的哥哥官挺大，因此她的企业也做得挺大，挺有钱的。只是这个女老板挺霸道，占有了他！——注意，是女老板占有了他！因为老贺身体结实，人也帅气，女上司就看上了他了！

同学说的有鼻子有眼。说，一到周末，女上司就早早地叫他到宾馆把房开好，放好洗澡水等她。说的同学还挺嫉妒，说，这一回他妈的老贺赚了，又吃粽子又蘸糖！奶奶的!!

不过说老贺也不是很开心。他可能也听到一些传言，说他吃软饭。有些话说得还难听。他有时自己也激愤地说：“我也是个男人!”

老贺变化大了。他原来喝酒并不多，也不是十分能喝。现在他经常呼朋唤友一起喝酒。同学就是一次被老贺喊去喝酒才晓得这事的。老贺有时喝醉了，就乱许愿为朋友办事。因为他的女上司也确实十分有能耐，老贺有时同她说说，还真办成了！小孩就个业啊，朋友调个动啊。而且说起来老贺十分激动：

“你那个事就这样了！不要再讲了！”

“你讲的那个事，我知道了！又不是什么大事，给你办就是了！”之后他捋起袖子，涨红着脸，明显喝多了。他粗着脖子说：

“我的情况，你们又不是不知道？是不是？是不是？啊！反正不就那个事嘛。”

秘密花园

阿明回到家里，坐在书房的沙发上，一言不发，在抽烟。

他的老婆在厨房做晚饭，女儿回来在房间做作业。

老婆将晚饭做好，喊阿明和女儿吃饭。女儿高高兴兴出来吃饭，而阿明不见出来。老婆又喊了几声，阿明还是不理睬。老婆叽咕：“整天一言不发，谁借了他黄豆种不还似的!”

阿明听到了老婆的喊声，可阿明没有心思吃饭。近一段时间，阿明单位工作总是不顺，单位搞改革，阿明的栏目要改版。阿明是个工作极其认真负责的人，他想把他的栏目打造成全台的经典栏目，可他的设想总是得不到领导和同志们的认可，方案改了多次，越改越糕，为此，阿明已经和领导冲突过一次。前天为改版的方案，阿明同本栏目的女主播无缘无故吵了一架，女主播一气之下，甩手不干了，说是要公休。此后阿明便一言不发，每天就是抽烟，人也明显憔悴了。

阿明就这样在书房坐着，一包烟已经快抽完了。阿明头沉重得很。口也干。就这样阿明不知不觉迷糊了起来。书房有一张沙发床。阿明便倒在了床上，和衣睡着了。他的老婆过来两次，见阿明依然闷着头，也不敢吱声。老婆也对阿明不满意。于是便也不喊他，随他在书房里和衣睡着。

阿明迷迷糊糊来到一个陌生的城市，那些高楼林林总总，挤压着阿明，阿明心里憋闷得慌。他一时不知来到了哪里。他只感到自己不停地沉下去沉下去。他来到一个植有许多香樟树的街道，他走进了一家咖啡店。咖啡店的入口，布置了一对兵马俑，姿态俨然一对喝咖啡的朋友。很别致。阿明忍不住：“有创意，这是一个不错的地方。”

他刚走进去，就见两个陌生人向他笑着。其中一个对阿明招手：“过来过来，阿明，在这边!”

阿明跟这两个人似乎没见过面，可这时那两个人觉得阿明好像是老熟人似的，阿明莫名其妙地走了过去，在他们之间坐下。

其中一个脸色阴沉的大胡子问：“都准备好了吗?”

阿明并不说话，只是下意识地摸烟，可摸了半天，阿明又把手缩了回来。

另一个脸上都是硬疙瘩肉的男人，凶凶的：“还不快道歉，问题很严重!”

阿明一下子紧张了起来，这两人是不是女主播雇来的杀手：

“我得喝点什么，我口渴得很。”阿明故作轻松，他欠了欠身子说。

那两人开始交头接耳，好像在商量着什么。其中一个似乎说，出去再动手……阿明想：他们是不是在研究谋杀方案。另一个则使了一下眼色，仿佛默许。阿明的头皮一下子麻了起来，他的心跳到了嗓子眼。他竭力控制自己，他站起来，说：“对不起，我上一趟洗手间。”

阿明来到盥洗盂边，可他紧张得近于痉挛，他解不出来，他看着小便盂上方的一则笑话，可他笑不出来。他心中暗想：我得计划逃走，要么我就躲在洗手间不出去。可这时门响了，阿明赶紧收拾了身体，可进来的只是一个小孩。

阿明又匆忙出去，可他刚到门口，见刚才自己坐的那张靠窗的桌子已经空了。窗口的阳光捅进一堆，堆在刚才自己坐过的桌面上。窗外的树，枝叶婆娑。

阿明走过去，见一张纸条放在自己刚才坐过的地方。纸条上字迹模糊，好像已经被许多人看过，阿明仔细辨认那字，见歪歪扭扭写着：

女人是被人爱的，不是被人了解的。

阿明纳闷：这是什么意思?

这时阿明听到邻座桌上两个女孩在小声说话：

“我的邻居家一条小狗狗死了。”

“那你要不要倾诉?”

“要啊，楼里哭得一塌糊涂。”

“你请我吃饭，我免费听你胡说八道。”

“切，倒打一耙，生活很无奈啊!”

“活着很乏味……”

这两个女孩在小声说话的同时，眼睛却瞟着阿明。阿明忽然想到：这两个女孩，是不是奸细，那两个男人故意走掉，是来麻痹阿明的计策。

阿明猜出对手的计谋，心中不免一阵惊喜，他情不自禁，口中吟出：

“曾因酒醉鞭名马，生怕情多难美人……”

阿明这突然的一嗓子，吓了那两个女孩一跳。她们对暗号一般地互相交换了一下眼色，低头吃吃笑了起来。阿明想：你们害怕了！我倒要看看你们怎么对付我。阿明打定了主意，便决定坐着不走了。他招呼服务生，要了一杯LAVAZZA，走到墙边的书架上，抽出一本英国作家奈保尔的《米格尔街》，翻到中间，他从下往上看了起来。

阳光在一寸一寸游走。阿明用眼睛的余光时刻盯着这两个女孩。女孩也偷眼看他，用那种阿明认为怪异的眼神。阿明倒翻着书页，而那阳光像

蚂蚁一样偷偷地爬着，沿着桌沿滑到了桌子的下面。

阿明支撑不住，便又离开，走向卫生间。他还是有便意，可站到小便盂前，又什么都没有了。阿明支撑着，将那无聊的笑话，又读了一遍。这样的咖啡店，在细节上是很用心的，一切的洁具一尘不染，这里给人的感觉，更像是星级酒店。

谢天谢地，阿明终于轻松了自己。他用数羊的方法，一只一只数去，那身体跟着放松了下来，之后一切便流畅了。

扣好腰带，阿明自信了。他走到盥洗池边，仔细地洗手。阿明近来洗手特勤，随便摸了一下什么，他都要洗一下手。阿明洗得很仔细，指尖，指缝，直到手腕，他反复用水冲淋着。在哗哗的水声下，阿明暗想：我离开的时候，他们会不会往我的杯中下药？那两个小妖，袖中有无毒蛇，等我回去，轻轻地游到我的脚下？

阿明惊觉了起来。他们这样待我，背后肯定有目的。谁是幕后的指使人？阿明冷笑一下，把镜子中的自己吓了一跳。他面色生冷地走了出去，可是令阿明吃惊的，那两个女孩的桌子空了！两只有些残余饮料的玻璃杯孤立在桌上。她们刚走，阿明想。阿明迅速走过去，见自己桌上又是一张纸条：

和尚无花素，僧中有善恶。

纸条上仍是字迹模糊，可阿明仔细辨认那字，笔迹是一样的，只是边上多了几个小字：秘密花园。于是阿明肯定，那一伙男人趁他不在，又进来过，由此可见，这两个小妖，定是他们一伙的。阿明横下心来：他们一直在跟踪我，等待机会下手。

秘密花园？阿明坐回原位。秘密花园是接头地点？联系暗号？不对！定是他们准备下手的地方！阿明决定就坐在这里，倒要看看他们如何对付自己？

他掏出手机，看时间已过了六点。外面的阳光已不太强烈，香椿树的影子拖得很长。阿明用手摩挲着杯沿，那杯中的LAVAZZA还有小半，他下意识举起，正想喝。窗外突然出现一个满头花白乱发脸上漆黑的老乞丐，向他不住地使眼色，还努嘴，那眼似乎要把他剜去。阿明一惊：果然是杯中下了毒？

这老乞丐阿明认识，有一回在大西门，阿明见他眼睛贴着橱窗的玻璃在报栏看报。他看得很认真，以至读出了声音。阿明暗中吃惊：这样的老者竟认识字！他为何乞讨？生活出现重大变故？儿子在煤矿中事故死了？阿明走上去，叫了一声大爷。老者回过头来，他笑了，那一嘴牙齿在漆黑的脸上特别的白。他眼中流露出和善的光来。

老人为何突然出现在这里？他是暗中在保护我？一声轻轻地叫唤，却换来如此大的回报！阿明将手轻轻示意了一下，表示知道了。老者又是一笑，洁白的牙齿闪了一下，便消失在窗口。

这时阿明的手机响了。阿明掏出一看，是一短信：我在S市，一个人去了酒吧，又没勇气喝酒。阿明猜是女主播发的。一看落款，果然。

阿明立即回道：我真的很抱歉，我无意中伤害了你。我怎么会伤害你呢？

可对方并没有回音。

阿明不死心，他又发了一条：生气啦！不许生气。过去就算了，为工作的事，我难道不是想做得更好？

没有回音。

阿明：不生气。我请你吃饭。

…………

阿明失神地坐着，眼看着那静默着的手机。他头脑似乎掏空。他百无聊赖。这时手机终于响了。阿明急不可耐，他看到那屏幕上跳动的文字：坐在酒吧，喝酒、说你。下雨。你还好吗？

阿明的心情大好了起来。他好像病了一场，现在又恢复了。落在地上的阳光，又倒爬回了桌面，那阳光成堆成堆地拥来，阿明似乎抱着那温暖的光束，他心中沸腾。他似乎感到身上有蚯蚓样的东西游动，痒痒的，他用手去摸，却摸了一手冰凉的水。他一惊。用力推开，一下子醒了。

他的身上不知何时被盖上了一床大被。身上热乎乎的。

阿明旅游了一圈，待睁开惺忪的眼，又回到自己的沙发上。可这时已是午夜，他揉揉眼睛，见书房时钟的指针，正指向12，手中一本奈保尔的《米格尔街》，滑落到地上。

豆　豆

爱，使生命温暖。

——题记

一

早晨醒来，我赖在床上，正用手搓脸。

妻子说："告诉你吧，豆豆死了。"

我听了一惊，立马心就凉了，没了情绪，翻过身去，背对着妻子。

我郁闷了一会，豆豆的一生像过电影一般从我脑海里划过。

我禁不住："怎么死的?"

妻子说："第一天吃了鸡蛋，第二天就不对劲了。找来医生打针，已不行了。"

我说："宝宝（我老家父母养的）死了倒无所谓，豆豆死了我很难受，毕竟是我一把屎一把尿弄大了的，有感情。"

妻子说："哪个不难过，死了就死了。七八岁了，老了。"

我说："哪有七八岁？是我 2000 年买的。"

过一会，我又问："死了之后怎么了?"

我知道他们肯定不会吃了她，但我担心被送给乡下人，给吃了。妻子说，肯定埋了，屋后面。我再无话可说。

豆豆是我们家的一条小狗。从出生三个月到我家，跟我们生活了好几年，在我们家主要有我来管理她。她也知道我是"家长"，因此几年中她对我感情最深，也最怕我。去年因为女儿初中升高中，怕影响了女儿学习，下狠心送回老家外婆家里去养，豆豆到乡下也快两年了，一直生活得很好。两年春节我们都回去了，豆豆都健康活泼，已适应了乡下生活。同外婆外公及姨娘（女儿小姨）相处得很好。前几天外公还打来电话，告诉说，豆豆挺好的。怎么说死就死了呢?

二

二〇〇〇年二三月份的一天，女儿非缠着我要到花冲公园去逛宠物市场。我被缠得没办法，只得陪她去。第一次去花冲公园逛，那里面还真热闹。鸟，狗，猫，无数。各式各样，有趣得很，看得人眼花缭乱。特别是那些小狗，有的才出生没几天，眼睛还没有睁开，眯盹眯盹的，在一只只小篮子里爬来爬去。在一个老太太的摊前，有一堆小京巴，每只也就是两三个月的样子，身上的毛雪白干净。抱在手里，一团肉，暖呼呼的。可爱极了。

女儿看上一只塌塌鼻子的，本来说好的，只看不买，养宠物影响学习。可是她迷宠物迷呆了，像一根橡胶筋，缠着我不放，我见小东西们好玩，也是有点动心，一刀不断，于是同女儿黏黏糊糊。最后还是以两百元的“聘金”，将豆豆“请”回家来。

刚到我们家来当然是不叫豆豆的。卖狗的也不会给每只狗都起上名字再“出嫁”，刚回来时我还叫她娜莎，可是女儿觉得她没这么洋气，就叫豆豆吧。

家里添了一口“人”，吃的，睡的，拉的，撒的，一样少不了。于是我和女儿开始为她准备窝，找一个纸箱，垫上女儿小时候的旧棉袄，棉袄上还铺了一层新“床单”——一条新毛巾；给她准备一个吃饭的盘子，喝水的“碗”，豆豆一回来就在客厅随意小便，为了从小教她“规矩”，还捺住她的鼻子让她闻了闻自己的尿，又把她的尿弄到报纸上，把她请到卫生间，再闻闻有尿的报纸，告诉她这是她的方便处。一切妥当，把她请到窝里休息，可是她刚来到新家，哪里闲得住？把里里外外的几间屋都“考察”了一遍，她终于发现还是我们房间垫在地上的一张卡垫比较舒服，于是她死活不肯进窝，只赖在卡垫上不走，如是几回也不成。她是个哑巴，也不会说话，总是用一双水汪汪的大眼睛看着你，没办法，只得随她去了。

妻子晚上下班回来，见到这个肉乎乎的东西，妻子不干了，尖叫着说，养狗，人都养不活了！弄这么一个东面，脏死了，谁侍候她？要吃要喝的。我可不管，明天就得给我送走。妻子和我同女儿不一样，她并不喜欢小动物。没办法，我们只得涎着脸，跟在妻子后面。女儿也一个劲地说，不会影响学习的，她挺讨喜的，你过不久就会喜欢她的。木已成舟，妻子也没有办法，只得留下来养了。

三

各方既已协调好，豆豆便成了我们家的一个正式的“成员”，日子就得正常去过。

刚买的时候，我们即请教了卖狗的老太太，这么一点大的小东西怎么养？老太太说，好养得很，现在就给她吃鸡蛋喝牛奶就行了。每个星期买一点鸡肝，煮一煮，给她吃。以前我们从来没有养过小动物，没有经验，不过按“方案”来，也不算难。于是我们每天一个鸡蛋，一碗牛奶。鸡蛋她喜欢吃，牛奶也爱喝。小东西不大，可食量不小。小碗牛奶，“嚓嚓嚓”，一会碗就见底了，稀的吃多了，尿就多。她还没形成大小便上厕所的习惯，于是家里到处都是她的“溺”迹，沙发下，餐桌肚，客厅，厨房，有时上班忘了关房间的门，她最喜欢在我们床前卡垫上方便，虽遇到我们全家的呵斥，可她还不能完全听懂，屡教不改，没几天家里便给她弄得尿臊满天，充斥着一股怪怪的难闻的气味。特别是小东西开始落毛，家里弄得到处是毛。我的裤腿上，整天毛卷卷的。

妻子一面牢骚，赶快送走，赶快送走，一面又说不清为什么，又有点喜欢上她了。

豆豆是自有迷人之处的。她除了不会说话（其实她的眼睛会说话），几乎什么都懂，对“家里人”的脾气禀性，她很快便了解得一清二楚，比如她知道我是“家长”，又知道我特别心软，于是对我就亲近一些；知道她“妈妈”不太喜欢她，嫌她脏，就观察清楚，看“妈妈”的眼色行事，不可过分亲热，又要尽量保持可爱的样子；同她的“姐姐”，尽可随便！她晓得“姐姐”最宠她。

豆豆洗澡基本由我负责。每过一周，我便把她弄进浴缸，用喷淋浴头，给她彻底清洗一遍。她平时很不讲卫生，什么脏的臭的都要闻闻。为此，不知给她“姐姐”教训过多少次。刚开始，她对洗澡并不喜欢，总想逃避，我一捉她，便知道又是洗澡，便夹着尾巴，低头小跑。躲到桌子下面，但很快便给我捉了回来。她无可奈何，日子长了，也知道洗澡是一件快活事。也晓得，反正是要洗的，于是积极配合，一洗澡便软肉一堆，随你去弄。日子长了，我对她身体的每一处都了如指掌，也可称为半个“狗爸爸”了。

四

大约两三个月后，我要出一趟长差，到西藏去一趟，一去就是二十多天。

临走时我反复交代，要照顾好豆豆。每天吃什么，几天洗一次，否则毛会打结，也会生虱子。可是那天我一回家，便发现豆豆被关在阳台外面，窝也放在了阳台上，身上脏得像只野狗。我便煮了一个鸡蛋，并和了一大碗牛奶。豆豆似乎已很饿了，急急地喝了下去。我见她除了脏，精神也还好，便放心地去上班。可晚上下班回来，我一到阳台，就发现她不行了，躺在阳台的空地上喘着，肚子起伏的频率很快。

她见我回来，想站起来走过来，同我亲热一下，可走路时，腿一走一软，一走一软，立马就要倒下去的样子。我有点慌了。等女儿回来，我们立即送她到宠物医院。经医生检查，没什么大病，好像是肠炎什么的，给打了一针。回来洗个澡，没两天就好了。但她们母女俩可没少挨我的数落。妻子是一句口头禅，反正是你们要养的，我不管。女儿是一句解说，我不会弄，是妈妈把她放到阳台上去的。最后弄得我倒是没理了。

天渐渐凉了。阳台上也给她糟蹋得不成样子。于是还是把她的窝搬了回来，放在客厅。可时间长了，连我也实在受不了。主要是冬天都关着窗子，她身上动物的气味又浓，你想想看吧。家里到处充斥着她的气味。她是仍然不会上厕所，依旧随地大小便，沙发肚里，有时多少天，还发现她的屎。

特别是她每天早晨五点多钟就起床，起来便“喊”我们。用两只前爪不断地在我们的门上抓来抓去，吵得我们没法入睡。虽不能睡，可我们并不去理她。日长地久，她把卧室的门抓得都是痕子。没办法，我们下了狠心，把她“请”进了卫生间。连窝带盆一起请进去了。这下好是好了，她的吃喝拉撒都在卫生间解决。平时关上卫生间的门，她出不来。早上再也不能去抓我们的门了。

我们实在是太没经验。豆豆她毕竟也是个畜生，不能表达。我们哪里知道，卫生间的潮湿，是最不适宜动物生活的。没过多久，有一天又像上次一样，病歪歪的，站不起来了，连走都不能走了。女儿放学回来见到，已先哭了起来。我仔细一看，豆豆身上的毛全球球了起来，再扒开毛，见贴肉的里面，密密麻麻的全是小虱子，在粉红的肉上爬来爬去。那后腿的地方，已给豆豆自己舔得皮开肉淀。妻子回来一看，说，不行了，不行了，扔了算了。家里这么小，我说不能养这些东西，你们不听话，偏要养！

女儿这时又有了哭腔。没办法，只有再带她到宠物医院，“死马当成活马医”了。

一到医院，那个姓马的医生一检查，就给我们急了，说，多么好的一条狗，给你们养成什么样？你们若不想要，送给我算了。说着批评我们，怎么能把她放在卫生间?! 之后便把豆豆身上的毛全剃光了，将虱子全都除净，又给涂了许多药水，打了一针，拿了一些药。吃的涂的，一共让“狗爸爸”花费了一百多，才算完事。

回来豆豆已成了一个小秃子，样子难看死了，我连着几天给她涂药喂药，总算慢慢好了起来。也慢慢有了精神，神气了起来。

五

这一回我们学乖了，再也不敢把她“赶”到卫生间里了。只有放在客厅，由她去糟。

时光真如白驹过隙。转眼过了一年了。豆豆长得快得很，已老大了。

一年多下来，我们对她已非常了解。对狗的习性，也懂了许多。豆豆快乐地成长。

转眼豆豆成了一个“小姑娘”了，也越发地靓了起来。

我的女儿，对她是爱得不能再爱了。每天放学回来，总是豆豆长啊豆豆短啊。女儿平时是最怕脏东西的。见到蛾子、虫子，便尖声怪叫。可她对豆豆，则一点不嫌她脏。打扫屎尿，洗澡，用手在豆豆脸上搓来揉去，在豆豆嘴里掏吃下去的脏东西……只要是关于豆豆的，一切一切，女儿都能做，俨然是一个大姐姐兼小妈妈。

只是豆豆的胆量总是小得很。

夏天的晚饭后，我们带她到小区的草地上散步，在家关了一天，也让她散散心，顺便解决一下大小手的问题。（她每次“方便”之前，总是要头撵着尾巴快速转上几圈，之后才能安安静静地“出恭”，不知有何道理?）。刚一出家门来，她便箭一般射将过去，撒欢起来，在草地上一派欢跑，像个小疯子。每每一玩，便不想回去，你要是想捉她走，她总和你躲来躲去，让你无法接近她身。可是你若带她走远了，她便极其小心，走走停停，还不断在一些树下做记号。如若再远，她便再不肯走。你怎么啦，她也不动，夹着尾巴往回小跑。要是过个马路，她就蹲在路边等你来抱，你不理她，走过马路，她无可奈何，也只得自己过去，便夹着尾巴，猥猥琐琐地溜了过来。样子滑稽得很。

我因是“家长”，担当着豆豆“成人立事”的重任，所以对她要求要严格得多。她对我的了解，也令我惊奇。比如，有时她确实太淘气了，我便用眼睛瞪住她，给她狠，她很快便知道，立即退到桌子下面，用带点怜悯的眼神看着你。然只要你脸上稍微一放松，她便会发现，就悄悄轻轻地走过来，用两只前爪试探性的放在你的脚上，你若再一放松，她知道你气已过了，便立即将两只前爪搭到你的腿上，并一跃一跃的样子，似要蹿上你的怀里。要你来抱。

我从小喜欢把豆豆翻过身来，像抱婴儿似的，往空中扔。刚开始她紧张得很，总是要翻过身，企图逃避此役，有时扔在空中还想急着翻过身来。这样我接起来便很危险，于是下来，我便要打她的样子。可是每一回，她终是犟不过我的，还是被我强行往空中扔了几回。时间长了，她摸索到规律，发现并没有危险。于是我每次将她翻过身，准备往空中扔时，她便积极配合，早早将四个爪子收拢起来，仰着不动，成一堆肉，一副任其自然的样子。有几次我小人发昏，将她越扔越高，终于一下没有接住，将她摔得哇哇乱叫，那叫声极似婴儿的啜泣，让人心里顿生怜悯。

豆豆最大的“缺点”就是好吃。你有时有意咂咂嘴，她正玩得好好的，突然就竖起耳朵，观察一会，立即就跑过来；或者正在睡觉（她每天中午一大觉，有时睡沉了，呼噜打得还挺响，跟人没什么两样），立马睁开睡眼，一副馋猫的样子。家里每天开饭前，她一听到锅响，便先兴奋起来，在厨房和客厅跑来蹿去，显出一派忙碌的景象。我一坐下，刚跷起二郎腿，她便把两只前爪搭在我脚面上，用一双大眼睛眼巴巴的望住你。我心一软，总要挑几块好吃的给她：一块排骨，半只鸡块；有时我有意逗她，把半只鸡块，放在她鼻头给她闻闻，并不给她，她等待一会，便跟你发火，“喔唔喔唔”，脾气大得很；有时为了逗她玩，将半个火腿肠拿得高高的，她便垫起两条后腿，两只前爪悬空，站着转圈，还腾空一跃一跃，俨然一个跳小天鹅的优秀的芭蕾舞演员。但她毕竟人小体弱，又是“女同志”，如是两三回，便不高兴了，佯佯而去，再不理你。——为吃一点东西，遭人如此奚落，也羞愧得很呐。

六

去年，为了女儿的中考，家里实在没有人伺候她。于是全家讨论，决定把她送到老家外婆家去。

外公外婆几年中也到我们家里住过一段时间，每年春节我们回家，豆豆也是跟住我们回家过了年的。外公外婆，同豆豆也算是“熟人”。于是由外婆来接，准备了一个纸袋，也备了水和火腿肠等吃食，豆豆上路了，离开大城市，到乡下小镇生活去了。

刚到乡下时，外婆家的人并不是很欢迎她的到来。特别是我的小姨子，她并不爱狗，而且人爱干净，娇气得很，最厌小狗小猫之类。可是，豆豆是姨侄女的最爱，也没办法，只有接收。

豆豆是何等机灵和聪明之“人”，没过多久，她便和她的“小姨娘”搞好了关系，并从此成了最铁的朋友，以至大有取代我之势。我们春节回去，我的小姨子已是家里最喜欢她的人了。小姨子一边在厨房里忙活着，一边总是豆豆长豆豆短的说给我们听，并不时说，豆豆最乖了，你不晓得多听话。又是念叨，豆豆最胆小了。我要是一去逗弄豆豆，小姨子总是说：“不要弄她，豆豆胆小”。我不管不顾，俨然还是以家长的身份，继续弄她，把她扔得高高的。小姨就不高兴，有一次竟和我翻了脸。

我们进家门的情形实在有趣。到春节的时候，豆豆已回老家三四个月了。她一个畜生，记忆力毕竟有限，可能已把我们给忘了，我们推开外婆

家门的时候，她俨然成了一条忠实的看家狗，汪汪汪，汪汪汪，冲了出来。我们并不惧怕她的，她于是边叫边退，最后一直退到了大桌子底下，还不服气，哼哼唧唧，发些穷狠。

可过了一会，她似乎醒过梦来，我们才是她真正的“亲人”，于是便有点羞涩的样子，慢慢走出来，围着我们，这嗅嗅那嗅嗅，终于一下想了起来，便撒了欢，围着我们狂跑一气。又跑得远远的，冲回来，因兴奋过头，一不小心一头冲到墙上。就像一个乡下孩子，见到在城里工作的父亲回来，带回许多好吃的东西一样，想让满村的人都知道她的喜悦。

外婆告给我们豆豆这段日子的情况，女儿是最想听这些事的。外婆说，刚开始，豆豆可能不习惯于乡下的日子，特别是没有城里的小伙伴。镇上的狗，都是很大的土狗，凶得很。豆豆每每出门见到他们，便夹着尾巴飞跑回来。渐渐的，她便不再出门，总是一个“人”在家自己玩。

外婆说，在这里，吃得也好，也经常洗澡，快活得很，你们就放心吧。我们见豆豆也是一副很快乐的样子，不但又长大了许多，而且干净漂亮。“人”也活泼得很，于是便很放心了。

可怎么说死就死呢？

七

而豆豆如今确乎真死了。怎么说死就死了呢？这个豆豆！

妻子说，豆豆也许是忧郁而死。她四岁了，没有小伙伴，也正是要谈恋爱的时候，不让她出门，在乡下，外面都是大狗子，她又搞不过她们。你没看到，我们每次一回去，她就想往外冲，是不想待在家里啊。

是啊，人是只顾自己的感受。哪里理解得了动物的心思呢？

豆豆也许真是忧伤而死的。

旅　行

一

1989年6月16日，北上的列车上。

前天晚上，从杨村镇上回到县城，见到施小姐电报。我和施小姐是同学。普通的同学。我们是“大学生”，去一个叫做鲁迅文学院的地方。我们都结过婚，而且我已经有了一个不到一周岁的孩子，——一个襁褓中的女儿。我们相约一起回学校去，只是普通的相约。我曾说过要她走时给我打电报，她果真来了电报。我看着电报心中就“咯噔”了一下，紧跟着就忧郁了。——回家才一个星期，也没有说只住一个星期就回去，忽然一下说走就走了，心里于是便忧郁了起来。但是还是打算走，心中有一个东西在吸引着自己，非常想走，虽然心中忧郁着。

妻子并没有说什么。她一贯地不说什么。她身上有的是她母亲身上的美德。她是用眼睛说话的。她的心里是怎么想的，我并不能知道。她总是依着我，反弄得我心里不好受，我的心情很复杂。

她抱着我们襁褓中的女儿，只对我说：“跟爸爸说一声。”她是指我的岳父。我说：“爸，我走啦！”妻子就再也没有说什么。

我的心里又是一阵难受，我还是走了。

二

到南京西站约4点，我就等施小姐。

车站里是乱得不能再乱，人嗡嗡的。我并不焦急，到处张望着，看各色人等匆忙地走着。后来我慢慢地就有些不耐烦，心里有许多想法。现在看来这些想法是很可笑的。我先是反复问自己：她怎么还不过来？后来就胡思乱想，自己把自己吓得够呛：她的电报的意思我是不是弄错了？是南京站，而不是南京西站？是电报本身译错了？后来又问自己：今天是16号吗？自己不能确定，于是拽住一个人问：

“今天是几号？”

那人没好气地告诉我：“16号！”

时间又过去了一个小时，我显得更加焦急，心中有了各种各样的惦

念：她如果要是不来了怎么办？我是走？还是不走？她来了，若没为我买好票，我买不到票了怎么办？我现在买上票，她们来了又买重了怎么办？其实思绪是乱的，并没有想得太多，只是心中觉得想了许多罢了。

我开始不放过每一个走进候车室的女人。安全部的特工大致也不过如此吧。我自己笑了笑。我是个近视眼，加之阴雨，加之已近黄昏，并不能对每一个女人都看得真切。我只是凭自己的一点印象，加以一点想象：施小姐是个白胖的小姐，走路哐哐啷啷的，显出温柔，显出慵懒。头发是烫了的，朝后梳，不是披肩的散发，也不是齐耳的短发。我就凭这些零碎的印象，看每一个女人。有的一眼看出去，不是；有的须看一会，走近了，不是；有的要跟着走过去，眼睛盯着人走，仿佛跟踪，弄得一些女人狐疑起来，警惕起来，显出吃惊的样子：莫非这个戴着近视眼睛的男人有了毛病？他为什么绕着我匆匆看一眼，又匆匆走了？

时间长了，我的眼睛也开始发酸了，之后甚至有些疼，以至模糊了起来。

可是不敢松懈的，依然模糊着盯住每一个走过来的女孩。

我有些失望，又似乎不太失望。我有一个念头：她远远地从远处走来，穿着牛仔短袖衫，肩后背一只瘪几几的红色背包，哐啷哐啷的。我想走上去：

“啊哟，我的西施姑娘，你可把我可等的好苦好苦。”

心情一下子好受了。

我始终是有信念的……9 点了。

忽地，我眼前出现了现实的景象，那个穿着牛仔短衫，背后背一个哐哐啷啷红包的，笑着的，温柔地走着的，不正是施小姐么？我叫了一声，她并没有听到，仍然微笑着、温柔地走着，她的身后还跟了个小伙子。我又尖声叫了一声：

“施小姐。”

施小姐先扭头看了一下，之后走了过来。

她似乎是给我介绍了身边的小伙子。可我只是应付着。现在好了，她终于来了。我的心情十分地好了起来。

三

列车徐徐离开了南京西站。我们开始了将近 17 个小时的旅行生活。

我仍然是十分地兴奋，已快近深夜 11 点了，却没有一丝睡意，我像我的八十九岁的外祖母一样，开始了自己无限的唠叨，先大谈了一阵所谓的理想、事业以及人生，说了一番我自己都不甚理解的胡话。

文学嘛……呵呵……

我这个人嘛……性格是怎么怎么样……

某某人，某某人，怎么样怎么样……

她总是那样，笑模笑样的，不急不慢，偶尔插个话，评点一句。而我却像服了兴奋剂一样，一刻也停不下来。

时间已是凌晨1点了，她打了一个哈欠。我知道该睡一会了。于是我又跟着打了一个哈欠。又打了一个：

“啊噫噫……”

果然是瞌睡了，于是就睡一会吧。

我们是坐票，其实也谈不上睡。所谓的睡，也就是能在面前的小茶几上趴一会儿，或者，蜷着身子在椅子上躺一会儿。我对她说，你睡一会儿吧，我坐着。她似乎是听话的，便果真去睡了。她蜷着身子躺到椅子上，我向边上挪了挪，尽量让她舒展些。我坐着，半边身子感受到来自于她腿上的温热。这可是一个活生生的、热气腾腾的、有灵性的女人呀！

我自己设想了一下：是啊，如若不是在这样的一个特定的环境，这样一个特定的时间，她能这样友好的、羊羔一般的（我的自我感觉）躺在我的面前吗？我可以到她的宿舍，说，你躺一下给我看看吧！世间的事情有时候就是这样的有趣。她现在躺得很顺眼，很安详，谁都会觉得躺得合情合理。我这样胡乱地想着，想着想着，自己都笑了。笑了一气，又摇了摇头。

我不时地看一眼她的睡相。我觉得她睡得很好，而我却坐得很直，不敢有太大的动作，我轻轻地动了一下身子，自己却说：“轻一点，不要挠醒了她。”其实她压根儿不可能睡熟，只是眯眯瞪瞪地迷糊迷糊罢了。我所做的一切，只是宜于深夜，宜于一个睡着的人。或者说，是宜于一种形式。

她也不时动一动身子，用手在脸上挠一下。一个人睡觉，一夜要翻多少次身呀？要这里那里挠多少次？她动了一下，又挠了一下。如若不是这样的时刻，谁会注意一个女孩子深夜动了一下身子、挠了一下脸呢？即使睡在她身边的人，也不会这样傻吧？

我又伏在小茶几上眯瞪了一会儿。已深夜3点啦！我感到困意一阵阵袭来，在拉着我下沉，下沉……沉下去。我睡着了。

做了一个梦，一个关于她的梦：天亮了，她离我而去，或者，一群歹人，袭她而去，她笑模笑样的，并不曾呼喊着，消失了，再也寻不回来了。

这一夜，过去了。这一夜，我恍惚中似乎得到了什么，非常丰富。是什么呢？我问自己。可我自己并不能晓得的，但我心中似乎觉得肯定是有的。我的心温柔极了，似乎在展开着，温润着。她的心呢？也一定会是温

润的。我想，也一定是湿润的、舒展的。

又一天开始了。我们的谈兴已淡了下去。似乎只是一种默契。这一切得归功于夜。夜很好。夜很可爱。夜有时也很有用处。中午我们买了两瓶啤酒，要了一只烧鸡。这样便可以面对面地坐着。烧鸡、啤酒并不重要，重要的是面对面坐着。这样的坐着是多么的惬意，又是多么的轻松。我们太沉重啦！轻松的时候不多，这样坐着很好。

时间在啤酒的泡沫、在烧鸡的咂摸声中，消失着。在两个男女的青春的、充满幻想，也有些迷惘的瞳仁中，流逝着。他们的未来在哪里呢?

列车到站了。

四

回到了学校。也似乎就是回到了现实。我们是同学，普通的同学。普普通通。我们在楼梯口相遇。我一笑：

“你好。”

她回一笑：

“你好。”

我们在食堂遇见了。她说：

“你先买吧。”

我让着：“你来你来。”

她就来了。

下　篇

蚁　民

黑·白

晚上，男孩把女孩约了出来。男孩很黑，女孩倒是很白，叫白孩黑孩。

黑孩倚在一棵柳树上，瞅着天上很大的月亮，“想好了么?”白孩没吱声，天还是很暗的，黑孩看不到白孩的脸，只见模模糊糊一个娇小的白影子，黑孩又说：“那明个不去了吗?”

白孩也瞅着大月亮，月亮上好像有声音。半天，说：“中上能回吗?”

“能。”黑孩挺干脆。

白孩又停了一会，对着大月亮嘟了一声“那早去早回。”

“好，就这样说定了。”

“回?”

“回!”

两个孩子消失到了黑暗里，一个向东，一个向西。

这两个孩子几天前就在商量这件事。他们准备到蚂蚁湾镇去一趟。蚂蚁湾镇离他们这个村子有十里地，是个房子很多的地方。

黑孩一个月前跟爹去过。回来他把到镇上去的事讲给白孩听。

黑孩说，镇上有一个叫爆米花的东西，是米炸的，一碗瓢米能炸好多好多，可以装到书包里上学时边走边吃，刚吃了嘴里就化得了，非常好吃。

炸的时候，黑孩说，是把米装到一个铁罐子里面，铁罐子架在支架上，可以转。下头火烧着，铁罐子转着。

黑孩说，炸爆米花的是一个老婆子，满脸皱皱巴巴深深浅浅的沟。头发白了。她边拉风箱，边摇铁罐子。转一会，大概鸡生一个蛋这么长时候，她就抖颤着身子站起来，把铁罐子翘起，杵到一只麻袋里，蓦地一扳，就“嘭通”一声。声音大哪!

“嘭通——”很远很远就能听得。

黑孩嘟着嘴，又模仿一次炸爆米花的声音。白孩明白似地点点头。

从那以后白孩就想到镇子上去一趟。非常想。

大早。黑孩和白孩同时到了相约的桥头。黑孩手里提着一只瘪几几的布口袋，里面是黑孩在家偷的一碗瓢米。

“弄到了么?”白孩脸上似乎很兴奋。

“弄到了。”黑孩也很兴奋。

两个孩子出发了。这是一个冬天的早晨。田野空旷得很。黢黑的土地在冬日的漠漠苍穹下，无比寂寞。田里趴着一只狗。在嫩绿的田埂上跑跑停停。偶尔拎起一只后腿，射出一支白线，忽地又对天空狂吠，“汪，汪汪汪，汪汪。”

“汪汪汪汪。”四面立即有狗们响应。吠声一片。

两个孩子走在村道上，一边是土地，一边是瘦长的湖，一路过去。

湖彻底被冻起来了。黑孩捡了一土块，猛地砸向湖去，只听一声闷响，土块沿着冰面滑了好远，黑孩抓起土块无休止地砸去，单听湖面上闷响一片，有无数土块沿着冰面滑行，发出好听的摩擦声。冰面上有好多碎土块。

“走呐走呐。”白孩不断地催着贪玩的黑孩。

前面一只小船，冻在了湖里了。黑孩下了村道，爬到小船里，对白孩喊：

“哦——，呜——”

白孩又催促：“走呐走呐。”

黑孩下了船，又上到了村道上。

黑孩上来时，手里捉着一块从船里敲得的冰片，挺厚。黑孩把冰片递到白孩面前，大声地道：

“要哇。”黑孩做了个给的动作。

白孩摆摆手，手里提着的瘪几几的白布袋也跟着摆了摆：

“快呐快呐。”

黑孩缩回手，又把冰片举到眼睛上，对着冬日苍白无力的大太阳照着。大太阳四周一派灰蒙。黑孩忽然大喊了起来：

“啊呀——”

白孩停住了脚。

“几多好看。”黑孩依旧举着冰片。

白孩凑到黑孩的冰片前，看到一个赤、橙、黄、绿光芒四射的景致，白孩也非常感叹，认为好看。

可白孩记着心里的事儿，脚下还是不停，且对着太阳嚅叨：“走呐走呐。”

黑孩一直举着冰片，倒着走，看太阳。

冰片受到手的温暖，幸福地融化，黑孩小手濡湿，且彤红。黑孩边倒着冰片边不住地哈手儿，忽然灵机一动。遽跃到一棵小槐树上，折一细枝。小槐树瘦弱伶仃，孤立在村道一旁。黑孩折得细枝，捏在手内，又对着冰片猛哈了一会。冰片遂有得一孔，黑孩把树枝穿到孔里。黑孩就拎着冰片走。

两个孩子都有点累了。时间约莫正是小半中，大太阳变小了些，稍显出力量来，将光辉淋漓地射到村道，同时打到两个孩子的半边嫩脸上。白孩眯了眯眼睛。

就要到得镇上了。黑孩已望到镇头的两棵苦楝树。树梢指在天上。

“两棵树大哪。”黑孩对白孩大声说。

两棵树是蛮大的。四个汉子抱不拢儿，树皮苍老皴裂得不成样子，都有洞了，敲上去“空空空”响。

他们走过一座小桥，小桥下的水没被冻起来，在流。桥是扁木铺的，一格一格的，可以看到河里流水。黑孩看到一片树叶流过去了。他得告诉给白孩。有一片树叶流过去啦！

两个孩子已站到两棵苦楝树下。苦楝树真大呀。黑孩的小黑手在大树上量了量，整整量了一百四十一下子，他又叫白孩量，白孩把瘪儿儿的布袋递给他，也蹲下量，白孩的小白手走呀走呀，量了一百四十五下子半。黑孩说，你的手小。

他们又走到另一棵大楝树跟前，他们见到大苦楝树上刻了许多字，黑孩慢慢念道：

“小、三、子、吃、狗、屎——”

白孩嘻嘻嘻地笑。

两个孩子又在树下感叹一番，便恋恋地走了。

他们来到镇上，镇上房子真多呀！——蛮多的。都是低檐小瓦，都是钉扣门儿，仄仄的瘦街筒子，一律地麻石铺就。两个孩子可以蹦着走。麻石考显考妣刻着一些文字，两个孩子并不去认，也不认得。只一格一格边蹦边唱：

月亮巴巴，
照到你家
……
又唱：
亮巴巴，
照到你家，
……

反复这两句，声音挺稚嫩。也不晓得唱些什么？

两个孩子找得那炸米花的地方。炸爆米花的老婆子已经不在了。怎么

下篇

不在了呢？怎么会不在了呢？只有街边小店依旧。有两个老倌子伏在柜台上吸旱烟。

两个孩子四眼相对，好半天。街筒子静得瘆人。

只听得两个老倌：

“唉，这老婆子……”

“她这一辈子……”

两个孩子似乎明白些什么。

正是中午。

多少年后，黑孩长大了。而白孩已离开这个世界而去。她是在那众所皆知的年代饿死的。要是能活过，也该长大了。

小　林

小林算是蚂蚁湾的干部子弟。他父亲是蚂蚁湾的大队书记。他到县里看过《红灯记》，回来之后，便拉了二罗子到他妈妈床上，关起门，放下帐子，演《红灯记》，他装李玉和，二罗子装王连举。之后，县剧团每演一个新戏，小林都进城去看，回来就学着跳，蛮像一回事似的。除跳舞之外，小林还时常从家里摸点什么到县里卖卖，换些零钱；有时大队部开会，散了之后他就将烟头捡了，回来剥去皮，取下烟丝，卖给县里白头的或皱脸的小贩，也能换些零钱。有了钱，小林最喜“小雅”，就买得几毛钱花生米，并一碟卤货，趁他爸革命去了，躲到家里，与二罗子吃花生米喝酒，把两张小脸喝得粉红。倒也快活。

喝酒是玩，正经地小林还读过一些书，如《艳阳天》、如《创业》、如《海岛女民兵》，喝了酒，趁着酒兴，他就讲些书中故事给二罗子听。他表达能力极好，三分材料七分水，绘声绘色，有趣得很。

到17岁，小林已从小孩子长到大人了。开始好穿衣裳，喉结亦大了。小林成熟了。他喜欢女孩子。

18岁小林离开了蚂蚁湾，当兵去了。

小林当兵后，他家来了一个妹子。妹子就叫小妹，是县城人。小妹长得非常文静，白净面皮。那白完全是一种县城长大的白。这种白与蚂蚁湾妹子的白绝对不是一回事。这种白清爽，有嚼头。小妹整天不声不响，安安静静，在小林家忙着，洗菜、淘米、洗碗、扫地。小林家院墙角下长了一些野花。如：凤仙花、鸡冠花、一串红。这些花林林总总，纷纷扬扬地开着，毫无节制，满是绿叶子，拉拉杂杂；满是红花儿。红、黄、蓝、白。轰轰烈烈地开放。小妹就在这些花丛中忙。

那年春节小林从部队回来探亲。他给小妹带回来一件的确良连衣裙。小妹非常高兴，在屋里转了三圈。

晚上，小妹和小林到大队看电影。走得田埂上时，天已乌黑。小林吓小妹："呀，什么噢。"

小妹吓得要死，赶紧抱住小林，把头埋到小林怀里。小林趁机捧住了小妹的脸，小林看见一张俊脸的轮廓，两只眼睛亮闪闪的，专注而又眯。小林禁不住了，亲了小妹。

就在这天晚上，小妹把自己最好的东西给了小林。

可小林回部队后，一纸信儿，把小妹打发了。

待小林从部队复员回来，胡子全青了，成熟到该结婚了。小林回来之后，在蚂蚁湾名声大振。大振的原因，是小林已茁壮得无比美丽，是个美男子了。小林两腿挺拔，皮肤白皙且有光泽，胸脯扇面也似；长方脸，浓眉毛，目光炯炯，鼻子高耸，口角有力。胡子也刮净，穿得更是考究，衣服有缝儿有褶儿，永远一尘不染，夏天白衬衫白得刺眼，塞在笔挺的裤子里，手里握一柄折扇或肩上挎一只人造革皮包，穿了皮鞋，春秋衫搭在膀子弯上，在湾里转；或站在湾北的妯娌塘埂，望着远处塘水浩渺，日落西天，腋下夹着一本《中国青年》或《青年思想工作必读》。

这时小林已交了许多女孩，具体也不确定，好在湾里女孩儿都恋着他，他可以自由挑选。他每每遇到二罗子，必大谈女孩儿是多么可爱，说女孩儿是水做的，有时也批评二罗子不注意修养。二罗子唯唯诺诺，点头如小鸡啄米。

秋阳融融，春雨潇潇。两年过去了。小林可出了个纰漏。那是一个秋天的下午，天高云淡，风和日丽，小林怀着无比激动的心情，把一个县里局长的千金带到家中，关了门，先是请局长千金吃糖，再是叫局长千金喝茶，并辅助了许多好玩的故事，这位千金半红着脸，哧哧地笑，不好意思。

后来小林就发了昏。小林占有了这位千金。

……

这是个平常的晚上，也有月亮，月亮小且黄，像一个老人的痰射到天上，天上无风，好静好静，湾里的人民照例早早睡下养肉，或干一些生儿育女的事情。

小林家例外点了灯。院中的鸡冠花、凤仙花和一串红静默着，他的父亲，这位老迈的大队书记，坐在自己家堂屋里一张旧藤椅上，垂着头，默默地咬着烟袋，他的母亲坐在下手，用手巾捂着鼻子，小林则倚在老爷柜边，一条腿抵到柜腿上，双手叉胸，望着房梁儿，定定地。

就这样静默了好久好久，直到湾里全熄了灯。

终于，小林父亲抬起了头，一脸苍老，他混沌着一对老眼，低声说："两条路，由你选择，要么娶了她，——结婚！要么去吃你的八大两，

你自己选择吧!”

两个月后，小林与那局长千金结了婚。结婚的那天，正是八月中秋，蚂蚁湾一派喜气，家家敬了月，家家杀了鸡。且有收鸭毛汉子背了篓子满湾转悠：

“鸭毛卖钱……”

小林家也是如此，且还多了一样：鞭炮。他家放了几挂千字红鞭。门口空坪上满是红纸屑。

这天晚上，月亮好大，且圆且亮，小林家院里一地月光，鸡冠花、凤仙花和一串红在月光下朦朦胧胧地开放着，夜气中暗浮着淡淡清香，好静啊。

蚂蚁湾依旧平静。

又过了两年，小林的儿子已会走路。夏天的黄昏，小林打了赤膀，倒趿拖鞋，在湾里逛荡，嘴里啃着棒子，他的两岁的儿子雀子啷当，也倒趿拖鞋，跟在后头，趔趔趄趄，且嘴里也啃一枝棒子。

小林有时还喝点酒。喝了酒，就摇头感叹：“唉！平心而论，儿子是不得话讲的，就是妈妈不架相，是个傻丫，唉——”又摇摇头。情绪相当复杂。

小林还是风流，与湾里姑娘时有来往，且还多了一样：

赌钱。

二罗子・黄脸

知青来了，黄脸就是一个知青。

二罗子的婚是没有结成的。他没得钱。在蚂蚁湾没得钱想娶老婆，简直是骂人。二罗子穷得吱咯吱咯响，人又笨，又脓包，谁个嫁他。但二罗子也自知自明，还蛮开朗，并不“闹情绪”。照常地嘻嘻着脸，眼睛斜着，——二罗子是对眼，两个眼珠一顺跑。口角流水，歪歪趔趔地在公稻场上走过来走过去的。黄脸每每见到二罗子走过来走过去的，就要在额头上摸一把那黄色的大眼镜，夸张地吆喝道：“啊，没有情绪的二罗子啊。”二罗子呢，也不答他，自管走自己的路，歪趔趔的；遇上下雨，身后还必定要拖一串不大的脚印（二罗子个子矮），也是歪趔趔，不下雨，当然没有。

二罗子如此也就过得，——蛮好！

可黄脸似乎有一种预感。这天晚上，终于发生了小小的不快。临睡前大家聊邻队的一个江西的女知青，这女知青叫张丽，人长得也美丽，香瓜脸，高额头，满头秀发，一身瓜香，是个名副其实的姑娘。可不知是谁忽然岔了一句，岔到黑脸瘦丫头身上。这时期黄脸的生理有了一点变化。黄脸于是说：二罗子整天快活得很呢，这快活里有鬼。黑脸瘦丫头屁股很坠，腰也阔了，脸上黑中透了黄，有一次我到屋后头撒尿，是大早，雾很重的那天，见黑脸瘦丫头从后头妯娌塘的杂树林子里跑出来，边斜着半边身子钮裤扣。头发乌蓬蓬地乱，好像还叮着一棵草棒。

县城知青老李忽然就不打标点地岔道：不要吹牛×那么远呢又是雾天你又是瞎子怎么能见到草棒呢明显吹牛×人家黑脸瘦丫头在树棵子尿尿的。

黄脸辩道："不是讲'好像'嘛，不要钻字眼子。"黄脸的脸突然彤红。可能是给煤油灯照的，也可能是给老李呛的。总之，他的脸红了。黄脸红脸是少有的。黄脸为什么红了脸？黄脸接着又说：

"尿尿？尿尿怎么二罗子也从那后面钻出来了。我正准备转身，回来再睡，见一个人像二罗子，我觉得奇怪，就站了一会，等那人走近，一看，果然是二罗子，二罗子小脸刷白，慌里慌张的，歪趔趔地跑……"

老李又劈了黄脸的话头："你他妈的黄脸不要糟蹋人家，人家是黄花闺女呢。"

黄脸的脸又红了。这是第二次，其时忽然从剥了皮的树棒子立着的北窗，吹进来一阵微风。灯光于是肯定地晃动了起来，把几个人的黑影在屋里乱涂了一气，又定在那稻糠糊的墙上。

大家沉默了一气，时间并不很长的。黄脸的床上乱响了一气。老李忽然说："睡觉，吹灯。"

噗——灯熄了。

二罗子在队里就放放鸭子。放鸭的地点就在淹死黑丫的妯娌塘里，塘里的活食是蛮多的。鸭子下了塘，就撅着屁股快活地淘着。二百来只鸭，一会儿嗉子就膨胀了，饱了。饱了就不淘了，便在塘里玩，扑扑翅膀，抖抖身子，把头没到水里扎猛子。忽地，又疯子似地大叫：

"呱呱呱呱……"

二罗子就躺在塘埂上柳树下。柳条一直垂到他的脸上，他就用手拨弄着玩，眼睛却望着远处。远处是黑脸瘦丫头和她的牛。偌大的草场，很远望去，牛是很小的，只是一个纽扣大的黑斑，相反，倒有一点红蛮晃眼的，那是黑脸瘦丫头的红头巾。二罗子每天都看这景色，看不够的。放鸭的长篙子就斜戗在塘埂上，篙头上一块白塑料皮被绳拴了，在风中飘扬。边上还有一顶说不上颜色的破草帽，长期雨淋日晒，灰不溜丢，与二罗子的人非常匹配。

二罗子望着那点红的日子愈过愈久了，还时常叹一口气。

这天早上，天正蒙蒙亮的时候，黄脸醒了，掀开被子，穿起花裤衩，用脚摸着鞋倒趿，就去掀老李的被子，且嘴里嚷："检查检查。"那眼睛就在老李的羞处乱瞅。老李嘴里"什么"了声，又翻身向里睡了。黄脸觉得

无趣，就到公房后去撒尿，刚背着风掏，见一个人样的东西正从妯娌塘杂树林子里走出来，黄脸没当心，正撒得快活，见那东西近了。抬头，一惊：是二罗子。再抬头，恍惚见那杂树林里有一团红一闪，不见了。黄脸的黄眼镜一下子滑到鼻尖子上，他感觉到那人就是黑脸瘦丫头。黄脸立刻停住尿。把手从裤裆移到鼻尖。鼻尖子上的眼镜又回到额头。黄脸转过身来，面对着二罗子。二罗子正爬过埂畈，低头猛走，歪趔趔的。一下子就撞在黄脸的小肚子上。二罗子一抬头，傻了。手赶紧背到背后。

黄脸先从厚玻璃里射出光来，逼着二罗子，待把二罗子逼缩小了一半，才喊了一声：

“二罗子——”

二罗子直了直身子：“你，你喊我？”

黄脸绷起脸，严厉道：“不要装蒜，不喊你喊谁人？我问你：这么早到后头林子干啥了？”

二罗子斜着眼望黄脸：“没，没干啥。”

黄脸继续逼道：“没干啥，没干啥为甚如此慌张？”

二罗子退了一步：“俺，俺屙屎、屙屎了。”

“屙屎？”

“屙、屎。”

黄脸缓下脸，扶了一把眼镜：“那你手背到背后做甚呀？”

二罗子没答。

黄脸又追问：“那你手背到背后做甚呀？”

半天，二罗子才嗫嚅：“没，没什么。”

说毕，一转身，跑了。

黄脸却不急，五秒钟后，才大喝一声：

“站住！”

二罗子并没站住，还埋头直顾去小跑。

黄脸忽然一声炸雷：

“黑脸瘦丫头——”

二罗子倏地停了。僵在了那里，不动了。

黄脸慢慢踱将过去。——是踱将过去，不是走。绕到二罗子的背后。二罗子小脸一下惨白，斜着的小眼瞪圆了，脸紫得更甚。黄脸看时，见二罗子手心里原来是一团纸；再看时，纸上竟是红迹斑斑；再细看，竟是艳若桃花的血渍，黄脸一愣，一惊，忽地醒悟了过来，“啊呀——呸，流氓呀！呸！流氓呀流氓……”

二罗子仍呆立着，小脸纸白，死人一般。

黄脸仍然：

“呸呸呸……”

忽地，黄脸愣了。竟如幻觉一般：单见二罗子蓦地将那团脏物杵入脸上的黑洞，迅捷如猿。须臾，那个叫脖子的地方就膨胀了起来，见一物缓缓如慢镜头般下移，筋脉暴凸若蚯蚓。黄脸正呆之间，就听得“格答”一声钝响，那声音大得吓人。恍惚中似乎二罗子还伸了一下脖子，小脸立即也黄如黄脸，两颗大泪便滑了下来，挂于下巴，颤颤的，不滴。

这回呆了的竟是黄脸了。

两个小人便立在那里，好长好长时间。

终于，老李不知啥时已站在两个呆人之间，望了黄脸，“噗嗤”笑了：“怎么啦!”

黄脸不答。

老李又转过瘦长的身子，望了二罗子，“噗嗤”又笑了：“怎么啦!”

二罗子脸上动了动，又从那小眼里搞出两粒泪，嘴抿了一下，似憋了什么。终于一阵呜咽之后，大哭了起来：

“妈妈哎，我的妈妈呀，狗日的黄脸呀，亲妈妈呀……”

老李也懵了，瞅着两呆人，大吼：

“怎么啦!”

黄脸终于张了下嘴：“他……”

二罗子戛然止住，不哭了。换成一副冷笑，逼近黄脸：“证据哪——证、据、哪……”

黄脸又呆了。老李莫明其妙。

二罗子小脸又倏地一变，形成嘲笑状。用那小眼在老李脸上扫扫，又到黄脸脸上扫扫。慢慢转过身去，走了。他走得很慢，一步是一步。竟看不出歪趔趔样子。慢慢，慢慢。二罗子终于走得很远，很远了。只见一点上下晃动。

黄脸和老李仍立在那里。

其时，太阳正红，蚂蚁湾田野一片辉煌，一片灿烂。

老　李

老李在上面已经提到，这里再说一下。老李这个人不打算细说。就说他一件事吧。

老李的女朋友早已定下，就是蚂蚁湾李老倌的三女。叫惠惠。他们已打算结婚。

这日，老李同队长请了假，带惠惠到省城逛逛，他们跑到蚂蚁镇上，先坐汽车回到县城，又乘火车来到省城。

省城真热闹。人。汽车。楼房。各种声音。老李带着惠惠在人窝里窜

着。东望望，西望望。便来到省城最繁华的新街口。新街口人更多，一堆一堆的，老李先挤到一堆人里，见是换主席像章的，各种各样主席像，别在一块一块红绸布上。后又挤到一堆人里，见两个男人在互相指，嘴动着。老李晓得是在吵嘴，吵嘴没有什么看头，便又挤了出来。

惠惠被老李这样牵着，已没有了力气。便说：

“累死我了。歇歇吧。”

“不行，还有好多地方呢。”老李答惠惠，一扭头，“啪。”就射一口黄痰到地上，牵住惠惠又要走，却被一人抓住。看时，傻了。通红的袖箍戳在了眼前，老李和惠惠还不知啥事，那红袖箍已将发票撕了，递过来：

“罚款两毛钱。”

老李还想犟，见那红袖箍一脸庄严，便又软了下来。只得从兜里捏出一张皱票，递了过去。

老李好不恼火。妈的，什么省城，不是玩儿，死也不来了。我在县城长大，吐了许多年的痰，也没有人敢罚我，在蚂蚁湾更是没有敢管我老李了。

“妈的——”老李意犹未尽。

忽地，老李见一个二罗子似的乡下小伙走了过来，便一拍脑壳。牵了惠惠就走。并对惠惠说：“惠惠，帮我找像二罗子样的人。”

两人于是便寻起来。这新街口人真多呀，一双双脚，大的，小的，都急急地动。一张张脸，光滑的，红润的，蜡黄的，雪白的，长的，方的，团的，三角的。无数张嘴，赤橙红绿青蓝紫……老李盯上一张嘴，那是一张典型的乡下人的嘴，乌紫，正在嚼动一只苹果，看时已尽剩一核。

“他怎么还不扔呢？”

老李对惠惠咕噜着。便只得按着性子跟着。走了一截，那乡下人忽地一趸，走上前去将那核投入一垃圾筒里。

“唉”。好失望。

于是老李牵着惠惠又寻。又盯上一个，盯了一气。“唉”。仍失望。

盯了好一气。也不知有几多个了。

“唉。”

“唉。”

忽地，惠惠发现一个黑脸乡下小伙，就告给老李。老李看时，见小伙也拐着一个村姑，那村姑竟还不丑。眼似蚂蚁湾的妯娌塘水般清澈，脸如湾里桃花开放。淡眉毛。只是嘴唇厚一点，可挺红。这村姑正剥一个牙黄的长果子在吃，老李晓得叫香蕉儿。就告诉惠惠。

“那叫香蕉，待会我也买给你吃。”

那村姑眼见就要将那叫香蕉的玩意吃尽，手中的皮儿已到底，村姑边吃边和身边的小伙说笑。

“啪——”那香蕉皮扔于一边。

“啪。”那小伙肩上同时挨了一下。乡下小伙吃了一惊，赶紧调头，见老李瞪着他，正纳闷。

老李递上那纸片，说：“罚款两毛。”

那村姑脸儿即刻彤红，小伙却愣了一回，蓦地脸也彤红。两张红脸对望了一下。小伙乖乖地从口袋摘出一张崭新票子，恭敬地递上，老李接过，揣入上衣口袋，一笑，手指香蕉皮儿说：

“以后注意一点，小伙子。”

一转身，汇入人流之中。惠惠牵住老李衣角，吃吃地说：

“吓死我了。”

老李乘机摸了惠惠一下头，说：

“别怕。我是大鱼。”

黑　丫

李老疤的小女老窝子和徐婆子的独女黑丫，正在屋后竹荫下，来布子儿。

这是一片好竹林，竹子青翠欲滴。

正是夏天，蚂蚁湾的中午静得令人觳觫，大人们都睡下养肉。田野偶尔有风“悉悉悉”，走过去，于是成熟的小麦就一路低下头，作波浪状。油菜已经收割，早秧也栽得。

蚂蚁湾的人偷这空隙透一口气儿，准备收割小麦。

黑丫的技术没得老窝子高，老窝子已到小买了，黑丫才到小二。

两个孩子精益求精地来着，坐在地下。

黑丫心中暗暗着急，老窝子则有些许得意。似要讪笑黑丫一般。

这时一声嘹亮的锐声劈开蚂蚁湾的静谧：

“黑丫——，黑丫呐——”

是徐婆子。

黑丫丢下布子儿，低头就走，步子碎，且快，没得声音。

徐婆子住在蚂蚁湾的南庄上，傍着蚂蚁湾的卧龙埂。

卧龙埂是大跃进那年开的，有许多米宽，许多米高，许多米长，开了整整三个冬。

开埂时，蚂蚁湾的老老少少全都上得工地，真是人多如蚁啊。之后，一条卧龙就伏在了蚂蚁湾的南首；之后县城来了一位戴眼镜穿中山装的人，看了卧龙埂，感叹不已，说“伟大”。过了一会，又说：“伟大啊。”

从此，蚂蚁湾人就更看重卧龙埂了。

黑丫进得门，徐婆子正白着头吃饭，菜是炒韭菜。见黑丫到跟前，并不抬头，对着碗喊：

“吃饭呐！死哪去了。”

徐婆子就这一女，说是独女，其实是养女。徐婆子自己不会屙，徐婆子的老倌早就死了。

在蚂蚁湾婆娘不会屙崽，简直是辱门大耻，徐老倌据说就因此而死了。

有一天，徐婆子就抱回来一囡，猫儿点大，小鼻子小眼睛，蛮丑的。可徐婆子欢喜。

囡一天天长大了。

竟也出落得水灵，眼睛亦有精气神。望人眯眯着，睫毛又长，给人一种山水养育之气。有时蓦一调头，吃惊而专注地望着你。待知晓你并无心机后，便又从从容容干自己的事。

可就皮子黑，墨黑墨黑。就叫了黑丫。

“死哪去的呐。”徐婆子见黑丫端碗坐了下来，才抬起满脸苍老，又说：

“锅里煨的葱鸡蛋，端来吞。”

吃过饭，黑丫又拎了竹篮出门，说要到麦田找豌豆，回来煮吃。

黑丫就趟着麦田走。

黑丫走噢，走噢。慢慢走着、找着。走到麦田深处了，麦子都黄了，熟了。很香。

黑丫就闻着麦子的香味走，很快活。

上得妯娌塘坎了。黑丫见老窝子爹李老疤正在自家菜园里，给豇豆秧子浇水。李老疤一桶一桶水往豆秧子根上泼，又陷蓖麻叶子来；轻轻地盖到秧子根上。见到黑丫过来。李老疤哑着嗓子说：

“黑丫呐，我家老窝子在卧龙埂上玩呢，你去找她呀。”

黑丫边应着边走。

那妯娌塘可有年头了。水既深又清，太阳照在上面挺亮。黑丫眯着眼睛。据说妯娌塘在许多年前曾淹死过一妯娌俩，便叫了这个名字。

五月的太阳挺毒。黑丫刚爬上卧龙埂，就见埂畈子有三两只牛点在绿油油的草滩上。草滩很大，牛很小。黑丫看到老窝子，又看到王家牛崽子、马家小亮子，都趴在那儿。

黑丫走了过去。

牛崽子见了黑丫，就抬起脏脸，对黑丫说：

“黑丫，我们煮豌豆吃呢。”

黑丫看时，果见一脏瓷碗里有几粒豌豆，水才见热气，有几根柴棒烧得正起劲。

牛崽子还趴了身子去吹，火更旺了。

马家小亮子却蹲在一块裸石上，用一方土坷垃在写。写一个崽一个囡，又写上几个字。细认才晓得是：“红太阳……”几个歪歪趔趔的字。马家小亮子已是二年级学生娃了。

只有老窝子一个人默不作声，倚在埂畈子上，望着那妯娌塘发愣，有时仰起小脸望天，天上空无一物，唯有中午镍白的炽日烤着蚂蚁湾。老窝子忽然对太阳无端大哭：

“妈妈呀——”紧人的心。

老窝子的妈妈跟人跑了。那人是木匠。在蚂蚁湾做了一段日子活，老窝子妈妈就跟他跑了。老窝子妈妈跑了后，他的爹李老疤没哭没笑，只是默默地咬着那管铜烟袋，吸着，吸着。

吸了好几个白天，好几个黑夜。

黑丫望了一眼老窝子，就走拢近前。黑丫说：“别哭，别哭。”

这时，老窝子才抬起那小泪纵横的白脸，对黑丫说：

“黑丫，你不哭吗？你也不得妈妈呀。”

黑丫一笑，脸都红了：“好，好，老窝子，我怎么能不得妈妈。”

老窝子忽地仰起白脸，站了起来：

“是不得呐，我爹讲的，你同我一道哭，好罢。”

黑丫脸倏倏地变化，眼亮了起来，“噗！”老窝子脸上响了一下。

老窝子并没去捂那响处，而大喊：“你是野种。”手指着。

黑丫的脸立即一片漆黑：“什，什……么？”

老窝子又重复了遍，并补充道：“……徐婆子不会屙，你是别人屙的，送了她了。”

黑丫眼前一派金光。

这时蚂蚁湾倏地响起一片撕心的喊声：

“牛崽子哎——”

紧接着喊声一片：

“小亮子哎——”

“牛崽子哎——”

……

孩子们一个个都低了头去走，默默地在蚂蚁湾高洼不平的沟沟坎坎上。步子极碎极快。

只有黑丫和老窝子兀自立在卧龙埂上。不远处的妯娌塘仍碎银子似的亮着。

蚂蚁湾天地一派辽阔，这两个孩子对望着。

第二天，人们在妯娌塘捞到了这两个孩子，两个孩子紧紧搂到一起，分也分不开。徐婆子跌到埂来，先是大哭，之后昏了过去，待喊醒转来，并不哭了，脸上怪模怪样的。后竟笑了起来，“嘻嘻嘻。”徐婆子笑了。

从此，徐婆子疯了。

李老疤倒还是那样，不哭不笑。又默默地坐在门槛上吸烟。

吸了好几个白天，好几个黑夜。

又过了许多年。

一天，人们推开徐婆子的门，发现徐婆子一线细绳吊在梁上。

早已死了。

立即有好事者请来了李老疤。李老疤已老了，眉须皆白，他走得屋里，解下徐疯子，放平。

办了三天三夜丧事。

之后，徐疯子的屋门就锁了起来（李老疤顺手把徐疯子的一只旧年铜炉带了回去）。一副门对被风雨驳了颜色，字倒更清晰了：

堂开五福

人庆三多

字是隶体，挺粗，挺黑。出自马小亮子爷爷之手。马爷子是蚂蚁湾一书法家。据说他是古时候大法书家□□□之后代。

再说二罗子

二罗子和黑脸瘦丫头算起也恋半年多了，可关系始终不怎么“贴”。二罗子只捏过几回手，如此而已。二罗子很苦恼。因此二罗子准备来点“大手段”。要爱就结婚，不爱拉倒。并且想搞一些捏胸脯，咬舌尖之类的活动。可二罗子毕竟是二罗子，他还是很害怕的，如果黑脸瘦丫头骂他“流氓”怎么办呢？二罗子心又“忑”下了。

二罗子晓得黑脸瘦丫头的心思。黑脸瘦丫头既爱他人好，老实憨厚，又嫌他个子矮，罗圈腿难看。因此一直犹豫了半年。不回绝他，又不同意他。搞得二罗子好不痛苦。

这晚，二罗子又将黑脸瘦丫头约了出来。来到村头妯娌塘边，二罗子对黑脸瘦丫头说：

“黑妹，咱们的事，你考虑——”天上月亮很好：既圆又大，把朦胧的光辉柔和了黑脸瘦丫头，黑脸瘦丫头瞅着同样是亮亮的湖水，半天，说：

“天上的月亮好圆呀。”

二罗子“嗯”了声，可二罗子心思不在月亮上，便说：

“黑妹，塘里的荷花好白呀。”

过了一会，二罗子又说："黑妹，我对你——"

黑脸瘦丫头又转回了脸，低下，沿了湖边慢慢地走，半天，又说："罗，湖水好亮呀。"

二罗子不吱声了。可二罗子心里痛苦极了。他不想和黑脸瘦丫头保持这种"不确定"的关系。他心事重重地相跟上黑脸瘦丫头走着，脚踢踏着青草。

他们来到一丛柳树下，柳条绿发似地垂到湖面，拨弄着湖水，也拨弄着二罗子的心儿。黑脸瘦丫头停了下来。倚在一棵稍粗的柳树上，盯着二罗子看。

二罗子调开了目光，看远处亮亮的湖水。

"你爹同意出那么多钱吗?"黑脸瘦丫头定定地瞅着二罗子的兜儿。

二罗子调回头，说：

"少一个指头不行吗?"

"不行，我娘说不行。"

二罗子愣了一回。二罗子知道因为自己的缺点，黑脸瘦丫头想用这方面"将"他。一会，他便说：

"实在没办法了呐。"

黑脸瘦丫头伸手捏住二罗子褂子的第三粒纽扣，玩着，"那可不行噢。"便丢下二罗子又往前走去。

月亮仍然很亮，很圆。光辉柔和着这两个少年。黑脸瘦丫头在前面慢慢地走着，二罗子跟在后面。柳条在这静夜下轻轻地舞着，有小虫儿"啾啾"地鸣夜。

他们来到卧龙埂，埂上不知白天谁人引水挖了个小渠，不很宽，也不很窄。有水儿亮亮地动着。二罗子告给黑妹说："你跨不过去。"就要回头走。

黑脸瘦丫头偏不："我要自己跨。"

二罗子忽然来了心机。

黑脸瘦丫头站在小渠边，有点害怕，又跃跃欲试的样子，叫二罗子好笑。二罗子走上前去，竟吃了豹子胆一样，从后面将双手沿了黑脸瘦丫头的胳肢窝插了过去，一用劲，将黑脸瘦丫头抱了起来。没想黑脸瘦丫头也顶聪明，一挺肚子，两条灵巧的小脚就过到小渠的那边。

"噗。"

也就是在同时，黑脸瘦丫头的腰际"噗"的一声。声音不大，但很脆。二罗子立即反应了过来，赶紧也跨过去。手伸到黑脸瘦丫头的腰内捏住了那红布条儿，笑说：

"裤带子断了吧。"

黑脸瘦丫头一打二罗子的手，“扑哧”一下也笑了，说：

“你坏——”

就扑到二罗子的怀里。二罗子小头一晕，也赶紧轻轻抱了黑妹，两个少年就这样在夜空下静静地抱着，好长好长时间。月光好柔和。

之后的时间，他们两人同时感到自己是全蚂蚁湾顶快活的人。没有了尴尬，没有了拘谨，一切都是那么自然，那么富有诗意。

二罗子就在这诗一般的静夜，完成了自己思想了好多年的“两项活动”。二罗子和黑妹都体验了一种从未有过的颤栗。

湖水亮亮的，月亮也更圆。这一夜好静谧啊。

……

二罗子和黑脸瘦丫头结婚了。

亚　宝

亚宝是蚂蚁湾的粗人兼小摊贩。

亚宝个子矮，长着几缕黄黄的老鼠胡；却浑身是劲，和人玩掰手劲能把人膀子折断，打儿子小崇说：“老子掀掉你的牙。”抓住牯牛角能把牯牛掼倒，与老婆二丫头打架一拳将她奶子打肿。他老婆二丫头身材高大，头小如卵，满脸雀斑，却能哭出嘤嘤之声，且撒泼自如，“狗日的哪！老娘跟你算是倒了八辈子霉，给你屙了一崽一囡，却不得好日子过哇。狗日的呐……”叫人心里酸溃溃的。

亚宝也真是好福气，儿子小崇，漂漂亮亮，眼睛明亮，也疼人也讨嫌，一次，二罗子为和黑脸瘦丫头的事情，与亲老子淘气，哭滚出家门，来到亚宝家，亚宝把他捺到凳子上，反复劝他，句句人话，字字在理，并拿酒来，叫二罗子喝两盅，消气；二罗子伤透了心，哪有心思喝酒，直是把头不住地摇，小崇蹭到二罗子怀里，拽住二罗子的手膀，拖他，拉他，并懂事地叫他：“喝呀，吃呀。”弄得二罗子心里不知如何才好。可讨起嫌来，却是顶坏，平时二罗子从他家门口空坪上过，他能用“大爷”把二罗子哄住，后慢慢进入他怀里，蓦地一下，把满是泥污的脏手，往二罗子衣襟上一抹，二罗子还不知究竟，他已扭头在田埂上飞跑了……

亚宝也很气愤，“这个狗弄的不得好，老子也不指望他了。”呷一口酒，滋味酽酽。亚宝喝起酒来不得了，如命。并劝二罗子喝，二罗子喝得不多，亚宝也不勉强他，只管自己埋头“吱溜吱溜”地喝，待八成醉，他话就多了起来，说：“二罗老弟呐，我已有个儿子，为啥还要生个丫头，你不晓得，我好好喝个两盅，这个小狗弄的我也不指望他。”亚宝红着脸斜乜了他正玩泥巴的儿子一眼，“我养个丫丫头呐，馋了就到她家喝喝两盅，你嫂子还有一个月就要养了。家里就我一个人，哪天不是起早摸摸黑……”

二罗子“嫂子”啧道：“是的是的，你晓得我肚子里就是丫头呀。”

亚宝接上：“是的呐，是是丫头，我我晓得的，肯定是是丫头。”

一个月后，亚宝老婆二丫头果真养了个丫头，用蚂蚁湾一句土语讲：“亚宝的嘴咧得像个瓢。”

亚宝也会划拳，与二罗子能凑合。他们划的是一种叫“螃蟹拳”的。两人都要唱起来：

螃蟹一呐
巧八个
两头尖呐
这么大个
一上口，一下口
六六大顺该谁喝

二罗子赢了。

亚宝又接着唱：

该我喝
我就喝
妯娌塘水算什么。

一口饮尽，把酒盅倒扣到桌上，不得酒星。

有时他也赢二罗子，赢了脸上则露出小人得志之色，用手搔后脖。作孙猴高兴状，且说：“多么蓝的天啊！”

叫二罗子发笑。

可亚宝确实是能吃得苦的，亚宝在湾里摆了个老鹅摊子，每天五更头就要起床，杀鹅、薅毛、开膛。破肫、洗肠子、下锅卤。到上午十点钟摊子就得上湾头小街。冬日，则抄着手瑟缩在刺骨的寒风里，夏天就曝露在严严烈日下……好辛苦的呐！

亚宝可出了大事了。那天傍晚，夕阳把西天烧得要滴血，亚宝还有一个鹅了。其时，小林走了过来，说要了这个整鹅，亚宝就称给他。小林说要剁剁，亚宝就给他剁，没想剁大腿时不慎，将一块腿肉剁飞，小林要亚宝赔，亚宝说没有了，小林说没有也不行，亚宝说没有了有什么办法，退一毛钱给你，小林不要，非要赔。亚宝说要赔一毛钱不要日×。

两个就打了起来。

先是互指鼻子；之后揪了褂领；再就拳脚交加。最后打得难解难分不知你我。在混战中也许小林吃了点亏，没想小林瞅空抄起半截砖头对着亚宝后脑勺就是一下。亚宝“啊呀”一声，赶紧用手去捂，可如夕阳般的鲜

血汩汩直流，哪能捂住。亚宝见了血，眼也红了，抓起砧板上风快的屠刀，就听“呜”地一阵寒风，小林头颅落地，血涌如注。

亚宝见小林人头落地，就把屠刀上的血迹在身上擦了一擦，说：“这个鸟人，没想也不经杀……”晃了两晃，就倒下了。亚宝死了。

蚂蚁湾的西天，夕阳如血。

狗　报

蚂蚁湾的小学校在寡湖后面。

罗子下放来时，先在寡湖放队里的鸭子，之后，公家忽然通知他去教书。于是，他就去了。

小学校委实不成样子，两排矮矮的、仄仄的草房，一个白土篮球场。如此而已。

小学校的人员很简单。一个校长。校长姓王，一个卷着裤子光脚穿鞋的家伙。抽烟，牙很黑。一个算术老师，姓陈，长得很瘦很瘦，戴眼镜。眼镜是圆的，黄黄的，很大。于是，远远望去，特别是雾天的早晨，他的脸仿佛没有，只有两个黄黄的圆圈。还有一个音乐老师小李和一个体育老师大冯。小李是女的，整天叽叽喳喳，雀子一样，走路都蹦着走。大冯，一个大个子，腿很长，因此没有屁股，因此裤子很匡，仿佛挂着一般，再一个就是罗子。

罗子到小学校是教语文。

语文其实也没有什么好教的，罗子才初中毕业，还是混来的。无非是叫娃子认认字，念念句子之类，很简单的。因此，罗子能胜任。因此，罗子没有什么事。挺无聊。

就这么过了一学期。又过了一学期。生活是平静的，但也很清苦。

清苦的主要问题是食堂伙食太差。蚂蚁湾也有鸭子，是水乡呀。可鸭子是要交公的，国家收去有用，叫“上余购”。（这个名词真有意思！）蚂蚁湾的人民祖祖辈辈养鸭子，可竟没怎吃过鸭子。不吹牛。

因此食堂伙食就是青菜、韭菜、土豆、粉丝什么的了，且没什么油水。蚂蚁湾不产油菜。无油。

大家的脸都吃黄了。

小李更是苦。本身长得就小，这样一来似乎更小了。歌也不唱了。走路也不蹦蹦跳跳的了，倒仿佛踩着棉花走似的。她有“一件事”更是痛苦不堪。她对大冯说过，大冯正和她搞对象。后来大冯傻乎乎的又告给罗子。

大冯说：“小罗，伙食这么差，怎么办呢？小李，她——”

罗子望着大冯。

大冯咽了一口唾液："'那个'都没有了。"

罗子眨眨眼，不明白似的。

大冯又说："没有'那个'了！"

罗子终于反应了过来："有问题吗？"过了一会，罗子又问："有问题吗？"

大冯用手在鼻尖上摸了一把。他鼻子很长。他似乎是哭丧着脸，说：

"怎没问题呢？没有'那个'，我们如果结婚，怎会有娃子呢？没有娃子，我们怎能结婚呢。我完蛋啦。"眼泪真下来了。

罗子赶紧哄孩子似的，上去摸摸大冯的头，说："大冯。你，别。有办法的。马上吃好了，不是，不是又有了吗？我在城里长大，我晓得的，我有个姨，以前就是这样，后来吃了一回狗肉，后来生了我老表。"

事情就坏在罗子嘴里。这是后话。

小学校食堂养了一只狗。这狗也不是学校专门抱来养的，是狗日的自己跑来的。后来就不肯走动了。已有一年多。大冯很喜欢动物。他家是狩猎出身。祖上也曾养过许许多多勇猛的猎狗。于是校长老王要大冯带看住些，别伤了"祖国的花朵们"。大冯是教体育的嘛。体育教师一般兼保卫。在乡下学校都是这样。大冯于是就给狗起了一个名字，因为狗是黄色的，就叫了"黄儿"。这个名字小李不太赞成，认为太土。小李平时好看一些书，还有一些是洋人写的，什么《茶花女》，什么《安娜·××》。不知她从什么地方搞来的，也不知是不是有毒。反正小学校也没有人问事。小李要给小狗起名叫"贝贝"，说："'黄儿'不好，太土。"但大冯却不习惯，还是"黄儿黄儿"的乱叫。

老师们真是自由极了。校长老王整天不见他的影子。据说他每天晚上到湾里人家赌钱，白天躲在小学校他自己屋里睡觉，天一擦黑，他又到湾里去了。白天黑夜正好颠倒。

啧啧，老师们也真是自由。

比如算术老师老陈，他就可以不去上课，叫学生娃做题目，题目做完了自习，他自己却每天躲到自个屋里刻字，还打老婆。他老婆也教书，在别的一个大队。因为他夫妻关系不好，所以他老婆在别的一个大队教书。在螺蛳坝。他老婆也常回来，一个挺胖的女人，脸红红的，比陈老师高且壮。罗子始终弄不明白：陈老师何以能打过他老婆。可陈老师竟偏能打过，且还常打，且还自己吃药，叫什么"补肾壮阳"之类。罗子见过那药瓶。罗子还不太懂。罗子还没有结婚。不过罗子似乎听过王校长跟陈老师开过玩笑。王校长似乎说：

"老陈，老婆回来了。又吃药了。"

老陈笑笑。

罗子于是便晓得陈老师吃那药是与老婆有关系的。

陈老师是个聪明人。会电工，会刻仿宋体字。队里的柴油机坏了，打水泵坏了，都来喊他去。他于是便带了钳子、扳子之类，去了。回来，那柴油机又“噗噗噗”响了，那打水泵又出水了。他便再回来刻字，嘴里喷着些酒气（修好了柴油机或打水泵后，队里往往留他用饭，且还喝盅把酒，且还塞几包“东海”香烟在兜里），他的字好像永远刻不完。因此，他家门口的墙上，常挂一些彤红漆戳的招牌，如：蚂蚁湾大会堂。如：男。女。（这是给公社浴室或茅厕刻的）如：某某拖拉机站。等等。老远老远就能望见。成了小学校的一个标志。小学校没有围墙。如果有生人到小学校来，问，别人会一指：

“哪——，门口有红彤彤字的。就哪。”又一指。

生人便径自走来。

老陈刻的这些字，不是义务，别人是要交钱的。三毛五毛不等。因此，老陈常能买一块够猫儿吃的肉或一条大拇指大的鱼煮了吃吃。因此脸上的气色也比别人红些。只是他老吃“补肾壮阳丸”。他老婆仍经常回来。还是老挨老陈打。

大冯和小李呢，便尽可以忙自己的婚事。他们的爱情虽然清苦，但两人还算心心相印。因此，他们也常常不上课，音乐课小李抄一首歌几个字叫学生娃子唱，体育课大冯发一个球给娃子们要。他们则忙自己的事体。学生娃也落得个痛快。

一晚，大冯把小李约到寡湖边。这是一个夏天。蝉在叫。蝈蝈也在叫。垂柳都挺长了，绿得很，挂在水上，风一拂一拂的，柳条就一甩一甩均匀地摆动，湖水就一波一波的，推涌着向湖心去。月亮呢，是蛮亮的，天上挂一个，湖里托一个。湖里的一个一折一折的，有时折成许多个。天上的一个则静静的，不动。天蓝得很。

大冯摸了一下小李的头，说：“你的头发好干，都黄了。”就用手去捏。且从上捏到下，且似乎听得头毛“咯吱咯吱”的断裂声。头毛没有油了。大冯就这样一直捏下去，因为下面到了屁股沟。

于是小李说：“大冯哥，别这样。”

大冯的手就离开了。并“嘿嘿嘿”傻笑。手虽离开了下面，却又转到了上面，且嘴里还呐呐着：

“我坏。我坏。”就扳倒了小李。

“大冯哥，别这样。”小李紧紧地抱住大冯。大冯仍呐呐呐着，慢慢将小李揽紧在怀里，望定小李两只圆圆的眼睛。眼睛黑啾啾的。含着些幽怨，然并不缺乏女孩子的神气，湿漉漉的。这湿漉漉的眼睛也专注而眯睎

地望定大冯，目光仿佛风中的火苗。既渴望，又有些飘忽不定。

于是大冯慢慢低下头，在小李那湿漉漉的眼睛上轻轻地吻着，一边又有力地将小李的身子更紧地贴住自己。

就在这天晚上，小李将自己给了大冯。

那天黄儿亦一阵去了。去了之后就伏在离大冯和小李不远处的一棵大柳树下，一动不动，睁着那泪汪汪的狗眼望住那泪汪汪的月亮。月亮静静的，没有声音。

月光多好啊。

就这样又过了许多日子。这许多日子仍是清闲，仍是清苦。校长老王坚持昼伏夜出，算术老师老陈也坚持刻字修水泵。许多日子如风车一般叮叮当当地流走了。

小狗黄儿倒是贱。食堂里并没有油水，可它竟长了些膘，毛的颜色也好看，毛尖还发些光泽，恍如缎子一般。

小李又犯毛病了。“那个”又不来了。有一回，小李对大冯发火道：

“大冯，你无用。这样——，怎么得了！”

大冯勾下了头。没有回答。就又默默地去上他的体育课。

体育课是没啥可上的，用两个皮球给学生娃子玩玩罢了。大冯个子高，能把皮球从上面放到那板上的圈儿里（那篮圈不合规格，很矮）。可娃儿们则不行，逮到球抱着一气跑。之后就向板上乱扔，球便会弹得很远。这时黄儿必定从土坪上射出去，去追那球。之后用爪子盘着，尾巴不住地摇着，反把球盘得更远了。这时大冯便会对着黄儿乱喊：

“狗，狗，你不要讨嫌——”

大冯忽然出神地望定黄儿。脑壳里倏地划过一星。

小李？

这天将晚时，几位老师正围在食堂锅台边喝棒子粥糊。外面忽然起了阵小风，大冯就去到食堂门口，准备将门关上。正要关死时，据罗子和陈老师后来回忆，大冯又蓦地愣了一回（问题就出在这一瞬）。于是，大冯把已经关上的门又拉开一条五指宽的缝。大冯站在门口，端着粥碗，就唤黄儿。

“咻——，黄儿；咻，黄儿。”

黄儿抬头看了看，耳朵竖了起来。小李望定大冯。

大冯又唤道：

“咻——，黄儿；咻，黄儿。”

黄儿又抬头看了看，又竖起耳朵听了听，终于，黄儿摇着尾巴奔了过去。恰站在了那五指宽的门缝中间。

大冯发了昏了。他万万没有想到后果的严重，他只记得小李的幽怨目光。于是他慢慢（的确慢极了，恍如电影慢镜头）将门抵严。——黄儿仍仰头傻乎乎地站在那儿望大冯手中的棒子粥碗。——门慢慢慢慢地合上了。黄儿被挤在门缝中。

在大冯将门慢慢合上的当口，黄儿一下子也没有叫。大冯的动作恰也温柔之极。黄儿就那么静静地望定大冯。黄儿一直以为大冯跟它开玩笑。到现在仍是如此。黄儿想，怎么可能呢？大冯对我这么好。平时又在一起玩惯了的。黄儿了解大冯。因此在大冯将门慢慢挤上的时刻，黄儿一下子没反抗，也不哼，就眼睁睁地望着大冯。那狗眼里充满渴望、疑虑（又似乎含了一丝微笑）。直到那狗眼湿润，瞳仁散光，火星灭尽。黄儿也什么话都没说。之后，黄儿的身子慢慢软下了。

黄儿静静地倒在了门缝里。

待黄儿真的倒下，大冯才似乎发现黄儿死了。大冯说：

"黄儿被我挤死了么？"

小李老陈罗子这才也反应过来，纷纷拥上前去，好像也是才晓得黄儿死了，纷纷怪大冯。

"大冯，你——"小李说。

"啊呀，大冯哪大冯，你也真是……"罗子说。

"唔啊唔啊。大冯。"老陈说。

大冯呆立在那里，也不说话。过了好久，老陈罗子才又似乎觉得黄儿已经死了，抱怨也没有用了。于是罗子便说：

"死了算了。死了算了。"

陈老师也附和："剥了吃吧。剥了吃吧。"

大冯这时才说：

"老陈，小罗，都放心吧。小李子，明天中午好好吃一顿狗肉。晚上我来剥。明天好好吃吃。"大冯说着就望着小李，小李脸红红的。

于是，老陈、罗子又说：

"那就有劳你了，那就有劳你了。"说完，就用清水将碗过一过，各自回屋里去了。大冯留下剥狗。小李说："我陪你。"

大冯拒绝了。大冯说："不用了，待会儿我自个来剥，你八点钟来玩玩吧。"（真不该叫小李八点才来）说着就手将黄儿随便扔到了厨房里边，也走了。

……

八点钟。小李悄悄来到食堂，本想吓一下大冯哥的。可见里面油灯亮着，却没有声音。小李有点儿纳闷：大冯没来吗？想着就轻轻地将门推开，一看，"呀——"就奔了过去，扑到大冯肩上，拼命摇大冯：

"大冯！大冯！大冯！"

大冯躺在地上，手里捏一把小刀，根本不理小李，一个手指头正汩汩地往外冒血。手已完全模糊了。那黄儿半边狗头已离了身子，还有半个连着。也汩汩地往外冒血。

潮湿的地上已涂了一摊殷红。

小李摇干了嗓子眼，终于将大冯摇醒。大冯睁开那眼儿，愣了半天，恍见一团红色，就嘻嘻地笑了起来。

“喔唔，喔唔——”竟如黄儿一般。且还想来捉小李。

小李被吓傻了。迷惑地望着大冯，本能地向后退去。大冯挣扎着爬起，仍嘻嘻嘻笑着：

“嘻嘻，喔唔，噫嘻，喔唔——”向小李趔趄着过来。那眼中竟放射出如黄儿临终前的光芒。

大冯从此疯了。

人们终于弄明白了一些：据湾里医生“徐半截子”说，黄儿身上有一种病，叫什么病菌，非常厉害，从皮肤的伤破处传染，传染上就疯掉。症状有如大冯这样。因此人们又推测，那天大冯扔黄儿时，肯定把黄儿扔在了水缸边上。水缸边很潮。黄儿躺在潮地上，接着了地气，就慢慢醒了。大冯过去剥它时，也没注意黄儿已活了，心里只想着小李。于是，他刚拿小刀刺黄儿嘴时，黄儿站起来，一下子就叼住了大冯的手指，一口，手指断了。之后，大冯可能是拼出吃奶的力气，一刀将黄儿狗头削下。大冯破了手指头，却染上那病。就疯了。

不过，这也只是蚂蚁湾人民的猜测。

学校也着人带大冯到公社医院看了。公社医院的医生看后默想了一回，也没能开出什么方子；又专程到县里医院看，县里医生看后也同样默想了一回，也没得法子。于是只得又回到蚂蚁湾。也对得起大冯了。

从此，大冯就留在了小学校，也不要他教课了，只叫他摇摇上下课铃。

好在大冯就是不再讲话，尚无别的异常行为，学校里也不好撵他。校长老王觉得很惭愧。老师们过意不去。任他在小学校里东游西荡。

只是夜深人静，人们偶尔会冷不丁听到从小学校西北角土屋里传来几声凄厉的狗吠：

“喔唔喔唔，喔唔——”声音非常尖锐。

老陈有一回晚上在湾里修水泵，回来迟了。天很黑，世界变得诡谲异常。老陈走到寡湖大埂上时，朦胧中似乎见一个很大的人样的东西在寡湖埂上飞爬。以为是鬼，吓得要死。待壮着胆子拼命瞅时，那异物似乎是大冯。只是异物眼中磷光点点，绿莹冰冷。老陈简直得了一场大病，之后再也不敢晚上到湾里贪杯了。

不过，白天的大冯仍好好的，并无伤害“祖国花骨朵”的举动。

小李大哭了一场，调离了蚂蚁湾小学。

罗子仍教他的语文，带湾里的娃子们认认字念些句子。校长老王及算术老师老陈也还是那样。老王夜出昼伏，老陈刻字修水泵。

生活是平静的。也是清苦的。

刀 技

小虫抓住一杆竹枝回来。竹枝上竟开了花。

英香见儿子回来了，抬起头，手还不住地搓那堆衣裳，笑嘻嘻地冲儿子嚷：

“找尸去的！虫儿！怎才回来？”

小虫仍擎住那竹枝，小声叫：

“妈妈。妈妈。”

英香忽见那竹枝上的花儿，眼睛倏地一亮，那鼻梁两侧的雀斑也跟着一动：

“虫儿，这竹子开花哪！”

小虫诡谲地一笑，摇摇头。说：

“妈妈，是假花呀。”那花是小虫扣上去的。哄妈妈玩儿。妈妈倒真的被哄住了。

亚宝已喝了七八杯了。可还坐在那小桌前吱吱地喝着。手里捏住半只兔子脑壳壳，脑壳壳上的那颗死眼已不在，只剩下一个窟窿对着亚宝。那只乌乌溜溜的黑豆大的兔眼儿被他刚才那口烧酒顺下肚了。亚宝长得矬，且结实，稀稀的黄胡子，眼睛不大，红红的，可是双眼皮。脖子挺粗，远看恍如一坨脑壳坐在敦厚的肩上。他眼睛长期被酒精浸着。血红的。

亚宝开了一爿小饭店儿。老婆英香是农村户口。儿子小虫、襁褓里的闺女小红也是农村户口了。于是开一爿饭店。

亚宝并没读过什么书，只在蚂蚁湾小学上过两个一年级。留级生儿。读书很笨，两年笆斗大的字没识两箩。于是停了。杂耍倒挺在行，显得聪明过人。

先开小四轮，后杀牛卖卤货，又剥狗烹兔，再开饭店。都没怎蚀本。日子也就这么过去了。

如今这爿饭店生意不恶。

现在正是黄昏，鹅蛋大的太阳歇在蚂蚁湾的西城墙上，将那黄粉粉向城里撒来，弄得小城流鎏溢彩，显不出真实来。且有袅袅的炊烟从各家飘出，空气中浮着稻米的香味，那炊烟又款款地铺展开来，把个小镇洇得既温馨又暧昧。

亚宝又喝了一杯酒。那半只兔子脑壳壳已只剩下一点脑卤子了。脸也跟着红了许多。

亚宝是有心思的。

亚宝的心思是老婆的户口儿。上面给蚂蚁湾镇下了几个农转非指标。规定已在湾里老市口张榜公布。亚宝曾去逐条对过，自个的条件都符合。可他亚宝是个什么阿物？在蚂蚁湾算老几？吃几碗干饭？他心里明白着呢。然亚宝也存着一点侥幸儿。镇里专门经办这个户口差儿的人就住在他家的后面，靠越河边边上。越河是蚂蚁湾的老河儿，夏天长满荷叶，碧绿。这个办差儿的人姓李，别人叫他李小头。李小头头特别小，只有核桃那么点小，所以叫李小头。李小头平日倒是笑眯眯的，每天下班都从亚宝家门口过。倘若是中午亚宝都要抬起那张红脸，戳戳酒盅，问一句："在这块吃点？"或者是：

"喝一盅，啊——"

李小头于是"不了"或者"回去就吃了。"

亚宝听人说起过李小头的一些事。晓得此人手特别长。头虽小，却是个坏肺子的人。是蚂蚁湾的地头蛇。专踢寡妇门，挖鳏夫坟。亚宝瞧不起他。可没得办法呀，你想转户口，还非得从他裆下过不可。亚宝也去试过。李小头对他倒也客气，又是拿烟（烟是好烟），又是倒茶，弄得亚宝脸倒红了。挺激动，一时反觉得此人倒不错。于是讲了自己的情况。李小头听完，也笑嘻嘻的，说：

"好说，老邻居嘛，好说——"

眼睛就瞅住了亚宝的褂兜儿了。

亚宝也是明白人儿。一时竟险些掉下泪来。亚宝觉得事情有些着落了。既然人家答应，而眼睛又瞅住我兜，岂不成了？亚宝觉得李小头瞅他兜儿是瞧得起他，是天经地义。"不想花钱，又想办事，那怎成？"亚宝心里自谴自责。

亚宝就这样自谴自责地回到家里，取了一沓血汗钱，用红纸包了。返到李小头家，将那攥得汗津津的纸包儿，杵到李小头怀里。李小头半推半就，造作了一番。假假地红住了小脸收下了。之后，李小头用劲拍着仄仄的胸脯子，望定亚宝，说：

"你的事，我，我包了——"

亚宝泪真下来了。连说：

"难为，难为，难为了。"

李小头这一包包到今日，竟没有一点消息。亚宝终于着急了。且听人说那户口的事儿已经过了。

亚宝的心思随着这烧酒愈发增加。他喊了一声英香：

“虫他娘，怎办呢?”

英香听得男人叫他，放下手中搓着的衣裳。直起腰，望住亚宝。

亚宝又低下红脸，吱了一口，说：

“虫他娘，没指望了啊!”

虫他娘抬起头，艰难地笑笑，脸上的雀斑又骤然一聚。

英香原是蚂蚁湾坝里的人。小名叫“紫萝卜”。说起亚宝和英香的婚事，还有一段趣闻。亚宝的父亲孙大炮，原在湾里搬运站拖平板车，是个酒鬼。每每喝得红头涨脑，并不睡倒头觉，而是满湾里转悠。大路小道就见一个涨头涨脑的二五老头踽踽独行，也不说话，乜眼看人，煞是腌臜。孙大炮并无甚官，只是一介百姓小民，却好作官状，腋下常夹几份湾里的或站里的旧文件，到处招摇，每每走到人前，假着掏烟或找什么的样子，把文件翻来翻去，示人眼下，之后，又夹到腋下，自足而去。

且说那时亚宝已二十有八，整日直顾苦钱，闷头罐子一般，也不着急。钱倒苦了一些，但作不得老婆传不得后代。倒急煞了老子孙大炮，四处说媒。恰说到坝里妹子英香，那时的英香身腰挺壮，头小如卵，扎两挂油亮乌黑的长辫。只是鼻梁处有些雀斑，也不碍事。孙大炮曾悄悄到坝里看过，觉得漂亮。之后也不安排儿子亚宝见面，倒自个整日泡到人家姑娘家，弄得英香好不为难，也不好撵他，孙大炮却以为英香怕他惧他，越发张狂起来。一时弄得湾里人人皆知，风雨一片，茶余饭后，人倒闲说：“儿子一面未见，老子却谈半年。”此事被亚宝晓得，亚宝气煞，一掌将老子孙大炮击翻在地，径去坝里找英香姑娘道歉，且愿赔偿一切经济名誉损失，没想英香一见钟情，很快两人便如胶似漆，入了港了。之后结婚，之后就有小虫小红。

太阳已完全翻下湾西城墙，跌入城外，倏地小镇如一滴墨水，湾里的灯于是渐次亮起来了，英香也起身亮了那灯。亚宝已不知是第几杯酒，仍昏昏地喝住，似自盘古开了天地就在此喝住了一般，英香倒稳不住了，搡了亚宝一句：

“喝这闷酒，又有啥用，就去找他问问也好，愁也愁不来了……”

亚宝抬起红眼，问：“这样去行么?”

“怎不行!”英香又蹲下搓衣。

亚宝又不吱声，闷闷地坐了片刻，烟火在他脸上闪着。过一会，约有十分钟光景，就一仰头，喝完那盅，默默地、踉踉跄跄地走了。亚宝喝多了。

英香望住亚宝那不稳的样子，就放心不下，冲住那背影喊：

“虫儿大，行么?”虫儿大并没回答。那背影终于摇摇晃晃去了。

亚宝摇晃到李小头家。李小头刚吃完晚饭，正用牙签剔牙。他见了亚宝，脸先一白，又接着一紫，于是对亚宝笑笑，退出牙签，问：

“亚宝，又喝了酒了。——有什么事的呀？”

亚宝也笑笑，可脸涨得厉害，亚宝勉强站住把话儿说了。最后还说：

“难为……难为你了。”

李小头却不耐烦，他将剔出的一粒菜腥，用舌头卷着又噎了下去，打哈哈，说：

“那个事嘛，啊啊——那个嘛……”李小头眼皮沓住，嗯嗯啊啊了一气，也不叫亚宝坐，又说：

“这个嘛，我还有些事，下次再说罢，啊——”

亚宝惊愕地抬起脸，望住李小头，他觉得这个李小头和那个李小头恍如两人，自己反迷糊了，欲说什么，愣了一下，点点头，又摇摇头，回转身，走了。

走到自个家里，英香轻声问了一句。亚宝也不答她，只是又坐下不住地、默默地抽烟，不住地、默默地喝酒。

英香又轻声唤了一句：“虫他大，少喝些吧。弄不到就算了，不都是过日子么？是城里人不也吃饭？”

亚宝放下酒杯，他脑壳里又闪现出两个李小头，一个眯眼一个瞪眉。亚宝并不怕，可亚宝想不顺。亚宝叹了一口气儿。又叹了一口气儿。亚宝病了。这么硬的汉子，一病病了半个月。饭店也关门儿了。

亚宝病好后，想想还是气不过儿，于是又去找了李小头。李小头这次更不是上次的那个李小头了。他反训斥起亚宝：

“你这个粗人，是怎么回事。怎么老缠住我，我给你帮过忙了，可你不够条件呀，叫我咋办？你不是为难我吗？啊——”一边儿训斥一边儿掏一棵烟自个衔了，也不给亚宝。“李小头怎还会变呀！”亚宝思忖。亚宝气得很，顿时脸就白了，眼亦红了。亚宝盯了李小头五秒钟，一字一顿地递了一句话儿，亚宝也不是脓疱：

“那好，把、我、给、你、的、一、吊、钱、还、我——，还给我！”

李小头一愣，竟呆了一呆，直眼愣着亚宝，可他猛吸了几口烟之后，便又嘻嘻笑了。他说：

“钱？什么钱？谁拿你钱了？证据哪？捉奸拿双，捉贼拿赃，有收据么？有第三人在场么？”李小头一步一步逼到亚宝近前，拿眼横住亚宝，目光里射出阴森气，又似乎是含了恶气。亚宝心中一灭，红眼儿也跟住一黑，嘴唇就紫。是呀！证据呢？我有什么凭据呢？天呐！

亚宝精神完全垮了。亚宝是粗人。他也没甚策略。粗人报仇是要坏事的。人命关天，英香着急了。他了解亚宝。她为亚宝和自己悲哀。她为儿子小虫和闺女小红悲哀。她的眼泪断线的珠子一样滚。她只有流泪的

份儿。

她忽然想起了徐半截子。她就这么想到了他，凭空的。可是上帝的启示啊。她对亚宝说：

“虫他大，你找徐半截子想想法子罢。光愁，光恨，又有什么用？去试试吧。”

亚宝不吱声儿。英香又来推他。他摇摇头，又吸了一口烟，喝了一口酒，站起来。走了。

徐半截子是蚂蚁湾的“小诸葛”、“智多星”，著名“促狭痨”。刚解放时搞过几天户籍员，专管湾里百十号人的户口儿。徐半截子长得凸额凹嘴。三料个，秃头亮顶，只在耳朵边象征性地长了几棵癞毛。像个麻雀屁股。确有异相。徐半截子的最“促狭”的特长是编顺口溜儿。他编的顺口溜儿搜集起来足以出一本书。过去的，说湾里农村状况的，如：会计欢喜票子，队长欢喜稻子，社员苦得像个痨子。现在的，说湾里干部的，如：开会上传下达，下村杀鹅杀鸭，回来白白发发，亲属全部安插。但其中最有代表性的一则是关于大跃进的一则。他自己这辈子也正栽在了这一则上。他把大跃进做了个形象化的比喻：

吃饭三扒两噎
屙粪一镇两截

当然该打成“右派”，于是革职回家。一晃二十年。也活该。徐半截子恰也太促狭。一回他到理发店剃头，他进到门里后，走向一个美丽动人的白脸女理发员面前，毕恭毕敬地问：

“师傅，剃个头几个钱？”

“1角5分。”这是很早以前的事了。师傅答。

他又凑上前去，挤了挤拉疤眼，又一笑，问：

“那，走个边呢？”

美丽动人的白脸女郎抬起头，先一愣怔，忽见得徐半截子那癞痢头，顶上刷亮。“扑哧”一声，接着就不可抑制地喷出一串儿笑来。格格格格……嘻嘻嘻嘻……哈哈哈哈……屋动地摇，足笑了有半个时辰，美丽的女郎就瘫在了地上，脸色苍白，口吐白沫，当即不能动弹，笑岔了气了。险些闹出人命案子。而这时的整个理发店没有一丝声音，所有的剃头刀子都硬在了半空中。这半截子，也太——不堪了。啧，他妈的。

可半截子的心眼儿倒挺好的。他乐意帮助人。好打抱不平儿。点子多。为蚂蚁湾的平头百姓所拥戴，积了些许阴德。

亚宝去了。亚宝恰恰就遇见了。徐半截子正在自家的堂屋里坐着，光住那秃了的头在喝茶听书儿。书说的是扬州平话，名儿叫《挺进苏北》。是说陈毅的事儿。亚宝进去，徐半截子正听到得意处，摇头晃脑，他叫亚宝先坐。一会，书说完了。他关了收音机才注意到亚宝脸儿通红，便为亚宝沏了一盅热茶，问有甚事。开门见山。亚宝慢慢说了。徐半截子先笑眯眯的，后不笑了，后脸上气色似乎变了，后喉结连动了几动，后脸果真白了，后他把捧住的茶盅蓦地往桌上一掼。他并没有说什么。他摇了一摇头，眼皮耷拉下了。似乎已睡去。过了一会，又似乎过了很久。亚宝觉得。是很久，亚宝想。徐半截子忽然说话了。声音如远天的雷，闷闷的，慢慢滚入亚宝耳眼内：

"你把脸转过，我相一相。"

亚宝转了脸对住徐半截子。那有些许胡子的下颏和红红脸儿泛着青光。徐半截子端详了片刻。说："你先回去，把胡子壮起来。"他给亚宝一包药粉，"这是生胡素，每日搽脸三次。"叫亚宝半个月后去见他。并说："药不必示人。示人就废了。"

亚宝云里雾里一般，呆住了。徐半截子撵他：

"去吧。"

亚宝就去了。亚宝是实心人儿，规规矩矩按要求做了。果然就有了效果，半个月后，亚宝竟使人不敢认了，他真长了一蓬浓密的胡子，显得横蛮多了。亚宝便去见了徐半截子。徐半截子非常欣赏，连说："好，好，很好。"就又把亚宝引到内室，捏出一柄七寸子小刀。小刀寒光逼人，吓了亚宝一跳。徐半截子却笑了："别怕，不是去杀他。这样的人也不值得去杀。倒是去吓他。这叫斗智，但这小刀要玩得熟。熟了，才能精。精了，问题就自己解决了。叫'精到自然成'。你先练住，像我这样儿……"徐半截子说住就把小刀抡了起来，抡得溜圆。几乎不见刀儿，只恍惚见一个环儿闪住。亚宝看呆了。

徐半截子停住手，把刀递给了亚宝，说：

"练吧，就这样练。"

亚宝接了小刀，也试住扔了几下，却把刀掉地下了。亚宝又拾起再扔。亚宝是粗人儿，读书不行，杂耍可挺在行，确显得聪明过人儿。没想十来天过后，手上退了一层皮，却又长了一层茧，那小刀儿亦扔得挺"悬"的了。虽不及徐半截子，亦说得过去。徐半截子见了，很满意儿，连说：

"不错。不错。很好。很好。"

就夺了亚宝手里的刀，拍了拍亚宝的肩："满师了，喝酒去，可由你请客……"

两人就买些卤菜和一碟花生，关起了门，剥住花生米慢慢喝将起来。

酒过三巡，徐半截子脸已红了，他要亚宝"多喝几杯"。亚宝于是又喝了几杯。

徐半截子放下酒杯，说：

“亚宝，你，哈些气给我，对住我脸哈。”亚宝哈了。徐半截子使劲嗅了一嗅，说：

“还差一杯。”于是亚宝又喝了一杯。又哈了。徐半截子说：“行，这么办儿。”徐半截子就对住亚宝的耳朵眼儿，如此这般，说了几句。亚宝点头如小鸡啄米。最后徐半截子一拍亚宝：“去吧你——”

亚宝去了。亚宝一路将那七寸小刀抡住，红着胡脸，不少人围住看稀奇，可又不敢走近，他们不晓得亚宝怎么了？他们被亚宝的如此行为吓懵了。

亚宝乜斜了红眼，蓬住又浓又密的胡脸。歪歪趔趔地向李小头家直奔而去……

英香母子的户口全都解决了，在亚宝去了李小头家的第七天上。

湾里传得厉害，有人说，那天亚宝去，李小头正和他姘头“那个”。这当然有点诋毁李小头，很难说的。亚宝破门而入，刚好撞到，李小头的姘头吓得无可无不可。李小头倒假正经，可亚宝并不弄他，只是将那七寸子小刀在李小头面前飞旋，如电动风掣的轮子一般，李小头反不见那要命的小刀，直觉眼前发黑，一轮寒气直逼而来，然还强撑住胆儿，说：“亚宝，你，你，量你也不敢……”亚宝仍不弄他，倒停了七寸子小刀，用右手擎住，慢慢向自己的左手食指移来，终于撂住根部，只轻轻一削，便有一块肉儿自动离了那手，一会儿血才见了，亚宝又用口咬住小刀，右手便捏了那块肉儿，走到李小头跟前，将肉儿慢慢的、非常自信地杵到李小头嘴里。这时李小头已被吓住，白瞪住那眼，脸倒绿了，自被吓得昏了过去……后来亚宝便走了。还有另外的说法。传得神神道道，也不知真假。倒是有人见过亚宝手被一绷带吊住，而亚宝却说：

“杀牛弄的……”

然户口批下倒是真真确确的。

批下不久，亚宝请了些人吃饭祝贺，那次亚宝喝多了，只是又笑又哭，也不说话，最后倒是说了，却只一句，是句粗话，挺歹毒，说道：

“你不×他妈，他不叫你大。”

秃头秃脑，也不知是不是说的这事。

1989年8月于北京鲁迅文学院

同年10月二稿于淡水斋

（原载《金潮》杂志1990年第3期、《大家》1994年5期、《小说月报》1995年第3期转载）

1976 年夏天的某个下午

一

1976 年夏天的这个下午闷热无比。蚂蚁湾肮脏的街巷里尘土飞扬，路边的法国梧桐树叶布满尘粒，打着卷儿。各种昆虫在墙缝、在草丛、在碎瓦砾里发出痛苦的唧唧鸣声。这个夏天知了似乎特别多，都伏在树干上神经质地痉挛般地噪聒不停。

在蚂蚁湾唯一一所中学的某个教室里，正在上地理课。讲课的先生是个矮且瘦的凹脸的戴深度近视眼镜的男子。他正磕磕巴巴地讲什么地球的降雨量这一节。他是个结巴。而且满嘴口头禅：那个呐……现在他正笔挺地站在讲台前，照本宣科地在念："地球上降水量那个呐分布很不那个呐均匀。例如：印度乞拉朋齐那个呐年降水量可达 1 万毫米以上，而那个呐撒哈拉沙漠中往往那个呐终年少雨。我国年降水量的分布东南那个呐较多，西北则较少……"这时他的半斤多重的眼镜已被汗水滑到鼻尖，眼看就要掉下，于是赶紧推了一把，这一分神，他却不知念到哪了，就问学生是不是撒哈拉沙漠，学生仰头望他，并不回答，有同学窃窃地笑，他于是接着念："……而撒哈拉沙漠中往往那个呐终年少雨，我国年降水量那个呐分布东南多，西北少，华南约 1500-2000 毫米，而西北大部，则不足那个呐 100 毫米……"那个忍住笑的同学终于控制力差，"扑哧"笑出了声，紧接着也有几个同学嘻嘻嘻假笑。他抬眼从镜框上扫视那个带头笑的是坐在后排一个歪嘴。这歪嘴是全校最调皮的学生，他的父亲又是蚂蚁湾的公安局局长。眼镜知道不好对付，就将目光从歪嘴脸上滑过，假咳了两声。眼镜知道这笑声的缘由全是自己念得不够流畅所致。他虽然竭力想念得流畅点，凹脸倒如一只盛鸡血的陶罐，可效果仍糟得很。没有办法，他只得扭了身体到黑板上去板书，把一张没有屁股的皱巴巴府绸黑短裤丢给无精打采的学生们。

前排几个扎着小辫的女生如小母鸡一般涨红脸在愣着耳朵听着，忽然无了声音，都张了嘴仰望着那黑短裤，眼睛里写满"困"字，却又不住地用小手绢扇点象征性的风。男生则照例东倒西歪瞌睡样，哈欠声传染似的

一个接一个递过去，传口令一般。有几个竟愣头愣脑地傻笑了起来。后排的歪嘴这当儿乘机给麻子和秃头各扔了一个纸团，三个人瞄了一下黑板，就猫了腰半蹲着溜到后墙根。那儿有一个洞。三个人游鱼似“吱溜吱溜吱溜”从洞中很快踅了出去。

踅了出去的三个少年便立即显得鲜活了起来。宽膀的歪嘴狠狠擂了瘦长的麻子一拳，麻子一个趔趄，又去擂矮小的秃头。秃头矬，滑了，便回揍了歪嘴的抡圆的肩肌。三个十五六岁的少年快乐地咧嘴笑了。歪嘴的嘴一斜向左耳撇去。太阳孤独地孑行在辽远无际的天穹，羡慕地盯着他们。

秃头说：“妈的，憋死，上节课玩得忘了。”便走到墙边掏出小鸡，贴上墙。歪嘴和麻子受了感应，便也贴了过去。三支细线直滋那白白的灰墙，灰墙发出接吻般的“啵啵”的吮吸声。倏忽尿迹全无。

这边显得很是辽阔。偶尔有一阵小风，于是就凉爽了许多。这里是县里唯一的一座粮库。有极大的晒谷用的水泥场，有无数个小山似苇席圈的粮囤。有好几排一模一样的灰砖大库。大库的正面墙上一律写着“仓库重地，禁止烟火”。

这个地方是这三个少年的“极乐园”。他们每次光顾这个地方都会有些收获。要么几把花生，要么几把玉米粒，要么几块红薯片。这里守仓库的是个脸上有刀疤的老头。老头别看有六十多岁了，可眼睛尖，耳朵灵，像只极瘦的猴精。

待撒完了尿，歪嘴他们又沿水泥场转悠了一回，想看看老疤今天在干什么。今天的老疤仍然坐在那棵泡桐树荫下，可不是在瞌睡，而是在跟一个极胖的妇女说话。他们三个从老疤面前走过时，老疤抬头看了他们一眼。于是老秃一下就泄了气。晓得今天不会有大收获。他们假装过路似地走了过去。可不一会身后就传来那个胖女人嘻嘻的笑骂声，歪嘴于是便说不是一点希望都没有的。关键是大家有没有必胜的信心。他和麻子就走到极远的北墙根底下，就指使老秃到储红薯片的囤子里去弄几块红薯片嚼嚼磨磨牙。那个囤子比较背道，最好得手，于是老秃极痛快地去了，过一会儿，果然就装了两兜红薯片来。于是三个少年就找一个较阴凉的处所坐下，边嚼红薯片磨牙边极快活地说起话来。

“秃，你说韦小红长得丑不丑?”歪嘴歪了脸对着老秃，一副征询意见的虔诚模样。韦小红就是坐在第一排边上的那个女生。刚才凹脸上课时，韦小红的一只腿刚好到过道上。女生一般是不卷裤腿的，因为天气热，窗口热浪滚滚，韦小红的脸上汗珠直冒，也顾不得女孩子家的白腿不宜太露，就索性卷了两道，露出了刺眼撩人的丰满白皙的圆滚滚的小腿肚子。歪嘴正烦躁不安，忽见那一截白藕斜插地面，于是就出神地研究起来，同时就觉得凉爽一些。歪嘴现在又忽然想起那截白腿，他以为老秃也注意过。

“不行，脸扁。”老秃非常坚决，他并无小腿的经验，也怪不得的。

麻子接口说：“我说，陈红珏才漂亮呢！”麻子忽然异常兴奋，嚼了一半的山芋干吐了出来，好空出嘴来再说下去。

因为刚才老秃否定了歪嘴，歪嘴心中不快，可哥们面前又发作不得，就迁怒于麻子。歪嘴不耐烦掰了一块极厚的山芋干，仿佛这山芋干就是陈红珏：

“屁，像个地主婆，脸苍白的。”麻子白受了一场抢白，真是冤死。

麻子于是有些不快，觉得两个老屁胃口太高，也不撒泡尿照照自个的样子，于是一口气乱说一嘟噜名字：

“哪，白小艳、王小玲、铁佳苏、刘玉旭、章小瑜、胡君花……你们说哪个中你意？”说着就用眼睛逼歪嘴立即表态。

歪嘴和老秃交换了一下眼色。“扑哧”一下全笑了。他们没想到麻子一下子点出班上这么多女生来。于是竟真像那么一回事似的正儿八经地想了一会，之后一致认为：

“王小玲。”

“嘻——”麻子不以为然地一撇嘴，可脸竟不争气地先红了。“她好看？她哪好看？”

老秃说：“是好看，翟新也这么说。”翟新是班上年龄最大的一个同学，有一年夏天洗澡，老秃恰好见到翟新的下裆竟跟大人似一派浓茂，他当时真是又骇然又惊奇，一下子就觉翟新伟大起来。之后他就蛮佩服翟新，他又补充说了一遍。“翟新说她奶子大。”

一句话，把三个少年全弄愣了，连老秃自己也呆住了。他没想到自己竟会讲出这样流氓的话，脸有些红。歪嘴忽觉得坐着极不舒服，就斜站起来，一只腿虚着。他脸也涨涨的，而且感到周身极其难受。他倏地来了勇气，仿佛跟谁人赌气似的，大声说：“走，我带你们看稀奇去。”他晓得老人委后面的女厕所坍了些砖头，站到水利局楼上可以看到里面的稀奇。

麻子和老秃并没反对，三个少年拍拍屁蛋子上的尘土一下子栽进毒日头下。

二

古城墙埂上充满尸臭。湾里人不自觉，把死小猪死狗死鸡死鸭都扔到埂畈。在这样的季节还不很快就变成蛆？于是埂上蛆虫乱爬，空气中弥漫了一种强烈的刺鼻的腐臭气味。三个少年赶紧踩着蛆虫逃离了这魔地。

这三个少年并不丑儿。除了歪嘴嘴真有些歪。麻子不麻，秃子不秃。麻子长着小白杨似的瘦长身子瘦长脸。麻子就是说话大舌头，有些呆气。

他的爸爸是个大麻子，同学就将他爸爸的不是强加于这个俊美的少年。可麻子并不悲哀。他爸爸虽麻，可麻子自有麻福、麻运。他父亲在蚂蚁湾有一个重要职务：知青办主任。在那个年月，有这样一个职位，你想想吧。麻子家生活水平就是蛮高。麻子姐妹四个，上面仨姐姐。他是老儿子，理所当然更受父母宠爱。蚂蚁湾土话叫："惯麻包"。麻子就是惯麻包。而老秃呢？老秃在他们三个中最小，才14岁，个子也最小劲也最小。虽然他时常参加歪嘴他们举"石担子"（一种土杠铃），但他只能举四五十斤。老秃被叫老秃是最近的事，他其实有一头乌黑贼亮的柔发，可上个月他将它们一扫而光。他至今还记得那个早晨他一到班上所有的同学都笑了起来。男生则抢着来摸他的头，且嘴里不住地叫着"秃驴秃驴"。女生则站得远远的，嘻嘻嘻直笑。老秃是有些心思的。他虽和麻子一样也是独苗，可他并不是他父母的精血捏成。他是过继给姨母养的。他的亲娘用毕生的精力生了十六个孩子。他是老幺。理所当然要送人去养。虽然他的姨母也非常爱他疼他。可老秃始终觉得有些别扭，没有生气，张狂不得。可老秃也有引以为自豪的地方儿，多少弥补了些儿童的强烈虚荣心。他的老子是蚂蚁湾的一个人物，掌管蚂蚁湾这个县的农林牧副渔畜禽，——他爸是蚂蚁湾的农林局长儿。

歪嘴的嘴既非假歪，也非独苗。他弟兄五个，他排行老三。他母亲一口气连着屙五个男娃，每个之间只差一岁。所以他既无麻子的福气，又无老秃的悲哀。他长得高大力气又大，一般同学是不敢当面叫他歪嘴的。都是背后喊喊玩玩。只有他们仨这个钢铁之交的哥儿们才能当面随便乱叫。

按照老话迷信说法，这三个少年真是有缘分儿。首先是他们都姓王，老秃叫王立新，歪嘴叫王文革，麻子叫王卫东。因为他们仨好，又都姓王。同学们背地里叫他们"蚂蚁湾三王"。这话含有一点贬义，但也不乏羡慕和嫉妒。他们仨也曾搞过"桃园三结义"之类的把戏。曾咬破手指蘸点血兑在一碗汤里，喝了。嘴里嚷些苟富贵勿相忘之类的陈词滥调，歪嘴算是大哥，麻子排行老二，老秃则是小三了。可把戏归把戏，关键还是实质。他们仨哥们可真是钢铁之交。去年冬天，歪嘴在蚂蚁湾唯一的碧玉泉浴室玩儿，不小心将一只腿儿伸进了滚沸的"打毛巾把子"的罐子里，待拔出那腿，捋起裤子，一层嫩皮已经蜕光。整个一个冬天，歪嘴卧床不能起来，谁服侍他了？还不是老秃麻子每天围在他床边转，陪他说闲话解闷忘疼。可是不管怎么好，他们血管里流的不是一脉精血，所以他们仨性格差异还是蛮大。歪嘴身高马大，背宽腰圆，显得有些鲁莽，似他的公安局长爸爸，而麻子呢，则有点牛皮，因家里经常吃"外快"东西就长得白胖一些，还经常说他爸爸享受副县级，老秃则由于劲小个子矮，又是过继，就显得有些怯弱，甚至有时更显得乖戾狷介，他经常能将一些纸头撕成碎片放在嘴里慢慢咀嚼，之后就再也没有吐出。

这三个少年绕过老城墙，向左一拐，过一条巷，再向右一弯，就是老人委了。厕所在老人委的东南角上。这是一个旧式木结构厕所。大概是五十年代的产物。原来女厕所这边的门有一个半圆形的围子。后来不知怎么搞的，围子的砖慢慢坍塌了，也没人问。终于只剩下一小片了。歪嘴是去年发现这个秘密的。他曾偷偷来过几次。每次多少都有点儿小小的收获。

三个少年有说有笑，带着一种神秘和莫名的激动在这下午三点钟的时刻登上了老人委旋转的楼梯，登上了三楼楼顶。

登上三楼顶的三个少年眼前一派辽阔。可他们心里却非常失望。他们只能望见女厕所靠外的两个水泥蹲坑。坑却是空的。歪嘴似他爸一般发了脾气：

“妈的，不走运。倒霉透了！”就有些恼怒，有些泄气。

麻子倒沉着些，慢悠悠地甩了老秃一下，说：

“不急的，哪能这么巧呢？一来就遇见，没味！坐一会儿吧，我倒有些腿脖子酸。歇歇。来支烟。”

于是麻子给歪嘴和老秃一人发了一支“大红花”。三个少年点上火就人模狗样地吞云吐雾起来。

登高而望远。偶尔有一群白鸽从一座楼上飞起，在空中盘旋一阵又落到别个一座楼顶。这些白鸽子在这夏日的炽烈的毒日头下显得格外炫目洁白。给三个少年带来些情趣。西门火葬场的烟囱高耸入云，非常醒目。麻子作忧郁状地一指那烟囱，说：

“那，就是我们的家。日后老了我们都要去的。你看——冒烟呢！”麻子又一指。老秃和歪嘴看时，果然冒烟。

老秃又假忧郁地说：“要是进天堂倒罢了。入地狱可就遭了！”

歪嘴挺乐观：“绝不会，我们不做坏事。”

麻子说：“迷信！真迷信！”

老秃笑了起来：“嘻——不做坏事？真该打你的嘴！你现在不是在做坏事？”

于是三个少年极快乐地哈哈大笑起来。

又等了一会。歪嘴抬头望望那两蹲坑，还是空的。歪嘴耐不得寂寞。于是说：“说个故事听听罢。”

老秃说，奇怪，我昨晚做了个梦，是杀人的。怪怕人，我一吓被吓得尿了一裤。

歪嘴的嘴狠狠往左歪了一歪，说：“什么梦，吓了一裤子？”

于是老秃就说那吓了一裤子的梦。

麻子可没兴趣听老秃的一裤子。他一直在注视目标。可烈日下的那一

片灰屋脊下竟没一个人出没。连只老鼠也没有。麻子有些松懈。这时他忽然看到楼下一只受伤的蝴蝶在扑翅膀。麻子的眼睛真好。他只见一只麻雀正在那里啄它。蝴蝶在不住地扑翅膀，麻雀一蹦一跳地撵，啄一口，又啄一口。蝴蝶痛苦地扑闪着翅膀，直到那只蝴蝶跌入阴沟，麻雀才“吱溜”一声，箭似地射入一个小杂树丛里。

“注意！有情况！”麻子忽然惊叫一声，转脸不看蝴蝶。

老秃噎了讲到一半的梦。三个少年一起抬头，去朝那东北角望去。

他们果见一个头发蓬乱的妇女边斜仄了胖腰解扣子，边急匆匆地往厕所里走。可是那老娘没蹲那两坑儿。这贼精的老娘！

“唉！”歪嘴。

“噫！”老秃。

“啊——呸！”麻子。

真是扫兴之极！

三个少年才叹息一半，眼尖的麻子忽又惊叫：

“注意！又有目标！”

三个少年立刻噎了叹息。目光齐齐地抬起，他们眼睛里走过一个穿花裤衩的脸红扑扑的小姑娘。那小姑娘低着头，看住自己脚尖悄没声息地顶着夏日的毒日头走进去了。三个少年的目光拉直了。半天，半天。仿佛过了一百个世纪。小姑娘出来了。脸似乎更红些。仍低着头，看住自己的脚尖悄没声息地顶着毒日头匆匆走着，似要立即逃遁。

三个少年都不吱声了。歪嘴的那嘴已完全挂到左耳朵上去，如刀砍的新鲜伤口。

又一群白鸽子亮过蚂蚁湾夏日的天空。鸽哨朗朗。淹没在一片楼群之中。

三个少年没人领头，没人招呼。默默地下了楼，直奔歪嘴家去。

三

歪嘴家住蚂蚁湾的西城，靠越河。也就是平常的一个四合院。棉砖实砌的墙，棉砖实砌的院子。院子里有一口水井。水井上是一棚青枝绿叶的葡萄架。葡萄架上的藤蔓，抖下了一片荫凉。走廊上是一地盆花。有一株月季开了五六朵紫红的大花。还有一棵含羞草。院子中心是一株苦楝子树。树干上拴一条黑狗。老秃进了院子就径直去抱那狗。狗见了老秃就把尾巴摇个不住，用头去蹭老秃的脚，还伸出粉红的舌头去舔老秃抱它的手，极粘磁的样子。麻子则走到走廊上，一下一下去弹那含羞草绿羽毛般的叶子和茎干。叶子很快合了起来，茎也随麻子的手萎了下去。麻子极有兴致地一片叶一个茎地弹。终于将那株仪容娴婉的可怜儿弄得完全羞答答才罢休，光剩两朵淡淡的浅浅的小紫花坚挺在中心。

歪嘴89岁的奶奶正坐在堂屋门口缝制自己的老衣。她这老衣已缝了十年。缝了拆，拆了缝。歪嘴跨进门，叫了一声奶。

“奶。”

可她并没听见，她的耳朵已彻底聋了。歪嘴喊只是一种习惯，并没意义。喊了之后，歪嘴又转头向老秃和麻子招手，叫他们进屋。

进了屋的老秃和麻子立即往歪嘴床上一躺，翻起了跟斗。

歪嘴去他爸的屋里，掀开被子，一看，他爸把枪带走了。歪嘴准备把枪拿给他们玩的。他爸的枪以前从来都是压在被子下，是五四式，屁股上拴着红绸带。

歪嘴又非常失望。

歪嘴回到自己的房间，显得有些怏怏的。见到在床上翻跟斗的麻子，嘴里就骂了一句，一屁股往麻子肚子上一坐。

麻子啊哟一声，一个鲤鱼翻身，坐了起来：

“我给你说个笑话，解解闷吧。”

麻子于是正儿八经地说了起来。麻子说从前哪。歪嘴说唔从前哪。麻子说有个读书的秀才。老秃说是的是的。麻子说每次出门都要看一下皇历。歪嘴说我晓得皇历叫四旧。麻子点点头，说对，都要看一下四旧。麻子说这一天哪他想去拉屎，也拿了四旧翻翻，四旧上说今天属木，不能从门里走。歪嘴说那他去翻窗子呀。老秃说窗子也不能翻，窗子也是木头的。麻子说啊呀啊呀你们不要岔嘴好不好。老秃歪嘴说好好不岔嘴不岔嘴。麻子于是接着说他那就像我们一样在后墙挖个洞，想爬出去，正挖着哪，那墙倒了，正好压住了那个书呆子。他的儿子看见了，就来救他，他在土下说不慌不慌，去看看书能不能动土。儿子只得拿书来看，一看，原来，他爸看错了；今天不是木而是土，不能动土了。这一来老子就在土里说别挖了吧，明天再说吧。儿子急了，就扯老子的裤子，一扯哪，呆老子屎急了，一滋就滋了儿子一嘴。麻子说着就用手去弄歪嘴的嘴。仿佛歪嘴嘴里就是屎。

老秃说：“什么故事！不好玩，我给你们讲个好玩的。”

老秃说，从前，有两口子走野路。他们走着走着，走到一个大河边。河边长满茅草。那个男的也是屎急了。他就叫他老婆等一下，自己就到河边草棵子里拉屎去了。女的哪就在路边等。等了半天，她男的也不来。那女的就急了，莫不是掉到河里去了。就走过去一看，原来她男的正用手在裤裆乱抓。女的再一细看，原来是一只老鳖咬住了他男人的鸡巴。女的也急了，就帮她男人拽。拽了半天，终于拽下来了，已被咬掉一截了，都淌血了。老秃笑得说不下去了。歪嘴便向麻子挤挤眼道：“看看老秃淌血了

没有!”

说着就扑上去掀翻了老秃，麻子赶紧一翻身，骑到老秃的身上，按住老秃的裤子往下褪，一边就将手伸进去捉老秃的小鸡鸡。捉出来的小鸡竟是挺挺的。歪嘴去将他爸的朱笔拿来，在老秃光秃秃的小鸡上一气乱抹，弄得血肉模糊一般。

笑够了，闹够了，麻子才从老秃身上下来。老秃沮丧地坐起来，看把那件小裤头也弄得通红，便冲麻子和歪嘴狠狠骂了一句，说：

“看看，就这一件好裤头，弄脏了不是?”

歪嘴说：“走，到越河洗澡去!”

越河真是一个妙处。

河边柳树茂密，微风中曳动的柳条在水中悠来荡去。知了躲在柳条丛里拼命嘶叫，仿佛不叫不足以驱走酷热严暑。歪嘴他们来到一个垂钓的人身边。此人将一顶破草帽压到额下。老秃见钓者脚边水里有个鱼篓，就想蹲下捡起看看。正欲动手，忽听草帽一声断喝：

“搞鬼东西！吓跑了老子的鱼!”

老秃住手抬头一看，不禁笑了。原来此人他们认识，是湾里“炸炒米”的“徐半截子”的老儿子“小锅子”。小锅子比歪嘴他们大一两岁。冬天他们经常在一起滚铜钱（一种孩子赌博的方法）。老秃捡起水中篓子看看，里面只有几条“虎头”，就说：

“怪道吃枪子似的，原来今天晦气啊!”

小锅子这时缓下脸来，问歪嘴：

“歪儿，你们几个不上学，跑这搞什么?”

歪嘴叹了一声，甩给小锅子一支“大红花”，半嘲讽地笑说：

“你兄弟也不如此。你怎么又跑到这儿来啦?”

小锅子说：“真他妈窝囊透了！昨天下午到粮库想弄几块山芋干嚼嚼的。没承想让老疤给捉住了。被生生打了一顿不说，老东西还把我送到学校交给凹脸。凹脸也不近人情，叫我他妈的请家长来。我没得办法只有垂头丧气地往家走，自认倒霉吧！咦！我走到碧玉潭巷时，你能猜到我撞到哪个了？撞到你们班上的王小玲！我问她干什么？她说她的一双丝袜不见了。我说八成被人偷跑了。她说不可能，我奶奶在家，肯定是我早上没夹好让风吹跑了。她叹了一口气说，真倒霉，就这么一双好丝袜，偏偏就丢了！她说着就沿着巷子一寸一寸往前找。那个可怜的样子，我见了都心疼。”小锅子说着放下鱼竿坐下来，一副心思重重的样子。过一会，他接着叹道：“你们班上的王小玲长得真是漂亮。我要是像你们都是局长的儿子。王八蛋才不娶她呢!”

歪嘴老秃麻子同时都脸红了。麻子那张小白脸红得更甚。麻子嘟嚷道：

“不是局长的儿子，同样可以娶她的。她又不是局长女儿。”

小锅子驳道：“这话就差了。局长有权呀！有权就有钱呀！有了钱不就可以娶她了，不就可以给他买丝袜了?”

这几个孩子又斗了一会儿嘴。歪嘴忽觉得没有意思。老秃和麻子也有些烦躁起来。于是他们跟小锅子招呼一声，就又往老歪家走去。

走到歪嘴家门口，歪嘴却拦住了老秃和麻子。他犹豫了一会，坚定地对麻子说：

“麻子，我们做一件好事。给王小玲去偷一打丝袜，——怎么样?”

麻子立即高兴了起来，脸又有些红。他说：

“老歪，行！秃儿，你看怎么样?”

“行!”老秃也挺坚定。

太阳还是相当铺张。各种昆虫躲在墙缝、草丛和碎瓦砾间吱吱鸣叫。知了振动着翅儿在泡桐树、樟树、苦楝树和刺槐树叶间拼命噪聒。这些声音汇集在一起，仿佛整个蚂蚁湾在叫。

老歪他们从蚂蚁湾镇的西城收起。蚂蚁湾镇究竟有多少街巷他们没作过统计。可是每条街巷对于这三个少年真是太熟悉不过。这个夏天的下午湾里的大人们不知都躲到哪儿去了。前一段闹的那地震，把大人们革命的热情似乎减弱了许多。这才叫万巷人空咧。所以他们太容易得手了！他们从石灰窑巷到干汤门子巷，从干汤门子巷向左拐，向右拐，再向左拐，就到了揣骨町巷。这些人家都把衬衫、裤头、丝袜，还有女人胸口罩的那小玩意儿晒在巷口。老秃放哨，歪嘴去偷。之后就全别在麻子的裤头里。才一会儿，他们就弄到五六双了。

初战告捷鼓舞了这三个少年的斗志。他们一气又走了许多巷。从西湾子巷到四岔口巷，之后到苏家嘴巷，之后到陈师庵巷，再转到北门，走了井儿头巷前窑巷车逻子巷，又到东门，逛了荻垛巷和黄家尖巷。

之后他们到了碧玉潭巷。

这碧玉潭巷可有些来历。原先这地方算是蚂蚁湾的东门外了听大人们说这地方在古时候是蚂蚁湾的一个什么庵。后火烧，后又建，后再烧。如今这儿是蚂蚁湾的东方红电影院。什么庵已荡然无存，而原庵里的那口井却不偏不倚地戳在电影院的门前。井里水常年碧清。——真是碧清碧清咧。因此得了“碧玉”之称。且这井水也恁怪，终年不升不降，老是离井口尺把多深。旱不浅，涝不溢。——实实在在如此咧。蚂蚁湾人都以为怪。湾里人吃水洗用如今仍到这井里取。大人们说恰是福荫了蚂蚁湾这方蚁民。

陈红珏家就住在这井的对面院子里。歪嘴他们每天上学都撞见陈红珏

曲着小辫子背着书包蹦过来。

那院子是个葫芦形。院中心有一棵石榴树，树上结小小的粉红花儿。有一只蝉在树头不停地叫。有几只鸡在树根下刨土。一只猫蜷在一家门口的小竹椅上。门口有一个小丫头扎着蝴蝶结，穿着小汗衫，胸口已有点鼓鼓的了。老秃说那是陈红珏的妹妹。小丫头正用蝇拍打苍蝇，已打死了十几只了，堆在一起。老秃他们在院子里转了一下。小丫头望了他们一眼又低头打苍蝇。老秃看见有一双肉色的丝袜晾在石榴树下的铁丝上。老秃认得那是陈红珏的。平时上课时老秃最喜欢看陈红珏过道上的腿，所以老秃记得。老秃对歪嘴说：

“看，那是陈红珏的呐!”

歪嘴和麻子都抬头看，笑说：

“陈红珏？屁呢!”

老秃有些急，说：“真的，真的呐!”

麻子说：“管她陈红珏李红珏的，把它偷来。”

老秃犹豫半天，脸有些红，对歪嘴嘟囔：

“不偷了吧。偷老同学的，太不值。陈红珏回来要哭的。再说王小玲穿到班上去，也会被陈红珏认出来的呀!”

歪嘴说：“有道理，有道理。——不过你小子是不是喜欢上她啦?”

老秃脸又红了，摇摇头，又点点头。

歪嘴说：“好，听老秃的。朋友之妻不可欺呐！老秃喜欢的人，不能欺的。”想想，又说：“走吧，今天也差不多了。走，我们到胭脂山千秋亭上去坐坐歇歇，把那些丝袜整整好。明天上课时就放到王小玲书包里。”

于是三个少年就离开了碧玉巷，直奔胭脂山千秋亭而去。

四

三个孩子坐在千秋亭上。

麻子建议把这些丝袜接起来，看有多长。这个建议受到老秃和歪嘴的强烈响应。于是他们不顾酷热天气饶有兴趣地做起这种毫无意义的工作来。

接这一堆各色各样的丝袜很浪费了老秃他们一些时间。待接好的丝袜由麻子和秃头牵着两头叫歪嘴过数时足足有三十多只。

麻子建议我们还是玩一回上吊的游戏。麻子说前两天听他98岁的曾祖母说（他曾祖母的身上长满绿斑）。乡下有个姑娘被父母逼着跟一个比她大二十多岁的丑老头结婚。结婚之后这俏姑娘不肯跟那丑老头睡觉。那老头好言哄了俏姑娘三天。俏姑娘始终不依。老头白白被煎熬了三天，终于受不住折磨，就发了疯。将那姑娘一顿毒打，逼她就范。没想到就在这天夜里俏姑娘就穿上娘家的陪嫁衣裤用丝袜吊死在一棵歪脖子树上。麻子曾祖母的意思似乎这个世界越变越坏，越变越不成样子了。麻子曾祖母说：我们结婚的时候可没有这样的事。曾祖母絮絮叨叨反复重复所以弄得这件事麻子记得特别清晰。

这个建议又立即得到老秃和歪嘴的强烈响应。这个闷热的下午，这三个无聊的少年，能想出这么一个解闷的方式也真是蹊跷古怪聪明绝顶。愚钝的麻子的两个建议同时都被老秃和歪嘴接纳，一时显得相当激动，眼中冒泪，就要求自己先吊。这个建议立即遭到老秃和歪嘴的强烈抗议。于是只得采取抓阄的方法。由歪嘴用纸片写上大鱼小鱼小虾三种字样，然后团在一起往空中一抛，之后由各人捡。捡的结果仍是麻子第一，老秃第二，歪嘴小虾。

于是歪嘴就将接好的丝袜吊在亭子的横梁上。歪嘴抱住麻子的腿将麻子头够着丝袜的活扣。麻子吊好后，就叫歪嘴松手。歪嘴才准备放手，麻子立即怪叫起来，而且脸憋得通红。歪嘴赶紧抱起麻子放下。放下的麻子便算玩过。麻子有些气喘。他说：

“难受死了，难受死了。以后寻死再也不用这种方法。”

以下轮到老秃。老秃也由歪嘴抱住腿吊了一回，就下来了。同时也有些气喘。并且模仿麻子的声音：“难受死了，难受死了。以后寻死再也不用这种屁办法。”并建议歪嘴不用再玩了。

歪嘴嘟哝：“你们都玩过了，叫我不要玩。你们这些脓包，看我老大的。”说着叫麻子抱腿。因为麻子劲大些。老秃劲小。这时麻子说：“我撒泡尿就来，你稍等一会。”

歪嘴还有些不高兴，骂了一句蚂蚁湾妇女骂伢子的土话：

“懒驴上磨尿屎多。”

说得麻子极快乐地哈哈大笑了起来。麻子跑下亭子，跑下胭脂山，到山下的厕所去了。

这时的歪嘴和老秃坐在亭子的栏杆上。歪嘴给老秃发了一支“大红花”。于是两个少年便吸起烟屁来。现在大约是下午四点。酷热的日头正无情地炙烤着蚂蚁湾的大地。树叶间躲着的知了遭杀一般聒噪。墙缝里、碎瓦砾里和草丛里的各种昆虫也在拼命吟唱。仿佛这样可忘却燥热，然而它们给歪嘴和老秃带来的却更是闷躁。烟已抽了一半，麻子还没回来。歪嘴指着一堆碎砖里的一种声音。问老秃：

“这是什么叫？”

“油葫蝼。”老秃不假思索。

歪嘴又指一种声音。

老秃说：“蛔蛔。”

过了一会，一个很细微的声音在草丛里低吟。歪嘴得意地说：“这个，这个。”

老秃细听了一会，有些犹豫地说：“纺织娘吧——”

一支烟就这么吸到烟屁了。可麻子仍没上来，歪嘴于是指使老秃：“你去看看。

这家伙搞什么名堂。”

老秃不情愿地说：“我不去，晒死了。”

于是歪嘴就提议我们再玩一回上吊的游戏。这回是我的了。老秃说：“不行不行，再等一会麻子。我劲小，抱不动你。”

歪嘴说：“不要紧的，你抱不住，我用手拉住就行，不费事的。”

老秃不情愿地站了起来。歪嘴又去系好丝袜。这时歪嘴叫老秃抱住他的腿，好让丝袜系在脖子上。系上丝袜的歪嘴还对老秃说：“你慢慢把我放下点。”老秃在歪嘴还没说出之前已经将歪嘴放下了一些。他感到很吃力。只过了一会，歪嘴脸便涨得紫红。下面老秃也说支持不住，手就把歪嘴渐渐放松了。这时歪嘴手向半空划了两下，又垂下了。老秃感到情况不妙。他吃力地抱住歪嘴的两条腿，脸正对住歪嘴的裤裆。他就对裤裆说：

“老歪，你坚持一下。一定坚持一下啊，我去叫麻子！”于是老秃就松下歪嘴便跑，跑下千秋亭，跑下胭脂山，进到厕所。

进到厕所里的气喘吁吁的老秃，一眼见到麻子。见麻子正用手在裆下弄来弄去。麻子脸上有些潮红。老秃也顾不得这些，一把抱住蹲着的麻子，说：“快，快，歪嘴他……”

麻子清醒了过来，一下子感到不妙。便拖着裤子和老秃一起飞快跑出厕所，飞跑上胭脂山，飞跑上千秋亭。

这时的麻子和老秃都傻了眼了！惊呆了！

挂在丝袜上的歪嘴脸色灰白，舌头竟伸出嘴外，眼球凸了出来。歪嘴已一动不动了。

愣了一会的麻子赶紧对老秃说：

“放下，放下，把他赶紧……”

于是麻子和老秃吃力地将这位死沉沉的老歪放平地上。

放平到地上的老歪再也没有立起来。

这时的蚂蚁湾仿佛一下子死了。胭脂山和千秋亭在麻子和老秃的眼里剧烈地摇晃了起来。亭柱歪斜，四周似乎充满踩烂的油菜花的强烈气味和腐烂的死老鼠气味。

泡桐树、苦楝树、乌桕树、刺槐树和老柳树茂密的叶子之间的不知疲倦从不羞耻的知了一下子全停住小号般刺耳聒噪。草丛中的蝈蝈、油葫芦、纺织娘、寒蛇和各种不知名的昆虫都同时停止了鸣叫。蚂蚁湾阒无声息。似乎是史前的一片沼泽。

老秃和麻子死死盯住躺在脚下的歪嘴。吐出舌头的嘴更是向左耳一斜而去，仿佛是指令老秃和麻子立即下去。紫里透青的嘴唇后面露着黑斑的、参差不齐的牙齿。舌头朝一边耷拉着，又肥又大又软和，比脸的颜色还要黯淡。歪嘴的眼睛瞪着，比平时大得多，目光显得又焦躁又茫然。皮肤好像湿土。老秃以为死人看上去大概像普通人睡觉。老秃以前从来没有看过死人。现在看来，完全不是那么回事。死人像是个刚刚吵过架的、怒气冲冲的、完全清醒的活人。这两个少年忽觉得害怕。老秃竟禁不住强烈地颤抖了起来。麻子忽然泪流满面，他嘶叫一声：

“老歪你活过来呀！你不活过来，你爸非把我和老秃给枪毙了不可！”空洞嘶哑苍白的声音在蚂蚁湾胭脂山千秋亭上回荡了一阵，可还是很快被炙热的无情的暑气吸净。

两个少年仍木然地望着脚下的平躺着的“大哥”，呆立在千秋亭上。

酷夏的炽烈的火轮孤独地孑行在蚂蚁湾旷缈的毫无生气的下午四点多钟的穹空。

蚂蚁巷轶事

蚂蚁巷在蚂蚁湾的卵湖后面。

瘪主任是最后一个搬进蚂蚁巷住的人。瘪主任在搬进蚂蚁巷之前在湾里瘪三洼住，瘪三洼在蚂蚁湾的西伯利亚，离蚂蚁湾镇约百十里土路。瘪主任之前是瘪三洼的信用社“土地老爷”，如今调到湾里信用社当头儿，于是住进了蚂蚁巷。瘪主任一看就是瘪三洼的人儿。他刚搬来的那天，亚宝在屋门口喝着酒儿。亚宝见一个外路人走进了蚂蚁巷，就抬了那红红的乌眼，老×打凳地问道：

“你，你，你是瘪三洼的人吧。”亚宝是有些结巴的。

瘪主任抬起那张瘪瘪的脸子，挺了挺瘪瘪的仄胸，那身后的屁股蛋儿也是瘪瘪的。瘪主任瘪了一下瘪嘴子，问：“会做阴阳么？你这个人！怎晓得我是瘪三洼儿的？”

亚宝“哧”的一声倒笑了，那辣辣的劣质烧酒滋了瘪主任一身，瘪主任赶紧向后挪退了半步。亚宝那血红的眼一细，豁了那龅牙笑了：

“嘻——我会阴阳？你不看看你自己？你这瘪三的模样，能不是瘪三洼的人儿？”

瘪主任那凹长形的瘪脸子不禁红了。他于是低下尖削的脑壳左右看了看自个的影子，禁不住也叹了口气：

“唉！这没得屁蛋子似的身子，能不使人认出是瘪三洼的？”又摇了摇头，笑了笑，就轻飘飘地走了过去，开了那间已关了几个月的屋门。那屋原来是戴奶奶住的。戴奶奶原来是旧上海的妓女，后被人卖给蚂蚁湾的一个财主叫胡文举的。这当然是新中国成立前的事了。戴奶奶后来跟胡文举生了几个娃子，如今都长大了。都到很远很远的地方工作，有一个还在外国。胡文举也早死了。戴奶奶在这里已生活三四十年了。他的儿子很有出息，常给她寄些零花钱。前两年戴奶奶得病了，不能起床，儿子们就雇了个小丫头片子专门服侍老娘。就这样也只捱过两年，前几个月戴奶奶静静地死了。儿子们都回来过，县里见儿子们回来也来过。待丧事办完可又走了。这个房子于是就托人打听，卖了。蚂蚁巷热闹了一阵复又平静。买主就是瘪三洼的瘪从贵——瘪主任。

瘪主任打开了房子用清水洗了一遍地。一辆“大东风”驰进了蚂蚁巷口，紧接着从车厢里蹦出几条黑汉，乒乒乓乓一阵把卡车上的物件往刚冲洗过的屋里抬，瘪从贵站在一边指手画脚了一阵。那伙黑汉于是拍拍阔厚的手掌，嘿嘿笑着嚷：

“那咱走了，瘪主任！”

瘪从贵竟也不甚客套，笑笑，又挥了挥手，嘴里倒是谦让：“不好意思，不好意思，难为难为了。”就望着黑汉们三三两两的走，待走远了，瘪主任转回头，对正在洗衣裳的邢大眼老婆嘟囔道：“哼！都是些想借铜子的角儿，这些人！”丢下话头就一头栽回屋里去了。

瘪从贵自搬进戴奶奶这屋，以后就并不怎见到他的人影。他白天好像是关在屋里，不知是睡倒头觉还是捣鼓什么“密的码”。到了晌后便见他人影一晃，就出了巷子。晚上却是深更半夜才归，跫然的足音震得半条巷子皆知，之后是开锁的响声和关门的“吱嘎”声扎入耳膜。

这个瘪从贵，看样儿不地道。

且说邢大眼。

邢大眼住在亚宝家的斜对门儿，亚宝到卵湖杀鹅宰兔都得经过邢大眼家的一人巷。邢大眼不是苏北人，他是河南人。一个河南人怎么流落到了苏北？就无人知晓了。他住到蚂蚁巷倒是人人皆知的，他倒站到邢家已有多年。邢大眼本不姓邢，本姓柴。因了他做了倒插门的女婿，蚂蚁湾的风俗于是就使这个河南汉子丢了祖上的面子，改姓邢了。邢大眼本是绰号，可绰号却因了眼大的缘故。一个40岁的汉子，脸膛被岁月的染缸浸泡成酱色，且黑中带出黄色来，可竟有一双令世人吃惊的大眼。倘若不明事理的生人径自走进蚂蚁巷，又是黄昏时辰。这外路人恰又一眼瞥见，定会吓一大跳。会被这对奇大无比的大眼惊住。疑为两颗星星！

邢大眼极可能是玩猴混穷混到苏北蚂蚁湾来的。他如今仍在玩猴。二五八集市逢蚂蚁湾时，他便早早地就来到十字街的老庚号茶炉旁，把两只瘦猴儿拴在路边的那棵也是瘦瘦的法国梧桐树干上，丢了家伙行头，就用预先带来的干石灰粉慢慢撒出一个有半个铺子大的白圈儿，拍拍手上的白灰，便牵了猴，绕了那白石灰的场子慢慢走。他左手还捏有一面镗锣儿，是紫铜的。只有一个小碟子那么小。右手上的那枚檀木锣梆，就敲得了镗锣，小十字街口于是就听到：

“当！当！当当！当当！当当当！当——”愈敲愈快，那敲锣的汉子和那两只瘦猴子于是也愈走愈快了。

这时就有湾里赶集的人们三三两两的围绕过来了。一会，便站了密密匝匝的一圈。

那邢大眼见人已差不多，就开场了。两只猴儿光被他牵着来到场子中间。这时邢大眼一抱拳，说：“各位父老乡亲、兄弟姊妹、小朋友们，今

天我为大家，噢，不，我的猴儿为大家……”下面一阵哄笑。“表演几套节目，献献丑，中不中？若中请为我的猴儿鼓鼓掌，请猴小姐上场呐!”下面巴掌乱响一叠声叫：“中——”于是邢大眼又一抱拳，转向猴儿，一拎绳头，口内哨子一响，喝道：

“立正——”

两只猴儿真乖乖地支立了起来。

“向后转——；齐步走——”

那邢大眼和两只立着的猴儿便齐刷刷地下了场子。围观人群露出一丝笑意。

之后无非是些猴儿戴个帽子装小丑，使人联想到生活中的绿帽子；猴儿练功，猴儿自己捡一砖头顶在头上，邢大眼还煞有介事地大声说：“练功不能马虎。俗话说‘内练丹田，外练筋皮……’”再就是猴儿上跷跷板，猴儿拉车，猴儿耕田什么的，都是些传统节目。这河南人很机灵，他能跟猴儿逗乐子。猴儿也很谄媚他、尊敬他。他对猴儿讲话猴儿全懂。他手中有一根鞭子。猴子最要命这根鞭子。有时猴子使性子，不听话，他就将鞭子轻轻一举，猴儿立即窜上他的肩膀，夺了鞭子，扔出好远，他于是又和猴儿抢鞭子，引得观众哈哈大笑。他常和猴儿夺鞭子（看得出有时是配合好的，故意拖延时间）。每次观众哈哈一笑之后，他就牵了猴儿。猴儿端了一只盆子，向一个个看客要钱。看客在一笑中也就善良了起来，给个一毛两毛。给了钱，猴儿就给这个人敬个礼。也有不肯出钱的，猴儿一走到他的面前，他一转身就走了。对于这些人，邢大眼并不计较，也许这也是一个和自己一样混穷的人呢。

这样一天下来，也有个十块八块的。一个月也抵得上一个小买卖生意的收入，日子也得过且过了。

亚宝的摊子也在小小的十字口支着，就紧挨着邢大眼的场子。卤货摊子里摆有四五只卤得黄亮亮的鹅；鹅儿透过柜子玻璃的窗儿，也在向人们昭示着什么，引逗着这帮看客。那一副枣木砧板油亮亮的，一把白刃屠刀立在砧板上。亚宝就袖了那指甲乌黑的油手，嘴上长一根白白的烟棍，立在摊前。烟雾使得亚宝的红眼眯了起来，本来那眼已小得够呛。这一眯那张吊脸上似无眼了一般。亚宝等这些看客。

这些看客看足了、笑够了。这时仰头看看天，炽白的太阳已停头顶。太阳很小。看看自己的影子也已被踩在了脚下，已快中午。于是肚子里亦叽哩咕噜起来，一瞥之间见到那黄亮的东西躺在玻璃柜子里，清水不觉咽了满嘴。不免就走到摊头跟前，问：

“怎卖?”乡下汉子一指。亚宝说了个价钱，乡下汉子便摸摸兜说：“来5块钱的。”

亚宝于是就从嘴上摘下那白烟头，弹去灰儿，又插入嘴内，用龅牙刁住。便抄了那白刃屠刀，开柜拎出半爿来，刀起肉落。一称，说：

“5 块 2。”就砰砰砰飞快地剁了。

乡下人端了那鹅，往嘴里塞一块。嚼嚼，又退出，囫囵着说：

“啧，不错；啧，不错。”

亚宝嘿嘿笑了。亚宝忽地觉得背上被人重重地一拍。一愣，把笑给咽下肚了，一扭头：

“老瘪！”亚宝脱口叫了声。且脸上溅出喜色，“忙什么？大主任？”

老瘪并不回答他，反问：

“亚宝啊，生意不错呐！”

亚宝嘿嘿傻笑，龅牙一翘。

老瘪忽认真起来：“亚宝，以后手头若缺了，往你借，可别小气呀！”

亚宝赶紧应道：“哪能呢。大主任，别人借不到。你瘪主任，笃定！”

老瘪又使劲拍了一下亚宝的背：

“好汉一言，驷马难追。好，你忙，我到湾里有点事。”一蹩脚，转身去了。

亚宝的生意和邢大眼的猴场是联在一块的。邢大眼歇场时，亚宝的几只鹅恰也卖光，只剩下一点杂碎。这时亚宝说：“老哥，走，回去到我屋里弄两盅。”

于是两个粗人就回到蚂蚁巷，歇下家伙，亚宝对婆娘英香喊：

“虫他娘，再炒个菜，我和老邢喝两盅。”虫是亚宝的儿子，已五岁了。却不读书，极顽劣。是个小龟孙子。

英香就到厨房去了。

亚宝和邢大眼先就了鹅杂喝了起来。一个小眼一个大眼，你来我往，热热地喝着，如嫡亲的兄弟似的。

这时，一个黑娃似反弹的皮球遽然射了过来，上去一把就抓了块极好的杂碎，正要往嘴里塞，一只大手掴到他的小小的脑壳子上，旋即那块杂碎又回到了盘里。黑娃翻了一下白眼，亚宝说话了：“一点规矩莫有，这菜是给你邢大大下酒的。死一边去。”黑娃并不害怕，并没死一边去，反蹭到亚宝怀里，小声说：“大，我告你个话。”亚宝正要推他，没承想黑娃又是一把，仍抓得一块极好的肉，又箭似的射了出去，且听得一路歌声：

你打我
我不怕
癞大鼓子是你爸……

渐渐小去。亚宝扑哧一声笑了，老邢也笑了。笑后猛喝一口，羡慕地望住亚宝，说：

“你老兄真是福气啊，儿子这么大了。”

邢大眼自倒站到邢家，并没得一子。他的老婆桂芹竟不能开怀。桂芹之前死鬼丈夫倒是丢下一根种儿，可竟没栽活，得一恶症，死了。邢大眼多么想能用自己的精血留一个种儿。可至今竟不能，他有些难过。

光线突然一下暗了。老邢蓦一抬头，忽见瘪主任竖在门口，脸上正眯眯笑。

亚宝问：“瘪主任，今天回来得挺早，喝一盅——”

老瘪忙一摆手：“不了不了，你们喝。”就往自个屋门走去了。老邢抬头望住老瘪的影子，一脸晦气。

亚宝是晓得老邢的心思的。他们在一块喝酒不知有多少日多少回了。平日都掏了心窝子谈过。亚宝于是说：

“老邢，不急的，这样也好，你可以先攒下两个钱，日后有了娃子也好过呀。来，吃菜。”亚宝把刚才儿子含过的那块杂碎夹到了老邢勺子上。

邢大眼脸红了，不知是酒精烧的，还是亚宝这一些话感激的。那大大的眼里也布满了血丝。他又喝了一口酒，摇摇头，眼泪就在那大大的眼眶里打转了。他想说什么，喉结上下动了几动，又一口喝干那盅里酒，站了起来，说：

“亚宝，我觉得喝多了。我回屋去了。”

抬脚就走了。

亚宝端着那酒盅，用红眼目送老邢进屋，也一口将盅里酒喝尽，且也摇了摇头，叹口气。

这时英香从厨房出来，手中端着盘子愣了：

“怎么啦！”

亚宝回头对英香说：“算了，老邢走了。老邢至今不得娃，他刚才见到小虫，触动了心思，回屋去了。”

英香说：“也难为老邢了，一个外乡人。”又愣了一回，说：“不容易。”

日子也就这么过着。亚宝每天买鹅、杀鹅、夹毛；英香开膛、破肫、洗肠子、下锅卤。亚宝再十点钟准时把摊子摆到街上；老邢仍然侍弄那两只瘦猴，逢集就上街去耍，有时还赶铜城、秦楠等集。瘪主任也仍是昼伏夜出，并不大见到他的人影。日子就这么飞快地然而又有点叮叮当当地过去了。叫人活泼不得。

这天，瘪主任踅进亚宝的门槛。瘪主任一进门就掏出一支黄山烟，递给了亚宝，嘴里就说：

“亚宝，给你烦个嫌。”

亚宝搬了一张竹凳，叫瘪主任坐下，且说：

"有啥事就说吧，老邻老居的，谁不用上谁?"

瘪主任说："既然这样，我就直说了，我近来手头有点紧，想找你借些钱。过几天就还你，周个转儿。"

亚宝是有几个钱的，他的几个钱都是在生意上滚，派上用场的。可亚宝还是说：

"要多少?"亚宝就走到里屋，瘪主任说："想找五千。"亚宝在里屋说："行，可我这钱是摊子上的。时间不能长。"

瘪主任在外面说："那是，就几天儿，周个转。"

一会，亚宝把钱拿出来了。都是些小票子，亚宝说："做生意的钱，零散，你数一下。"瘪主任说："不用了，不用了。"就捏了钱出门了。

这年夏天，发了一场大水。雨下了七天七夜，河水涨了。巷后的卵湖涵子打通了放水。被人捕了许多鱼，有的鱼激动地自己往岸上跳。亚宝和老邢也去逮了。逮有十几斤草鱼。一个废弃了的旧石灰池子里，亦灌满了水，里面鱼直打花。乐得亚宝和老邢也只管下去逮，忘了形了。鱼是逮了些，可老邢回来却病了。

一病就不得起来。原有的肝病受了冷水一激，犯了。到镇医院，镇医院也是一个大眼睛的医生看了，看了之后叫赶紧转县医院。县医院倒是一个小眼睛的医生，可小眼睛医生看了看，说不行了，腹水了。老邢的脸已如黄纸一张，可神智极清醒。他叫过桂芹，拉了桂芹的手。桂芹的眼泪止不住地流。老邢说："莫哭，莫哭。迟早的事。只是我们没能有个娃，断了我柴姓的根哪。"那桂芹的手被他攥得乌青。

没过多久，老邢死了。一个活蹦乱跳的汉子就这么死了。人真是太假了啊。

蚂蚁巷从此少了一个人。少了一个玩猴的河南人。巷里人起先还觉得有些寂寞。尤其是巷里的娃娃。那两只猴子也被桂芹放到卵山上去。可很快就过去了，仿佛从来就没有过一个叫老邢的人。只有亚宝还时常叹息，一个人喝闷酒儿。只是巷里又多了一个寡妇。一个没有职业的寡妇如何过日子呢?

这时瘪主任主动帮忙了。

他为桂芹从信用社贷了两万块钱款子，又为桂芹办了各样执照儿。桂芹于是便在巷口开了一爿小售货亭，卖各色日杂百货油盐酱醋。巷里人都说瘪主任做了一件善事，积了德了。日后准能抱个大头儿子。瘪主任咧开阔嘴，说："我这婆娘，死了好，连着给老子屙了仨囡，罚了款子不算，还受处分，把俺调到蚂蚁湾来，活光棍的日子。活猪一个。"说着拿那白眼盯了桂芹。盯得桂芹低了头。瘪主任咽了一下口水。

瘪主任的老婆叫杏花儿，其实一点也不香，倒有点狐臭。在洼里侍候

几亩荒田，也没办法弄到湾里吃那镇上人的浮食儿。瘪主任呢，回趟儿洼里也不容易；而杏花，也是离不得那土的命。瘪主任在洼里时，已厌死了这个为自己屙了仨囡的臭婆娘，如今离长了，没得使了，竟也有些想，过些日子，竟很想了。想得瘪主任见到人家女同志奶娃子，那凹眼就星子一般贼亮了。瘪主任这样瘪瘪兮兮的角色，竟也有这等闲趣。人这东西真应了古人的“人不可貌相，海水不可斗量”的句子。瘪主任不想则罢，一想竟熬煞不住，慌了神儿了。这是后话。

瘪主任向亚宝借的五千块钱，至今还没能还亚宝儿。英香已抱怨亚宝儿回了。可亚宝却火了，对英香吼：“当初怎不拦!”英香眼泪在眼眶里打转：“这生意还做不做了!”

亚宝叹了口气。便倒了一杯那白干猛喝了几口。英香又说：“死人，你倒是去问问呀!”

“死人”埋下头，半天，抬起那红眼，下了决心似的：“好，我老着脸去问问。”

晚上瘪主任又回来得很晚。亚宝慢慢等着。瘪主任回来后，亚宝就走了过来。瘪主任见是亚宝，就说：

“亚宝，这么晚还没睡呀。”

亚宝说：“没呢——瘪主任，那次那个钱——”

瘪主任打断了亚宝的话头，说：“噢，你看看我这个人，过几天吧，我筹措一下，怎么样?”亚宝感到瘪主任眼睛很白，于是有些气。

又过了几天，亚宝去问，瘪主任仍说：“忘了，你看，再过两天吧。”亚宝非常气愤，这个人，这叫什么话。

又过了两天。

又过了几天。

这天，亚宝正在屋里看电视，播的是湾里新闻儿，忽然一个镜头印入亚宝的眼帘：“是瘪主任!”那场面使亚宝吃了一吓。瘪主任被几个公安押着，正搜身呢。边上还站有几个垂头丧气的人。那电视屏幕上烟雾缭绕，一副麻将七零八落地落在桌上桌下！噢！怪道瘪主任每天都那么晚才回来，原来他去赌钱了！这个瘪主任！真不是一个好干部！

第二天，瘪主任没回来。

第三天，瘪主任仍没回来。

又过了几天，瘪主任在一个黄昏中回来了。他那打上夕阳的脸子显得有些黄，似更瘪了。他尴尬地对亚宝笑笑，又对英香笑笑。他一头扎进桂芹的屋里。过一会，又出来了，走了。

照例是个晴天，这天黄昏亚宝正在门口放一张小桌就了鹅脑壳在喝酒。是夏天，蝉在泡桐树上拼了命叫，仿佛有人捏了它的壳一般。儿子小虫也坐在亚宝边上，竟也弄了一个小酒盅，人模狗样的陪老子喝。这时瘪主任回来了。瘪主任今天回来的特别早，这倒有些怪异了。（老瘪呀，你真不该回来呀。）瘪主任见亚宝和龟孙子小虫兄弟一般有喝有笑，就说：

“亚宝，你这个呆东西，还蛮有福气。这个龟孙子！啧——，真会干啊！”

亚宝笑笑：“瘪主任如有意，小弟可以上门指教，免费服务，实行三包！”

瘪主任并不答他，也笑笑：“你的老婆也不错呀！”

亚宝瞅瞅正在拔鹅毛的老婆，那胸口端的肥奶颤颤的，心想：是不错呢！于是仍笑着说：

“质粗耐用，经久不坏。”

桂芹也在门口坐着，正搓一盆衣裳。有只芦花母鸡在她腿边走来走去。桂芹听到这边说笑。也笑了。

一群白鸽子从蚂蚁巷上空飞过，留下一串鸽哨声。桂芹仰头望天，脖颈炫白。

瘪主任于是回了头，盯定桂芹那炫白的肉，说：

“桂芹也不错呢！”

亚宝抬头看看瘪主任，瘪主任正张嘴望着桂芹。那下凹的眼珠已凸出眼眶，似要弹出一般。亚宝顺了瘪主任的眼睛，却在桂芹的胸口逮到了那一束目光。只见桂芹那“西”字形的脸上，正挂住一丝笑，一丝红。因了夏天，因了低头搓衣，面前端的奶在半空中悠来荡去，竟有丝丝白肉闪在夏日的昏黄里。蝉忽地都停止了聒噪，那芦花鸡也昂了头一顿一顿，转动，斜眼瞥住老瘪。世界一下子变得如反扣的黑锅般寂寞。

瘪主任心里一跳。瘪主任有些昏了头了。

就在这个晚上，瘪主任溜进了桂芹的屋里。桂芹正准备睡下，听到轻轻地叩门声，走去开门一看：竟是老瘪！桂芹正欲问话，瘪主任已侧身趄了进去。趄了进去的瘪主任就大了胆子，他竟将桂芹揽在怀里，亲那白脸，摸那肥奶。桂芹虽不情愿地让着躲着，可并没叫唤。瘪主任先得了二分之一，便以为桂芹怕他惧他。有两千块钱贷款捏在我老瘪手里呢。瘪主任于是大了胆子，竟去捏那另外二分之一。这下桂芹不干了。桂芹推他搡他拦他。可他竟以为桂芹害羞害臊，就更用了些劲。那不争气的红裤带“噗”的一声断了。这一下桂芹死不答应了（那关在屋角笼子里的芦花鸡咯咯咯叫着）。桂芹一急躁，竟脱口大喊了一声：

“来人——；救命——”

这一声把亚宝喊醒了，喊到了桂芹的门口。亚宝见瘪主任正无可无不可地用手去遮桂芹那嘴，亚宝气不打一处来。借人钱不还，去赌钱，还想

污辱桂芹。亚宝今晚恰也多喝了些，于是急火攻心，眼就红了。亚宝也昏了头了。他走上去，对瘪主任冷笑一声。这一声冷笑真是吓人。瘪主任遽然回头一看，鸡皮疙瘩就起了一身。亚宝心里忽然一闪，一个恶毒的念头产生了。亚宝费劲地从牙缝里挤出几个字：

“我、叫、你、们、这、些、小、贪、官、污、吏、断、子、绝、孙——”

话音未落，亚宝上去就是一脚。这一脚太巧了。这个世界上事也太难说了。亚宝一脚就踢在瘪主任的下身。

亚宝踢完之后也愣了。亚宝怀疑刚才这一幕是不是幻觉。亚宝怯了。可亚宝是粗人儿，是好汉儿。他并不就跑，他仍站在瘪主任的面前，看着裆下痛苦不堪的瘪主任，又说了一遍：

“我、叫、你、们、这、些、小、贪、官、污、吏、断、子、绝、孙——”

说完一转身，走了。回了屋子。

之后的事就没什么可说了。亚宝当然是要进一回局子的。可又因了是仗义行侠，情有可原，便关他几个月，再罚些款子，叫家里来领人就得了。瘪主任在亚宝进局子之前就进了医院，同样在医院里住了几个月，也没得甚效果，只得回来疗养。因此，依然见到瘪主任在蚂蚁巷荡来荡去，让人看了心里酸溃溃的，桂芹在被羞辱之后的一天夜里卷了铺盖走了。离开蚂蚁巷搬到东城去住了。那只芦花鸡也一并被她带走了。亚宝仍重操旧业，卖卤鹅儿。老婆英香依旧的胖，遭杀一般地发达起来。亚宝的爱好终于是不能丢的。除去午时和黄昏豁嘴上长着一支白烟，支立在那十字街的摊儿前，其余时光就是红住那小眼喝酒。

蚂蚁巷依旧平静，依旧有黄昏和早晨。巷里的狗、鸡、猪依旧浑噩中虚度时光。只是少了一个耍猴的河南人和一个长着西字形脸的女人桂芹。可少了就少了，是人总是要少的，总是要散的。湾里人并不在意，只是觉得冷清多了。

蚂蚁巷上空又飞过一阵白鸽，阒无声息。鸽哨全无。

故乡人

卖糖的

卖糖的有三种：一种是挎篮子的，卖主大多是些老婆子，又多是在小学校的门口，屁股下坐一个马扎子，篮子就放在面前，篮内放一些芝麻糖，蒙上白布，布角掀起一块，露出糖来，或干脆不掀，在布上放上一块，作为幌子。——此地芝麻糖是糖稀熬成以后，用刀切成条状，像香烟那么细，那么长，外面撒上一层稀疏的芝麻，因此，也有叫“香烟糖”的。这些老婆子整天坐在小学校门口，哪个人坐在哪个地点都是一定的。一个小学校门口有时坐上四五个老婆子。他们都在小学校附近住着，平日闲在家里也无事，来卖糖既卖了糖，也是一种消遣。娃娃们上课时，她们就坐着谈闲，谈陈芝麻烂谷子，谈张家长李家短，谈儿子孙子种子，也谈古。这些老婆都很“俏”，光梳头，后面网个“抓髻”，体体面面，格格净净。待敲钟的莫大胖子歪着头走向那棵老白果子树时，她们就将各自的糖理理齐，这时挂在那棵白果子树上的破犁铧就响了：“当，当当当当当当当，当当当……”钟声响过，娃娃们就像冲刺一般地射出教室，奔了过来。边斜着身子从卫生褂子的口袋里抠出二分钱，喊一声：“李奶奶”。或“马奶奶”。——“给！买一块。”李奶奶或马奶奶就接过二分钱，为娃娃取一块长点的，娃娃就“嗷——”的一声，又冲刺般地射了回去，慢慢吃着，或干脆像吸烟一样衔着。玩了，也吃了。莫大胖子敲完钟也逶迤着过来。说：“老壳子，也给我来一块！”就抓了一块，递给站在身边的一个拖黄鼻涕的孩子，那孩子喊一声：“莫大胖子伯伯好。”——这孩子为什么不喊莫伯伯好，而喊“莫大胖子伯伯好”呢？也怪。——就也冲刺般地射了回去。之后，他们上年纪人的事就不是我们能管的了。

故乡的大人们啊，你们当中有谁没吃过这种香烟糖的呢？——我自己可吃过，而且，吃过不少。

一种是挑担子串大街小巷的。这种人大多是些船上人，春夏打鱼，冬天卖糖，是属季节性的。在那个“人们相见不伸手”的冬天，你会常碰见一些戴毡帽的、衣着五官肤色都大同小异的人在小城的深处转悠，掮上一副担子，担子的一头是一只玻璃盖着的盒子，一头是笆斗柳的筐子。玻璃

盒子是一格一格隔起来的，有八格的，也有十格的。每个格子里放一种糖，都加了色。有红的、绿的、黄的、花的、有螺蛳、耳环、铅笔等各样形状，还有一种叫雀子。既可玩，也可吃。一般的孩子买这种糖都是为了玩，吃有什么吃头，还不都是糖味。凡糖都是甜的。这种卖糖的有一个特点：不收钱，要东西换。换的东西很多，如骨头、塑料皮、鸡毛、鸡肫皮，还有酒瓶……这些东西人家放在家也没有多大的用处，还占地方，都愿意叫孩子拿去换，三文不值二文的。他们收了这些东西就放在芭斗柳筐子里。这些人每天在大街小巷串，敲着一只小铜镗锣，或吹一支笛子，半天敲一下：“当，当当，当——！”或吹一声：“1—2—3—3—3—2—1”，喊一句：“有鸡毛鸭毛酒瓶破鞋拿来换糖来——”声音都有点嗄，但还算洪亮。

这些人每天要喊多少声，要走多少路呢？

还有一种就是打彩的。打彩有点赌博性质，也有点迷信色彩。这些人大多都是外地的，不是这个县的人。他们说话都很夸。他们戴一顶黄棉帽或蓝棉帽，围一个大围兜。——围兜给人的感觉很脏。坐在东门的桥头或北门的小十字口，面前支一张“马扎”，马扎上放一只木盒。盒内就是彩具。彩具是一张剪得很圆的红纸，红纸上分别放着各类奖品，纸中心是轴，轴上有一枚长针，长针可以转。打彩就是由打的人把长针用力一拨，长针就飞快地转起来，转了一气，停住，停在哪个奖品上，就“吃”哪个奖品，停在空门，也不白打，给一块狗屎糖——也是一种糖，因质黑而得此名。曰：“吃糖。”奖品也是用糖捏成的各种玩具，如：猴子、小猪、宝剑、吹子，还有大刀。

这个淮安人就是捏糖人打彩的。他住在西门的臭河边的一个防震棚里，他有一个老婆，是个跪子，走路时一跪一跪的，叫人心酸，她的气色也不太好，白中透黄。这个淮安人彩摊就放在老市口的“陶记烧饼店”门口，这烧饼店是个老牌子烧饼店，明朝就有了（县志上有记载），陶记烧饼店的烧饼很好吃，是这个县的特产。这个淮安人每天晚上歇市的时候，就把彩摊放在陶记烧饼店里，他和陶记烧饼店的人很熟。关系也很好。可他不知道陶记烧饼店的烧饼是什么滋味，他从来没吃过。

他吃的饭都是由他老婆亲手做成的。他老婆每天中午给他送饭。

他老婆穿一件打了补丁的蓝褂，手拎一只篾篮子。篮子里有两只盖着的碗。一只碗里是红稻米饭，那米很糙，煮出来的饭颜色不好看。一只碗里是一点菜，或烧茄子，或煮一条“猫杀子”小鱼，有时也只是一块豆腐卤。他老婆每次送饭来，他总要说：“孩他娘……”之后就默默地吃饭，一点声音也没有，听不到他俩口儿说一句话。他们的脸上既看不出高兴，也看不出忧愁、失望，总是那样平平淡淡，平淡得近于木然。他吃完饭，他老婆就把碗收了，回去。临走时总嘱咐：“晚上早些收吧。”他于是又坐在那里，他的生意并不太好，爱玩打彩吃糖的人毕竟是少数。他就默默地坐着。

这个淮安人还有一个女儿，大约十几岁的样子，叫“九九”，我听这个淮安人喊过：“九九。——九九呀。”——“哎，有什么事呀我爸。”九九就跑了过来。九九长得很漂亮，也很懂事。晓得帮助妈妈承担一点生活的重负。她有时也替妈妈送饭，这时必是她妈妈又病了。

几天不见这淮安人的彩摊摆在陶记烧饼店门口了。过几天，这个淮安人的彩摊又摆了出来。就几天淮安人好像老了许多，脸上的表情更淡了，头上的白发似乎也增多了。中午了，不见他老婆来送饭，过一会，见他的女儿九九来了。九九头上扎一根白头线，很显眼，老远就看到了。九九的妈妈死了，得的是伤寒病。她来顶替她妈妈的职务了。她穿着她妈妈的那件打了补丁的蓝布褂子，太大了，显得很空荡，仿佛挂在她身上。她像她妈妈一样拎着一只篾篮子。篮子里有两只盖着的碗。

九九一定会觉得这篾篮子太重了。已经快要到冬天，天已很冷了。这个淮安人接了女儿的篮子，没有一句话儿，拿起饭碗，默默地吃着，仿佛是饭很苦。

戴奶奶

这个巷子有了些年。黑魆魆的砖头已经斑驳，青苔生满砖缝，屋顶的小瓦上长满了灰菜、狗尾巴草。如果是人的话，可有七老八十啦，实在是太苍老太历史啦。整整两排低檐逼出一条仄仄的灰线，只有一人窄，胖子走就比较困难了。好在外面世界上的人都从大街上走。这个巷子里住的人呢，都比较瘦，有胖子也不是太胖、太多的，只有两个，一个是开小店卤老鹅的孙家，一个就是戴奶奶。

此巷叫堂子巷，是由碧玉泉澡堂子在巷头而得名。

巷子虽窄，而巷子里的每户人家住得还是比较宽敞的。跨上那高高的门槛，拍开那有虎环的双开木门，进去。哎呀！可真是别有洞天，家家有个大院子，好大哟！有半亩地大，真大！一半荒芜着，长满青草，野花，杂树；一半铺了碎砖（砖缝亦长有青草），着路走。

戴奶奶家就住在巷子北首，门朝西，有个大院子。院子里种着葡萄，碧绿，正是春天。一院春色，满架煦风。还有一棵石榴树。夏天结满石榴，远望一点一点红，非常好看。戴奶奶就一个人过活。戴爹爹到哪儿去了呢？在外地？过世了？不晓得。戴奶奶早就一个人过了，她住这里也有了年头，不知有多少年了。仿佛戴奶奶自盘古开了天地就住在这里似的。她早先常给人纳鞋底，缝衣服，还纳鞋子。她的手艺很高，鞋底的针脚纳

得很密，扎一锥子，纳一针，“哧啦——哧啦”。有时把锥子插在头里“光”——“光”（读去声）。戴奶奶手劲很大，纳的针脚很紧，她纳的底子很结实，大家都愿找她纳。也不讲个价钱。给多，给少，她从不争。多少人穿过她纳的鞋底啊！可现在谁还做鞋子穿啊？人们大多从商店买了。戴奶奶没事干了。也老啦。可戴奶奶一辈子忙惯了。不能闲，一闲下来就会生病的。那干些什么呢？我还能干些什么呢？戴奶奶想呀想的，终于想出来啦。戴奶奶捉了小鸡、小鸭、小鹅来养，小鸡小鸭就几只，小鹅有二十只。戴奶奶开始养家禽啦。

院子里倏时热闹起来。小鸡们叽叽呵呵，小鸭呷呷咻咻，小鹅关关哑哑，戴奶奶可忙啦，要给小鸡小鸭泡碎米呀，给小鹅买小园菜呀，要切的碎碎糟糟的，汆上碎米，拌了，一勺一勺地舀在一只花瓷小碟里，它们就快活地嚓嚓地叉呀叉呀。把小嗉子叉得鼓鼓的，它们没事，就玩，满院子跑。天晚了，戴奶奶分别把它们捉在三只小篓里，篓子里垫了稻草，戴奶奶捉它们可麻烦了，那个小鸡呀，不晓得有多伶俐，戴奶奶可跑不过它们，戴奶奶胖呀，戴奶奶脸上肉都拖下来了，戴奶奶泪囊好大眼睛陷在了眼帘里了。看人呀，总是在笑。戴奶奶说：“小讨债的呀，我老啦，我跑不过你们啦。”小鸡们就乖乖地停了下来，团在一起，挤呀挤呀的，它把毛茸茸的头钻到它怀里。它呢，也把毛茸茸的头钻到它的怀里。这时天已经全部黑啦。戴奶奶蹲下胖胖的身子，把它们一个个的捉起来，捧到房里，放在床头前，戴奶奶怕东西咬它们呀！小鹅可文雅了，本本分分，老老实实的，可就是要吃，整天好像吃不够似的，戴奶奶每每买回来小园菜，它们就关儿关儿地来啦，戴奶奶一把一把地抓起来送到它们小黄嘴边，它们呷呀呷呀的，拽呀拽的，一会就吃完了，就呷戴奶奶的手，呷得好痒哟，一点不疼。戴奶奶说：“小讨债的，饿牢里放出来的呀。”就用小菜梗子引它们，它们还小呢，咬不动菜梗子呀，一个最伶俐的小鹅甩呷甩呷也呷不断，戴奶奶就带它拽，呀，那小东西两只小红蹼都被拎起来了，可它的小黄嘴还咬着菜梗子，就是不放。戴奶奶可开心了，笑得泪囊都颤颤的。

这样吃还了得呀！戴奶奶可喂不起你们。巷子的顶北有一座北槛寺，寺北有一口大塘，以前是大地主戴文举家的，叫戴家大塘，后来不是戴家的了，就不叫戴家大塘，叫越塘。现在又叫戴家大塘了，那塘里的水呀！都快臭了，可长满浮萍，多呀！刮风了，都拥到了塘的西边，风向变啦，它们又呼啦一下拥到了塘的东边，一点立场没有，可这些东西好啦，小鹅可喜欢吃了。小鹅已长那么大了。不能再给它们小园菜拌碎米吃。戴奶奶就把它们赶到戴家大塘放。戴奶奶拿一根篙头子扎了一块绿塑料布的竹篙子，赶着它们从巷子走，巷子一下就堵住了。鹅们啪啾啪啾地踩着地走，戴奶奶的撵着。有一个团脸小孩蹲在巷子玩石子，见戴奶奶赶着鹅从那边推过来，就飞跑着蛰到一凹处，让戴奶奶过，还仰起小团脸：“戴奶奶，放鹅呀。”

到戴家大塘了。鹅们一见浮萍就疯了似的跑，它们在水里吃一气，昂着头游一气，可快活啦，一双红掌翻动绿波。戴奶奶就望着它们吃，望得有滋有味的。一会儿，鹅们饱啦，戴奶奶又赶着它们回来，鹅们啪啾啪啾地跑，身子一踸一踸的。戴奶奶也是。戴奶奶用篙子赶着，嘴里关吆关吆的撵着，那团脸的孩子还在那玩，见戴奶奶回来了，又蛰到那凹处。戴奶奶和他的鹅们推过来了。那孩子又从墙缝里喊道：“戴奶奶，回来啦！”

戴奶奶的鹅们一天一天长大。——长大了。

一天，戴奶奶早上起来打开鹅圈，一数，鹅少了两只。——只有十八只了！戴奶奶感到奇怪，我昨天晚上关圈门的时候，数啦，不少呀！怎么搞的呢？难道我数错了么？戴奶奶又数了一遍，还是十八只。戴奶奶披上了衣服。——天已开始有点凉了，出来找了。找到后头孙家，听到屋里有鹅叫。戴奶奶借着找一根绗被针，进去看了。真像戴奶奶的鹅啊，也两只，被捆在地上呢，见到戴奶奶还哦哑哦哑叫。好像对戴奶奶说：“快带我回家，快带我回家。”戴奶奶说：“你家多咱买鹅啦，好大的鹅呀。”孙家媳妇说：“昨天呐，——昨天下午买的。戴奶奶是丢鹅了，到我家来侦察的吧，这两只鹅是不是呀。”孙家媳妇的话音已经不对了，赶紧说：“没少呀，没少呀。”转身针也不要，走了。

孙家这一家子人很精，品行却不好。他家一家子做生意，儿子开小四轮车，专门给轮窑厂拖砖头，媳妇卤老鹅卖。——冬天烀牛肉卖。老婆婆在门口摆一个康乐球摊子，贰角钱一打，门口整天呼三喝六。老公公开小店。一家子都挣钱，应该有钱的呀，可还欠银行债，也不还。他家一家子喝酒，小孙子才六岁，就喝酒了。他家一点不会过日子，中午煮了鱼了，还焖肉。他家整天笼罩着两种气味，酒味和卤老鹅的气味。孙家的媳妇是个泼妇，身腰高大，满脸雀斑，开骂起来一手叉腰，一手指着人家鼻子，作茶壶状：“呔，老×壳子，我晓得你老×作痒了。”满口是×。他们六岁的孙子，一点不懂礼貌，洋乎洋乎的手，确实是个龟孙子。他能把吃骨头的油乎乎的手往你胸前一揩，转头就跑。

戴奶奶讨厌这家人家。戴奶奶不同她讲。但戴奶奶很气。戴奶奶可是一天一天把鹅们侍弄大了的呀。

戴奶奶气病了。戴奶奶本来也有病，老是喘。

戴奶奶一病就病倒了，起不来了。

戴奶奶死了。戴奶奶就这么静静地死了，戴奶奶死得太静了，没有人晓得，就这么死了，来了一些人，原来戴奶奶还有这么多子女，她的儿子

女儿都很气派，戴金丝边眼镜，打领带。她的儿子女儿一个在扬州工作，一个在无锡工作，一个在深圳。还有一个在外国。她的儿子女儿除了那个在外国的，其余的都回来了，都是大干部。有几部豪华轿车停在巷口好几天。县政协为戴奶奶办了丧事。

戴奶奶的丧事办完了。

戴奶奶的儿子媳妇女儿女婿儿都有许多工作要做，都走了。

戴奶奶的屋子空下来了。一直空着。

忽然有一天来了一个皮肤很糙很黑的人把戴奶奶的门打开。从里到外用水洗了一遍，又用石灰把墙重新刷了一遍，屋上的瓦也收拾了一下，门也重新开了。这个人说他是水上的，开船。这屋子是买的戴文英的，——戴奶奶原来叫戴文英，早就卖了。卖两千块钱。这个水上人说："太便宜了，戴文英真是个好人。"这个水上人还说，戴文英是戴文举的二姨太太，她原来是扬州妓女，戴文举六十大寿的时候，一个朋友买的送给他的。戴奶奶原来是戴文举的二姨太太！戴奶奶原来是妓女！这话真不能叫人相信。戴奶奶住这里几十年了，怎么从来没人知道呢？戴奶奶这段历史是光荣还是耻辱呢？戴奶奶啊。

这个水上人收拾好房子就住下了，早出晚归。

白天门总是锁着。

这里从此住了一个水上人。这个世界上再也没有戴奶奶了。

戴奶奶，你安息吧！

（原载《金潮》杂志 1989 年第 2 期、《三月三》杂志 1990 年第 1 期）

夏　日

小萱和小姝在一个营业所工作，黄泥营业所。小萱是男的，小姝是女的。小萱21岁，小姝19岁。他们干的工作也一样，都是内勤，小萱搞出纳，小姝也搞出纳。他们面对面坐着。

乡下日子寂寞，业务也不太繁忙。小萱和小姝都挺无聊。

夏天，外面闷热，院子里的泡桐树绿色膨胀，荫影斑驳一地，可空气中的热浪炙手。树上的蝉拼了命叫，噪聒得人心烦。四周更静。

柜台外没一人进来。

小萱抬起头，一脸倦色，他瘦长白脸，头发有些黄，鼻子不大，眼睛也小。可并不丑陋，似乎还挺漂亮。漂亮在哪呢？他身材很好，非常匀称，腿颀长笔直，胸脯呈扇面，走路精神极了。这就漂亮。他非常年轻呀，他是初长成的牛犊，他身体灵活，青春像热气似的在他身上蒸发。现在他无聊极了。正是中午，他有些倦。他说：

“小姝。”

小姝停下笔，刚才她用笔在一张纸上乱画着。小姝也很白，有一张白胖白胖的脸，眼睛非常大。头发墨黑。她很丰满，胸脯过早地很高，这是个发育很好的少女。她穿着粉红色的衬衫，小衣服的袢带和纽扣看得很清楚。小萱看一眼那袢带，小萱觉得真好看，小萱简直幸福得要哭了。小姝问：

“什么？”

小萱并没有说什么。小萱笑了，牙齿很细很白。小萱笑了笑，半天，才说：

“小姝，——你很漂亮。”

小姝脸倏地一下红了。小姝脸本来已够红的了，这一下似一颗红桃。小姝用笔砸小萱，且说：

“臭嘴。”

小萱又笑了。笔“噗”地一下落在了地上，小萱弯下腰捡笔，小姝乘机在小萱的背上狠狠拧了一下。小萱并不很疼，可小萱夸张地大声叫了起来：

“啊哟啊哟哟。”小姝赶紧松手。

这两个少年，住在这个小镇上，工作平凡极了。他们不知道外面世界如何，他们觉得北京上海很遥远很遥远。他们很知足。他们也有点自卑。

所里的其他人都不知到哪里去了。主任不知溜到哪儿打麻将去了，别人都叫主任“教授”。几个外勤快活郎当，可能仍在屋里昏昏睡着午觉呢。

柜台外还是没有一个人进来。

这时小萱悄悄走了过去，他走到小姝身边，站在小姝面前，静静站着。小姝又扔下笔，纸上是一个一个的人头，都差不多，有点像小萱。小姝仰头望小萱。小姝脸很白。小萱瘦长白脸也低下望住小姝。外面天仍很热，蝉在噪聒。树荫涂在地上，太阳在院子里铺张。

小萱仍望住小姝。小姝也望住小萱。两个少年在对眼呢。

终于，小姝耐不住了。“扑哧”笑了。小萱也松下脸，也笑了。小萱回到原来的岗位。小萱说：

“小姝——”

小姝没等小萱说完，接着说：

“你很漂亮，小姝——”咯咯咯笑了。

小萱脸红了。一张瘦长的白脸红起来是很好看的，小姝望住小萱，脸也红了。过一会儿。外面蝉仍在噪聒。太阳仍在铺张。

小萱又走了过去，又站在小姝的面前。两个少年又眼对眼望了起来。一双朝上，显得大而吃惊，一双朝下，显得眯睎睎而专注。小萱站着，小姝坐着。望了半天，忽然，小萱一下捧住了小姝的脸。小姝傻了。小萱俯下头，轻轻地——轻轻地在小姝的额头上亲了一下。小姝闭上了大而吃惊的眼睛。外面蝉声倏地停下，世界静得如死一般。小萱亲过之后，反被自己的荒唐举动吓坏了，也傻了，捧住小姝的脸不动。小姝蓦地醒悟过来，一下推开小萱的手；小萱也蓦地醒悟过来，赶紧回到原来的位置，坐在椅子上，痴痴地发呆。小姝也是如此，发呆，目光定定地，望着小萱。两个少年痴痴地发了好一会呆。两行泪挂在小姝白白胖胖的脸上。小姝哭了。她觉得有点幸福又有点委屈。小萱见了眼泪，才知道自己犯了多大的错误。他不知如何安慰小姝，他只是说：

“小姝小姝小姝。”

小姝见小萱吓得那个样子，非常可笑。小姝果真就笑了，挂住两行泪笑了。笑得好明净。小萱见小姝笑自己也笑，笑得有些腼腆，也有点得意。牙齿仍很白。只一会儿，也就自然了。两个少年明净地笑着。

天仍很热，蝉也在鸣。太阳的力量有些收敛了。两个少年觉得似乎凉快多了。

这时他们的话多了起来。

小萱说：“他们倒快活，打牌，睡觉。叫我们坐在这里，又没事。”

小姝说："就是。"

小萱说："我们高中毕业，叫我们搞出纳，他们才小学，主任才识几个字。不合理。"

小姝说："就是，不合理。"

小萱说："妈的，不干了。"

小姝说："不干了。"

小萱说："关门。"

小姝说："关。"

小萱说着果真就去将门关了起来。小姝倒有些犹豫了。小萱说："妈的。他们天天不上班，难道我们一天不上班就不行呀？别怕。"

小姝果然就不怕了。

两个少年就回到后面的宿舍。

小萱一下蹦到床上，躺了下来，惬意极了。他说："小姝，我说个故事给你听。"

小姝说好。

小萱就说。小萱说："从前，有个女孩走晚路，她是到她姑姑家去的，她姑姑家死了人了。她姑姑家离她自己家并不远，只是中间有丛坟地。这天晚上没有月亮，也没有星星，乌黑乌黑的。这漂亮女孩扎着两挂大辫子，那辫子真是长，拖到腿弯子，梢子勒两根通红通红的头绳。这漂亮女孩这天穿了新衣裳，是绸子的，她走路时辫子在衣服上摩擦着，发出'沙沙沙'的声音。这女孩始终以为后面有人，可一扭头又看不见。索性不敢扭头了。她加快步子走。走呀走呀，经过坟地时，她害怕极了。她身上的寒毛孔都开了，寒毛都站了起来，心'扑通扑通'狂跳。她又加快了步伐，可越快摩擦声越大，她越觉得有人。她跑了起来，当她到她姑姑家时已满身大汗，她蓦地一下推开她姑姑家的大门。她一声惨叫。她的辫子被挂到了她姑姑家大门的钉吊上去了。她以为被鬼抓住了。她一下被吓死了。"

小萱说："故事完了。"

小姝说："完了。"

小萱说："现在我要剪你的辫子。女孩子最好不要留辫子。"小萱说着就走了过来。

小姝赶紧捂住自己的辫子跑，嘴里且说：

"骗人骗人你骗人。"

小萱说："不闹了，骗你玩的。现在睡觉，我困了。"

小姝说："睡觉。"

小萱就去插上了门。插上了门的小萱大胆多了。他又捧住小姝的脸在

口上亲了一下。这下小妹没反抗。接着小萱又干别的，这下小妹反抗了。可反了一气又不反了。两个少年昏了头了。

不知过了多久。忽然门被人敲得山响，且有人高嚷开门。小萱赶紧下床，小妹也躲在了门后。小萱开门了。

门外站着行长和主任。

行长是到半塔营业所去的，路过黄泥，顺便下车来看看的，看见上班时间却关了门，以为出了什么事，就找主任，恰主任这时推着自行车歪趔趔地回来了。行长叫住了他，他就来敲小萱的门。

小萱见了行长主任，脸一下子刷白。行长见小萱脸白了自己脸也白了。行长晓得不好的，他已预感到发生了什么事。主任脸倒绿了。他吃了一惊。

两个少年被停职了，写检查。小妹哭得不行，小萱精神完全蔫了。

还好没有开除他们，给年轻人一线生路。

两个少年仍干出纳，仍面对面坐着。小萱不理小妹，小妹不睬小萱。没事他们不说话，陌生人似的。营业室里仍是他们两人。

仍是夏天，天气严酷，太阳铺张。

1989 年 7 月于北京鲁迅文学院

（原载《金潮》1990 年第 3 期、《中国作家》1993 第 1 期）

证　明

一

蚂蚁湾的寡湖是很圆的。

湖边的柳树老了。老了，就空了。敲上去，“嘭嘭嘭”。声音闷，很浊，像老人的咳嗽，有人说好听，有人说不好听。

湖边的水跳上有一个女人屁股拎得好高，溜圆，在洗衣裳。这女人是少女。湖边的石礅上有一个男人在磨刨子。男人是光棍，是木匠。

男人坐过牢。

少女慢慢洗，洗破衬衫，洗烂长裤，洗骚裤头，洗臭袜子，洗新手帕。

男人慢慢磨，磨磨，用手光光。光光，又磨磨。磨磨光光，光光磨磨。

湖里有鸭子，鸭子共八只。一只黑鸭，三只白鸭，四只麻鸭。白鸭居中，麻鸭殿后，叠成一个大写的 A 字，在湖里动。忽然一下子都高兴起来，“呱呱呱”，一湖声音，湖水直颤，把羽毛　到不成样子。扎猛子，互相戏谑，像一个个小疯子。非常有得看头。

少女望一眼鸭子，红了脸，低下头去洗。

男人望一眼鸭子，嘿嘿兀自干笑，手中刨子僵着不动。

二

少女忽然说：“喂。”脸通红。

男人抬头：“啊?”

少女笑笑：“人家给你讲话哪。”脸自管红下去。

男人“噢”了一声，嘿嘿嘿又兀自干笑。

少女说：“你这个人哪，你家几口人啊!”

男人说：“三口。”

少女说：“哪三口呀!”又不待男人回答，自己说：“噢，我晓得了，娃和娃他娘。”

男人说：“不对，是爹，是娘。”

少女说：“你这个人别唬弄我噢!”

男人说：“是真的咧。”

少女说："你诳人，你瞎嚼。"

男人说："是真的，骗你是鸭。"男人手指了一下，"我坐过牢。"

少女吃了一惊，半天不吱声。

男人又说："我坐过牢，20 岁去的。"

少女眼直着瞅湖水，眼圈处渐洇开一遍黄，红红的脸倏忽煞白了。

男人说："我以前识字，放队里鸭子，用蜡笔在烟纸上划了几个字，公家说我反革命，把我逮去了。"

少女抬头瞅着远远的湖的岸。

男人望望少女。男人不吱声了，又埋下头去磨那刨。

三

少女忽然说："没人救我咧，我只有死路一条哟！"又红了脸。眼里还划过一流星。

男人抬起头，眼睛睁得滚圆，愕然。且脑壳里立即闪过近日来见到的少女嫂子的泼悍和骄蛮。

少女又说："哪个救我咧，我就报答他哟！"

男人说："么事咧，我想救你呢。"男人心里滑过一片粉红，脸跟着也红些许，许久不作声。

少女说："怎不说话？"脸煞白。

男人说："我三十好几了，我不能……"眼睛里充满迷茫。脑壳里又是一闪。

少女说："你救我，我报答你。"声音低泣。

男人说："不能，你才十几岁。"

少女说："你要是能救我，不嫌你。"

男人说："我坐过牢。"

少女说："我不嫌……"

男人说："那我怎个救法？"

少女说："你要是救我，今晚就带我走。"

四

男人就把少女带走了。藏了起来。

男人一大早又赶回到少女住的村子，自管做生活。

第二天少女的哥嫂到处找少女，找不到。找三天。河里，塘里，沟里，渠里，都找过了，没有。

男人照常做着自个的木匠生活。

少女的哥哥拿眼睛乜斜着男人，少女的嫂子横了丈夫一眼："死了算了小骚货，小婊子，贱得慌。有福不享，腿拐一点又怎么？可是村长的儿子……”

少女的哥哥涨红脸争辩：“都是你，爹娘去得早，嫂如母，可你……唉！”

少女的嫂从鼻眼里喷出一团冷笑：“哂！”

少女的哥哥想出一计。

少女的嫂子上街了。顺路弯到了木匠男人家，男人的娘在家，少女的嫂子便说：“老嫂子，你儿子在我家做生活的呢。”说着就拿眼往四下里张望，又一脚跨进里房，“你儿子手艺真不坏咧。”少女的嫂子发现搭板上有一双女式凉鞋。是红的。

少女嫂子不上街了，回家把此事告得少女的哥哥。少女的哥哥便找男人，说：“你把我妹妹藏到哪里去了。”

男人说：“我不晓得。”

少女的哥哥说：“有人来报告了。”

男人死活不承认。

少女的哥哥见没办法，只好摊牌：“只要你交出来，就许配给了你了。”

男人一口咬定：“我不知道。”

少女哥哥说：“我讲话算话。可以立下字据。”

男人说：“那我三天回你话。”

男人走了。三天后，男人把少女送了回来。

后来少女的哥嫂果真把少女许配给了男人。

一天。男人用八抬大轿把少女抬了回去。十个月后，男人的19岁的小媳妇养了第一胎：丫头。男人说：“再养一个。”

小媳妇咬着牙，死劲点点头。

又一年，男人的小媳妇又偷偷养了第二胎：男的。

男人的大嘴咧开了。像紫驴尸。

乡里要罚男人款。把男人家的缝纫机抬走了。

男人坐火车找了一个人。这个人原来也坐牢，和男人在一块。男人曾在“劳动”上帮过他，是患难之交。

男人回来了，交给乡里一个条。条上写：证明，该人因历史贻误。如果倒去十年，也该有两个孩子。×××

乡里把抬去的缝纫机又抬了回来。

男人的小媳妇扎子时，不知怎的，满肚子是血，险些死掉。

（原载《青年文学》1998年第12期、《青春》1989年第2期、《精短小说报》1988年第16期）

四海客栈

瘪嘴子翁永丰小客栈就开在码头边上。叫四海客栈。

正是蚂蚁湾镇的黄昏，夕阳将小镇弄得鎏金溢彩。翁永丰靸了拖鞋，摇了芭蕉扇踱到了湖边。有一群细伢子在湖滩上赌杏仁。胖儿和秋儿撅了屁股用手去弹。

翁永丰慢慢踱了过去。踱了过去。

站下了。先看了一气裆下的胖儿和秋儿。胖儿和秋儿并没有发现翁永丰，仍专心致志地弹，翁永丰看了一气，摇摇头，嘴一瘪，又笑一笑，之后，才一脚踢在胖儿撅着的小屁股蛋上，胖儿“卟”地一下，趴在了地上，扭头一看，见翁永丰正板着脸盯住他，赶紧缩了身子站起来，踅着滩边慢慢走。走了几步，一扭头，见翁永丰还站在那里，脸上似笑非笑，胖儿忽地飞跑，且从那小身子里发出声音。

瘪嘴子左靠牙
睡在被窝等早茶
早茶煮在锅里
瘪嘴子死在被窝里
……

声音渐渐小去。

翁永丰终于笑了。那瘪瘪的嘴子拉开来，扯上去，他开心地笑了。他的下巴翘着。那嘴更凹。

“嘿嘿。”且发出了声音，仿佛空洞里传来。

他就这样笑着，又转回了身，慢慢向店内走去。那店已有些年头了。也不知是何年何月落在了这里。人们似乎觉着生来就有似的.

那客栈的门开着，一副对联扑着翁永丰走来：

赤心迎来三江客
笑颜送走四海宾

对子是漆涂上的。挺长久了，有些旧，是红漆。

翁永丰走进了店里。关了门。一副对子关在了门外。

这个客栈就开在码头边。接待的都是南来北往的江湖上人。蚂蚁湾是水乡。东通高邮湖，直达上海，西连安庆、武汉。因此，各种船只来往不断。也算繁荣。

因此，小客栈很忙。翁永丰还有个女儿。今年已17岁了。叫翁秀，人长得最清秀，细长腿，饱饱的果子脸。扎两条漆黑的大辫子。走起路来脚下生风，辫子在背上一打一打。乌梢蛇一般，挺惹人的。

他的女儿，小翁秀，就在小客栈里忙来忙去。招呼客人，烧开水，大太阳天在门口洗被子或将被子担在屋山头铁丝上晒霉。

就这样日子过着，一晃两年。

忽然有一天，来了一个连的军队。

这一连军队就住在码头的西边一块空地上，箍了一个院子。他们到蚂蚁湾来是专门对付高邮湖上的日本鬼子的。高邮湖中心有一个小岛，住着十几个日本兵。日本兵的小汽艇，经常在湖上开来开去。弄得百姓不得安生。这一连军队来了，日本兵老实了许多。已有好些日子不见日本兵小汽艇开来开去了。湖上反显得太静了。

但这一连军队和日本兵也没有正面交锋过。因此，这一连军队除了出出操，吹吹号。就没有什么大事。

这个连队里有一个副官姓徐，听别人叫他徐副官。是一个高个白脸的青年。这个徐副官操一口苏北话。这个徐副官经常一个人站在码头边上，让湖水将他的黑头发吹起，腰里扎着宽皮带，颇有点意气风发的味道。

这时的小翁秀或在门口洗被单或将被单担到铁丝上去晒霉。小翁秀已19岁了。她有时弯着腰搓了半天被单，偶尔抬起头，掠一下额前被汗水沾着的一绺头发，目光一下子不经意碰着了那副官的目光。脸就忽然红了。赶紧又低下了头抓起被单，用劲搓。

有时她担被单，因了身量还小，脚后跟翘起，踮了脚去担，这时必然要鼓起饱饱的胸脯子，不是很高，但也结实丰满了。徐副官就傻傻地望住这边这个还不太谙世的女孩子所做的一切。

果然出事了。小翁秀的肚子一天一天大了起来。

做父亲的终于知道了女儿的秘密。翁永丰叫了小翁秀到里屋，拴上门，问了许多，小翁秀什么也不肯说。做父亲的脸色发青，嘴巴瘪下去，瘪下去，牙齿紧咬着。翁永丰没有动小翁秀一指头，他只是把头不住地摇。小翁秀不说话，做父亲的也全明白了，却没有一点办法，翁永丰只是将头不住地摇。

摇了两天。

第三天。晚上。翁永丰将女儿又叫到里房。默默坐了半天。他没有说一句话。小翁秀勾住头，脚在地下蹭来蹭去。

最后翁永丰将两只银镯子交给了小翁秀，说，是你娘的。说，睡觉

去吧。

就默默地走了出去。

一去就没有回来。奇怪的是，那个徐副官也失踪了。派人找了几天也找不着，忽然有一天，湖那边的人来报，说，发现了一具尸首，在水里已泡了几天了。派了人去看，果然是徐副官。

军队着人调查了好久，终于没有查出结果。

一个月后，军队奉命开走了。

小翁秀忽然大了许多。她脸上的气色不太好，她坚持着，把小客栈经营下去。她的肚子越来越大了。

十月，小翁秀生了，是个胖小子。

接生的婆婆说，孩子，把娃子给了人家罢。小翁秀苍白着脸摇摇头。

从此，这个小姑娘就成了小妇人了，成了母亲了。她将襁褓里的婴儿抚养着。

日子叮叮当当过去了。孩子咿咿呀呀长大了。

公元2006年。蚂蚁湾镇已是一个县城了。在县城北门的码头边，架了一座新桥。在这座桥的南桥头，有一个老婆子坐在那里。满头白丝，满脸皱纹。她的面前有一副馄饨挑子放着。挑子的一头砌一口小铜锅，另一头一张发了黄的纱布下，蒙了几十只小小的馄饨。并没有人来买。锅里水已凉透了。她就是翁秀奶奶。码头上的小伢子都这么叫。

“翁秀奶奶。”又一个赌杏仁的胖儿和秋儿叫道。

每到黄昏，就会有一个年老的男人来到翁奶奶的面前，叫一声娘。之后，就将挑子默默地挑起，走回到码头下面的一间小屋里去。

那四海客栈还在。不过已是个体的了。也不叫四海客栈了。叫了水上宾馆。盖顶换了新瓦。那一副红漆对子，竟还在：

赤心迎来三江客
笑颜送走四海宾

字迹明显粗了些。看出已重新描过。

可是人们已不知道，在这个年近八旬的老妪身上，曾经发生了怎样的故事。

姥爷对我说

那是民国二十七年的冬天，也就是农历1937年腊月二十二日上午。姥爷白着胡子说，日本鬼子从扬州向我们蚂蚁湾来，说是一辆卡车，两辆坦克，89岁的姥爷躺在门口太阳地的藤椅上，对着太阳嘟囔，说已到县城了，在县城东门打死了一个骑自行车的，叫什么叶金生，又放火烧了东门京江会馆。那个凶呀，花姑娘当然更是倒霉，一个开草行的姓陶家的三丫头左手被日本鬼子生生切掉，西门洪杨氏开广货店的老倌小闺女，姥爷咧了一下嘴，没有一颗牙。上街买药被一个日本兵拦住，在巷子里就给强奸了。唉。

姥爷闭上眼，摇摇头。

下午，日本兵继续朝我们蚂蚁湾镇上开。县城离我们蚂蚁湾镇约三十华里，全是土路。当然就没有了汽车坦克什么的，是步兵，有二十来个，排着队。“嚓嚓嚓”，走得非常整齐。我镇七十二户六百三十四口人惊慌失措。家家整理包袱要跑，搞得鸡飞狗跳。单是老财主胡文举家没有动静。姥爷笑了一下。胡文举长得凸额凹嘴，留一把山羊胡，说话呜呀呜呀的，抽大烟，是我们蚂蚁湾镇的首富。家里房子就上百间，佣人几十个。开丝绸庄、药铺、广货店。什么都来。可为人却恶。是掘绝户坟，踢寡妇门的角色，欺压众乡邻，横行蚂蚁湾。胡文举对他的小老婆说，你们懂什么，头发长见识短，我们家什么人家。太君来了我们家不接待谁人接待。

姥爷眯起老眼，又对着太阳望了一会。

说，胡文举就是不肯走，他的小老婆跪在他的面前，说，求求你了，要他走。说日本人什么事都干得出来。

胡文举不吱声，瞪着他的小老婆。他的小老婆浑身上下抖，美丽的小脸吓得煞白，一把抱住胡文举，又说：求求你了。胡文举举起巴掌就是一下。

给我滚。都给我滚。胡文举吼道。他小老婆夹着金银细软，跟了蚂蚁湾的七十二户六百三十三人就飞跑着滚了。

再说日本人说到就到了。姥爷突然坐直了身子，眼睛放光。日本兵打着太阳旗，一个小队，开进镇来。唰唰唰。走得非常整齐，非常威武。

“唰唰唰”响彻整个小镇上空。姥爷又说了一遍。胡文举待全镇人逃走之后，姥爷接着说，他换了一身新衣裳，虎环大门敞开，等待太君光临。

他等了整整有小半晌。

"唰唰唰"，日本兵来了。

胡文举立即迎出门去，双手抱拳，高嚷：

"欢迎太君光临——"

"唰唰唰"。打头的日本兵并没理他。

"欢迎太君光临——"胡文举又说了一遍。

"唰唰唰"。日本兵继续走着，很威武的。

胡文举忽然又双膝跪地，一叩到底，叩了三叩，嘴里仍高嚷，"恭候太君多时了。"便伏地不起。

"唰唰唰"。日本兵继续前进。

忽然，一个大胡子高个子兵走出队列，迈着正步，目光柔和地走到胡文举面前。胡文举仍伏着。

姥爷停了一会，望我微笑。

胡文举依然伏在地下。姥爷又说了一遍。那大胡子高个子日本兵站在胡文举面前，看了一会自己裆下的胡文举，约有三分钟光景，蓦地摘下肩上的长枪。

"咔嚓——"拨了枪栓。

胡文举仍伏在那大胡子高个子日本兵的裆下。

大胡子日本兵慢慢将枪口对上胡文举的花白头的头心。动作温柔之极，且扁了一下阔嘴，算是微笑。

姥爷猛地一阵咳嗽，手捂着嘴，咳了好长时间，终于吐出一口稠痰。那昏花的老眼于是蒙上一层浑浊的泪花。

之后呢，姥爷喘着又说，事情当然就结束了。那大胡子高个子日本兵，手慢慢伸向那扳机，——的确很慢。又蓦地一扣，就听：

"叭！"

胡文举倏地便趴在了地下。一团殷红的东西从他那头心流出，染红了那花白的头发。胡文举死了。

那大胡子高个子日本兵见胡文举死了，并没就走。而静静地望了一会脚下的胡文举，阔嘴又是扁。

"哈哈哈。"一阵猛笑。

之后，才收起枪。一转身，小跑着进了队列。——肩头的枪口还冒着一丝白烟。那队伍仍继续向前开去。

"唰唰唰——唰唰唰——"

"就这么回事。"最后姥爷说。"我们全镇七十二户六百三十四口人，就死胡文举一个，就这么回事。"姥爷又说了一遍，就头靠在藤椅背上睡着了。

一丝涎水停在姥爷的嘴角。

老人与小东西

时候是初春。

塘很圆。塘边的垂柳刚冒一星鹅黄。塘面上刮的风还很凉。塘里水清冽冽，风一吹，一乍一乍的窄波一层一层推涌到塘边。塘里有藕，有菱，有鸡头，有蒲蒿，只是都还没有发旺。塘里也有鱼。草鱼最多。

塘边坐着两个钓鱼的，一老一小。

老人蹲在塘北边，一动不动，眼睛直了似地盯定离脚下有两公尺的塘面上的鹅毛鱼浮……忽然，那东西一上一下颠了起来——老人立时凝住神，接着，水中轻轻地冒上来两点——老人屏定呼吸，握紧了鱼竿——那冒上来的两点浮子再没有下去，现在塘面上是九点浮子——时候到了！但见老人慢慢将鱼竿向空中一甩，一条活蹦乱跳的大草鱼划过了半空，落在了老人身后的草地上——老人的五官又动了起来，嘴里喃喃着，发出一种奇怪的声音。

坐在塘南岸一直没动窝的小东西，听到北塘面“哗啦”一声，立即放下鱼竿，绕了过去。小东西眼睛一下子盯到那七八两重的大草鱼上，他干噎了一口嘴里的东西，嗓子眼里接着“咕咚”了一声，然后，咂了咂，仿佛吃了什么。小东西很眼馋。

小东西和老人并不认识。小东西只是想看看那鱼有多大。他不会钓鱼，只是呆在家里呆腻歪了，来解闷的。他才小学毕业，好喝酒的父亲就把他的学业停了下来。小东西看过了鱼，又把眼睛转过来，盯到了老人的身上。他觉得老人挺有意思。老人的身上很有肉，走起路来一摇一摇的，像只极大的肥鸭；肥嘟嘟的脸上有两只臃肿的泪囊；肚子里的玩意仿佛不闹破肚皮奔将出来决不罢休似的。

小东西费了好大的劲才忍住按一按那家伙的念头，啧，太棒了！小东西品尝得有滋有味，他想笑，就像有人用鸡毛在他胳肢窝搔动痒痒肉，直想笑，实在想笑！小孩子的克制力毕竟还很脆弱——小东西笑了起来。先是“扑哧”一下，接着“嘻嘻嘻……”兀自嬉笑。老人到底被惊动了。那无端的放笑把老人吓了大跳。老人转过脸看。见小东西正无所顾忌地牢盯着自己的头、身和臀及别的东西，乱瞅，乱瞄，乱扫。老人被激怒了！他活偌大年岁还没有人如此放肆地看过他，他简直吼着喊道：“滚——”老

人这猛地一吼，把小东西的笑凝固在脸上，却没把他吓跑。老人又报复性地看了看小东西。小东西很瘦，那真叫瘦，精瘦精瘦。他只穿一件没了屁股的老头式棉衫。瘦削的肩使得棉衫肩和袖的搭头滑到了胳膊肘，一伸出那细长的胳膊和瘦手，腋下即嘟噜下来，活脱像盛夏流行的“嘟噜衫”。小东西也不满了，瞪了老人一眼，小东西的眼睛很神，很大。那一瞪，漫画家可以只画两只眼睛，便能认得准是谁的。从鼻孔里喷一团白气并一爆破声，走了。

塘面又恢复了平静。

田野开阔得很。远处田垄里庄稼长得绿油油的，一片连着一片的，像绒绒毛毯的，是麦苗；那趴在地上的，被霜冻在土上的，是油菜，你再瞧，那顶北面土山上有一片树林，里面有候鸟，麻雀是候鸟吗？那高高的土丘是一座废窑呢，它苍老了，坍塌了，上面长着长长的茅草；土丘的那边是一块坟地，一字排着十二座坟。塘埂上跑来一只瘦狗，棕黄色的毛儿，夹着尾巴，跑跑，停停，嗅嗅。到十步处停下，打招呼似的随便叫一通，“汪汪汪，汪，汪汪汪汪”，然后夹着尾巴，鼻头贴着地上的草转身又跑了。

老人又钓了一条草鱼。

小东西一条没钓着。鱼竿头子都戳到水皮子上了。他怔怔地呆在那儿，不像在钓鱼。小东西很苦，三岁上母亲就死了，丢下他和一个比他小一岁的弟弟。父亲是很凶的，动辄就训斥他，骂他：“狗日的东西”，“饿牢里放出来的馋鬼”之类。而且酒瘾大，有多大？真大。一喝就醉，一醉就骂……小东西恨死他了，真的，恨死他了。

小东西曾咒过他死掉就好了。

但小东西的老子毕竟是小东西的亲老子。

血管里流的东西使小东西对亲老子还是最亲。

太阳升起来了。照在塘面上，波一闪一闪的，像许多碎银子跳动；照在老人的左半面颊上，小东西的右半面颊上，身子的影子长长细细地投在西侧草地上，老人变得苗条起来，小东西高了许多；照在塘边缕缕的柳条上，和那边的乌柏树、苦楝树、杨树的叶子上。太阳照着世界。

“喂。”

“啊。”

“喂。”

老人在叫小东西。老人脱光了衣服，只穿一件大裤衩。肚子像怀了七八个月的孕妇。眼睛下的两只泪囊，真大。

小东西过去了，是跑的。

老人的鱼钩勾到枯荷梗上了。鹅毛浮子漂在水面上。老人要下水去，叫小东西帮他拽住鱼竿子。

天气暖和起来，水很浅，只齐到老人的大腿根，老人摸摸索索地，趟着，终于趟到了那根枯荷梗跟前，枯荷梗上长了那么多密密麻麻的癞包，手摸上去咝啦啦的，并不见口子，却很疼呢。老人弯下腰，大裤衩一下子湿了，肚皮贴着水面，叫人看起来像是肚子这个球托住了这个身子才使得没有沉下去。老人的表情吃力得很，鼻梁上的皱纹形成“川”模样，泪囊在颤颤地抖。

塘里不知什么时候有了两只鸭子在悠闲地打着转。春江水暖鸭先知，那两个家伙神气极了，举止像个绅士，雍雍雅雅，文文静静，很有风度地把扁嘴插到水里呷喋呷喋地淘着，忽儿又耐不得，高兴了，丢掉绅士派头，放开喉咙大叫起来，“呱呱呱呱……”不停地把整个身子没入水中，扎猛子玩，爪子在水面上乱拍，红掌戏绿波呢，像两个小疯子，很有得看头呢。

忽然，老人“嗷——”的一声，看时，那身子不见了。小东西叫声“不好”，也顾不得，一个猛子扎了下去。这塘里有水蛇。小东西水性好，他自己最清楚。待小东西一个猛子上来换气时，老人那颗有泪囊的大头已露出水面好一会儿了，水仅齐到小腿肚子！

老人吭巴吭巴地爬上岸。圆凸的肚子像倒扣的半个皮球。小东西恨恨地站在水里，脸上颇有些忿忿然。那瘦瘦的前胸上显出支棱着的胛骨，刻出的一般。

老人双手叉腰命令道：“上来！”小东西“哗，哗——哗”趟着水，脸上写着晦气。老人忽然兴奋起来，嚷道：“你喝酒吗？”“喝酒？”“喝酒。”“没酒呀！”“这，这……嘛！”老人高高举起一只小酒瓶，骄傲地敲得叮叮响。“我恨他。”“啊？”“我说他。”“谁？”“我老子。”“他怎么啦？”“他好喝醉，一喝就醉。”“他爱么？”“不爱。”“那？”“他爱酒了，不要我们了。”

老人把大裤衩子脱了拧。他有点冷，把线衣线裤都穿上了，而把一件厚衣服留给了小东西。小东西不肯，老人硬把小东西裹了。老人又捡了些枯柴枝，慢慢地在埂上燃着，从渔具包里拿出一只饭盒，里面是咸鱼、香肠，下酒用的，用两根柴棒一支，蒸了。一老一小围火而坐。老人又在地上垫上一小方塑料布。两个围火对饮，你一口，我一口，喝！

忽然，小东西那疲沓沓的双肩一耸一耸的，老人一惊，看见小东西啜泣了。老人劝。不行。再劝，坏。小东西嘴一扁：“他妈的！”“你骂谁？”“我骂他，好醉的。”

老人笑了：

“乖乖。别哭。”

“不许你叫我乖乖！妈的，你想讨我巧吗?”小东西哭着的五官倏地硬在脸上，泪珠挂着不动，沿着那颗泪珠往上看，是一条白白的痕。泪水冲的。火光映在小东西脸上，一闪一闪，使得小东西五官泛红，也仿佛是一团小火，呵，小东西正是一团火的年岁，本不该有忧伤的呀。

老人眼睁得很大、愕然。

泪囊在颤颤地抖，眼窝中，却分明有一泡泪水。

（原载《丑小鸭》1986 年第 10 期，系处女作）

玩　笑

一

陈渺头一撞进厕所，行里办公室的王秘书正蹲在坑道上看报呢。他移开报纸，见是陈渺，就笑嘻嘻地说：

“陈渺啊，恭喜你。”弄得陈渺丈二和尚摸不着头脑，于是也笑嘻嘻地说：“王秘书开玩笑呢！”

“真会装啊，陈渺，怕请客，是吧！”王秘书仍笑嘻嘻地逗着。

陈渺蹲在王秘书边上，认真地问：“王秘书，什么事？”

“你不知道？”王秘书反问。

陈渺点点头，嗯了一声。

王秘书看看厕所门口，往陈渺这边倾过来，小声说：“党组昨天开会研究过了，可能要提你当副股长。”

“真的？”昨天行里开党组会，陈渺是知道的，可陈渺不知道是研究人事问题，还以为是业务方面的事。听王秘书这一说，不觉想了起来，怪道昨天人事股何股长从行长室进进出出，神神兮兮的呢！

陈渺下意识惊觉了起来，眼睛不觉睁大了些。陈渺也是有些经验的，他晓得王秘书这个人刁得很，不能轻易上当。于是他很快镇定了下来，把脸放松了。便又笑嘻嘻地说了一句：“王秘书真会逗乐呀！”

王秘书反有些认真：“陈渺，我什么时候跟你开过玩笑，确有其事。只是下文可能还要有些时间，要征求中支意见。”

这一来陈渺信了，心不觉“噗噗”跳了起来，脸自然有些热。于是迅速解完手。提了裤子出了厕所。

二

要提陈渺当副股长的事，“大老板”李行长曾给他暗暗透过，那是陈渺从电大刚回来。陈渺在上电大之前是在信贷股的，陈渺回来还想到信贷股，可陈渺过去和信贷股的马俊股长有些隙（那时马俊还是股长），于是马股长坚决不要他，行里也不好硬强迫，于是行里又来做陈渺的工作，要他到稽核股去。陈渺不肯，陈渺说：“我以前是信贷上的，我还到信贷

上。”陈渺也找了些人说了情。这样僵持了近两个月，陈渺没事干，在这一阶段，行里就安排陈渺到营业部代班，陈渺由于心境不太好，代班时就不听营业部胡主任分配，胡主任叫他到会计柜记账，他因有些情绪，就发到了胡主任身上。胡主任是个妇女。陈渺说：“我不会记账，我只会干出纳。”

没想这句话到后来竟坏了陈渺的事。陈渺到稽核股不久。行里开始了技术职称评定。陈渺是大专，工龄又正好够上助师。于是就报助师职称，没想在评定时，11 个评委，1 个缺席，陈渺 5 票通过，5 票弃权。于是只得等缺席的这个评委来定夺。这缺席的评委恰好是营业部胡主任，征求胡主任意见时，胡主任正是身上不干净，心情也不好，于是胡主任也把火发到了陈渺的身上，说：“连账都不会记，还能当助师。不行！”

一句话，把陈渺的一级工资及荣誉轻而易举地给毁掉了。

陈渺最终到稽核股，还是“大老板”找他谈的。“大老板”做了一气思想工作之后，说：“你到稽核股好好干，啊，过年把还是你们青年人的嘛！”言下之意很明显，陈渺想想这样僵持下去也不是办法。于是就到了稽核股。

陈渺到稽核股不久，又出了个岔头事。那回陈渺到营业部稽核，营业部的几个小伙子同他开玩笑，说：

“陈渺，你稽核，没有稽核证，不许查！”

陈渺和这几个哥们平时闹惯了的，于是也没顾忌许多，将稽核证往桌上一扔，说：

“脱你们裤子稽核都行。证件！”陈渺手一指。

这事当时也就过去了。没想过了好多天，有一回股里老丁股长对他说：

“小陈，以后说话要注意啊！据反映你那次到营业部稽核，把稽核证掼掼的，而且讲些不干不净的话，说什么要脱了人家女同志裤子稽核，你看看，这这这……年轻同志，刚工作不久，就不注意，这事已传到行长那里了，行长要我说说你，你平时工作还是蛮好的，要注意啊……”

弄得陈渺哭笑不得，真是跳进黄河洗不清呀！这两件事，对陈渺打击很大，陈渺对“大老板”以前的鼓励已没有了兴趣。心想，但求无过罢了，不要整天五花肝脏六花心的了，还没想竟真这么快提拔他了，陈渺于是觉得李行长这个人真不错，很信用。陈渺想想觉得王秘书这个人也不错。

三

陈渺喜滋滋地回到家里，妻子正在厨房忙活，女儿小红在房里玩。小红这东西，才三周岁，却“坏”得要死，是个欢喜团。陈渺丢下公文包，就抱起女儿亲了一口，说：

“何以解忧，唯有小红矣！小红他妈，晚上吃甚好的。弄两个好莱，我喝一盅。”

妻子瞪他一眼，斥道：“你想得倒好，快来烧火，别尽想好事。屁官不得倒想人服侍，净做美梦！”

陈渺不服了：“哼，从今以后，鸟枪换炮，我马上就要当股长了，你就是股长夫人了！”

妻子没理他，只顾忙自己的，陈渺有些无趣，就放下小红，兀自走到锅后，烧火去了。

吃饭时，妻子给陈渺倒了一盅酒说：“大股长，今天我送小红到幼儿园，在街上正好撞到你们李行长，我叫小红叫李行长了。”

陈渺忽然一愣，将举到半空的杯子放下，问：“小红叫了？”

妻子并不答他，自顾往下说：“晚上剧场有音乐会，多少天没能玩玩了，真憋气，晚上我们去看，看不看？”

“看，看，看你妈的头，你整天就知道玩。”陈渺不知道哪儿来的无名邪火。

妻子也恼了：“你驴喊什么？哪个吃你的饭了？真不是东西！”

“你他妈不是东西！”陈渺说。

“你骂谁？你有本事到单位逞能去，不要在家使淫威，没人买你的臭鸭蛋！”

陈渺脑壳一炸，眼睛里就喷火，他蓦地站起，把小桌子一下子掀了。饭碗汤盆被掀到地上摔碎了。

小红“哇——”的一声哭了起来。妻子也愣住了，眼泪默默地流了下来。妻子收拾了东西，就抱起女儿怒冲冲地回娘家去了，妻子刚出门，陈渺“咣”的一声把门甩关，抱头倒到床上，就哭出声来，陈渺想了很多，想着想着就睡着了。

一觉醒来，陈渺很后悔，他看看地上碗盆的碎片和流了一地的羹汤，心想：我怎么这么大的火气呢？就拿了扫帚，把地上碎瓷片清扫掉了，又骑上车到丈人家好说歹说赔了不知多少小心，总算把妻子哄了回来。

一场打闹之后，必比平时更亲热些。晚上睡觉时，妻子对陈渺说：“那天小红喊了爷爷，李行长笑了。”

陈渺听后也笑了，便亲了一下妻子又亲了一下熟睡的女儿。

四

过了一个多月，陈渺的副股长没批下来，反没任何动静了。这一个多月，陈渺不知观察多少次李行长的脸色，可李行长的脸色叫陈渺捉摸不

定，有时陈渺觉得李行长特别慈祥，特别可爱可亲，有时又觉得李行长对他并不怎么样，见到他脸上很严肃，陈渺于是又很泄气。他把自己弄得非常痛苦。这个月里，陈渺上班老实多了，每天早上班迟下班，有事没事都坐在办公室，拿出一本稽核方面的书，边看边做些笔记，并有意把门大开着。行长从门口走过来走过去的，看得非常清楚。

这天，陈渺上厕所又遇见王秘书，王秘书正捧着一张报在看，见陈渺进来，就移开报纸，说：

“陈渺，最近你好积极啊，想当股长啊！”

陈渺笑笑，说：

“王秘书，多亏你帮忙，这考验期，能不表现好些？”

王秘书反愣了：“什么考验期？”

陈渺还笑嘻嘻地说：“感谢你那么快告诉我，要么我还不晓得注意呢！”

王秘书忽然一拍脑袋，也笑了起来：

“噢！陈渺，你也真太认真了。哪儿对哪儿呀，那次我不是跟你说了，是跟你开玩笑的嘛……”

陈渺倏地一愣，那笑就硬在了脸上。陈渺真想上去一巴掌扇在王秘书脸上，可陈渺没一丝力气，只差瘫在坑道上，陈渺脸色很难看，灰白灰白。

王秘书也愣了，一把拉住陈渺，问：

“陈渺，你怎么啦！”

五

陈渺回到家里，感到心里有些难受。陈渺病了。

陈渺病好后，他主动将情况向李行长做了汇报，李行长听后很生气。陈渺检讨了自己的缺点，行里也找王秘书谈了话，李行长在职工大会上强调了以后不允许再开不适当的玩笑，不许传各种不准确的小道消息，搞得人心不安。不利于团结，不利于安定。

果然，行里以后没再传什么玩话、闲话。

（原载《中国农金报》1990 年 6 月 19 日）

蚂蚁湾二题

小林

是那个时候的蚂蚁湾。

小林在公场上玩泥巴，把泥巴捏个如砚台一般的东西，再往白土地上一掼：

“嘭——”泥巴发一声响。

小林就玩这个。他那时五岁。妈妈在场上翻刚收割回来的稻子。妈妈很瘦。从背后看薄薄的蓝衣裳贴着脊梁。脊梁如刀。妈妈很瘦。小林望住妈妈的背影。半天，叹了一口气。

一个男人走过来，高个子，瘦腿，上身没穿衣服，赤着膀，胸口如熟螃蟹一样红。他很强壮地走过来，说：

“小林。”

就一下子揪住小林的瘦脖子，把小林在公场上转了。转了许多圈，才把小林放下。小林刚落地时，脚下如踩棉花，站不稳，乱晃了许多时。那大个子男子嘎嘎大笑：

“哈哈，哈嘎嘎……”

这个大个子男人是小林爹。但不是亲爹。小林娘是改嫁到蚂蚁湾的，嫁给了这个男人。小林是拖油瓶来的。这个男人挺凶，却成了小林的爹。

这时，三妈妈走了过来。三妈妈是和小林娘一道改嫁到蚂蚁湾的。三妈妈和小林娘最好，常一起流眼泪。小林娘刚改嫁到蚂蚁湾来时，三妈妈就抱住小林流眼泪。那回是在三妈妈家，三妈妈边搂住小林，边坐在灶门口说烧开水给小林娘吃。三妈妈坐在灶门口擦了十几根火柴，都没擦着。火柴湿了。三妈妈就这样边擦火柴边流眼泪。

三妈妈就搂住小林，望着男人说：

“你疯啦，疯子呀。”又低头望着小林，“乖，没事吧。”

小林摇摇头，说没事。三妈妈就牵住小林的手到公场那边去了。

小林从前对这个男人就很恨。这个男人也很穷。小林刚见到这个男人时，是在这个男人家。这个男人家也不成家，只有一张大桌子，这个男人穿的衣裳，用后来小林娘边流泪边数落这个男人的话说：“我图你什么了。

你那时穷得棉袄头子棉花掼掼的，头上虱子像芦花似的，拖鞋趿掌。我不是也嫁给了你。我图了你什么。”眼泪直流。

蚂蚁湾是水乡。荒苇很多。因此芦花雪白。

那次小林娘抓住小林手，叫小林叫那男人做“爹”。小林不肯，就甩掉娘的手，钻到那大桌子肚里，抱住大桌子腿转。就是不叫爹。

那男人“嘿嘿嘿”傻笑。小林娘也笑，一脸妩媚一脸歉意的样子。说：“这个娃子。没规矩。”

后来睡觉了。那男人也上床睡觉。小林娘不舍得小林，就搂住小林睡。小林摸住娘的奶子，并且将脸儿贴上。脸上一遍冰凉。小林哭了。小林抬起亮亮的脸，说：“娘，我爹死了。是吧。”

娘没吱声。后来那男人取代了小林。小林睡一边去了。

那男人有时也还可以。他有时买一块肉回来。那时小林就爬到自家的墙头上，见爹打老远蚰蜒塘埂走来，手里提着肉。就比较高兴。就对屋里的娘叫。

“噢——”

娘从屋里出来。就见自个男人提了一块肉回来。娘也笑。娘接过肉，就洗洗剁剁炒炒放很多萝卜烧烧时，香味就飘了过来。小林非常眼馋。常用一张小板凳垫着站在锅台上开锅盖。娘就会打他手，说：

“馋鬼。”

一晃多年。日子好过了。小林家新砌了大房子。粮食堆在东头一间。小林娘老了。浑身是病，心口疼。每天喘粗气，要呕吐的样子。喘气的声音很大。

小林爹腰已彻底弓了。拄着竹篙子，在蚂蚁湾的土地上走来走去。有时挎个簸箕，一副拣猪粪的模样。

小林长大了。

小林娘已真不行了。她已瘦得成一张纸。东西也不能吃。她的病是个险症，没救的了。叫“隔食病”。已到了喝水吐水的程度。小林娘脾气躁，就糟蹋自己。边流眼泪边把自己瘦得不成样子的膀子朝墙上掼。

这日，小林娘在炕上坐起来。叫过小林。她望着小林半天，眼泪流了下来，小林赶紧捉住娘的手，说：

“娘。娘。”

娘于是边流眼泪边来回抚着小林的头，说：

“乖，娘不行了。你也长大了。日子也好过了。要好好过。娘放心了。只是有一点不放心，就是你的后爹。他也老了，没有年轻时拽住你脖子转的劲头了。腰也弓了。你要晓得娘的心，要好好照顾他。他是你后爹。你不晓得，你后爹对你多好。我改嫁给他，几次我都怀了你弟弟，硬是你后爹不肯要。你要晓得他的心呀。乖，娘的话你听进去了么……”

小林噙住泪，点头，下死劲的。娘又说：

“睡去吧。”

一夜小林难以平静，他做了许多梦。他把自己过去所有的记忆都收撷了出来。好好想想。他忽然觉得后爹走到他床边。他赶紧坐起，是后爹。后爹拄着竹篙，立在小林床边。后爹昏花着浊泪老眼，哽咽着说：

“你娘死了。”

小林一下子滚到床下。跌向西房。一线细绳已把娘吊在了二梁上。她死了。娘是自己把自己吊起来的。

三妈妈来了。小林一下子扑到三妈妈的怀里。

后爹拄着破竹篙立在娘的裆下。

其时，蚂蚁湾东天正泛青白。

捡 儿

一

这个婆娘算是白找了。

19 岁结婚，今年 25 岁。六年了，婆娘的肚子永远瘪着，竟没有凸过一回。罗子心里又气又怨。

蚂蚁湾的眼睛都在盯着他婆娘的肚子。徐瞎子婆娘已经在私下嘀咕了。

“公的，公的，竟不会下。”徐瞎子婆娘在湖边洗裤衩，且做且说。

罗子的婆娘也在的，装做哑巴。

急煞了罗子，也急煞了他婆娘，晚上拼了命做活。可竟没动静。罗子叹气了。婆娘暗垂泪。

命呀。命呐！

二

这晚，天上星星亮着，是春天，湾里的树叶全绿了，油亮亮肥厚，妯娌塘也蓄满了水，碧绿着。罗子婆娘从湖里刚洗完罗子的骚裤衩，罗子就说：

“睡觉。睡觉。”

就接了婆娘手里的活，丢到一边，拉了婆娘就倒在炕上，一气乱忙。罗子平息了。婆娘微喘着，眼睛里朦胧着激动。过一会，婆娘才轻声说：

“罗子，这一下该有了吧。”

罗子脸上有亮的珠子，他下死劲点点头，又抱了婆娘。

一睡，就睡着了。

倏地，恍惚中罗子似乎听得有一声婴孩的啼哭：

“哇，哇，哇——”

他又仄耳细听：

“哇，哇，哇——”

他便弄醒婆娘，说：“你听——”

婆娘于是就揉着惺忪的眼就听：

“哇，哇，哇——”

真真切切！

罗子找裤衩了。罗子起床了。他悄悄地把屋门打开，寻那声找去，竟在自家的茅厕旁，找着一团襁褓，竟是个婴孩！

透过月光，婴孩脸如红布。正死命地张了小嘴儿啼哭。

罗子先是一愣，接着就抱起襁褓，一气小跑，回到屋里，小心打开襁褓看时，是个女婴，胖胖的，粉粉的。小小的身上已凉了，却竟湿湿的，是汗。

婆娘也已穿好衣服，一下扑去，就把婴孩抢到怀里，用自己雪白的滚烫的胸脯温那团活的血肉。婴孩倏地不哭，安静下来了。

罗子愣笑了。“嘿嘿嘿”，笑了好一气。傻乎乎的。笑得婆娘心里毛咕，伸手就对罗子一掌：

“傻子。”

他们就养住了这个婴孩。起了一个名，顺手叫了“捡儿”。

三

捡儿一岁了。

捡儿已会叫爹娘了。叫罗子“爹”，叫婆娘“娘”。罗子和婆娘心里乐开了花。更疼爱捡儿。含着怕化，抱着怕吓。

没想出了个岔子。

这天，婆娘对罗子说：“罗子，妈呀，我身上怎么几个月没来了。莫不是——”

罗子也一愣，倏又惊喜：“是吗？到大队查查去。”

婆娘去了。婆娘回来了。罗子迎出屋门，把婆娘扶回了屋，坐下，问：

“是吗？”

婆娘垂下了头，又点了点。

罗子脸上泛起了一层红晕，眼睛亮亮地望着婆娘。恰在这时，捡儿从炕上爬了下来（以前从来没自己爬下来过），踉跄着向罗子扑来，且嘴里竟嚷嚷着：

“爹，么儿？娘，么儿。”

罗子上前搀住捡儿，心里忽地又一闪，脸跟着就黄了。气马上泄尽，坐在了凳上。抱紧捡儿。把头埋向裤裆。

半天，罗子才把头从下拔出，仰起脸，轻轻问婆娘：

“她娘，肚子里的还能要么？”摸摸捡儿的小脑壳。

对面的那个没能回答。罗子望着对面的那个，望了一会。又把头埋进了裤裆。

沉默。沉默。死一般沉默。捡儿乖乖地蜷在罗子怀里。

半天，半天。罗子才又将头拔出，又仰起脸，望住婆娘——那眼似乎都模糊了，说：“她娘，不要算了！也对得起这个。”就又摸摸捡儿的脑壳。捡儿懂事地把脸转向罗子，叫道：

“爹。”

对面的那个这时才点点头。过一会儿，又说：“睡吧，捡儿，同爹去睡。娘也睡。”

第二天。大早。罗子将捡儿托给徐瞎子婆娘管住。就同婆娘出门了，到公社去。

天擦晚，老远看见一个黑点拖着什么慢慢向湾里来。那是罗子拖着婆娘回来了。用板车，肚子的那个泄了。

岔子没有了。只有捡儿。

四

生活平静，日子如风一般刮走。

过了八年。捡儿八岁了。捡儿也长得好看了。眼睛漆黑，头毛乌亮，只是鼻子大了点，小姑娘有个大鼻子。大鼻子的捡儿。

一天，庄上来了几个娃子，一色的蓝褂裤，一色的大团脸，一色的大鼻子，大大小小，有七八个。他们走到罗子家门口。这七八个大大小小的娃子就在门口喊捡儿。捡儿趴到窗口（门锁上了），望外头；外头的七八个对捡儿笑，向捡儿招小手儿。

捡儿没理他们。娃子们怏怏去了。

第二天，这些娃子们又来了。

第三天，娃子们又来。

来了就向捡儿笑，向捡儿招手。捡儿就趴到窗口望。

这些事罗子和婆娘一点也不晓得。捡儿从未对他们讲过。

终于有一天，罗子和婆娘下工，回来一看，一只窗棂断了。捡儿没有了。婆娘一下子哭了。呼天抢地。罗子抱头默默坐下。

许多人为罗子找了许多天。没有。

塘里，沟里，都找遍了，还是没有。怪了！村人奇怪了。罗子奇怪了。婆娘奇怪了。村人失望了。罗子失望了。婆娘失望了。捡儿就这么没有了。再也找不到了。

罗子和婆娘一下子老去了许多。判若两人。

（原载《满族文学》1991 年第 4 期）

瞬间真实

车子在漫长的山道上爬着，大空调客车。人们东倒西歪。无聊。闷。旅行真无聊，真闷。

前排左侧坐着一个少女。鹅蛋脸，蛋白肤色，瘦眉，细眼。我从一上车就注意过她。一个大兵送她的。那大兵很憨，很忠实，大兵把五个橘子硬要塞在她的包里。她拒绝了，她脸色不好看。一直到车子开，她没有和大兵说一句话，也没笑。

她的旁边的一个位子一直空着，我想过去，从一上车我就想过去，可我不敢，我也不知为什么，我的心“怦怦”直跳。我拼命抽烟，像和谁赌气。

在她前排右侧坐着一个满脸长着黑痣的男人，那男人不时地扭过头来，用布满血丝的枭眸扫视后坐一圈，最后眯缝着射在她的脸上、胸脯上。那目光好毒，好狠，好贪婪。

我无端地恨那家伙。

那家伙不住地扭头，不住地把“带把子”的烟杆进嘴里，炫耀地“啪”一声打着火机，不住地喷烟，烟雾在他的头顶上丑陋地扭曲着、变形着，他跷着“二郎腿”得意地晃、晃着。

“甩子!”我暗骂。

那空位在诱惑着我。我想过去，我真想过去，我极想过去，可我怕，我也搞不清为什么，我的心“怦怦”地跳，我怕那布满血丝的枭眸？怕她？扯淡!

她也不住地扭头看我，——从一上车我就发现她在注意我！我虽然装着漫不经心瞅着窗外，我虽然低着头，可我分明感觉得！我真真切切地感到一股灼人的目光射过来，我的心“怦怦”跳，我大胆地抬起头，把目光迎上去，在四束目光交错的一刹那，我分明感觉得那目光里有东西，那目光在召唤我。

我想过去，可不知为啥，我的心“怦怦”乱跳。

我心里说：“你过来吧。”我的旁边一个位子也空着。

我在等待。

“大空调”在呜呜地行驶。野外的景物从眼前一晃就过去了。电线杆

排队向后退去。初春的凉意还很重。小麦一片连着一片，连绵着，泛着绿；油菜趴在田里，蜷缩着，绿得很艰难。田野刚从寂寞萧条中露出一点生意。

我从窗外收回目光，我的目光落到她的身上，我分明感到她也在等待，我忽然感觉得自己窝囊啊。我“呼”地站起来，我的头脑翁地一炸，可我走了过去，我坐了下来……地球还在运转，一切正常，只有那满脸黑痣的家伙扭过头来用充血的枭眸瞟了我一眼。好醋意的一眼。

我和她相视一笑。我看出她那细细的眼睛里写着感激，我问：

“到哪？”

她浅浅地一笑，白嫩的脸泛起了红晕，说：“千秋县。”

“噢，同路。”我显出若有所思的样子。

她的细眼睛倏地一亮：“你也到千秋县？”

“嗯。”

她微笑，嘴是抿着，且不出声。我也微笑：“在哪工作？”

“缫丝厂。——你呢？”

“苏州，苏州市人行。”

“你是千秋县人？”

“嗯。”

“回家？”

“嗯。”

“又不是礼拜？”

“公差……千秋县缫丝厂还在东门？”

“是的。”

“还算集体？”

“是的。”

“你今年……”我忽然问。

“……什么？”

“多大？”

“21。”

“不像。”

“你说我多大？”

“没年龄。”

她不说话了。扭头看窗外，她侧着脸，她的脸上汗毛绒绒的，她的脸部线条极好，鼻子挺直，耳朵根底下有一颗小痣。

我也扭头看窗外。

小麦一片连着一片，旋转着从眼前滑过，路边的树和远处的村庄也旋转着从眼前掠过。偶尔，也有一面塘，似镜，白亮亮地从眼前一闪就被抛了过去。初春的凉意还很重。

我感到脖子有点酸，我扭过头。目光落在我面前的黄挎包上，黄挎包鼓鼓囔囔。里面是饼干。我突然问：

“你吃饼干?”

“不吃，谢谢。”

“吃嘛。没啥。”

“谢谢，不吃。”

“没啥。吃嘛。”

我瞥见她放在右腿上的右手：手很小，粉红色，手心的纹路很细。有细细的汗珠。我将捏着饼干的手伸过去，我粗厚的大手一下合在她的小手上，我的手刚接触到她的手的刹那，我头一晕，我心中似乎闪过一道白亮亮的东西。

她没叫，也没让。

下山了。“大空调”颠颤着、奔驰着。公路像一条舞动的黑绸，黑亮亮地，延伸着，舒展着；远处山坳里的树很茂盛，很绿，都是一些常青的松柏，有氤氲之气弥漫着、蒸腾着，山坳里有一面湖，镜子似的躺在那里。景色蛮好。我目光呆在湖上，湖在旋转。忽然有东西杵了我的肩一下，我扭回头，见是她的胳膊，她手内捏着两块蛋糕，她的细眼盯定我的脸，问：

“你吃蛋糕?”

“哟，嘿嘿，”我干笑了两声，“甭客气。”

“吃呗，一样。”

“甭客气，嘿嘿，呐?”

“一样，吃呗。”

她用小手递过来，我用粗厚的手接住。我恨我小心。我们的手没触着。我轻轻地咬了一口蛋糕，蛋糕于是有了一个半月形的小口。我嚼着，嚼得很重。她亦小心地衔了一口，她的蛋糕于是也有了一个更小的半月形的小口，她嘴轻轻地动着，没有一点声音。她唇上的汗毛绒绒的，唇挺红，挺丰厚。蛋糕挺香。我忽然说：

“你们缫丝厂的女工真多。”

“……”

“你们缫丝厂的女工穿得真漂亮。人也漂亮。”

“……”

“人家说，‘你们缫丝厂的女工骑着单车去上班真像一群白鸽子在飞’。”

“是吗?”

她忽然笑了。声音挺脆，且露口，牙齿极好：白，齐。她又咬一小口蛋糕，蓦地她脸一红，问：

“嗯——，你二十几?”

“30。”

“不相信。”

“真的。”

“不像。”

“不骗你。我小孩都三岁了。”

她陡地不吱声了。扭头看着窗外，窗外依旧是清冷的初春；是一片连着一片麦苗、油菜，旋转着，后退着。我的目光不经意地滑过她的胸脯，胸脯鼓鼓的，不高。我赶紧避开目光，又瞅着窗外的田野。“大空调”忽地恨恨地甩了一下，拐了个大弯。眼前倏忽印入一片极辽阔的红草湖，低头只见刈过的草茬，抬头，却见一片嫩嫩的绿。草色遥看近却无。千秋县到了！我的心忽又“怦怦”乱跳了起来，我不知为啥。我突然感到有话要说，我把头靠在软和的椅背上，偏着脸问：

“你可对我说过谎话?”

“说甚?”她刚醒似的从窗外收回目光，疑惑地盯定我的脸。

我又重复了一遍。

“这话啥意思?”

“没意思。玩。”

她愣了一下，脸上似乎掠过一丝不快，但很快，很不易察觉。她说：

“没有。”

“真的没有?”

“真的……这是我最后一遍回答你!”

“好，那么我如果要对你说谎了呢?”

“随你的便，那是你的自由。”

“你不想知道? 你猜我说过几句?”

“不知道。也不想猜。”

我的心一动，我似乎感觉到了什么。我愣了一下，于是，我一口气说道：

“我们马上就要分手了，告诉你我对你说过三句谎话，第一，我不在苏州市人行工作，而是在千秋县人行工作，我刚调回来不久；第二，我今年是24岁，不是30；第三，我还没有恋爱过，我哪能有小孩。我没有小孩。”

她忽然转过脸去。她一句话也没说。我似乎发觉她眼眶里有泪水在打转。

我也扭头望窗外。我似乎陡然觉得，自己的心里有什么东西在动，很沉。真的，是有东西。那东西愈来愈沉了，我都快要透不过气来，闷。

“大空调”嘎的一声停了下来，到站了。

我似乎陡然又觉到，自己心里的那东西，动荡很轻，欲飘，似乎我整个儿都要飘起，空荡荡的。我下意识地摸摸胸前的黄挎包，鼓鼓的，里面饼干还在……

我磨磨蹭蹭地站起来，磨磨蹭蹭地挎起挎包，磨磨蹭蹭地下车。

我跟在她的背后。我的鼻子摩挲到她松软的秀发，可我没心思。就是没心思！我说不清自己的心情是沉重还是空虚。

我们面对面站着，她双手在胸前绞着那女用绸布包的带子。我挎着挎包手抄着，装得很轻松：

“旅途愉快。”

她脸上掠过一丝不易察觉的惆怅。

“我们认识了。”

她点一下头，轻轻地说。

“我们现在就是朋友了。”

她一笑，不太自然。

该走了。

可我不挪步，她也不挪步。

我突然感到荒唐。看看四周，人已走光了，只剩下我们两人孤零零地戳在空地上。

我说“再见”。扭头就走，可我始终感到背后有一束目光射过来，在注视我。那目光里似乎含着嗔怨、含着深情……

我停了步，蓦一扭头。

（原载 1991 年第 1 期《赤壁》）

你不必太在意

我那时在道班烧饭。派我烧饭的原因是很简单的，因为我太瘦。当然是只有骨头的那种瘦。队长估计：我如果干道班的那种生活，肯定要完蛋。吃不下来的。就派了我这么一份火头军的差事。

我们这道班是个大道班，有几十号人马。每天开饭时，就人嗡嗡的，挺烦人。内中有一个小矮子，叫孟强。

生人如果问他："贵姓?"他便说："古人孟子的孟。"叫人哭笑不得。此人长得极差。有一张极小的脸。别人根本不叫他的大号，都小脸小脸地叫他。小脸每天洗完脸，就要走到一个缺了角的镜子跟前，看着那滴脸上挤得不行的几粒小零件，怔怔地，半天，叹息一声："唉。"情绪相当复杂。

"唉"。

小脸每天来打中饭，都挤得最凶，那滴榆钱般大小的脸被憋得彤红，鼻子眼睛几乎没有。仅有一孤裂开的嘴巴，仿佛渴望什么。叫人看了心酸。待挤到近前，把那脏兮兮的大瓷碗递到窗洞时，并不见饭票。我给他打了半斤，没想他却不接，忸怩了一阵，才嗫嚅道：

"一两。"

我被他这一说吓得比较严重。眼睛光瞪着他，不会说话。这样一个小粗人，只吃极秀气的一两饭。能不叫我怀疑。

我只好把打入他碗中的饭又拨拉回锅里。

这时他才从卫生衣的内兜里挖出一块卷了边的脏纸片，递了过来。

我接过那片纸，扔入饭票箱，又为别人舀。没想我还没有把这堆人打发完，他竟又挤了过来。这时脸上已有了些许光辉，且有星星汗珠可见，显然是吃得急了。我正疑惑他又来做甚，他却笑嘻嘻地主动将一两饭票递了过来：

"再来一两。"

这人是什么毛病?

可我还是挖给了他。足有二两的分量。我们卖饭的人，最怕一两一两的打。这样要蚀本的。一两都是多给。我想他大概早上吃了什么好的，中午或许肚子还饱，不饿。先吃一两，看还不够，便又打一两。也属正常。

真叫我吃惊，以至恼火的是：没有过三分钟，他竟又来了。

这时的他已满头大汗。小脸上更光辉了些。他边嚼嘴边呜呜地说：

“再打一……”

我把勺子一掼。这究竟是个什么人？三两饭分三次打。是神经出了毛病还是有意捉弄人？我气愤地将他递过来的脏兮兮的瓷碗扔了回去，说：

“不卖了。”

他站在窗洞口不走，脸上很着急的样子：

“怎么能不卖呢？怎么能不卖呢？”

我心又软了下来，便心平气和地问：

“你这样不作践人么？”

他小脸立即煞白。又彤红。又蜡黄。说：

“我……我，我半斤饭吃不饱的。只得一两一两的……”

我一下子醒悟了过来。哦，一两一两的打原来是能多不少饭的。他竟是这样的一个人。也不容易。

从那以后，我晓得了小脸的一些情况。譬如：他乡下家里有一个既瞎且瘫且癫的78岁老母。譬如：他已30岁了，却不得老婆……

小脸竟还有这么苦的身世。真不容易呐。我不禁有些同情他了。

之后的日子，我卖饭时总多舀些给他，自觉不自觉地。

我和他的交往也多了些。

一次。我记得那是一个初春。屋外有些雾，挺重的。太阳硬币般浮在那浓湿的昊空，挣命似地挤一些光线下来。于是屋外的小麦漂亮极了，油菜也美丽起来，仿佛上了漆。这是一个多好的初春呀。

就在这个美丽的日子里，小脸来到我的宿舍。我请他坐，叫他喝茶、吸烟，且拿来两粒狗屎糖叫他吃。

他受宠若惊的样子。小脸彤红，忸怩着用屁股尖搭在椅角上，也不吃茶，也不吸烟，我剥了一粒狗屎糖的皮，把仁儿硬往他嘴里杵。“客气啥呢。客气啥呢。”他才勉强吃了。

小脸在我屋里坐了一会。又喝了半小口茶。说要走了，可又不动。我看出他有些话要讲。就问他。他支吾了半晌，才说：

“你上街买菜带我一块去，好吗？”

我见他讲得真诚，就点点头。

我们一道上街了。他请了小半天假。我用道班里专门买菜的那辆破车驮着他。一路风光。小脸显得有些激动。

我和小脸来到县城，先到蔬菜公司，也没有什么可买。无非是些青菜、土豆什么的。我和小脸胡乱买了些。就去看一个宿县的马戏团。那可是一个国营的马戏团，到北京玩过。有人和狗熊打架。有个驯兽员叫张

涛，就专门跟狗熊打架的。他上场时，报幕员用普通话朗诵：

“狗熊张涛上场——”

我和小脸都笑了。

看完后，我们都显得很兴奋。又到街上乱转了一气。街上人都戴着主席像章。有的人戴七八个，蛮派头的。一律黄军装，大姑娘腰眼里杀着皮带子，弄得我和小脸羡慕不已。走到凤凰桥老市口时，小脸不动了。凤凰桥老市口以前也是县城一景，后“破”得了。铺了水泥和桥。我看了还残存的一些亭子，就催小脸走。小脸还愣在那里。我问他。他脸有些红，说：“你借五块钱给我用。好吗?”原来他是想买东西，我问：“看上什么?”他用手一指，我顺着他的手指看，是一件旧黄军褂，一家铺子用竹篙戳在门口。我问：“你要这劳什子干吗?”他说：

“穿呀!”

“这有什么好的呢?”

“便宜呀!”

我再看那标价，写着：3.15 元。于是我掏了钱。小脸就买了那黄军装。

我们道班北头有个叫陈庄的大庄子，是我的老家。这村子很穷，兔子不拉屎。全是石头蛋儿。庄上我的本家已没有了多少。有一个表姐住在那里。姑父姑母都去世了。只表姐孑身一人。表姐已近三十岁的人，还没有出嫁。

表姐其实是个不错的姑娘，一笑，牙齿刷白。指甲一直剪得挺干净，手亦白。最好看的是吃东西，只见嘴动，不见声音。总是默默地。她衣裳穿得可清爽了。常洗。她连人带衣裳，总给人一种才洗过的感觉。表姐像林黛玉。林妹妹。可表姐就是脾气怪戾，以至到如今没能嫁人，之前倒是谈过几个，亦谈得不错。可一到她发病，就用手打男人的嘴巴。而且还嘻嘻嘻直乐。几个男人终于受不了，咬着牙去打光棍，亦不跟咱表姐耍。

可表姐对我倒是挺好的。表姐曾对我说过“我是非常器重你的”。我一时都哭了。我说：“谢谢表姐栽培。”因此，表姐常到我这里来的。用表姐的话说“来看望看望你”。

一天，表姐又来了。

这回表姐来，是有点怪异的。那天天上出了太阳。又出了月亮，在西边。我当时想，一个天上怎么能容得下这两个物件，要不好了。且天上的云红不红，蓝不蓝的，好像不好意思似的。

表姐没进门就嚷了起来：“表弟，我今天突然想来了。”表姐以前是从不大声说话的。

表姐跨进门来，脸就很红。表姐过去的脸是雪一样的。

待表姐坐定，我为她沏了茶。她也不吃，自管自说了起来："今天哪！我心情特别好。"

之后，她又对我说了许多话，什么内容，我一点也记不清了。

中午为了招待表姐，我利用职权，贪污了两个菜：一个大鱼头。又一个大鱼头。

我和表姐正吃。门动了一下，我赶紧去掩那鱼，并没有人进来。可能是风了。可待我又将那鱼端上，门又动了一下，我大声喊：

"谁?"

门推开了。是小脸。

小脸穿着那旧黄军装。头洗了一下，蛮气派的。像演电影的人。

小脸一进门眼睛就望住表姐。我请他坐他也不坐，我请他吃饭他也不吃。他就这样望住表姐。目光好像水一样哗哗流了过去。表姐呢，筷子停在了半空。也抬起头来，并不说话。目光也好像水一样。哗啦哗啦。

表姐和小脸眼对眼就这样望了好半天。——好半天。听：哗哗啦啦。看：一个太阳一个月亮，在外边天上。我傻了。

之后的事我就记不清爽了。

果然他们就好了。在一个夏天的黄昏，表姐和小脸滚到即将成熟的麦田里。之后不久，表姐就偷偷地够庄后杏树上的大麦杏吃。

表姐和小脸结婚了。事情就这样简单。

许多年后，我从县城回到乡下。见到儿女绕膝的表姐表姐夫。就有一种说不出的感慨，嘿！命运，人的命运。啧！这个世界。太他妈有味道了。

表姐有时还提起那时的事。表姐抹着自个的鼻子羞表姐夫："你呀，那个时候，那眼神哟。"表姐夫厚了脸皮笑皱一张小脸，"嘿嘿嘿"已憨得不行。"你呢，可是看上我的黄军装啦！"嘿嘿又笑。

表姐还是蛮幸福的。表姐夫很爱她。很爱。

仲秋·月夜

仲　秋

罗子刚吃完晚饭，门铃突然响了。罗子吃惊得嘴巴拢不起来的时候，是在开门之后。门口站的是阿琴。

罗子是八○年招干进银行的，那时罗子在基层，刚工作，忙着学业务。一晃就几年，后来文凭席卷了中国，罗子也被卷了进去。他是有点基础的，于是碰巧考上了银行第一届电大班。便离开了那个很小的小镇去到地区所在地的一个不大的城市开始了梦寐以求的大学生活。这样一晃，又是几年。不知不觉六七年过去了。罗子也毕业了。到了县城银行工作。罗子静下心来一想，不由心“咯噔”了一下，自己怎么忽然已27岁了？罗子想起了自己的婚事。

不想则罢了，一想到却丢不下。见旧时的同学都成双成对了，都抱了儿子，心里倏地一下“虚”了，也急了，于是前天罗子下去检查工作时便去了东风信用社，见到了一个叫阿琴的姑娘。罗子单独和阿琴谈了半天。罗子海阔天空，大侃特侃，阿琴却在一旁微笑不语。后来罗子就走了。

没想到今天阿琴找上门来了。

罗子愣怔片刻，立即反应了过来，便热情邀请阿琴进屋里坐。阿琴脸上红红的，甩了一下浓浓的乌黑的披肩发。罗子心一跳，脸也红红的。

罗子这时才觉得自己的房间太乱了。床上的被没叠，各种杂物扔在桌子和沙发上。到处都是乱堆的书。罗子赶紧把沙发挪出一屁股大的地方叫阿琴坐。阿琴怔了一下才腿并得很拢地坐了下来。接着罗子又赶紧叠被，整理杂物和书。阿琴微笑着望住罗子笨拙地忙碌着，轻轻地说一声“我来帮你收拾罢”。罗子虽然说不用不用不用，阿琴还是站了起来，罗子也不再推辞，一任阿琴去了，自己倒像是一个犯了错误的孩子不知如何是好，立于一旁。

时光就在这种别扭与幸福掺半的境地中悄悄溜去。待这十几个平米的房间如换了天地一般印在罗子视线中的时候，天已完全黑了。外面月光如水，两人又坐下时，却又没什么可说，这样默默地坐着，不免又进入尴尬。终于，阿琴打破了寂寞。阿琴说“我该走了”，就站了起来。罗子不觉跟着也站了起来。于是两人走出室外。外面月光皎洁。真是静啊。正是仲秋，空气清新极了。夜色朦胧，如披轻纱。

走了一段，阿琴停下，说：“不用送了，我到了。”罗子坚持再送一截；又走了一截，阿琴又说：“真到了，你回去吧。”罗子仍坚持要送。于是又走了一截。这下阿琴真到了，阿琴指着道边的一扇门说：“这是我姑姑家。”就在阿琴举手敲门的一瞬，罗子不知借助了谁人的力量，一把抓过阿琴的手，说：“我们再走一走。”阿琴愣了一下，顺从地跟罗子岔到一个僻静的便道上了……

夜在悄悄地深去，两人已不知在这条便道上走了多少个来回。两人离得并不近。偶尔有夜归人从他们对面匆匆走过，两人不觉又离开一些。

深去的秋夜浮起了凉气。罗子不觉感到有些寒意。罗子也觉得阿琴似乎也有些寒意。可罗子的心却热。这两个孩子在这秋夜中静静地走着。有时罗子的身体不免碰到阿琴的某些地方。虽然是衣服，可罗子的心都蹦跳得厉害。罗子忽然有一个想法。罗子想拥抱或亲一下阿琴。罗子刚萌生这点想法时自己的脑壳翁地炸了一下，心蹦跳得不行。罗子感到喉结不由自主地上上下下。罗子尽量镇静自己。罗子等待机会。其实罗子真上去拥抱一下或亲一下阿琴并没有事。罗子不敢，罗子在寻找所谓的时机，多少次机会似乎到了，罗子只怯了一下，罗子觉着的那个机会又过去了。罗子自己把自己弄得紧张极了。

秋虫曼吟，月影轻移。罗子在觉得不是机会的时候，心里又打起了小鼓。罗子的思想在斗争。罗子想拥抱和亲一下面前的这个姑娘是当然的，可罗子又不晓得这样做是得到了面前的这个人，还是会吓跑面前的这个人。罗子心中斗来斗去，还是觉得需要拥抱和亲一下面前的这个人。罗子已作好让面前的这个人骂了自己“流氓”后拂袖而去的准备。罗子突然站下，他一下子把双手搭在面前的人双肩上，罗子结巴着说：“我亲一下你的额头，可以吗？”愚蠢的罗子，你面前的人早就等待这一刻。阿琴想着并没说话，就轻轻地闭上了眼睛，身子也随之瘫软了下去。罗子于是抽紧了心，轻轻地把面前的人揽在怀里，轻轻地亲了一下那玉白的额头。罗子觉得阿琴的额头冰凉（夜气确是上来了）。紧接着罗子便忽然熟练起来，又轻轻地托住阿琴的面颊，直瞪瞪地看着阿琴的眼睛。阿琴并没推让。可安静恰如受惊的小鹿。显然这些都是面前的这个姑娘第一次体验。罗子觉得阿琴的面颊柔滑如脂，也冰凉。罗子抽紧的心松了一些。罗子轻轻又在阿琴的嘴唇上亲了一下。罗子觉得这一刻神圣极了。这也是罗子第一次亲一个姑娘。夜更深了……

这一夜有一个少年没能睡着。晚上的情景在他的眼前不断变换着。这个少年想着想着，枕巾湿了一片。

月 夜

成景是个漂亮的姑娘。

对面舞厅那赤橙黄绿的彩灯印在成景住的窗玻璃上，分解成无数个光点闪烁变幻。那袅袅的舞曲似乎也在屋中飘荡。成景望着那分布不均匀的跳动的光点愣愣的，她的心也跳跳的。她真想把那所有跳动的光点一粒一粒摘下，之后用手捻灭、捻碎。成景果真走了过去。她笑了一下，牙齿很白。烦躁的情绪使得她的脸粉扑扑的。她真的看准一粒黄的光点用手去摘下，捻了一下，果真灭了。却又跳出一粒红的，于是她便又摘下那粒红的，又捻灭，可竟又跳出一粒绿的。成景于是又摘，又捻，可那顽皮的光点摘了又跳出一个，摘了又跳出一个……成景无力地垂下手。她的心灭了一下。

那袅袅的舞曲也袅在她的心中。

成景摇头就转过身，走回到自己的桌子边。她走的时候肩斜得厉害。成景的一只腿坏了。那是小时候坏的，于是瘸了。可成景很漂亮，真是漂亮得太狠了。想想：是太狠了。

她坐下，打开抽屉。她从抽屉里抓出一沓一角的票子。墩了墩，就点起来。点了一半，她又停下，想了一会儿，于是又将票子塞进了抽屉。她又拿起镜子，用眼睛看住镜子里的那眼白白白的眼黑黑黑的眼睛。那真是一对漂亮的眼睛，转动灵活，眼角有点上挑。成景定定地望着。镜子里的眼睛也定定地，黑蚕豆一般。

成景放下镜子。

成景在马冈银行工作，干出纳，是顶替父亲的。父亲退休之后就回到乡下帮助几个哥侍弄庄稼去了。丢下成景一个19岁的乡村姑娘。她县里没有一个亲人。她的母亲又去了。这一个19岁的乡村女孩就孤零零的，在一个远离亲人的县城，一个人呆在自己的房间里做以上的一切。

成景放下镜子站起来。站起来的成景问自己："景景，出去走走吧？"

景景于是又说："好，出去走走也许好些。"

景景于是走出去，走了几步，又回来，望了一眼那窗玻璃上仍然跳动的赤橙黄绿的光点，笑了一下。

"噗"。她拉灭了灯。那光点立即逃遁。

外面的夜并不很黑，正是春天，已是阴历十三，一轮明月停在那偏东的天上。没有风，只有那朦胧的舞曲缥缈地溶解在这静夜里。成景选了一条僻静的小巷，走到城郊的寡湖边。肩一斜一斜的，很厉害。

柳树圈了那面湖，柳条静静地温柔地垂着。那天上的月亮却走到湖里。

成景在湖边坐下。

成景想起了小时候。小时候的成景腿并不坏。她在家最小，是老七，上面有六个哥哥。她记得那时候奶奶还在，她问过奶奶自己好看吗。奶奶就笑了，没有一颗牙。奶奶大笑的嘴黑洞一样。奶奶就说："景景，景景，你这个小人儿。"景景就抓一把奶奶瓷罐里的"金果"，边放一颗在嘴里吮着，边也笑着跑了。这"金果"六个哥哥是吃不到的，是景景的特权。后来景景不知怎的就病了。病好后腿就坏了。景景又想起哥哥。如今六哥也结婚了。脸都变得沉重的样子。他们都是大人了。他们将站在地里一辈子。而我景景却坐在舒服的银行里……

成景抬起头，望到那月亮又回到了天上。成景下意识地摘下一片柳叶，在手里抚着，一会又轻轻丢到湖里。柳叶飘动。那月亮仍在湖心，似乎不喜欢景景，沉着脸，阴阴的。景景找了一枚石子，砸碎了那月亮，又说了一句讨厌，就站起身，抻了一下衣裳，转身回走了。

成景慢慢地走着，走进了那缥缈的舞曲。舞会还没散，成景从舞场走过时，望了一眼那些陶醉的身影，匆匆地离去了。

成景回到自己的房间，并没立即开灯。她在床边坐了一会。那袅袅的舞曲仍袅在她的心中，她又坐了一会，才轻轻地走到桌边，扭亮了台灯，拉开抽屉，拿出那一沓一角的票子，飞快地、像舞曲一样点了起来。她手指灵活极了，似乎反复在演习一支曲子。她完全陶醉了。

那窗玻璃上的光点又在跳动了。景景停下手，望了一眼那变幻的光点，景景笑了。她竟似乎觉得那光点很美，很好看。刚才我怎么不觉得呢？景景想。景景想了一气也没能想清楚，于是不想了，便又低下头飞快地、陶醉地点起了那票子。

夜渐深去，月在窗外轻移。

（原载《金潮》杂志 1990 年第 6 期、《青年文学》1998 年第 12 期）

小小说六题

市民

王某到自由市场买裤衩。

卖主儿是个小丫头，正低头侍弄什么，满头秀发。见王某走来（这时小丫头已抬起头，脸并不漂亮，鼻梁上有几点雀斑），脸儿立即灿烂一派妩媚：

“买么?”

“买。”

“买什么?”

“买这。”王某用手指一指裤衩。

小丫头站起来，伸了一个懒腰——嘴张得极大，鼻梁上雀斑皱到一处，乌头发松松散于肩后。

“这条多少钱?”王某擎着一条问。

“一块。”

“九角卖不?”

“不卖。”

“九角还不卖呀!”

“不卖。”

王某又看那裤衩。侧着身，作欲走状。用手仔仔细细地检查了两遍：

“九角五?”

“不卖。”

“九角五还不卖呀!”

“不卖。”

王某心里不快：妈的，真贱！这丫头。遂丢下那裤衩，转身就走，心想：我走不到十步她必定喊我。

一步，二步，三步……七步，八步，九步。

十步！

咦，竟没喊，那小丫头片子竟没喊么?

王某立住脚，又急转身，又往回走。

“九角五卖不卖?”

“不卖。”

“真不卖?”

“我讲了不卖就不卖，你这人怎么‘那个’的呐。”

“一块就一块，你这人怎么‘那个’的呐。”

王某脸上讪讪的。付了钱，一转身，嘴里叽咕一句:

“妈妈的。”

小丫头没听见，又坐下了，埋下头去侍弄什么。脸上的雀斑倏忽不见，只见一头秀发。

（原载《青春》杂志1988年第5期）

钢卷尺

这是我插队时的一件事情。

我插队的地方叫蚂蚁湾。我们蚂蚁湾一共四个知青。我和老李是县城的。另两个是上海的。

我们四个知青就住在公房里。白天下田“劳动”，晚上回来瞎吹牛。

住在我们旁边的有个孤儿，叫二罗子，二罗子30岁了，没有老婆。整天眼睛斜着（眼角有一团白眼屎），口角流水。

两个上海知青中有一个瘦子。瘦子脸蜡黄，人叫黄脸。黄脸的脸不但黄，而且窄，像镰刀背。这刀背上还架着一副很大的黄眼镜，是圆圆的。秋天早上起雾，黄脸从雾里走过来，别人看不真，只看见两个黄的圆圈晃过来，一猜，果然是黄脸。

黄脸有两个癖症。一癖是洁癖。黄脸的任何东西都是很干净的。箱子里很整洁，床上很整洁，床肚子里也很整洁——别人把黄脸拖在床面前的床单一掀，床肚里鞋子摆得刷齐！黄脸每天都洗一点东西，譬如：袜子、手帕子。黄脸的衬衫领口是刷白的，袖口也是刷白的。黄脸除了脸是黄的，其他都是白的。二癖是爱女红。黄脸的任何东西都可以是女用，毛衣是红的，衬衫是格格子的，手帕是花的。

这天，出工前黄脸洗了一只花手帕子，晾在门口绳上，出工去了。

出工回来，黄脸往门口晾衣绳上一望：花手帕子不见了！

黄脸以为是被风刮跑掉了。顺着风刮的方向找，一直找到公房屋后头，找到田畈子，找了半天，没有！黄脸非常生气。正纳闷，见二罗子从那边走过来。

黄脸喊：“二罗子，过来！”

二罗子歪歪咧咧过来了。

黄脸说："我晾在绳上的手帕子是不是你偷的！"

二罗子说："不是的。"

黄脸说："就是你偷的，有人见了，还不老实交代！"

二罗子脖子一梗，说："我没偷！"

黄脸说："究竟偷没偷？"

二罗子说："没偷！"

黄脸说："不老实我揍你！"说着就弯腰想拣一根木棍子，刚一弯腰，"啪！"从上衣口袋里掉出一个钢卷尺，黄脸拾起来，忽然灵机一动，说："你再不老实，我就用仪器测了！"

二罗子一愣，不知这亮闪闪的东西为何物。

黄脸又逼上一步，说：

"你交不交？我这仪器一测就测出你藏在哪儿，我测出来，把你绑起来送到大队去。"

二罗子嗫嚅道："我，我……"

黄脸又把钢卷尺抽出一截，用手压住，伸到二罗子的胸口。

二罗子立即挺直了腰，脸也像黄脸一样，嘴直哆嗦："我，我……交……"

黄脸把压着的手一松，钢卷尺"嗖——"缩了回去。

二罗子见状，脸色大变。忽然哭了起来：

"我的妈哎，我该死哟，是我偷了你的花手帕子哟。"二罗子哭着从腰眼里抽出那条手帕子，又哭着说："我是想送给二妞的……我的妈哎……"

二妞是个黑脸瘦丫头，她老在河滩上放一条瘦牛。

（原载《青春》杂志 1988 年第 5 期）

一个场景

这两个女人已对峙好久了。

这两个女人的馄饨摊子靠在一起儿。因一点小事发生了口角。在拉扯中，胖一点的女人大拇指被瘦一点的女人弄肿了。

胖一点女人到底开口了，"看肿成什么样子了。馄饨都不能包了。叫什么话。我小量子（苏北方言，意为水桶）给你用半年多，我一句话也不得，我们才……叫什么话……"

瘦一点的女人双手叠在纸薄的胸前，样子倒挺泼，没等胖女人说完，就接上了：

“你骂我妈搞什么，我妈又没怎么你。骂人不要打？她恁大年纪了，辛苦一生，数你骂。简直不成话，还要×我妈，什么话……”

“你没骂我妈？你不也骂了？”

“谁先骂啦！”

“谁先骂啦！”

瘦女人的男人一直站在摊子面前，脸色铁青，却不说话。一个扎着小丫丫的七八岁的女孩拽住男人的衣袖，也不吱声，有点耐不得的样子。

两个女人对峙了起来。

那扎着小丫丫的女孩终于耐不得，不知啥时放脱了男人的衣袖，像反弹的皮球抛向街心。男人忽觉少了力量，看时，竟在了街心，便一声炸雷：

“怎么不死——”

女孩正还想跑，倏地一愣，又迅速回到了原来的岗位，依旧拽牢男人的衣袖。

胖女人嘴动了动，终于又说出了话：

“你能你能呐！你能怎么跟我一样，也是：丫头。真不像话，我小量子给你用了半年多……”

瘦女人仿佛被蜇了一下，有点激恼了：“你也晓得自己养的也是——丫头呀！我还以为你养的不是丫头的呢！你的男人不是那个呢吗，也是丫头呀……”

胖女人立即哑了，嘴鼓得像塞了两个球，眼圈儿都红了。

瘦女人还不煞气，“丫头怎么样？家家不是一个吗？要给养照样养出有雀子的来，话说回来，都是雀子，还当和尚去呢……”

瘦女人还要说，忽然一下哑了。

她看见男人的眼睛了。男人的两粒黑珠子简直要射到自个的脸上。

男人终于开了口，嗓子像堵了什么，声音沉闷，压抑。雷在天边滚似的：

“狗弄的东西，你还吵。看我撕你那嘴！狗弄的东西，你倒好，人家都在苦钱，你倒好，磕绊子斗嘴儿，只会看笑话呢……”

瘦女人更是蔫了。眼皮已完全沓下。一副任其自然的味道。胖女人也不吱声，嘴鼓了鼓。那女孩子样子似乎要哭了。

男人定是忍了好久了，越讲越气：“都什么年头了。再吵就撕你那嘴。狗弄的东西，败家相！实足的败家相……”

“哇——”男人倏地愣住。那女孩儿大哭了起来。

（原载《精短小说报》1989 年第 12 期）

少男少女

“晚上到我家去玩。”我说。

“我不去。”她说。她叫紫玉。跟我最好。

“啊呀，去呀，——去玩玩怕什么事呀！”

“我不去。”

“啊唏，——真是的，去玩玩又不要紧的。”

“我不去。”

“啊呀，什么话的呀！”

“我要是老和你在一起玩，不就是——”

“不就是，不就是……不就是——谈恋爱了吗？我晓得你又要讲这句话！”

她脸涨得通红，嘟着嘴。

“我们俩好，又有什么呢？”我说。

“不是的，不是这个意思呀，我是说……”

“说什么呀，又是说‘我们俩老在一起玩，不就是叫谈恋爱了吗？’”

“不是的，不是的，不是的，不是这个意思……”

“那是什么话呀，你说呀！”

“我是说……我是说……”

“快说呀！”

“嗯——”

“啊呀，‘嗯’什么呀，把人急死了呢！”

“我是说，嗯——，我们几个小姐妹说好了的，不找到工作——不谈！”

“我还以为什么话呢！就这个话啊！”我装着很冷静。其实我脸上也着急。

“你不要不相信，真的，不哄你，我们发过誓，啊呀，你不要——急啊！……”

我的脸通红。

“啊呀——我话还没有讲完哩，不是老不谈呀！我找到了工作了，不是就能谈，谈了吗！”

（原载《精短小说报》1988 年第 16 期）

康大叔的婆娘

淫雨连绵，这个秋天的雨看样子是不会停了，蚂蚁湾乡雨水四溢，乡信用社主任康大叔刚收完贷款回家，他一进屋就把那柄黑色的尼龙布伞支在堂屋地上。

“世上大概就数你在屋里会打伞了，真是晦气。”躺在破竹椅上正在咬自己手背的康大妈一见老头子就尖声惊叫起来。

“我这脚上茧子一走路就磨得生疼，昨天疼得我一夜没睡。”康大叔坐在一个小马扎上扳起一只脚来看。

康大叔的茧子一疼，肯定这雨是不会停了，康大妈对这一点坚信无疑。

“这雨看样子是要下到冬天了。”康大妈说着，到厨屋里去给老头子准备吃的去了。

自打晚稻开镰，庄稼人忙乎了起来，乡粮站忙乎了起来，他康大叔便也凑上了热闹，据说蚂蚁湾十七个村三百七十户人家几乎都被他跑遍了，逼阎王债似的逐家挨户收贷款。康大叔有个心思，不趁老乡卖粮款刚到手催收，一转眼这些庄稼人就将钱用到别处去了，到那时还收个屁的贷，全乡闻名的几个难缠户，像马小秃王布袋胡刺猬吕屎根等，康大叔已经跑了不止三四次了。屎壳郎马小秃还冲康大叔发起火来：

“你这不是地主催租吗？共产党饿不死穷人！”

康大妈咬手背的习惯就是这几个月养成的，老头子几个月不归家，唯一的闺女又在省城，康大妈觉得省城像在天边一样遥远，于是她近来觉得孤独极了，心像被蚕宝宝吞噬似的难受，外面又淫雨不断，闲在屋里就咬起手背皮了。

康大叔吃完了三只溏心荷包蛋，心里踏实多了，连脚上的茧子似乎也疼得轻些了。康大妈接着找隔壁的土郎中狗蛋给丈夫开了些膏药。康大叔没把膏药贴到脚茧上，而是贴到手腕上。膏药上写满了记号，他嘴里不停地嘟囔：“不中用了，老了，吕屎根是冬月借的三百块，我错记成腊月了，而且竟说成五百，被人家白数叨一顿，唉，年轻时何曾这样过……”说着就捏了那把黑伞提了“农金包”又往外走，临出门还叮嘱老伴一句：“我到东滩头去，晚上就不回来了。”

老头子刚出门，康大妈就气得一脚把门踢上，叫他永远不要回来了：“外死外葬的棺材！”之后就坐在破竹椅上抹眼泪，她决定写信告诉女儿，要女儿教训教训这老不死的。

她很快请狗蛋给自己女儿写了封信，把老爷子的怪异详尽告知了女儿，女儿很快寄来了回信，女儿说爸爸这是工作狂，人老了，精神寂寞，

只有用工作来充实，叫妈妈放心，信尾还附带说小外孙女更好玩了，嘴能说得很，别人问她外婆家住哪儿呀！她就说："住蚂蚁湾老鼠洞……"

康大妈听到这里快活地笑了，（是狗蛋念的信）。这是康大妈这两个月来第一次露出笑脸，她精神好了起来，立即将屋里的旮旮旯旯里都收拾干净，等老头子回来。

（原载《金融时报》1991年6月29日，并收入《金融职工佳作选》一书）

此处禁止小解

破屋主人倚门望那大屋发怔已有好久好久了，直到夹着的烟头烧了手指才醒过神来："妈妈的。"破屋主人把烟头弹向那大屋山墙，意犹未尽。

"妈妈的——"又骂了一句。

正欲转身回破屋里去，见一个乡下汉子急急祟祟地贴着他破屋，手在身下乱掏，破屋主人好不生气，喝起一声：

"干什么！"

那乡下汉子硬在了那里。

破屋主人喊后呆了一会。看似很静，脑子里却在飞旋，须臾，就急急在破屋里动了一气，手捏一团什么径直朝大屋悠去。乡下汉子身子硬住，头却随着破屋主人一顿一顿地走，单见破屋主人在那大屋山墙上动，山墙于是有些东西一团模糊不清。乡下汉子放松了身子，左右腿一前一后载着那颗脑壳慢慢移向大屋山墙，竟是六个字——

此处禁止小解

字草棒一样瘦，被一道黑线框着，肯定地丑。

乡下汉子脑壳也好使，盯着那瘦字来了一阵子逻辑推理：禁止小解之处必是极宜小解之所，既是禁止，想必已有人解过，别人能解得我也解得。乡下汉子便掏出下身就对着那大屋山墙一阵乱滋。好酣畅啊！

一束得意的目光打在了乡下汉子背上，这目光是破屋主人射过来的，他正倚在刚才倚过的门框上用嘴吐烟圈儿，手里夹着一支白烟卷。

大屋主人回来了，问山墙上字是谁书的，破屋主人走上去告诉他，"我书的，有人在您山墙下小解。"大屋主人于是感激，说，谢谢，谢谢。

此后，大屋山墙竟然永远濡湿，一派臊气四溢，浊黄色的液体带着白沫一直沿山墙往上渗透去，满墙深湿，满墙恶臭。

大屋主人病了。

（原载上海《小说界》1998年第5期）

“汪迷”外传

这个“汪迷”，是指汪曾祺迷。

20多年前，苜蓿和毛德斌一起在地区文联参加过笔会，这样互相就认识了。要说了解，真是一点也不了解。参加过几次会议，两个人之间能有多少了解呢？

苜蓿热爱汪曾祺，与汪曾祺有过一些接触。汪曾祺在世时，毛德斌便写信给苜蓿，请苜蓿为他索要一本汪曾祺签名的书。苜蓿没有满足他的愿望。苜蓿以为没有义务为朋友做这样的事情。更何况毛德斌的一些做法，他不能认同，也无法理解。比如毛德斌说：“我家里只挂两个人的像，一个是周恩来，一个是汪曾祺。”热爱一个人有必要这么夸张吗？苜蓿觉得悄悄地读、悄悄地写，更合适些。汪曾祺去世后，毛德斌又多了一项内容，每年汪曾祺的生日和忌日，他都要摆开场子：烧香、磕头。这也是毛德斌自己说的。苜蓿觉得这些都过于“激烈”，把阅读汪曾祺给“宗教化”了，或者说，给“形式化”、“仪式化”了。这也不符合汪曾祺的为人和性情。苜蓿想，汪曾祺是不喜欢这样的。甚至，以汪曾祺的脾气，他也许会说：“这个人，——讨厌！”

苜蓿和毛德斌接触多一些，是后来的事。一次毛德斌给他寄来一些稿子和一封长信。信中毛德斌大谈了一气对自己寄来的稿子的看法，当然这其中也不能不提汪曾祺，之后他荡开笔墨，大谈他所在的地区文联，起因是文联换届，他没有被选为理事。说某某算什么？某某某又算什么？他们有什么作品？言辞仍是十分“激烈”。苜蓿也是不能认同的。因为毛德斌说的这些，苜蓿不感兴趣。可是当时苜蓿想，也许他在环境中，这是很关“面子”的事，有些想法，也可理解。毛德斌寄来的作品，苜蓿认真看了，但是不得不坦率地说：作品中的细节，没有抓住苜蓿的东西。

这之后毛德斌时有电话打给苜蓿。每次电话，时间都很长，都是毛德斌说，苜蓿听。所谈内容仍多是汪曾祺，毛德斌说：你看，汪的《陈小手》，那结尾，多妙！别人是如何也写不出来的！《受戒》、《大淖记事》，那语言，多美！别人也是没有的！这些都是苜蓿爱听的。可是不一会，毛德斌就说到他的“理事”，方法仍是某某是，某某某又是。我是那一年的，什么什么？凭什么不是？不就是一个小小的“理事”……他们背后一套，

当面一套……很不像话！我后来是很不客气了，狠狠地搞了他们一下！太不像话了！……说到这些，毛德斌滔滔不绝，语言像机关枪，从电话中，苜蓿也能听出，毛德斌的说话方式，往好里说，是刚毅，有力，决绝；从另一个方面说，总是给人感到极端，或者偏激。苜蓿只有听的份，真的是无以插言的。苜蓿虽未插言，可并不代表他没想法。毛德斌的言行，他不能认同。

终于在一次见面的机会上，苜蓿不小心，说出了自己的想法。苜蓿说，你既然那么热爱汪曾祺，又对世俗的东西这么“在乎”！一个破“理事”，那么“上心”，说来说去的，人一点也不“淡”，你读汪读到哪里去了呢？你的言行也不吻合呀！

从那以后，毛德斌再也不同苜蓿联系了。

今年汪曾祺诞辰九十周年，汪的家乡高邮市举行纪念活动。作为汪迷，他们邀请了苜蓿。在会上，苜蓿又见到了毛德斌。都是家乡人，苜蓿能计较吗？毛德斌见到苜蓿也很高兴，主动与苜蓿打招呼、说话。可是他几句话一说，又开始“抱怨”。他对苜蓿说，他这次来参会，是自费来的。之后他说，主办方先是邀请了他，后来便没了消息，在他电话追过来问，主办方才说，因人多，不好安排，于是不能邀请他了。毛德斌因此很气愤，抱怨说，你之前说邀请我？后来又不邀请我？这叫什么事呢？

这个事也许是主办方的失误。先是给人希望，后又让人失望。让人很没“面子”。毛德斌对苜蓿这个老乡诉说，也许是为了宣泄一下心中的积郁。可是苜蓿也不能理解：我们多有不见，见到总不说高兴的事。总是说这些“破”事，仿佛祥林嫂一般，你难道就没有一点高兴的事吗？最后毛德斌说：

“不邀请也罢！——我自己来！我是冲着汪曾祺的，也不是别的！”

晚上是汪曾祺作品大型歌舞和朗诵晚会。去剧场看演出时，毛德斌紧走几步，跟上苜蓿，说：

“你是一个人吧？我晚上和你一起睡行吧。”

他的这个要求，苜蓿一时并没多想，脱口说：“可以！”

毛德斌说：“正好可以聊聊。”

苜蓿想也是，那次苜蓿唐突，也许无意中伤害了毛德斌。正好可以补就一下。他们虽交情不深，但毕竟是老乡啊。

演出结束，走出会堂，毛德斌紧跟着苜蓿。坐车也在苜蓿的边上。下车进了酒店，他也紧随着苜蓿，一直到进了苜蓿的房间。

苜蓿之前的“设计”：进了房间，毛德斌或坐到沙发上去，或主动烧水，之后两人抢着去沏茶。这样便可以“开”聊。聊聊他们的个人生活，聊聊共同认识的人，或再聊聊汪曾祺。可是毛德斌并不这样。他的一系列举动，都让苜蓿“奇怪”：毛德斌进门就找拖鞋，——这也可以理解，可能脚焐得热，烧得慌——，之后便脱了外面的裤子，认真地、整齐地折好，之后是到卫生间哗哗地去洗（据毛德斌后来说，他只是洗脚，并没洗澡），之后回到床边，又认真地、整齐地把自己床上的被放好、掖好，最终坐在了床上，把自己裹得好好的，拿出一本当地文联编的《珠湖》杂志，仿佛一切都收拾齐了，于是正襟危坐，一动不动，“仿佛”看书了！

毛德斌做这一切，苜蓿一直在边上看着。他非常吃惊：你毛德斌不是要跟我聊聊的吗？你不是才刚刚进到房间吗？时间不是才刚刚晚上九点吗？你这是干嘛？你这是干嘛哪?！苜蓿真的无法理解。你若是累了，你说一声：对不起，我累了，我先睡了！这样别人不是理解了吗?！你“仿佛”看书，又做“形式”，你这是干嘛哪！

苜蓿这一回实在是受不了了！这些举动简直让苜蓿“奇怪”极了！毛德斌的“作派”，如若是在自己的房间，而苜蓿才是客人。你这样还让人如何睡觉？苜蓿真要另想办法了。于是他对毛德斌说：“我出去一下。”

出了门，苜蓿就去找组委会，看看能不能另调出一个房间。苜蓿还不能描述这个事，他只有说，来了个老乡，看有没有多余的房间。可是人家明确告诉他，房间很紧张，根本没有空房间。于是苜蓿下到一楼总台，想自己订一个房间。可是总台告诉他：没有空房间了！见他无奈，总台小姐说，出门不远有一家酒店，他们会有空房间的。

苜蓿问：有多远吗？

八百米吧。

于是苜蓿在总台小姐的指点下，开车去了另一家酒店。走进吧台一问，果然有空房间。于是苜蓿便自掏腰包，给交了房费和押金，订了一个。

苜蓿拿着房卡，在回来的路上想：一定要分开住，否则我今晚没法睡了！生气不说，他毛德斌打不打呼？我还不知道呢！明天我还有三百多公里自己开车的路要赶。回到房间，我就这样对他说，我们聊一聊，之后还是分开睡，这样睡得踏实一点，我明天还要开几百公里的车。同时，一定要说是组委会给安排的房，如若他知道是我自己花钱给他开的房，不但得不到好颜色，还要遭他的反诘：“你这是什么意思？我自己出不起这个钱吗？我同你睡，只是想跟你聊聊！你这是什么意思？”那样，苜蓿倒反而里外不是人了！他毛德斌若再回到家乡到处去说，某某了不得了！同他睡一晚觉，他竟那样?！苜蓿人又不在家乡，还不是随他去糟蹋吗？

进了房间，苜蓿故作潇洒，大声地说：“你看看，我的本事！……”苜蓿把房卡夸张地举了一举，“你看，人家组委会又给开了一间房。”苜蓿把房卡丢在床头柜上，继续说：“我们先聊聊，聊累了，分开睡，这样大

家都睡得踏实些。我明天还要赶路……”

毛德斌并没有苜蓿的激动，也不去配合。他规规矩矩地坐着，抱着书，说：

“这样睡不是挺好的吗？没必要分开吧？不就睡一晚觉吗？”

苜蓿说：“分开睡踏实一点。还是分开。——要不……？你说，是我去睡，还是你去睡？”

毛德斌仍坐在床上，被子掖得整整齐齐。他脸上似笑非笑，说：

“干脆你过去睡吧？”他说得十分的平静。他话里的味道，让人听来，怎么都是这个房间是他的，而苜蓿才是这个房间的客人。

真的是无话可说！苜蓿又不能发火。发火了叫什么事！苜蓿忽然固执了起来。虽固执，但口吻还要平静，他说：

“还是你过去吧？我这里东西多。”苜蓿尽量以商量的语气。

毛德斌这才不情愿地动动身子，爬了起来，开始穿衣服。

他穿好衣服，边下床嘴里边叽咕，“这多麻烦……不就是睡一晚觉嘛……”苜蓿是什么也不说，等着。毛德斌终于拎上了他的黑皮包，跟着苜蓿出门了。下了电梯，他又说：“有多远？我明天怎么回来……”苜蓿赶紧把他推进自己的车里，说：“几百米，你年纪也不小了。明天早起，走过来吃早饭是了！”苜蓿边开车边说。毛德斌还是在车上叽咕，“有多远……这么远啊，我明天怎么回来，你开车来接我啊……”

苜蓿把他送到了酒店门口，又进去，为他指点了一番，说：

“我不送你上楼了。你自己上去吧。”

走出酒店，苜蓿心中长舒了一口气：我的亲娘唉！我的菩萨老子！终于把你给送走了。这位老兄，真有你的，我真是服了你。你还让我明天早上来接你！这么一点路！真有你的！

回到房间，苜蓿开亮所有的灯：一下子感到从未有过的亲切。这个房间终于又属于苜蓿一个人的了！他忽然有了一种奇怪的、失而复得的感觉，而且对这一切又多了一份珍惜。可一转念，他又想：这叫什么事啊！我这是招谁惹谁了？你这是干吗呀!？你谨小慎微，畏首畏尾，你怕的是什么？你累不累？这个叫个什么事呢？

可是苜蓿还是在心里说：多有得罪了！老毛。

附记一：苜蓿从高邮回来，没几天，一个朋友到他家玩。闲聊中说起去高邮的活动，朋友说，“毛德斌也去了吧！”苜蓿说：“是。”朋友说：“会上安排老毛同你住一起。你把人家赶出去了！”苜蓿一听脑子就炸了。这是哪跟哪啊！苜蓿担心的就是这一出，他知道此事会在故乡到处流传，但他没有想到，会这么快！现在已演变为“会上安排的了”，再传下去，还不知会是什么模样。真会是小耗子变头大肥猪了！苜蓿自以为自己天衣无缝，“演”得好，没曾想最后还是没落好。人家毛德斌看似不动声色，可都看在眼里了。苜蓿问朋友：“你听谁说的？”朋友说：“听乙”。苜蓿说：“乙怎么知道？”朋友说：“乙听甲告诉他的。”哈哈！真是妙！至此，苜蓿已无意于再说什么。你“演”得那么好，毛德斌不是还觉得委屈吗？不是还到处去说吗？你人又不在家乡，不是随人家去糟蹋吗？

附记二：还是在高邮，参观汪曾祺纪念馆时，一个男孩一直盯着苜蓿。开始苜蓿并没觉察，之后男孩用身体碰了他几次，他才注意。这是一个半大男孩，也才十六七岁的样子。他长得清瘦，衣服倒是穿得不少，里外有四五层。这时男孩对苜蓿说：“你是苜蓿吧？”苜蓿说是。男孩说，你能不能给我一个电话或地址？我好给你联系。苜蓿说，可以。他对男孩说，我说你记吧！男孩说，还是你写给我，我不会写字。

不会写字？

男孩说是，“我有病，手抖，写不了字。”苜蓿这才认真地注意他，感觉他是有些异样。于是苜蓿说，我给你一个电话，你用手机记一下。男孩说，我没有手机。这没办法了。苜蓿只有边走边掏笔，记他的地址，知道了他叫陆雪，在扬州职业中专读书。写完后男孩还是跟着他，问这问那，所问的问题也是关于写作的，说自己还写不好；并说他也十分喜欢汪曾祺，汪曾祺跟他母亲家还有亲呢！他又说出许多读过的汪的书，说着还给苜蓿背诵了一段《葡萄月令》。苜蓿有一搭没一搭地应付着，之后说：我给你寄一本书吧。

下午去汪曾祺故居。这时那个男孩又来了。汪曾祺的一位邻居马先生就赶他走。之后说，他是神经病！不要理他的，否则他会缠着你的！一个县里的人，知根知底。苜蓿不觉惊觉了起来。他说，他挺可怜的。好像家里生活并不富裕……那邻居倒挺干脆：他脑子不好！

回到市里，没隔一天，苜蓿就接到一个陌生的电话。电话那头说，是苜蓿老师吧？我是陆雪呀！苜蓿说，噢，知道了。他说，你给我的书寄没寄啊。苜蓿说，刚回来，过两天寄。第二天，电话又来了，苜蓿接过去，对方说，是苜蓿老师吧，我是陆雪啊，你给我的书寄了吧？苜蓿说，好的，我马上寄。说过，他赶紧把书包好寄走。没想没隔一天，电话又来了。他接过去，仍然是，是苜蓿老师吧，我是陆雪啊。你给我的书寄了吧？这一次苜蓿告诉他，书寄了。让他查收。他说好。这倒是两天没来电话。可第三天，电话还是来了，那头说，是苜蓿老师吧，我是陆雪啊。你给我寄的书，我怎么没收到啊！苜蓿有些不高兴，大声地说，才两天！你等一等，大约要一周时间。那头也不急，说，噢，我知道了。又过了几天，电话又来了，仍然是，是苜蓿老师吧，我是陆雪啊，你给我的书怎么还没收到啊，你寄没寄啊？苜蓿真不高兴了：你这是怎么回事！但苜蓿还

是说，寄了，你再等几天好不好啊。那头一点也不急，仍然说，好，我等几天。真是清静了几天，大约过了有十天了，电话又来了，苜蓿老师，我是陆雪啊，你给我寄的书怎么还没收到啊。苜蓿无可奈何了，他说，差不多了吧？你到学校收发室查一查，也许到了。陆雪并不急，说好的，我到收发室看一看。过了一会，电话又过来了，苜蓿老师，我是陆雪啊。书收发室没有啊，你什么时候寄的啊！苜蓿真是没了办法！说，学校信件乱，你查一查，再等一等，如果没有，我再给你寄，好吧？那头说，你说慢一点，我听不清楚，我这里信号不太好。你看看？这话不是说得挺好的嘛！哪像是脑子不好?！苜蓿于是又说了一遍，这一遍陆雪听清楚了，说噢我知道了。又过了些日子，陆雪电话又来了。电话中他说，苜蓿老师，我是陆雪啊，你给我寄的书收到了，谢谢你噢。你看，还是学校邮件慢，一本书走了十多天。于是苜蓿说，收到就好，这下放心了。陆雪又说，苜蓿老师，以后有什么书就给我寄噢。说，没其他事了，我挂了噢。OK！一本书，十几个电话，终于完成了。

过了有两个多月，电话也不来，苜蓿已忘了这个事。忽然有一天，电话来了，是一个怪怪的号码。苜蓿接过去，电话那头说，苜蓿老师，我是陆雪啊！苜蓿说，噢，陆雪啊。陆雪于是说，这是我的新手机号，打电话就告诉你这个事。苜蓿说，好知道了。对方说，你记一下好不好？以后有事就给我打这个号码。苜蓿好生奇怪：你是我的什么人？我有什么事给你打电话？但又不好说，只有说：我知道了，我手机上有了。陆雪追问，你记下了吗？苜蓿说，我现在有事不好记，我手机上有了。陆雪说，噢，反正你记一下，以后有事就给我打电话。

这时苜蓿真的有点感到，他的脑子不大好。可是不好在哪呢？让我有事就打这个电话找他，我能有什么事找他呢？

可是苜蓿真的觉得陆雪挺善良的。人也很老实本分。他是有点迂，不太像常人一样，可这不是他的错。相反，在苜蓿的心中，对陆雪倒是多了一份同情：他还是个孩子，家庭又贫困，又热爱文学！而且苜蓿还无端地觉得，他很不幸。

苜蓿有时想，我还可以写写这个事情。可是又想：这不是家乡的新儒林外史么？吴敬梓可是家乡的人哪！他也在扬州生活过。可转念又想：我又有什么权利，去评判、嘲讽他们呢？其实我们仨，不都是《儒林外史》中的一员么？

2010年5月6日

附：

主要作品目录

一、《洗澡》

《芳草》（双月刊）2006 年第 3 期

《小说月报》2006 年第 12 期

《中华文学选刊》2006 年第 11 期

《小说月报第 12 届百花奖入围作品集》（百花文艺出版社 2007 年 5 月第一版）

获《小说月报》第十二届百花奖入围作品

《灵魂被扭曲的过程》（评论）《名作欣赏》杂志 2007 年第 12 期（作者彭国栋）

《发现生命的负增长》（评论）《中华文学选刊》2006 年第 11 期（作者刘醒龙）

二、《少年与钓鱼》

《大家》（双月刊）2008 年第 3 期

《中华文学选刊》（少年写作版）2008 年第 12 期

三、《1976 年：少年魇》

《大家》（双月刊）2008 年第 3 期

四、《恋爱》

《芳草》（双月刊）2006 年第 3 期

《小说月报》2006 年第 12 期

《中华文学选刊》2006 年第 11 期

《2006 年短篇小说新选》（文化艺术出版社 2007 年 1 月一版“专家年选”，阎晶明主编）

《小说月报第 12 届百花奖入围作品集》（百花文艺出版社 2007 年 5 月第一版）

获《小说月报》第十二届百花奖入围作品

《发现生命的负增长》（评论）《中华文学选刊》2006 年第 11 期（作者刘醒龙）

五、《专案》

《芳草》（双月刊）2007 年第 6 期

六、《服含珠停的女人在秋天的七楼》

《大家》（双月刊）2005 年第 5 期

七、《秋雨一场接一场》

《上海文学》2007 年第 9 期

《小说月报》2007 年增刊（中篇小说专号【4】）

八、《周吴郑王》

《大家》（双月刊）2005 年第 5 期

《一壶水果茶飘香》（访谈）《大家》2005 年第 5 期（访谈人：陶妍妍）

九、《八个人》

《长城》（双月刊）2006 年第 2 期

十、《豆豆》

《爱在叙述中聆听》（云南人民出版社 2005 年 10 月第一版）

十一、《蚁民》

《漓江》1989 年夏季号

《大家》（双月刊）2005 年第 2 期

《小说月报》2005 年第 6 期

十二、《狗报》

《北京文学》1989 年第 9 期

十三、《刀技》

《大家》（双月刊）1994 年第 5 期

《小说月报》1995 年第 3 期

十四、《1976 年夏天的某个下午》

《大时代文学》1991 年第 10 期

《大家》（双月刊）2002 年第 5 期

十五、《蚂蚁巷轶事》

《大家》（双月刊）2005 年第 5 期

《安徽文学》2005 年第 5 期

《中华文学选刊》2005 年第 11 期

十六、《故乡人》

《三月三》1990 年第 1 期

十七、《夏日》

《中国作家》1993 年第 1 期

十八、《老人与小东西》（处女作）

《丑小鸭》1986 年第 10 期

十九、《爱的迷藏》

《羊城晚报》2006 年 11 月 30 日

《小说选刊》2007 年第 1 期

二十、《奇人大冯》

《文汇报》2009 年 7 月 30 日

《小小说选刊》2009 年第 19 期头条

《2009 中国年度小小说》(《漓江出版社》2010 年 1 月第一版，杨晓敏等主编)

《2009 最适合中学生阅读的小小说》(《北方妇女儿童出版社》2010 年 1 月第一版，杨晓敏主编)

二十一、《贺大丫头》

《百花园》2010 年第 9 期（下半月）

《2010 中国年度小小说》(《漓江出版社》2011 年 1 月第一版，杨晓敏等主编)

二十二、小学同学

《长城》(双月刊) 2007 年第 5 期

二十三、蚂蚁湾二题

《满族文学》1991 年第 4 期

二十四、汪迷外传

《红岩》(双月刊) 2010 年第 5 期

后　记

前不久在茶楼喝茶，朋友点了一份香榧子。这种紫褐色椭圆形的坚果，我还是第一次见到，我咬开吃了几枚。初吃，觉得并不好吃，那黄白色果肉，紧贴果壳，干硬无肉。不像我们常吃的开心果之类坚果，剥开果壳，里面睡着一个小宝宝似的果仁，香脆可口。因此并不多吃，临了还剩下一些，于是倒在纸袋带了回来。第二天坐于书房，一人清静，于是静下心来细嚼，还真吃出一种奇异的香味。一枚吃完，口中余香缭绕，别有一种滋味。

这让我想起我这个集子里的一些小说。这种滋味，倒有点像我的小说，初看没有什么惊心动魄，然你若静心细品，也许能品出一些滋味，就像是一枚香榧子，初品无味，静心细嚼，倒自有一种滋味。这或许有点王婆卖瓜，可是自己的孩子，怎么说呢？也只有这样说得了！

这个集子里的30多篇小说，几乎是我全部的小说作品了。算了算，也只有20多万字，真是写得太少了！我1986年在《丑小鸭》发表处女作《老人与小东西》，迄今已过去25个年头。我的写作，是一点基础也没有的，1983年在滁州上电大，开始学习小说创作，到1986年发表处女作，用了3年时间。之后的80年代到90年代初期，基本上是专心小说创作的。1989年3月到鲁迅文学院进修，1990年9月孤身一人到湖北黄冈编一本叫《金潮》的杂志，过了一段凄苦而烦闷的日子。1993年重新回到北京，来到一个叫《中国城乡金融报》的报社，做了经济类报纸的编辑。从这个时期到2005年，几乎十多年没有写过小说。2006年至2008年写了几个中短篇，就是这个集里的《洗澡》、《恋爱》、《专案》和《秋雨一场接一场》等，分别发表在《芳草》和《上海文学》上，《小说月报》也都转载了，反映还好。特别是《洗澡》、《恋爱》两个短篇，还被读者投票，入围了当年的《小说月报》“百花奖”，按说应该再接再厉，写它几年，或许就写出来了。可是不知怎的，又撂下了。近几年主要写散文。是什么原因呢？

我倒是真心爱文学的。近30年了，不离不弃。何立伟曾说过：“苏北爱文学，是爱在心里，不是爱在口上。苏北是真爱文学的。”我同意立伟的说法。我想这里面的原因大约有两个。一个是不能保持一种良好的小说状态。我的一个写小说的朋友说，保持一个良好的小说状态非常重要。要

保持不断地阅读，在自己的内心营造一个小说的环境。不写就要去读，不读就要去想。可我在经济部门工作，不可能保持这样一个良好的状态。有时一丢就丢下了，状态没了，要找回来，得有一个时间。有时根本找不回来了，因为有些微妙的感觉，是稍纵即逝的。这不是客观理由，是真实状态。二个我的写作，受沈从文、汪曾祺的影响较大。大家知道，我是汪曾祺的学生。因此我的小说，重感觉、重氛围、重情绪，故事不足，写不出有分量、有气魄、大题材的作品。因此，想有多大的产量，是不大可能的。

汪先生曾说："我的初期小说，只是相当客观地记录对一些人的印象，对我所未见到的，不了解的，不去以意为之做过多的补充。"这个集子里的作品，有一部分，也是这样的情形："客观地记录对一些人的印象"。当然，也不可能完全是真实的。我的方法大致有这么两条。一是"移花接木"，或者叫做"张冠李戴"，把张三身上发生的事，挪到李四身上；二是"添油加醋"，生活中有那么一点事，或只是一点事的影子，将之放大、夸张、变形。几个事件或故事，糅合到一个人的身上，进行嫁接和整合，假戏真做，到后来真假难辨，弄得仿佛真有其事，假的倒成了真的了！

当然，我的小说，还谈不上风格。要说特点，大约还是有一些的。我的语言还有一些特点，文字大约也还简约，所写的故事或人物，还有些特别，不是"大路货"，关注的更多的是"人"而不是"事"。时代在发展，而人性总是相通的。我想，这些小说，50 年，或 100 年后的人们去看，也还是那么一回事。因为，里面活着的，是人。

是为后记。

2011 年 1 月 3 日

图书在版编目(CIP)数据

蚁民/苏北著．—合肥:合肥工业大学出版社,2010．12

ISBN 978－7－5650－0313－4

Ⅰ．①蚁… Ⅱ．①苏… Ⅲ．①中篇小说—作品集—中国—当代②短篇小说—作品集—中国—当代 Ⅳ．①I247．7

中国版本图书馆 CIP 数据核字(2010)第 226995 号

蚁　民

苏　北　著　　　　责任编辑　朱移山　霍俊橦　郭娟娟

出　版	合肥工业大学出版社	**版　次**	2010 年 12 月第 1 版
地　址	合肥市屯溪路 193 号	**印　次**	2010 年 12 月第 1 次印刷
邮　编	230009	**开　本**	710 毫米×1010 毫米　1/16
电　话	总编室:0551－2903038	**印　张**	17．25
	发行部:0551－2903198	**字　数**	315 千字
网　址	www．hfutpress．com．cn	**印　刷**	安徽瑞隆印务有限公司
E-mail	press@ hfutpress．com．cn	**发　行**	全国新华书店

ISBN 978－7－5650－0313－4　　　　定价:120．00 元(全 4 册)